suhrkamp taschenbuch 2215

Im Februar 1933, einen Tag nach dem Brand des Berliner Reichstags, verlassen Brecht und seine Familie Deutschland. Sie gehen zunächst nach Dänemark, später dann fliehen sie vor den deutschen Truppen über Schweden, Finnland und die Sowjetunion in die USA. Die letzte Station ihres über 15 Jahre dauernden Exils ist nach dem Ende des Zweiten Weltkriegs die Schweiz. – Vom Juli 1938 bis Juli 1955 notiert Brecht regelmäßig (mit einer größeren Unterbrechung 1946) Bemerkungen zur Zeit, zur Arbeit und zu seinem Leben. Von diesen *Journalen* hatten nur seine engsten Mitarbeiterinnen Kenntnis. Über die Besonderheiten der Eintragungen, die in wesentlich geringerem Maße als die frühen *Tagebücher* private Vorgänge behandeln, äußert sich Brecht in seiner Notiz vom 21. April 1941 folgendermaßen:
»Daß diese Aufzeichnungen so wenig Privates enthalten, kommt nicht nur davon, daß ich selbst mich für Privates nicht eben sehr interessiere (und kaum eine Darstellungsart, die mich befriedigt, dafür zur Verfügung habe), sondern hauptsächlich davon, daß ich von vornherein damit rechnete, sie über Grenzen von nicht übersehbarer Anzahl und Qualität bringen zu müssen. Der letztere Gedanke hält mich auch davon ab, andere als literarische Themen zu wählen.«
Bertolt Brecht, geboren am 10. Februar 1898 in Augsburg, starb am 14. August 1956 in Berlin.

Bertolt Brecht
Arbeitsjournal

Zweiter Band
1942 bis 1955

Herausgegeben von
Werner Hecht

Suhrkamp

suhrkamp taschenbuch 2215
Erste Auflage 1993

Druck: Ebner Ulm
Printed in Germany
Umschlag nach Entwürfen von
Willy Fleckhaus und Rolf Staudt

1 2 3 4 5 6 – 98 97 96 95 94 93

amerika

12. 8. 42 bis 5. 11. 47

12. 8. 42

ziehen um in die 26. straße in santa monica. das haus ist eines der ältesten, etwa 30 jahre alt, ein kalifornisches holzhaus, getüncht, mit oberem stockwerk, in dem 4 schlafzimmer sind. ich habe einen langen (fast 7 meter) arbeitsraum, den wir sogleich weiß tünchten und mit 4 tischen versahen. im garten sind alte bäume (pfeffer- und feigenbaum). miete 60 $ im monat, 12 $ 50 mehr als in der 25. straße.
nachmittags ist eine party bei homolka. eisler, der seit dem morgen nichts gegessen hatte, wurde von der pfirsichbowle betrunken und geriet in die größte gefahr, alle jene wahrheiten zu sagen, die er seit monaten verschweigt, um einen job zu kriegen. abends kamen die döblins. jemand erzählte, der musiker toch habe über den film MRS MINIVER tränen vergossen. (der film zeigt mit größtem erfolg das ›neue england‹: eine duchess bekommt seit jahren den preis für ihre rosen, gibt ihn aber dieses jahr nach dünkirchen an einen kleinen mann, der ihn eigentlich verdient!) eisler holt zu einer verteidigung tochs aus, entschuldigt ihn ausführlich mit weltfremdheit usw und schließt: ›er ist einfach ein kind – und zwar ein schmutziges.‹ döblin pries er als den armendoktor der frankfurter allee, schilderte aber auch die kleinbürgerliche wohnung, besonders einen schreibtisch mit schnörkeln und ausschweifenden beinen und einen weinbrand, der ihm kredenzt wurde. wir lachen, bis uns der bauch weh tut.

13. 8. 42

bei adorno diskutieren horkheimer, pollock, adorno, marcuse, eisler, stern, reichenbach, steuermann über HUXLEYS ›brave new world‹. den h[uxley] beunruhigen einige phänomene der neuzeit. er stellt ein absinken der kulturellen bedürfnisse fest. je mehr iceboxes, desto weniger huxley. wenn man die körperlichen bedürfnisse allzusehr befriedigt (vizepräsident wallace hat bereits ein glas milch für alle menschen in aussicht gestellt), leiden die geistigen bedürfnisse. das leiden hat die kultur geschaffen; so wird wohl barbarei entstehen, wenn das leiden abgestellt wird? dr pollock, der ökonom des instituts für sozialforschung (ehemals frankfurt, nunmehr hollywood), ist der überzeugung, der kapitalismus könne sich durchaus krisenfrei machen, einfach durch öffentliche arbeiten. marx konnte nicht vorhersehen, daß die regierung eines tages einfach straßen bauen könnte! – eisler und ich, etwas erschöpft durch den strich, werden leicht ungeduldig und ›setzen uns ins unrecht‹, in ermanglung einer andern sitzgelegenheit.

14. 8. 42
eigentlich zum erstenmal fühle ich mich halbwegs wohl hier heute. ich bin allein im untern stockwerk, es ist halb ein uhr nachts. auch in den garten kann ich hinaus, ohne wo durch zu müssen. vom tisch aus sehe ich die straße hinunter die autos fahren. ich arbeite noch am MESSINGKAUF.

16. 8. 42
reyher erzählt von der japanischen filmtechnik. während wir die großaufnahmen nach der aktion machen und in ihr lediglich die reaktion ablesen, setzen die japaner anscheinend die großaufnahmen erst, machen sie bewegt (eine reihe hintereinander) und gehen dann in die aktion. (›wir handeln‹, sagt reyher, ›und denken dann darüber nach, was wir getan haben – sie denken erst und handeln dann.‹) nach ihm sind die japanischen filme aufregender als die unsern.

17. 8. 42
das haus ist sehr schön. in diesem garten ist der lukrez wieder lesbar.

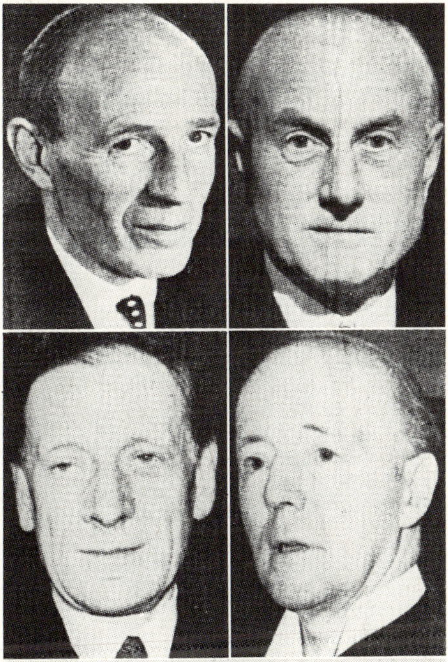

Associated Press, Margaret E
HALIFAX, HOARE, WILSON, RUNCIMAN

19. 8. 42
jeden tag in dem office in hollywood. ich fahre die 12 meilen morgens halb neun. frühstücke gegen 1 uhr in dem office meine mitgebrachten brote zu einem schluck kalifornischen weißweins. es ist heiß, aber wir haben ventilatoren.

SLAVE LAFOR IN THE CONQUERED UKRAINE

20. 8. 42
immer wieder staune ich über die primitivität des filmbaus. diese ›technik‹ kommt mit einem erstaunlichen minimum an erfindung, intelligenz, humor und interesse aus. man klettert von situation zu situation und setzt beliebige figuren ein. es wird damit gerechnet, daß die schauspieler nicht spielen und die zuschauer nicht denken können.

21. 8. 42
eisler, morgenstern, gina kaus hier am abend. sprechen von ›tachinierern‹ des ersten weltkriegs. karl frank, der führer der neubeginnengruppe, schrieb einen brief an den kaiser karl ›lieber kaiser karl, bitte gehorsamst, sofort abzudanken, dein treuer soldat frank‹ und kam sogleich ins irrenhaus. auch george grosz gelang dies. er zeichnete mit dem finger immerfort kleine pornographische figuren, auch beim verhör durch offiziere, und bemühte sich besonders, seinen seelischen kampf gegen diesen trieb vorzuspielen. die palme gebührt dem soldaten, der in einem brief nach einer aufzählung aller gefechte, an denen er teilgenommen hatte, als anerkennung seiner verdienste perlmutterknöpfe an seine uniform erbat. diese überraschende, aber maßvolle forderung brachte ihn aus dem gemetzel ins irrenhaus.

22. 8. 42
bei den frankfurtisten. reichenbach ist besorgt wie alle sozialdemokraten, daß das ›erbe‹ auch unbeschädigt in die klassenlose gesellschaft geborgen werden kann. die rettung der kulturgüter hält ihn schlaflos, während sie mich einschläfert. vergeblich wird ihm erklärt, daß die kulturgüter dieselbe funktion bekommen haben wie alle andern güter, nämlich warencharakter angenommen haben. die beethovensymphonie unterwirft den proletarier lediglich der übrigen ›kultur‹, welche für ihn eine barbarei ist. natürlich werden nur die künste gerettet, die an der rettung der menschheit sich beteiligen. die kultur muß ihren gütercharakter aufgeben, um kultur zu werden. ›aber wie kann das verständnis für kunst bewahrt bleiben?‹ die künste bewahren (produzieren) es. die schönbergsche musik macht die beethovensche verständlich. die proletarier müssen zusammen mit der gesamten produktion eben auch die künstlerische von den fesseln befreien.

22. 8. 42
feuchtwanger spricht seit dem curfew oft abends lang telefonisch über dies und das. heut liest er mir einen brief aus zürich vor. nach dem erfolg der MUTTER COURAGE (die etwa 800 ⟨eingefrorene⟩ schweizer franken gebracht hat) will das züricher schauspielhaus jetzt den GUTEN MENSCHEN VON SEZUAN aufführen. die COURAGE hat thornton wilder in zürich gesehen; er war davon, wie feuchtwanger sagt, sehr beeindruckt. in diesem winkel der erde gibt es das noch...

22. 8. 42

und wenn das heitere volk am nordmeer dort
das friedlich, harmlos seine blumen pflegte,
das schamlos der tyrann in ketten legte,
mit braven fäusten endlich stößt ihn fort,
dann find ich klang und wort.

wenn aller freien schönes heimatland
mit klarem und verachtungsvollem blicke
des frechen räubers schlau erdachte tücke
zermalmt mit stählerner millionenhand,
dann schlägt mein reim die brücke.

wenn deutschlands volk begreift, um was es geht,
sich nicht mehr trügen läßt um seine ehre,
und wenn es endlich umdreht die gewehre
und ich mitkämpfend feure, dann ersteht
mein vers, der früchteschwere.

(klara blum, ›der dichter und der krieg‹)

dies und ähnliches in heft 9 der INTERNATIONALEN LITERATUR, 1941. in einer rede an die deutschen dichter schreibt becher:

›es gibt keine große dichtung, deren tiefinnerster gehalt nicht von dem miterleben des schicksals ihres volkes bestimmt wäre. in alledem, was ich zu gestalten unternahm, in alledem, was ich gestaltend verfluchte und vernichtete, in alledem, was ich gestaltend segnete und verherrlichte – schwang mit jener dunkle zugleich und lichtvolle ton: mein deutschland!‹

3. 9. 42
mitunter sehe ich jetzt wieder filme, in dem office, wenn schauspieler zu beurteilen sind. ich denke oft über die handicaps unserer kortner und homolka nach. es ist keine bloße frage von ›overacting‹. die amerikaner überspielen vielfach und sind fast alle recht theatralisch. nur ist die art ihrer theatralik eine andere, so fällt die unsre hier als theatralisch auf, während die hiesige natürlich erscheint. schließlich theatralisieren die amerikanischen schauspieler einen andern grundgestus, eben den der amerikaner. unsere schauspieler fallen schon als ›hamy‹ auf, weil der muskel immerfort spielt, der die augenbrauen hochzieht. er ist bei den amerikaner stillgelegt. die bewegungen sind bei den deutschen meistens zu abrupt für die leinwand, zu ›zackig‹. die amerikaner haben etwas fließendes, plastisches, was sich besser fotografiert. geste und mimik müssen im maßstab 1 zu 10 verkleinert werden, da die hauptsache das brustbild ist – in den riesenkinos sehen die zuschauer totalaufnahmen zwerghaft klein.

7. 9. 42
sehe einen hübschen film THE REMARKABLE ANDREW. ein stadtschreiber entdeckt fälschungen in den büchern der stadt. er ist mit zitaten von jefferson und franklin aufgezogen worden, und so besucht ihn eines tages der general jackson, um ihn in

seinem fall gegen die stadtverwaltung zu beraten. er wird angeklagt, *er* habe unterschlagungen begangen. im gerichtssaal erscheinen als anwälte franklin, washington usw. – der film ist mit bemerkenswerter phantasielosigkeit fotografiert. die ständigen gespräche des (durch seine ehrlichkeit) bemerkenswerten andrew mit den historischen gestalten, die für die umwelt nicht mehr da sind, so daß er geistesgestört erscheint, sind unglaublich nüchtern und dilettantisch aufgenommen, ebenso die anwesenheit der erlauchten anwälte im gerichtssaal. – der film ist übrigens kein erfolg.

14. 9. 42
die arbeit am film (den ich gern TRUST THE PEOPLE nennen würde) geht besser vorwärts, seit statt lang ich mit wexley die übertragung der outline in das drehbuch vorbespreche (und ich korrigiere dann auch noch seine arbeit). vor allem aber habe ich w[exley] dazu gewonnen, mit mir und in meinem haus abends ein völlig neues idealscript zu schreiben, das lang vorgelegt werden soll. natürlich lege ich das schwergewicht auf die volksszenen.

20. 9. 42
winge, der wöchentlich wenigstens einmal von downtown, wo er in einer wäschefabrik arbeitet, zu besuch kommt, liest einige HOLLYWOODER ELEGIEN, die ich für eisler geschrieben habe, und sagt: ›sie sind wie vom mars aus geschrieben.‹ wir kommen darauf, daß diese ›distanz‹ nichts dem schreiber eigentümliches ist, sondern von dieser stadt geliefert wird: ihre bewohner haben sie fast alle. diese häuser werden nicht eigentum durch bewohnen, nur durch schecks, der eigentümer bewohnt sie nicht so sehr, als er über sie disponiert. die häuser sind anbauten von garagen.

3. 10. 42
eisler spielt winge und h[erbert] marcuse die elegien und einige der finnischen epigramme vor. er vermag sich entweder nicht ganz frei zu machen – wenn er von diesen kompositionen spricht, nicht wenn er komponiert – von der konventionellen auffassung, dies seien kleine, nicht sehr bedeutende gelegenheitsarbeiten in der art eines tagebuchnotierens, oder er hofft lediglich auf widerspruch zu stoßen, wenn er so ›bescheiden‹ spricht, etwa daß man sagt ›diese wichtigen dinge sind für den komponisten kleinigkeiten, nicht für uns‹ (die bescheidene brucknergeste). aber in der tat haben die kompositionen wirkliche bedeutung wahrscheinlich auch als musik, sicher aber für die epigramme, indem sie zu einem studierenden lesen anhalten, zu einem nachgrabenden studium. dies sind volle gedichte, sie enthalten ihrer lakonik wegen natürlich nicht weniger als ein langes gedicht.

5. 10. 42
sehr typischer vorgang: ich höre, daß wexley für die abend- und sonntagsarbeit einen bonus verlangt hat. er bekam ihn bewilligt, und lang sagte mir, ich sollte auch einen verlangen. ich tat es, und nach einigem hin und her bekam ich ihn zugesichert, das hin und her betraf meine forderung, es müsse der gleiche bonus sein. aber am nächsten tag kam lang und verlangte, daß wir jetzt abends das hauptscript schreiben und das ›polieren‹ für den schluß aufhöben. tatsächlich kann ich wexley nicht mehr zum weiterarbeiten am ›idealscript‹ bewegen. es sind erst 70 seiten.

10. 10. 42
für den MESSINGKAUF wäre auszuarbeiten das thema *angewandtes theater*, dh, es müßten einige grundbeispiele des einander-etwas-vormachens im täglichen leben beschrieben werden sowie einige elemente theatralischer aufführung im privaten und öffentlichen leben. *wie* leute andern leuten zorn zeigen, weil sie es für schicklich oder vorteilhaft halten, oder zärtlichkeit oder neid usw usw. wichtig die auch im privaten leben geübte gruppierung in den verschiedenen situationen. wie werden die distanzen gewechselt bei einem ehekrach – bei welchem satz entfernt sich der mann von der frau, wann setzt er sich usw? rolle der gruppierung bei der alltäglichen dramatisierung der sozialen beziehungen – wo und wie sitzt der vorgesetzte? analysen von fotografischen aufnahmen historischer ereignisse. es ist nämlich von der größten bedeutung, daß es für (teilweise unbewußtes, aber doch) theater angesehen wird, was die menschen machen, wenn sie soziale ränge usurpieren oder zugestehen, in ihrem ausdruck und verhalten mehr oder weniger bedingten sitten rechnung tragen usw. wenn es da natürliches gibt, ist es änderbare natur.

16. 10. 42
keine schlechte woche ist vorüber: stalingrad hielt, willkie forderte eine zweite front von tschunking aus. USA-flugzeuge griffen in den kampf über deutschland ein – und wexley und ich arbeiteten ›nach bestem wissen und gewissen‹ an dem script von TRUST THE PEOPLE (unser titel). jetzt, vor dem shooting, schleppte lang den armen wexley in sein office und schreit mit ihm hinter verschlossenen türen, er wünsche ein hollywoodpicture zu machen, scheiße auf volksszenen usw. die veränderung, die mit ihm in der nähe der 700 000 $ vorgeht, ist bemerkenswert. er sitzt, mit den allüren eines diktators und alten filmhasen, hinter seinem boßschreibtisch, voll von drugs und ressenti-

ments über jeden guten vorschlag, sammelnd ›überraschungen‹, kleine spannungen, schmutzige sentimentalitäten und unwahrhaftigkeiten und nimmt ›licenses‹ für das boxoffice. für ein, zwei stunden – ich kürze das natürlich ab – spüre ich die enttäuschung und den schrecken der geistigen arbeiter, denen ihr produkt weggerissen und verstümmelt wird, in meinem verräterischen hübschen garten sitzend und mich zwingend, den kriminalroman zu lesen.

17. 10. 42
ich lese BLOCH, EHRENBURG, VAN PAASSEN über den untergang frankreichs. kampfbereit ist einzig die mobilgarde. der innere feind vereinigt sich mit dem äußeren. wer vom volk gegen den krieg ist, wird verhaftet auf befehl der generäle und bankiers, die gegen den krieg sind. der langnamverein und der herrenklub haben den polizisten verhältnismäßig billig angestellt, die französischen herren müssen mehr zahlen für ihn. das volk wird in die maginotfestung gesperrt, seit alters kommen die politischen gegner in die festung, die straße frei dem parlament! die deutschen benötigen kein gas, schecks genügen. die presse ist so frei ...

17. 10. 42
ruth schreibt aus NY:

liebe Bertolt,
ich komme grade von das grosse mietung wo Orson Welles und Chaplin sprach.
du hast wohl die beide getruffen, wenn nicht, sahen die so aus:
Orson Welles ein kleines bart, fatblass. der stimme ist ja herlich, er sprach mit manuskrip und sehr abhängig von manuskript. er sprach ganz kurtz. er geht sehr gut aber sieht eigentlich nicht gut aus. (ich sas auf die bühne, so ich sah ihm genau an) Chaplin aber sieht doch sehr gut aus, mit die weise hare und die klare augen. er in-sienierte zu erst woe er die mikrofon haben wollte und baute selber alles um auf die bühne bevor er begann. er sprach ganz ohne manuskript. ich hoffe das die rede wo abgedrückt wird, der war hervorragend. die hände hielt er am rüggen und seine sehr kleine hände bewegte er immerfort indem er die fingern von der eine hand mit der andere fest drückte. sein form war ungeheuer angenehm, lustig und ernst. der war vol sehr gute poenten. "ich bin kein citisens - ich bin eine citisens der welt."
" man hat mir geratet nicht den krig zu dirigieren, dann war ich beruhigt, ich dachte die wollten den krig dann." das V mit die zwei fingern zeigte er, konnte man auch als zweite front xxxxxxx zeigen benützen.

17. 10. 42

KORTNER ist gekränkt, weil ich ihm in dem lang-film keine rolle verschafft habe, während ich allerhand tat, dem homolka die czakarolle zu verschaffen, dh, ich versuchte, ihn für diese rolle zu kriegen. lang hatte persönlich viel gegen kortner, der ihm einmal in gesellschaft, als er die meinungsfreiheit in den demokratien pries, böse dinge gesagt hat, zb, daß er mit dem wochenscheck im maul zu ihm rede. gegen homolka hatte lang anscheinend weniger, höchstens, daß er ein guter schauspieler ist. in den letzten wochen hatte kortner die rolle des litwinow in MISSION TO MOSCOW so gut wie sicher, als sie homolka kriegte, nach einem unglücklichen test homolkas, angeblich nur, weil sein schwiegervater, einer der einflußreichsten männer in washington, interveniert hat. in der tat traf kortner homolka hier mitunter, da homolka, den curfew ausnutzend, ständig hier erschien. jetzt spricht k[ortner] von einer ›atmosphäre der millionen, intrigen usw‹, die er nicht aushalte. lang, der ihm eine rolle verweigert, nennt er einen mörder und natürlich, ich arbeite mit ihm ... es ist schwierig. der rettung kleiner nachen ...

nun ist da etwas problematisches, wenn man will. für mich ist ein schauspieler oft etwas ganz außermoralisches; er bezieht für mich seine moral einzig und allein aus seiner haltung zu seiner schauspielerischen produktion. der egozentrismus bereitet mir spaß, wenn er sich plastisch ausdrückt; an sich asoziale züge wie feigheit, liebedienerei, brutalität, auf eine ästhetische formel gebracht, bereichern mich sogleich. homolka amüsiert mich immens, wenn er von seiner figur als ›der bruder‹ redet und all ihre schwächen, illusionen, unverschämtheiten und schlauheiten ausgräbt, mit ansteckendem vergnügen. er verwandelt mich ohne weiteres in publikum, dh in jemand, der von seinen anschlägen nichts zu fürchten hat.

18. 10. 42
könnte ich die VERSUCHE weiterführen, würde ich außer den epigrammen und den lyrischen kurzgedichten in der versart der kriegsfibel doch auch einige szenen aus dem drehbuch von TRUST THE PEOPLE abdrucken. etwa die erste szene, in der heydrich vor dem attentat den tschechischen industriellen die in den munitionsbetrieben gefundenen flugblätter mit der schildkröte des slowdowns zeigt. da ist ein moderner tyrann intelligent geschildert: der terror wird eingesetzt, weil die tschechischen arbeiter die produktion für den hitlerkrieg im osten sabotieren. so bekommt der deutsche terror dasselbe unpersönliche wie das tschechische attentat. – dann sind da einige geiselszenen, wo die klassenunterschiede im lager gezeigt werden. noch fünf minuten, bevor die nazis geiseln zur exekution holen, gibt es unter diesen antisemitische auftritte usw. – der film ist episch konstruiert, aus drei geschichten, die sich ablösen, die geschichte eines attentäters, die eines mädchens, deren vater als geisel genommen wird und die etwas weiß, die eines quislings, den eine ganze stadt zur strecke bringt. das zb ist nicht schlecht; auch nicht, daß die untergrundbewegung fehler macht, die das breite volk korrigiert usw usw.

19. 10. 42
interessant, wie eine funktionsabdrosselung die person aufdröselt. das ich wird formlos, wenn es nicht mehr angesprochen, angegangen, angeherrscht wird. selbstverfremdung setzt ein.
während der arbeit hatte ich mitunter mühe, mich nicht an der lösung der kleinen schmutzigen problemchen zu beteiligen, diese glitschigen, smarten ›lines‹ zu finden, diese übergänge von nichts zu nichts, und überhaupt keine ergüsse zu schreiben, all das ließ ich den andern. dergleichen kann tatsächlich die handschrift schädigen, jedenfalls hatte ich das gefühl.

20. 10. 42
was ich gern mache, ist das wässern des gartens. merkwürdig, wie das politische bewußtsein all diese alltäglichen verrichtungen beeinflußt. woher sonst kommt die sorge, eine stelle des rasens könnte übersehen werden, die kleine pflanze dort könnte nichts abbekommen oder weniger, der alte baum dort könnte vernachlässigt werden, weil er so stark aussieht. und unkraut oder nicht, wasser braucht, was grün ist, und man entdeckt so viel grünes in der erde, wenn man erst einmal zu gießen anfängt.

[Zur Notierung vom 19. 10. 42]

22. 10. 42
ich merke jetzt, daß diese arbeit am film mich fast krank gemacht hat. diese ›überraschungen‹, die darin bestehen, daß das unmögliche passiert, diese ›spannungen‹, die darin bestehen, daß dem publikum etwas verheimlicht wird, diese leiter der untergrundbewegung, die verwundet hinter fenstervorhängen stehen, wenn die gestapo haussuchung hält, diese empörten ausrufe: ›warum soll ich den satz dem arbeiter geben, dem ich 150 $ bezahle, wenn der professor daneben steht, dem ich 5000 $ bezahle!‹, diese effekte aus dem rosetheater anno 1880, diese ausbrüche verschmutzter phantasie, nach geld stinkender sentimentalität, tiefsitzender triumphierender reaktion, wilden verbissenen ressentiments über die zumutungen, hier einen großen film zu machen, wo man auf teilung inszeniert... und dann verblurren die bilder wieder, die herauszuarbeiten so schwer gewesen ist, die charaktere verzerren sich wieder zu den alten typen, in die konstruktion werden dicke säulen eingebaut, die nichts tragen, das kluge wird dumm, das fortschrittliche rückschrittlich, das edle gemein, das gemeine anziehend. der besteller nimmt den pinsel und schmiert hinein, und niemand wird je sehen, wie das bild ausgesehen hat.
das individuum, das mehr und mehr sein ansehen (ist gleich: charakter) von der produktion zu gewinnen hat, geht hier durch eine böse phase, da die produktion eben gedrosselt und manipuliert ist. gewöhnt daran, meine würde zu nehmen von der würde der aufgabe, meine bedeutung von der bedeutung, die ich für die allgemeinheit habe, meine energie von den kräften, mit denen ich in berührung komme, wo bleibe ich, wenn die aufgabe unwürdig, die allgemeinheit depraviert ist und wenn in der umwelt keine energie sich sammeln kann?

24. 10. 42
die tories geben der welt in diesem krieg einen gigantischen unterricht in der neuen streikform, dem slowdown, besser stay-in strike genannt. da wird kein verbrechen geplant ohne ein alibi, kein versprechen gegeben, ohne daß die mittel für das brechen bereitstehen. die schiffe mit den ladungen gehen ab, und sie kommen nicht an, und was man nicht selber tun kann, läßt man den feind tun. gewisse erfolge werden durch niederlagen erzielt – zb wenn deutsche schlachtschiffe in den atlantik durchbrechen, wo transporte nach murmansk laufen. auch sind immer nur einige glieder schwach gehalten in der kette. ein kleiner irrtum an einer harmlosen stelle, gut gezeitet, setzt einen riesigen plan außer wirkung. der kampf wird anonym geführt oder incognito. die einzelinitiative spielt eine entscheidende rolle. die klasse verdankt viel dem unbekannten saboteur.

25. 10. 42
selbst die routiniertesten hollywoodschreiber, die seit 10 jahren ein script nach dem andern fabrizieren, verspüren in einer gewissen phase eines jeden scripts immer wieder die hoffnung, diesmal könnten sie etwas besseres, nicht ganz so niedriges durchbringen, durch diese oder jene list, dank dieses oder jenes glücksumstands. diese hoffnung wird immer enttäuscht, aber ohne sie könnten sie ihre arbeit nicht machen – und die niedrigen und schmutzigen filme entstünden nicht.

30. 10. 42
mit feuchtwanger meinen stückplan DIE HEILIGE JOHANNA VON VITRY (DIE STIMMEN) besprochen. wir diskutierten mehrere pläne (DIE REISEN DES GLÜCKSGOTTS und A WOMAN KILLED

WITH KINDNESS) und hielten dann bei einer johanna, in den träumen einer verwirrten person nehmen die gestalten der patriotischen legende die züge ihrer obern an, und sie erfährt, wie, warum und wielang die obern ihren krieg führen.

2. 11. 42

nachdem ich 2 wochen von LANG nichts gehört hatte – einmal hatte eisler den wexley angeschleppt, der bei ihm abendgegessen hatte, und er war das lebendige schlechte gewissen – rief die sekretärin an, die aufnahmen begännen, und ich sei ›invited, more then invited‹. die erste szene, die lang schoß, war eine, die wexley und ich gestrichen hatten: die heldin streitet mit ihrer tante über das brauthemd und will es weiter ausgeschnitten haben. die heldin ist mit einer fünftklassigen englischen schauspielerin besetzt, einer glatten, eigenschaftslosen puppe. der herr der kamera sitzt unnahbar in seinem apparatus, neben mir wartet der deutsche emigrantarzt, der ihm seine vitaminspritze geben soll. mir winkt lang halblaut und gekünstelt natürlich zu: ›hallo, brecht! Sie bekommen morgen ein manuskript!‹

4. 11. 42

wexley hat für zwei wochenschecks (3000 $) alles wieder eingerissen, was er in 10 wochen aufgebaut hat. ich hatte beinahe fertiggebracht, die hauptdummheiten aus der story zu entfernen, jetzt sind alle wieder drinnen.

ich sehe die szene, in der der attentäter, nach stundenlangem umherirren, in die wohnung des historikers kommt, um ein versteck zu finden. bevor er eintritt, stürzen sich die frisöre und schneider über ihn, ölen seine locken und blasen die stäubchen von seinem sakko. auch das mädchen, die mutter, die tante und der vater werden von den frisören nur bei dem glokkenschlag allein gelassen, der die aufnahme einleitet. die zimmer sind säle, die möbel imitierte museumstücke (die allerdings fälschungen sind). kurz, eine ›ideale‹ welt. für einen augenblick könnte man versucht sein, an den ästhetizismus der chinesischen bühne zu denken, wo die arme fischerstochter flicken aus seide eingenäht bekommt. aber selbstverständlich ist da nicht der anschein erstrebt, es handle sich um naturalismus. in hollywood ist es einfach schönfärberei der berüchtigten art.

4. 11. 42
zwischen der deutschen und englischen regierung ist ein ernster konflikt anhängig, wegen der angeblichen fesselung von gefangenen. so etwas macht böses blut. taktlosigkeiten mitten im krieg!
der lecturer LEWIS BROWN hier. er erzählt von den losangelesischen kleineren faschisten ganz erschütternde episoden. sie kämpfen mit bitterer armut. einmal brauchten sie 14,50 $ für ein äußerst wichtiges pamphlet, in dem das volk aufgefordert werden sollte, sich einem führer zu unterwerfen, und sie konnten nur 12 $ auftreiben. so müssen sie leiden für ihre blutigen ideale, und die größten schandtaten bleiben womöglich ungetan, nur weil es an unterstützung fehlt.

5. 11. 42
winge ging zu US-employmentservice, um sich über die möglichkeiten in der defence industry zu informieren. der beamte in der industrial division, ruhiger, schmaler, bebrillter mann mit etwas abgewetztem kragen, sagte ihm, seine karte durchschauend: ›you're a refugee? see, our defence industry is owned by big money, got me? and big money doesn't like people who don't

like hitler, got me? and big money doesn't like a certain racial minority either, got me? and so they are not taking people like you?‹ winge got him.

15. 11. 42
große erwartung von der ›zweiten front‹ in afrika. die politischen arrangements befremden dann ein wenig.
arbeite vormittags mit feuchtwanger an der JEANNE D'ARC VON VITRY, besuche dann mitunter das studio. wenn lang eine schlägerei zwischen gestapokommissar und bräutigam der heldin inszeniert, kommt beinahe etwas kunstähnliches heraus, und die arbeit hat würde, respektabilität des handwerks. das ist artistisch nicht uninteressant, wie exakt und elegant der stiefeltritt in den brustkasten eines liegenden mannes, dann in die rippengegend ausgeführt wird! natürlich wird diese schlägerei hier veranstaltet, nicht bei der vorgeschlagenen edleren gelegenheit, wenn das küchenpersonal eines restaurants die gestapo von der festnahme einer untergrundzelle abhält...

16. 11. 42
lese sowjetdrama RUZA FOREST von konstantin finn. selten hat man solche schönfärberei getroffen wie bei diesem ›naturalismus‹. das partisanenlager im tiefen waldesgrund erinnert schwach an fra diavolo oder carmens zigeuner. rührend die gestaltung der deutschen armee nach dem muster der russischen. ein major, der wie ein feldwebel redet, und sein leutnant, der nazi und eigentlich politischer kommissar ist. hauptwirkungen werden gezogen aus dem widerspruch zwischen der ständig amtlichen sprache aller russen und den ›individuellen zügen‹ (›genosse kommissar, ich rapportiere, daß ich mei-

nen kanarienvogel liquidiert habe‹). borchardts untergang der welt durch unnatürliches sprechen ist hoffentlich nur ein untergang der literatur. jammervoll, wie diese literatur auf den fußspitzen steht, um dem proletariat den spiegel vorzuhalten!

Women From Nazi-Occupied Nations

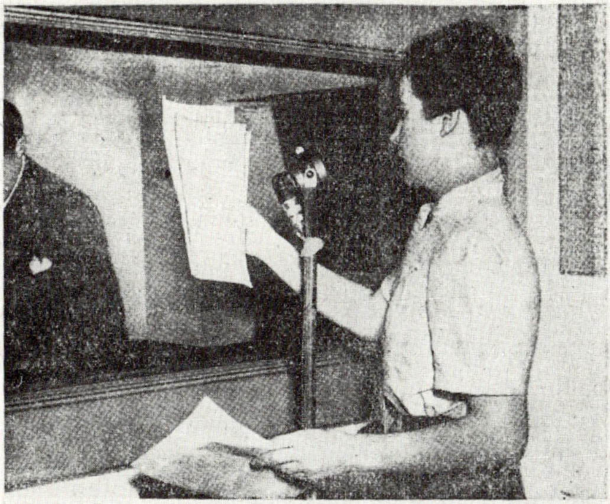

A Danish actress, formerly of the Royal Theater, Copenhagen, broadcasting from the O. W. I. Overseas Branch studio in New York Herald Tribune—Rice

Collect and Broadcast Facts for O. W. I.

17. 11. 42
wriggles hat zwei bastardsöhne geboren, vor monaten. sie bevorzugte beim säugen immer einen von ihnen; er wurde rund und fett, und wir empörten uns über ihre parteiischkeit. aber dann zeigte es sich, daß johnson, der dicke, kränklich war, es entwickelte sich eine lahmheit der hinterbeine, er konnte nur rutschen. jedoch war er ein kämpfer. behindert durch seine lahmheit, schwamm er seinem munteren bruder

nach und bot ihm einen kleinen fight an, und auch mit mir kämpfte er gern, wobei er doch nie zubiß, nur schnappte. dann begann seine mutter ihn zu behandeln. sie leckte ihm die schwachen hinterpfoten und kaute sie anscheinend geradezu. auch stieß sie ihn ständig mit der schnauze hinten an, damit er laufen sollte, oft überkugelte er sich einfach, aber es gelangen ihm einige bewegungen, er rutschte nur noch halb, halb lief er schon; seine kämpfe wurden leichter. er hat jetzt gesunde hinterbeine, und wir wollten ihn nicht weggeben, seiner tüchtigkeit wegen.

19. 11. 42
der wiener schauspieler henried hat hier eine schnelle filmkarriere gemacht, und wir aßen in seinem neuen haus, einem geräumigen gebäude im cottagestil. seine frau, die tochter des kunsthistorikers glück, dessen breughelausgabe ich um die ganze welt mitschleppte, hat zusammen mit helli, die viel spürsinn hat, alte kalifornische möbel zusammengekauft. herrliche alte tische mit erstaunlicher behandlung des holzes und kupferne spucknäpfe, die zu lampen ummontiert sind. es scheint durchaus, daß amerika eine kulturnation *gewesen* ist...

20. 11. 42
der reimlose vers mit unregelmäßigen rhythmen scheint sich hier als nützlich erwiesen zu haben:

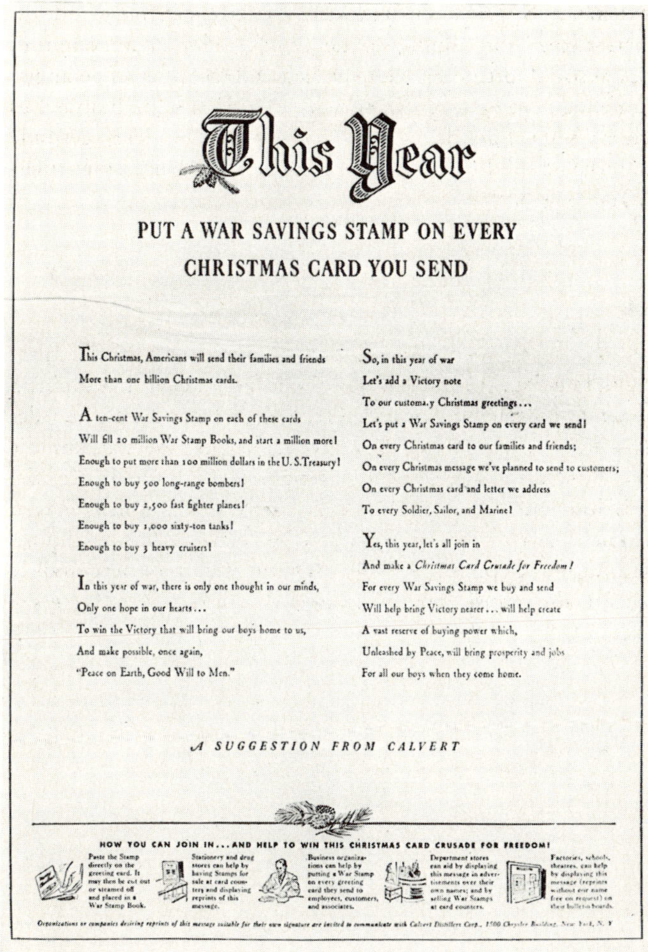

24. 11. 42
die besonders rüde art, in der lang die strikte abmachung, die rolle einer gemüsefrau in unserer story der weigel zu geben, brach – er versteifte sich auf akzentfreiheit, erklärte einige überflüssige sätze, die wexley in meine nahezu stumme führung der figur hineingeschmiert hatte, für nötig, machte einen flüchtigen tontest, versprach einen totaltest, ließ sie darauf warten und arbeiten und drehte dann einfach die erste szene mit jemand anderm, ohne es auch nur mitzuteilen –, wirft noch einmal die frage auf, wie derlei aufzunehmen ist. die alte verpflichtung, gegen private unmoralität heftig zu reagieren, muß angesichts der allgemeinen zustände als verfallen angesehen werden, dieser gegenseitige lehrgang ist eingestellt, da aussichtslos geworden. selbst der freund hat schnell die grenze erreicht, jenseits welcher er keinen anspruch mehr auf empörung erheben kann. was den künstler betrifft, sind die verhältnisse derart, daß jede unzulänglichkeit im talent sofort ihr gewicht in unmoral erfordert und erzeugt. andrerseits kann man die empörung, diesen sozial so produktiven affekt, nicht nur gegen die verhältnisse lenken, weil man sonst die verhältnisse völlig entpersonifizierte, überhaupt nicht mehr mit menschen besetzte, also auch nicht mehr als belangbar und änderbar behandelte.

RED ARMY SKI TROOPS
The possibilities are immense.

War Artist's Exhibition Depicts Heroic Defense of Leningrad

Yar-Kravchenko Reaches High Degree of Mastery In Portrayals of Men and Events During Epic Days of War

From Moscow News Correspondent

SVERDLOVSK, RSFSR (by mail)—What is undoubtedly one of the most glorious pages in the annals of this war rises vividly before you as you walk from drawing to drawing at the exhibition of the work of Lieutenant Anatoly Yar-Kravchenko opened recently at the local House of the Red Army. On display are 100 sketches, depicting the heroic defense of Leningrad from the air and Red Air Force men operating on this sector.

The drawings cover a wide range of themes: flyers joking over a game of dominoes in their dugout after a hot engagement with enemy aircraft; men on a flying field in the midst of a Russian winter's raging blizzard; a heated discussion at a meeting in a frontline dugout; burning planes hurtling earthwards in a power dive that will crash them into the heart of an enemy tank column; a Soviet pilot skillfully ramming a Nazi air raider, and portraits upon portraits of young flyers, the artist's comrades-in-arms.

STYLE CHANGED

One of the things this exhibition shows is that the war has brought about a definite change in Yar-Kravchenko's style and technique. He used to work slowly, unhurriedly, weighing each detail in his mind's eye dozens of times before setting it down. But now his time came in short snatches between combats and raids; time and again he had to discontinue work on a portrait when the flyer sitting for him was called out on an urgent assignment.

Now that the young artist's work has passed through the crucible of war we find it tempered to that great degree of expressiveness which makes itself felt in simplicity of line and form, in the economy of means characteristic of true mastery.

Not that Yar-Kravchenko was an indifferent artist before the war. A recent graduate of the Leningrad Academy of Arts, he had earned a reputation as a portrait painter already during his student days. His first major effort, a lithograph showing Stalin smiling down at a dark-eyed little girl was published in a big edition. Copies of his diploma work, an oil painting showing Maxim Gorky at home reading a story to Stalin, Molotov and Voroshilov, were made by 60 museums and art galleries.

Comparing his work then and now we find that his drawing has taken on greater clarity. His group composition has improved, while the faces of his portraits show a much greater individuality and character.

When the war broke out, Yar-Kravchenko had to lay his pen and brush aside for a time. Weeks of intensive military training followed. In September, however, portraits of flyers defending Leningrad, drawn by Lieutenant Yar-Kravchenko, began to appear in "Attack," a frontline newspaper put out by one of the air units.

HERO OF THE SOVIET UNION A. SEVASTYANOV. Portrait by Anatoly Yar-Kravchenko

"POWER DIVE." Drawing by Anatoly Yar-Kravchenko

Wait for Me

By Konstantin Simonov

Translated by Nathalie Rene

Wait for me, and I will come,
Wait, and wait again.
Wait when you feel sad and numb
And dreary is the rain.
Wait, when snows fall more and more,
Wait when days are hot;
Wait when others waited for
Yesterday were forgot.
When from places far away
You receive no mail
Wait, when others, waiting, say
They tire, they fail.

Wait for me, and I will come.
Give no kindly thought
To those so sure that I am gone,
That waiting brings back naught.
Should even mother and my son
Believe that I'm no more,
Should weary friends with waiting done,
Turn from the empty door,
And pledge my soul in bitter wine,
A friend, grown somewhere chill. . .
Wait still and let it be not thine
The last-come glass they fill.

Wait for me and I will come,
Mocking many deaths,
So let them say—and there'll be some—
"What luck. He came out best."
Could they ever comprehend,
Those who did not wait,
How your waiting to the end
Saved me from my fate?
How I came through hell on earth
Just you and I will know,
You who waited as no one did
Through rains and winter's snow.

25. 11. 42
regelmäßige arbeit an dem jeanne-d'arc-stück, jetzt DIE VISIONEN DER SIMONE MACHARD, 11-2 in f[euchtwangers] haus am sunset. lediglich konstruktionsarbeit, wobei f[euchtwangers] zähe verteidigung der naturalistischen wahrscheinlichkeit recht nützlich ist. seine veraltete ›biologische‹ psychologie hält uns ein wenig auf. was die marxschen klassenkampfgesetze betrifft, so gelten sie zwar, aber nur für die klassen, dh nicht für die individuen. am längsten wehrt er sich gegen die versteckung des benzins (simone rettet das benzin vor den deutschen tanks, seinen eigentumscharakter negierend), er plädiert für sofortige verbrennung durch simone, worauf der wirt zunächst profitiert, weil die umgebung seine hostellerie bevorzugt (seines patriotismus wegen), dann aber von simone abrückt, als der patriotismus sich nicht mehr bezahlt macht. da es unmöglich ist, ihm klarzumachen, daß diese wirtsprofite als anreiz zum patriotismus für den patron nicht taugen, fügt er sich schließlich nur dem machtspruch. allerdings klärt der disput viel und erweist sich als vorteilhaft. f[euchtwanger] ist ziemlich versöhnt, als ich in der zweiten woche – hauptsächlich, weil ich den patriotismus der simone nicht begründen kann – vorschlage, sie zum kind zu machen.

2. 12. 42
das ganze stück ist in der fabel klargelegt, zwei drittel sind konstruiert, aber ich bin noch nicht imstande, auch nur einen satz der simone zu entwerfen. der approach, den f[euchtwanger] vorschlägt, vom psychologischen her, nützt mir nichts, ich brauche das nicht, ich brauche stilelemente, literarische tonfälle. es sollten romanische klänge sein, hochentwickelte sprache, mit genießerischer gliederung; das verlangt der ausstellertrieb, der im theater an die stelle des wunsches, ethnographisch treu zu sein, tritt. was die figur der simone betrifft, so denke ich vage daran herum, daß das kindhafte mit einem

v-effekt versehen werden muß, etwa dadurch, daß die dreizehnjährige gezeigt wird, die vorzeitig in die arbeit getrieben ist und gezwungen wird, die dienste einer erwachsenen zu leisten, also auch zu sprechen und zu denken und sich zu verhalten wie eine erwachsene; dann tritt das kindhafte als schmerzhafte unzulänglichkeit hervor, als unbehilflichkeit einer eigentlich noch lange der hilfe bedürftigen. sie trägt sozusagen die ihr zu langen röcke einer voll arbeitsfähigen dienstmagd.

2. 12. 42

eine große entdeckung: die notwendigkeit, hier vitamine zu kaufen, in pillenform. ich konnte schon deutlich merken, wie schlecht mein gehirn funktionierte, wie schnell ich müde wurde, wie niedrig die lebensgeister waren usw. fünf tage vitaminzufuhr, und ich war in ordnung. welch schlagender beweis für die soziale herkunft der proletarischen ›unzulänglichkeit im denken‹!

Associated Press

GERMAN OFFICER & CAPTOR
Rommel made a faster getaway.

Most highly organized are the British officers' camps in Germany. One typical camp has a library of 16,000 books; courses in 70 different subjects, including 23 foreign languages, all taught by prisoners; regular self-staged theatrical and musical shows; flower and vegetable gardens; painting; woodwork; a sports program; bridge drives, spelling bees and debates. "One debate," reports Y-man Strong, "was: 'Resolved, That in the opinion of this house it would be better to be married to Ginger Rogers than to Mrs. Beaton' [the British Fanny Farmer]."

There is also great interest in religious services by captured chaplains which has resulted in over 7,000 acts of Communion from Anglicans, Presbyterians and Roman Catholics in a six-month period. Ten candidates for ordination are studying under an Anglican chaplain.

Among the supplies this camp asked for: 50,000 gramophone needles, conjuring tricks, roulette wheels, daffodil bulbs, water colors, saccharine, 10,000 sheets of examination paper (British universities are giving credit for these prison courses), cricket equipment, cigaret holders, 100,000 razor blades, Communion wine and bread, 50 dice.

[Zur Abbildung auf S. 361]

7. 12. 42

wir essen bei homolkas, am kamin, schauend über die herbstlichen gärten mit den öltürmen am horizont und bauen ein stück über die bemerkung, in mexiko sei die ausübung von religion eigentlich ungesetzlich, wir organisieren einen riesigen schleichhandel in religion. in den dunklen gäßchen wispern schlepper den passanten ins ohr: ›beichten?‹ die kruzifixe werden als maschinengewehre verkleidet eingeschmuggelt. die bezirke sind unter die bootleggers aufgeteilt, welche wilde kämpfe untereinander austragen. der erfolgreichste kann nur gefaßt werden wegen einkommensteuerschwindels. nichts religiöses ist in seinem haus nachzuweisen. die bessere bevölkerung leidet furchtbar. ohne ihre gewohnten shots religion sind sie nicht fähig, auf die börse zu gehen usw ...

8. 12. 42

wir haben die konstruktion, und ich fange an zu schreiben, zuerst die zweite realszene, da sie die schwierigste zu sein scheint.

schwierigkeit, ich schreibe die szene, ohne eine vorstellung von der hauptrolle zu haben, der simone. ursprünglich sah ich eine etwas schwerfällige, geistig zurückgebliebene und gehemmte person; dann schien es praktischer, ein kind zu nehmen, und so habe ich jetzt nur die nackten funktionen und keine gegengewichte vom individuellen her. vielleicht wäre es doch besser, DIE ZORNIGE zu machen?

10. 12. 42

lese trotzkis kleines, 24 herausgegebenes buch über LENIN mit großem vergnügen. schön, wie lenin dem jungen mann ›ihr‹ westminster zeigt. so spricht er von der deutschen artillerie, dem französischen flugwesen, der informationsfülle der times, immer als dem, was ›sie‹ verstehen, erreicht haben, zustandebringen. ›'werden sie einem kompromiß zustimmen?', fragte lenin und schaute durchbohrend auf mich. ich erzählte ihm, daß wir die beruhigenden auskünfte der presse vorsätzlich gegeben hatten und daß das nur eine list war für den augenblick, wo wir mit der generalattacke begannen. 'nun, das ist gu-ut', sagte lenin, den klang der wörter voll auskostend, voller entzücken. er rieb sich erregt die hände und begann im zimmer auf und ab zu gehen. 'das ist se-ehr gut!' iljitsch liebte list ganz besonders. den feind hereinzulegen, ihn über die ohren zu hauen – gab es etwas besseres?‹ dann die tragische stelle: ›einmal sagte wladimir iljitsch zu mir in einer besonders schwierigen stunde des jahres 1918: 'heute suchte mich eine arbeiterdelegation auf. und als ich mit ihnen geredet hatte, sagte einer von ihnen: man sieht, auch Sie, genosse lenin, stellen sich auf die seite der kapitalisten. wissen Sie, das war das erstemal, daß ich solche worte gehört habe. ich gestehe, ich war verwirrt und wußte nicht, was antworten. wenn das kein böswilliger typ, – kein menschewik war, dann ist es ein beunruhigendes symptom.'‹

11. 12. 42
in den zeitungen steht, jhering sei intendant des hofburgtheaters geworden. für die emigranten heißt das natürlich naziintendant. andrerseits sind es jetzt 10 jahre, dieses ganze volk, in einen gigantischen krieg gerissen von dem regierenden abschaum, lebt diese phase durch wie eine andere phase, und zwischen den nazibäckern und den naziintendanten sind die unterschiede wohl geringer, als wir annehmen. die brötchen sind harmloser als die johststückchen, dh, der beruf der theaterleute ist eben gefährlicher. jedenfalls fühle ich nichts schockähnliches. bauschundbogenurteile kann ich nicht leiden, derlei leute – bauschundbogenmäßig gesprochen – sind nicht die hauptfeinde, nehme ich an. das urteil muß drinnen gefällt werden.

12. 12. 42
feuchtwanger hat emil ludwig einen aufsatz über OVID für ein buch von exilierten über exilierte zugesagt und trotz meines einspruchs, daß er bei e[mil] l[udwig] schreibt, der das deutsche volk für jahrzehnte von amerikanischen lehrern erziehen lassen will, kann f[euchtwanger] sich nicht entschließen, sein versprechen charaktervoll zu brechen. außerdem hat er entdeckt, daß ovid aus versehen ins exil kam.

13. 12. 42
lied für den film TRUST THE PEOPLE:

bruder, es ist zeit
bruder, sei bereit
gib die unsichtbare fahne weiter jetzt!
im sterben nicht anders als einstmals im leben

wirst du nicht, genosse, dich diesen ergeben.
heut bist du besiegt und drum bist du der knecht
doch der krieg endet erst mit dem letzten gefecht
doch der krieg endet nicht vor dem letzten gefecht.

bruder, es ist zeit
bruder, sei bereit
gib die unsichtbare fahne weiter jetzt!
gewalt oder recht und es schwanket die waage
doch der knechtschaft tag um, kommen andere tage.
heut bist du besiegt und drum bist du der knecht
doch der krieg endet erst mit dem letzten gefecht
doch der krieg endet nicht vor dem letzten gefecht.

es ist nach der melodie des KI-liedes (EISLER) geschrieben, und ich schreibe es auf, weil es sonst kaum wo stehen wird.

17. 12. 42

entstehung von filmwirkungen: lang zieht zur übersetzung des obigen lieds einen ›hochbezahlten‹ hitparademan zu, der prompt für 500 $ einen unglaublichen dreck abliefert. lang kombiniert die zeilen mit zeilen von wexley, es handelt sich um eine ›invisible torch‹, die man weitergeben soll. hinweise, daß unsichtbare glühbirnen nicht besonders anschaulich sind, verfangen nicht. dann entsteht eine echte wirkung (im kleinen) durch eine massierung von unsinn. das lied wird im lager der geiseln geschrieben, von einem arbeiter, und er liest es einem berühmten lyriker vor. der überlegt eine sekunde, ob er so was wie ›unsichtbare fahne‹ verbessern soll, läßt es dann als adäquat und dokumentwertig stehen. nun hat lang den dichter statt mit einem dicken trinker (vom diktoniustyp) mit einem ganghofertyp besetzt (gütig, blaß, eitel), und der hat gerade die phrase, jetzt ›unsichtbare fackel‹, wunderbar zu finden. so ist die szene geradezu realistisch: ein arbeiter drückt sich aus mit den von der bourgeoisie abgelegten klischeebildern, die bourgeoisie nimmt sie ihm gerührt ab! lang merkt nichts.

20. 12. 42
angenehme arbeit an dem SIMONE-MACHARD-stück mit feuchtwanger.

24. 12. 42
abends hier eislers, reyher, feuchtwangers, später homolkas.

31. 12. 42
bei kortners. anwesend eislers, viertel, henrieds, thörens, donaths.

3. 1. 43
arbeite jeden vormittag mit L[ION] F[EUCHTWANGER] an den VISIONEN DER SIMONE MACHARD. die zusammenarbeit geht gut und ist eine erholung nach der filmarbeit, obwohl f[euchtwanger] von allem technischen oder sozialen (epischer darstellung, v-effekt, aufbau der figuren aus sozialem anstatt ›biologischem‹ material, gestaltung des klassenkampfs in der fabel usw) ganz absieht und das lediglich als meinen persönlichen stil akzeptiert. nachdem ich das stück konstruiert hatte, wobei er auf naturalistische wahrscheinlichkeit sah (es sollte eine hostellerie sein, der geldwert des benzins war zu gering, als daß jemand ernstlich dafür kämpfte usw), schrieb ich zuhause die szenen und korrigierte sie mit ihm dann. er hat sinn für

konstruktion, versteht sprachliche feinheiten zu schätzen, hat auch poetische und dramaturgische einfälle, weiß viel von literatur, respektiert argumente und ist menschlich angenehm, ein guter freund.

5. 1. 43
für die letzte realszene müssen wohl zwei fassungen geschrieben werden, da die richtige unaufführbar ist. in wirklichkeit benützten natürlich die wendells und pétains die niederlage und die fremde besatzung, ihre sozialen gegner niederzuwerfen. simone müßte also von den deutschen (nach falschem zeugnis von seiten des personals der hostellerie) entlassen und dann von mme mère und dem capitaine letain wegen aufruhr in die korrektionsanstalt eingeliefert werden. die aufführbare fassung muß das verschmieren; die verurteilung simones wegen brandstiftung aus haß gegen den patron bedeutet gleichzeitig ihre rettung vor der exekution durch die deutschen. bei dieser fassung kann ich nur mit der wirkung der letzten visionsszene rechnen, die in klerikalem gewand die autoritätsfrage aufwirft (gottesstimme ist volkesstimme und wird ausgestochen durch kirchenstimme).

20. 1. 43
der anblick geistiger verstümmelung macht mich physisch krank. diese geistig verkrüppelten und moralisch verletzten kann man kaum im selben zimmer aushalten. sitzung der screenwriterguild, die ich anrufen mußte, weil pressburger und lang mir keinen kredit für die arbeit am screenplay gaben – wexley war dagegen. und nun saß er, vor einem halben zentner manuskripten und behauptete, er hätte mich kaum je gesprochen. – der kredit würde mich eventuell instandsetzen, einen filmjob zu kriegen, wenn das wasser mir bis an den hals geht.

12. 2. 43
ankomme new york. zug war voll von soldaten, meistens chargen, ausgesprochen ›nice boys‹ mit sehr guten manieren, karten spielend, limonade und bier trinkend, radiomusik hörend. sofort den apparat abdrehend, wenn news durchkamen. dazwischen ältliche damen mit abzeichen, die immer 2 oder 3 der jungen leute um sich hatten, die sie bedienten, konversation machten, lächelten. mütter harpyien. einzige zufluchtsorte vor ihnen die klosetts. man denkt sie sich wohl zur aufrechterhaltung der moral (der älteren damen). – arizona und texas erinnert sehr an sibirien, vom zug aus. die grauen zweistöckigen holzfarmen und die leute wirken sehr arm.

14. 2. 43
erwische noch korsch, der übermorgen weg muß. dicker geworden, noch etwas mehr fußnoten mitsprechend, eigentlich im typ ganz verändert. er war immer kräftig, wirkte jedoch eher hager und hatte diese tiefblauen augen unter den dunkeln brauen. ist jetzt fleischig, stämmig, die augen kleiner, fast listig. er lebt von den 100 $ des instituts und arbeitet an seinen aufsätzen. das ist unverändert, er sagt wieder, daß er ja seine wissenschaft dichtet, während ich meine gedichte mache wie ein schuster den schuh. im augenblick interessiert er sich für geopolitik.

16. 2. 43
abends kommt K[ARL] A[UGUST] WITTFOGEL mit seiner frau und LANGERHANS. auch W[ITTFOGEL], immer ein etwas vorgebeugter gymnasiast mit schüchterner stimme ist jetzt ›stout‹, hat reich geheiratet, einen namen als sinologe, eine art salon. im übrigen ist er antistalinist, ein job, der seinen mann ausfüllt. stalin hat

hitler bewußt und planmäßig zur macht gebracht, die kommunistische partei in allen ihren organisationen zerstört, geopfert, beseitigt. dem W[ITTFOGEL] hat radek 32 gesagt: ›dann müssen eben die deutschen arbeiter das zwei jahre auf sich nehmen.‹ es war von anfang an die spekulation auf den großen krieg zwischen den westmächten und deutschland. W[ITTFOGEL] hat die hitze und das trauma des enttäuschten troubadours (›und *sie* läßt sich vom reitknecht ficken‹). – L[ANGERHANS] ist sympathisch wie je, erzählt vom KZ, wo einmal eine ganze theatersaison einriß. ›man ging am abend in die 2. baracke, sich den hauptmann von köpenick ansehn oder in eine andere, die soundsorevue.‹ im zuchthaus brandenburg hörte er einen häftling meine gedichte über den anstreicher vortragen. mein moritaten- und sketchstil diente überall als vorbild. kulturnation. – das moorsoldatenlied war, wie er sagt, in allen lagern verbreitet und erlaubt. er liebte es dort nicht, es war ihm zu sehr sklavenlied. bei der negation im letzten refrain ›*nicht* mehr mit dem spaten ins moor‹, auf das ›nein‹ warteten immer alle geil und stampften beim ›nein‹ auf, daß die baracke wackelte.

Associated Press

GERMAN PRISONERS IN TUNISIA

märz, april, mai 43
treffe viele leute. hauptmann lebt mit dem sozialdemokratischen früheren polizeipräsidenten bärensprung und hat nicht sehr viel zeit übrig, jedoch würde sie gern wieder arbeiten. grosz ist der alte, etwas enttäuscht von amerika; seine ausstellung sehe ich, und die stilleben machen mir eindruck, weil da in die deutsche malerei ein großartiges materialistisches sensuelles moment hineinkommt. er verkauft aber beinahe nichts. wieland [herzfelde] führt einen winzigen markenladen, klagt nicht, plant neuen verlag und entwirft briefköpfe, sein junge trägt als eiskunstläufer zum unterhalt bei. graf, der kein wort englisch gelernt hat, ist etwas vereinsmeierisch, dick, hinterfotzig und glaubt an jahrzehntelange reaktionsperiode. sternberg kommt vor artikeln nicht zum bücherschreiben, jedoch arbeitet pustau noch immer an ihrer selbstbiografie, die interessant ist. neue bekanntschaft: kurt lewin, der in iowa unter scouts und arbeitern ›führerbenehmen‹ ausbildet und mich einlädt, interessiert an dem BÖSEN BAAL DEM ASOZIALEN. weill hat großen broadwayerfolg, ist aber nicht mehr so sicher an seiner zukunft hier. aufricht bringt uns zusammen. weill will das sezuanstück produzieren, und wir planen einen schweyk. lenya hilft mir bei einer aufnahme des ›liedes einer deutschen mutter‹ für das office of war information, komposition von dessau. die deutsche desk sabotiert. lenya singt auch öffentlich das von weill komponierte ›was bekam des soldaten weib‹ und songs aus der ›dreigroschenoper‹; es werden platten hergestellt, auf aufrichts initiative. auch den ›kinderkreuzzug‹ will er komponieren. lorre und bergner lesen gedichte. beide haben nichts verlernt, die technik hat sie völlig frisch gehalten. für bergner bearbeite ich (mit hofmann hays) websters ›duchess of malfi‹. eine woche bin ich bei weill in new city, wo ich auch eine sezuanfassung für hier herstelle.

27. 5. 43
gestern nacht von NY zurück. erzähle steff einiges von dem SCHWEYK-plan. er sagt sogleich, der originalschweyk würde sich um balouns schwierigkeiten kaum kümmern, ihm eher zum eintritt in die deutsche armee zuraten und schwerlich in einem so gefährlichen lokal wie dem jetzigen wirtshaus ZUM KELCH verkehren. tatsächlich liegen da die verschärfungen gegenüber 1914. jedoch beschließe ich auf der stelle, diese unpolitische haltung s[chweyks] widersprüchlich in die kleine fabel *(rettung des fressers baloun)* einzubauen. im zug den alten schwejk lesend, bin ich wieder überwältigt von diesem riesigen panorama hašeks, dem echt unpositiven standpunkt des volkes darin, das eben das einzige positive selbst ist und daher zu nichts anderem ›positiv‹ stehen kann. auf keinen fall darf schweyk ein listiger hinterfotziger saboteur werden. er ist lediglich der opportunist der winzigen opportunitäten, die ihm geblieben sind. er bejaht aufrichtig die bestehende ordnung, so zerstörend für ihn, soweit er eben ein ordnungsprinzip bejaht, sogar das nationale, das er nur als unterdrükkung trifft. seine weisheit ist umwerfend. seine unzerstörbarkeit macht ihn zum unerschöpflichen objekt des mißbrauchs und zugleich zum nährboden der befreiung.

28. 5. 43
eisler kritisiert an der SIMONE (er hat eine herrliche musik geschrieben für die erste aufforderung des engels), daß sie zu sehr ›natürliche patriotin‹ ist. er will die rolle des *buches* vergrößert haben. sie ist das opfer patriotischer erziehung. sie dürfte nur ausführen, was [von] ihr geschafft wird; sie rettet gehorsam frankreich (die habe der habenden), indem sie es verteidigt gegen die deutschen, dann versäumt sie, es zu retten (als habe der habenden), indem [sie] es auslieferte an sie. für den schluß will er alle erwähnung von *free french* entfernt haben.

simone wird degradiert, sie muß schürze und buch zurückgeben und kommt zu denen mit den großen köpfen. ihre freunde dürfen nichts mehr sagen: sie sind besiegt.

29. 5. 43
zu SCHWEYK: das klassische hat ein moment der imitierbarkeit in sich. ein klassisches werk ist außergewöhnlich nur, indem es ähnliche typen, die es anregt und ermöglicht, übertrifft. – mit LORRE über schweyk gesprochen. er opponiert der szene, in der schweyk einen gestohlenen hund schlachtet und der kelchwirtin bringt, damit sein freund baloun ein richtiges gulasch gekocht bekommen kann. natürlich hat lorre eine gruselige vergangenheit als horrorspieler in den filmen niederzuleben, so daß jedermann, wenn er mit dem paket käme, den gehäuteten hundeleichnam vor augen hätte, das gerippe im packpapier, wie er sagt. aber derlei führt zu ergiebigen irrtümern. so begeistert er sich sogleich dafür, daß schweyk ein hundeliebhaber sein müsse. das ist schweyk natürlich nicht, da er ja hundehändler ist.

8. 6. 43
höre nachts den letzten akt von DON GIOVANNI übers radio. dieser gipfel ist nie wieder erreicht worden, und er erhob sich gleich am beginn!

9. 6. 43
beende den ersten akt des SCHWEYK. abends kortner, eisler, viertel da. viertel erzählt, wie man einen regisseur, der sich bei der aufnahme über was beschwerte, dazu bewegte, mit dem

auto in ein restaurant zu fahren. als er zurückkam, war sein job neu besetzt, und er hatte schwierigkeiten, seinen hut zurückzubekommen. ein wohlwollender producer empfahl kortner, er solle im studio, falls er jemanden oben nützen wolle, von nicht als ›brilliant‹, sondern als ›swell guy, easy to work with‹ bezeichnen. – eisler hat sehr schön ›in sturmesnacht‹, ›deutsches miserere‹ und ›der kälbermarsch‹ vertont.

24. 6. 43

im großen den SCHWEYK beendet. ein gegenstück zur MUTTER COURAGE. im vergleich zu dem schwejk, den ich für piscator um 27 herum schrieb – eine reine montage aus dem roman – ist der jetzige (des zweiten weltkriegs) erheblich schärfer, entsprechend dem wechsel von der eingesessenen gewaltherrschaft der habsburger zur invasion der nazis. – der lang-film (jetzt heißend HANGMEN ALSO DIE) hat mir luft für drei stücke verschafft. (DIE GESICHTE DER SIMONE MACHARD, DIE HERZOGIN VON MALFI, SCHWEYK).

25. 6. 43

eisler hat für sein HOLLYWOODER LIEDERBÜCHLEIN 2 großartige zyklen geschrieben, anakreongedichte und hölderlingedichte. hier wird eine möglichkeit sichtbar, zu dramatischen chören zu gelangen, da die vertonungen nunmehr ganz und gar gestisch sind.

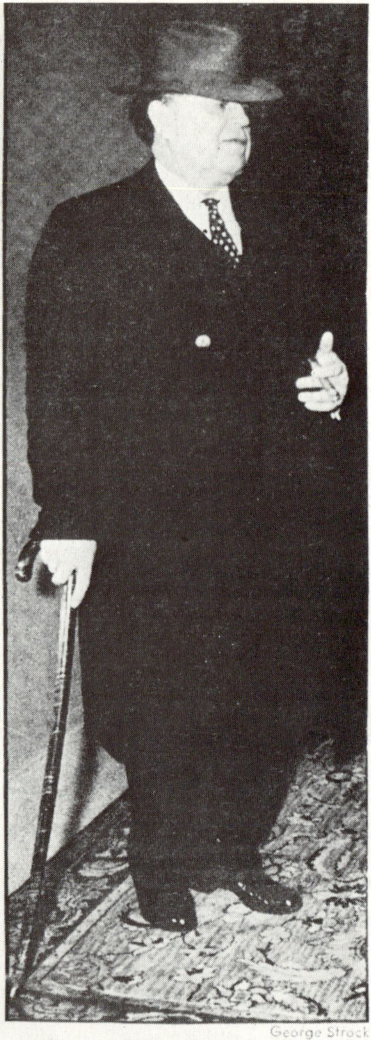

MINERS' BOSS

THE MINERS WALK OUT

They did not realize where their leader had led them . . .

26. 6. 43

früh halb neun. im radio: anna seghers liegt in einem mexicospital im koma, nachdem sie gestern auf der straße aufgefunden wurde, überfahren oder wie die polizei annehme, aus einem auto geworfen.

28. 6. 43
weill da, um eine revue zu besetzen. er hat ein gutes dramturgisches urteil. zb fehlt ihm das element des überlebens des SCHWEYK, das ich in der kleinen plangeschichte hatte. – ich entwerfe das den-hund-treffen für diesen zweck.

International

THE FLAG GOES UP
..or how close they had come to rebellion

TIME, May 10, 194

3. bis 6. 7. 43
mit dem writer-producer e[rnest] pascal bei lorre am lake arrow-head, um über einen film THE CROUCHING VENUS zu sprechen. ein künstlicher bergsee unter tannen, 600 m hoch gelegen, eigentum einer privatgesellschaft, an einzelnen tannen kleine rote plakätchen mit *sold.* lorre reitet, schwimmt, fährt speedboat, schießt tonpfeifen und ist nett, zwischen patronage und schülertum.

7. 7. 43
in WARDS HISTORY OF ENGLISH DRAMATIC LITERATURE lesend. das elisabethanische theater gleicht wirklich in vielem dem hollywoodbetrieb. kollektives schreiben, schnelles schreiben auf bestellung, mehrmaliges verwenden von motiven, die einflußlosigkeit der schreiber auf ihre produkte, der ruhm nur unter den schreibern selber, dann die leidenschaftlichen handlungen, die plots, die neuen milieus, die politischen interessen usw usw. die unterstützungen durch den adel hören eben auf, das boxoffice wird entscheidend; die klassenunterschiede verschärfen sich, das publikum besteht aus unvereinbaren klassen, der untersten und der obersten (die mittlere ist von 2–5 nachmittags im geschäft). selbst shakespeares seltsame flucht ins wirtshausgeschäft am ende gleicht der flucht auf die ranch, die alle hier planen.

9. 7. 43
ein chinesischer autor und schauspieler, TSIANG, empfohlen von piscator, lädt mich zu einer vorstellung zweier langer einakter in einem extra gemieteten lokal. das spiel ist äußerst interessant, versuch der vereinigung asiatischer ausdrucksformen mit den unsrigen, mit einigem stanislawski drinnen,

jedoch begrüßt mich T[SIANG] feierlich als den ›founder of the epic theater‹. dann ist er hier heraußen und demonstriert helli und mir einiges. er zeigt, wie die chinesen, einen stock als gewehr hantierend, einfach den stock als symbol für das gewehr nehmen; er [be]handelt den stock als gewehr, unterstreicht sein gewicht, die rundung des kolbens usw. soweit illusionstechnik à la stanislawski, aber dann stimmt er doch zu, daß die kunst beginnt, wo das gewehr selber behandelt wird wie ein stock, der als gewehr behandelt wird, dh wo das gewehr selber verfremdet wird. so hat nicht das gewehr zu erscheinen als nicht mehr (wenn nicht als nicht weniger) als ein gewehr, sondern über das gewehr muß etwas ausgesagt (erzählt, der diskussion überliefert, wenn man will, den assoziationen ausgesetzt) werden. etwa, wenn eine schildwache als beeinflußt durch das gewehr, durch das gewehr aus einem zivilisten in einen soldaten verwandelt gezeigt werden muß. das gedrillte, kommandierte, beinahe objektive töten durch den soldaten, den gewehrträger, gewehrbediener kann so ausgedrückt werden usw usw.

10.7.43
farrant's theater in blackfriars must have been at best a small room ›not over 25 feet in width‹. burbages in blackfriars 66 feet by 46. the fortune: outside measurements 80 feet each way. interior a square of 55 feet. 3 galleries, 12, 11 and 9 feet in height and 12 feet 6 inches in depth. width of the stage 43 feet, it extended into the yard 40 feet.

11.7.43
mit LORRE abends über V-effekte geredet. er findet, daß ich oft bei aufführungen (er erwähnt die MUTTER-aufführung in ber-

lin) das eigentlich handwerkliche bei den schauspielern vernachlässigt habe, außer wenn sie das sowieso beherrschten, und er rät, ich solle diese vorbedingung handwerklicher reife wenigstens erwähnen. es ist richtig, daß ich, dilettanten neben artisten verwendend, zufrieden war, die allgemeine anwendbarkeit der neuen prinzipien nachzuweisen. in der tat ist auch das *da*sein auf der bühne, das über-die-rampe-bringen von text und übrigem in den niederen und mittleren graden lehrbar. jedoch möchte ich die interessantheit des schauspielers auf sein interesse an dem gesellschaftlichen phänomen, mit dem er sich darstellend beschäftigt, gründen.

12. 7. 43
zum SCHWEYK: die sprache des stücks unterscheidet sich wesentlich von der sprache des deutschen hašekbuchs. es sind süddeutsche elemente hineingearbeitet, und der gestus ist in mancher weise anders. darum wäre es zb falsch, zu böhmakeln in diesem stück, dh, die tonfälle sollen nicht böhmisch sein.

17. 7. 43
treffe bei feuchtwanger den lawson, der über dramaturgie geschrieben hat (reaktionäres zeug ›zurück zu gustav freytag‹) und den new-masses-standpunkt vertritt. murrow von der CIO sei sehr gewachsen und heute viel mehr ›statesmanlike‹ als früher; green (AFL) habe sehr stark gesprochen gegen die antilabourgesetzgebung des kongresses usw. in europa werden liberale regierungen eingesetzt werden, die volksstimmung in amerika verhindere so was wie die nordafrikanische politik. die sowjetunion werde kaum wegen sozialistischer staaten mit den demokratien in konflikt kommen wollen.

18.7.43
ich glaube, daß die deutsche armee wieder im ausland besiegt werden wird. die berühmt schlechten deutschen nerven sind durch den faschismus noch schlechter geworden, die generäle gehen aus den hauptquartieren direkt in die irrenhäuser. sie kapitulieren auf der stelle, wenn sie nicht alles haben, was sie zu den militärischen operationen brauchen. hagen und volker haben sich in sachverständige für ›chancen der fortführung des gemetzels‹ verwandelt, und der militarismus ist so hochgezüchtet, daß die 30 SS-divisionen vermutlich sich auf den dachböden verkriechen werden, wenn das hauptquartier um waffenstillstand nachsucht. die italiener, doppelt solang dem faschismus ausgesetzt, sind schon zu verrottet, um noch zusammenbrechen zu können.

18.7.43
jetzt sollen schon über 60 000 deutsche kriegsgefangene in den USA sein; sie ›bewahren disziplin unter ihren offizieren, singen das horstwessellied usw‹. zumindest sie werden für die nachkriegsära in purem nazismus erhalten. es gibt kaum reporte; die wenigen berichten von ihrem glauben an den hitlersieg.

19.7.43
souvarines niederdrückendes buch über stalin gelesen. die umwandlung des berufsrevolutionärs in den bürokraten, einer ganzen revolutionären partei in einen beamtenkörper gewinnt durch das auftreten des faschismus tatsächlich eine neue beleuchtung. das deutsche kleinbürgertum borgt sich für seinen versuch, einen staatskapitalismus zu schaffen, gewisse institutionen (samt ideologischem material) vom russischen proletariat, das versucht, einen staatssozialismus zu schaffen. im faschismus erblickt der sozialismus sein verzerrtes spiegelbild. mit keiner seiner tugenden, aber allen seinen lastern.

20. 7. 43
mitunter denke ich nach über einen zyklus LIEDER DES GLÜCKSGOTTS, ein ganz und gar materialistisches werk, preisend ›das gute leben‹ (in doppelter bedeutung). essen, trinken, wohnen, schlafen, lieben, arbeiten, denken, die großen genüsse.

20. 7. 43
die hearstpresse tobt über die gründung eines komitees zur befreiung deutschlands vom faschismus in moskau, bestehend aus emigranten und kriegsgefangenen. das programm, soweit man aus den zeitungen ersehen kann, enthält nicht mehr, als was etwa der professor tillich (und wohl auch brüning) verlangen würde.

21. 7. 43
wenn immer man fertig ist mit einer arbeit in diesen jahren, entsteht jene vernichtende pause der unnatürlichen nichtverwertung, die überstanden werden muß. der vertriebene steinmetz hat wieder einmal, seiner gewöhnung folgend wie einem laster, einen der felsbrocken in ein bildnis umgewandelt und sitzt nun daneben, ausruhend, wie er sagt, wartend, wie er nicht sagt. solang niemand vorbeikommt, ist alles erträglich, erst wenn sie vorbeikommen, ja erst wenn sie emporblicken, wird es schlimm. und die kunstwerke sind schwer transportierbar, es sind eben felsbrocken, bearbeitet ... in den 10 jahren habe ich folgende stücke geschrieben:
die rundköpfe und die spitzköpfe
furcht und elend des dritten reiches
leben des physikers galilei
der gute mensch von sezuan
mutter courage und ihre kinder

herr puntila und sein knecht matti
aufstieg des ui
die gesichte der simone machard
the duchess of malfi (bearbeitung)
schweyk
kein schlechtes repertoire einer völlig besiegten klasse.

25.7.43
während einer rede des vizepräsidenten wallace in detroit (beginn der newdealkampagne für präsidentschaft) mit dem slogan: for private enterprise and full employment! am radio eine unterbrechung: premier mussolini zurückgetreten.
abends hier kortner, tsiang, winge, viertel, steuermann, eisler, kaus. im radio hören wir: der sozialist benito mussolini, der vor 20 jahren . . ., ist nunmehr in die gosse (gutter) zurückgefallen, aus der er aufstieg.

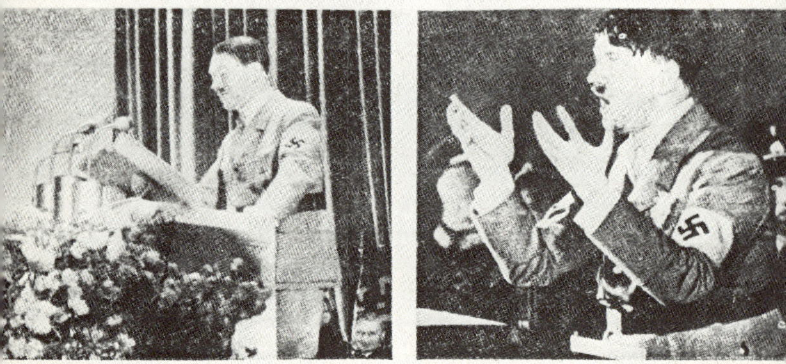

en years have changed Hitler. Left, he is shown addressing his followers shortly after his ascension to power Jan. 30, 1933. Right (picture taken last November), he is shown trying to explain what has been happening to armies in Russia. Note, among other things, the difference in waistline. *Photo by Wide W*

26. 7. 43
hamburg geht unter. über ihm steht eine rauchsäule, die doppelt so hoch ist wie der höchste deutsche berg, 6000 m. die mannschaften der bomber benötigen sauerstoffapparate. seit 72 stunden erfolgt alle 12 stunden ein angriff.

28. 7. 42
daß hitler die generäle nicht dazu bringen konnte, den faschismus in italien zu verteidigen, beweist die zunehmende schwäche seiner position. andrerseits wird er wohl jetzt noch einmal kurz von den unruhen in italien profitieren. – bei eisler ergriff ich die gelegenheit, adorno und einen andern tui vom institut für sozialforschung zu fragen, was nunmehr mit ihrem ökonomen pollock geschehen würde, der ein faschistisches jahrhundert erwartete, an die planwirtschaft der deutschen bourgeoisie glaubte usw. sie sagten, der sturz mussolinis beweise nichts. sie sind dabei alle erstaunt über die spielerische leichtigkeit, mit der die italienische bourgeoisie den ›diktator‹ entließ, all die ›tiefgreifenden‹ faschistischen institutionen auflöste usw. als ich vor einem jahr ihnen meine meinung entwickelte, daß es sich in deutschland um nichts als eine oberflächliche kriegswirtschaft handelt, mit sehr wenig echter koordination, sehr fahrigem eingriff des staats in die wirtschaft, zogen sie nur die augenbrauen hoch.

29. 7. 43
natürlich gibt es so etwas wie die ›knechtseligkeit der deutschen‹. sie hat ihre historischen gründe (aber erklärt ist sie nicht beseitigt). trotzdem ist das rätsel des deutschen durchhaltens (zweier winter in rußland, jetzt wieder in sizilien, dann aber auch, mehr bedeutend in den antifaschistischen

deutschen fabriken) dem nicht-dialektiker kaum zu erklären. da ist eine totalität faschistischer zielstrebigkeit, die nur sprunghaft in eine totalität anderer art übergehen kann. (es ist immer nur die oberhand sichtbar, nicht die unterhand. ja, die oberhand dirigiert die unterhand.)

1.8.43

abends kommen bei viertels zusammen: TH[OMAS] MANN, H[EINRICH] MANN, FEUCHTWANGER, BRUNO FRANK, L[UDWIG] MARCUSE, H[ANS] REICHENBACH und ich. in vier stunden wurde folgendes entworfen:

In diesem Augenblick, da der Sieg der Alliierten Nationen näher rückt, halten es die unterzeichneten Schriftsteller, Wissenschaftler und Künstler deutscher Herkunft für ihre Pflicht, folgendes öffentlich zu erklären:
Wir begrüßen die Kundgebung der deutschen Kriegsgefangenen und Emigranten in der Sowjetunion, die das deutsche Volk aufrufen, seine Bedrücker zu bedingungsloser Kapitulation zu zwingen und eine starke Demokratie in Deutschland zu erkämpfen.
Auch wir halten es für notwendig, scharf zu unterscheiden zwischen dem Hitlerregime und den ihm verbundenen Schichten einerseits und dem deutschen Volke andrerseits.
Wir sind überzeugt, daß es ohne eine starke deutsche Demokratie einen dauernden Weltfrieden nicht geben kann.
Thomas Mann   Heinrich Mann   Lion Feuchtwanger
Bruno Frank   Bertolt Brecht   Berthold Viertel
Hans Reichenbach   Ludwig Marcuse.

den ersten satz fügte TH[OMAS] MANN hinzu. er fand die erwähnung der sowjetunion etwas bedenklich. das letzte mal, wo ich ihn gesehen habe, im februar, sagte er, einen teller mit sandwiches haltend: ›ich wollte, die russen wären vor den alliierten in berlin.‹ nachher erfuhr ich, daß er an diesem nachmittag auf dem russischen konsulat eine gratulationsrede für die rote armee auf eine platte gesprochen hatte und traktiert worden war. jetzt überzeugte ihn bruno frank, daß die nichterwähnung des moskauer komitees nur komisch wäre, so wandte sich die debatte zu dem begriff ›verbundene schichten‹, wobei th[omas] ›mitschuldige‹, h[einrich] ›trusts‹ vorschlug. am ende stimmten alle der obigen fassung zu, und th[omas] verlas sie befriedigt unten, vor den frauen.

august 43

se are German fliers taken captive by the Red Army. Luftwaffe men are, in the main, of better appearance and morale than German foot soldiers

2.8.43
und heute morgen ruft TH[OMAS] MANN feuchtwanger an: er ziehe seine unterschrift zurück, da er einen ›katzenjammer‹ habe. dies sei eine ›patriotische erklärung‹, mit der man den alliierten ›in den rücken falle‹, und er könne es nicht unbillig finden, wenn ›die alliierten deutschland zehn oder zwanzig jahre lang züchtigen‹.
die entschlossene jämmerlichkeit dieser ›kulturträger‹ lähmte selbst mich wieder für einen augenblick, der modergeruch des frankfurter parlaments betäubt einen heute noch. mit goebbels behauptung, hitler und deutschland sei eins, stimmen sie überein, wenn hearst sie übernimmt. ist dem deutschen volk, sagen sie, nicht zumindest knechtseligkeit vorzuwerfen, wenn es sich goebbels so unterwarf, wie sie sich hearst unterwerfen? und waren die deutschen nicht schon vor hitler militaristisch? th[omas] mann erinnert sich, wie er selber 1914 den einfall der kaiserlichen armeen in belgien zusammen mit 91 andern intellektuellen gut befunden hat. solch ein volk muß gezüchtigt werden! wie gesagt, für einen augenblick erwog sogar ich, wie ›das deutsche volk‹ sich rechtfertigen könnte, daß es nicht nur die untaten des hitlerregimes, sondern auch die romane des herrn mann geduldet hat, die letzteren ohne 20–30 SS-divisionen über sich.

7.8.43
hitlers position muß extrem schwierig sein, mit dem krieg im osten verloren, italien gebrochen, mussolini nicht zu halten, die luftangriffe unabwehrbar. er kann jeden tag fallen.

8. 8. 43

nachmittags gorelik und tsiang hier, sowie winge. zu meinem entsetzen vertritt auch der skeptische und linke gorelik die vansittartthese. ›warum haben die deutschen arbeiter nicht protestiert gegen die greuel in rußland?‹ (es ist hier üblich, daß hochbezahlte schreiber, die den verstand der amerikanischen massen vergiften, mitunter proteste gegen dies und das unterschreiben.) der grad der faschistischen und besonders der nazistischen unterdrückung ist hier unvorstellbar. die 200 000 insassen der KZs zu beginn des krieges, die einsetzung des arbeiters als techniker, die seine arbeit von ihrem zweck trennt usw, verstehen sie nicht. dann ist da dieser unheimliche zähe kampfgeist, der völlig abstrakt ist, dieses metzeln aus ordnungsliebe, dieses rasen, dem trägheitsgesetz folgend. gorelik verwies auf die schlecht kämpfenden italiener, tsiang erklärte ihm, daß die deutschen (und japaner) auch ihre herren besser bekämpfen werden, wenn es soweit ist. die idee der freiheit ist keine ›natürliche‹ idee. und die schurkereien eines regimes werden selten von den untertanen als die ihrigen oder die von ihnen zu verantwortenden gewertet, ein zu großer teil davon wird an ihnen selber verübt.

9. 8. 43

als THOMAS MANN vorigen sonntag, die hände im schoß, zurückgelehnt sagte: ›ja, eine halbe million muß getötet werden in deutschland‹, klang das ganz und gar bestialisch. der stehkragen sprach. kein kampf war erwähnt, noch in anspruch genommen für diese tötung, es handelte sich um kalte züchtigung, und wo schon hygiene als grund viehisch wäre, was ist da rache (denn das war ressentiment von dem tier).

9. 8. 43
›o sprengen des gartens, das grün zu ermutigen‹. und: ›die vaterstadt, wie find ich sie doch?‹. aber ein lyrisches gesamtwerk muß eine (innere) geschichte haben, die in harmonie oder kontrast stehen mag zur äußeren geschichte. ich denke an so etwas wie die ›phasen‹ der maler, in unserer zeit etwa des picasso. so ungeordnet die eindrücke, so willkürlich die eingriffe in diesen jahren auch sind – was ich an gedichten schreibe, behält doch immer den versuchscharakter, und die versuche ordnen sich in einer gewissen beziehung zueinander an, und die lektüre kann kaum adäquaten genuß verschaffen, wenn etwa solch ein gedicht wie das erstere nicht auch in seiner neuheit innerhalb der gesamten produktion genossen werden kann, als domesticum.

10. 8. 43
zur frage: warum kämpfen sie? – wenn die organisationen und mittel der unterdrückten klassen zerstört sind (›umfunktioniert‹), dann bleibt dem vereinzelten nur übrig, nach zeichen auszuspähen, daß die organisationen der diktierenden klasse zerbrechen. erst wenn sich die neuen einheiten, in die er gepreßt ist, aufzulösen beginnen (lokale arbeitsfrontabschnitte, gefechtseinheiten an der front usw), kann er darangehen, ihm gemäße einheiten zu schaffen, meist mit der funktion, die allgemeinere, nicht-klassenkämpferische aufgabe der zerfallenden einheiten zu übernehmen. – die vorwürfe, die den ehemals sozialistischen mitgliedern der hitlerarmee wegen der entsetzlichen greuel im osten gemacht werden, meist, daß sie sie dulden, sind schmerzlich; wahrscheinlich stehen sie kameraden gegenüber, die erbittert sind über den zivilkrieg der bevölkerung, ein novum. – linke leute sollen schon sagen: ›diese deutschen arbeiter werden nichts einwenden können, wenn sie die von ihnen zerstörte ukraine wieder werden aufbauen müssen.‹ nun, wenn es sich da nicht um reparationen

handelt und wenn sie aufzubauen haben unter bedingungen, wie wir sie für deutschland erwarten (gewerkschaften usw), werden sie kaum viel einwenden.

14. 8. 43
helli hat eine feier für DÖBLIN organisiert, der 65 jahre alt wurde. heinrich mann hielt eine herrliche begrüßungsrede, kortner, lorre, granach lasen aus döblins büchern, blandine ebinger sang berliner chansons, steuermann spielte einen eislerschen satz am klavier, und am schluß hielt döblin eine rede gegen moralischen relativismus und für feste maße religiöser art, womit er die irreligiösen gefühle der meisten feiernden verletzte. ein fatales gefühl ergriff die rationaleren zuhörer, etwas von dem verständnisvollen entsetzen über einen mitgefangenen, der den folterungen erlegen ist und nun aussagt. tatsächlich haben besonders harte schläge döblin niedergeworfen: der verlust zweier söhne in frankreich, die undruckbarkeit eines 2400-seiten-epos, angina pectoris (die große bekehrerin) und das leben mit einer ungewöhnlich dummen und spießigen frau. dem rezitator hardt passierte ein bezeichnendes mißgeschick. er las kleists ›gebet des zoroaster‹, und anstatt der bitte, er möge fähig sein, die torheiten und irrtümer seiner gattung zu übersehen, las er die bitte feierlich mit dem wort ›gattin‹ statt ›gattung‹: döblin hatte mit seiner frau gerade das weekend in hardts haus verbracht.
als döblin anfing zu beschreiben, wie mit vielen anderen schreibern auch er mitschuldig wurde an dem aufstieg der nazis (›sagten nicht Sie, herr thomas mann, er sei wie ein bruder, ein schlechter natürlich‹, fragte er nach der ersten reihe herunter) und die frage entschlossen aufwarf, warum denn, glaubte ich für minuten kindlich, er werde jetzt fortfahren: ›weil ich die verbrechen der herrschenden vertuscht, die bedrückten entmutigt, die hungernden mit gesängen abgespeist habe‹ usw. aber er fuhr nur verstockt, unbußfertig, ohne reue fort: ›weil ich nicht gott suchte.‹

15. 8. 43
abends tsiang hier, eine junge amerikanische schauspielerin, ein amerikanischer schauspieler, granach. ich stellte die frage, warum sie spielen. die amerikaner sagen: um sich auszudrükken; um die creativen fähigkeiten zu betätigen usw. (die erste antwort ›to make my living‹ ist bereits zurückgewiesen.) tsiang spielt, weil er leute liebt und leute haßt, so empfiehlt er oder diskreditiert er sie. granach benutzt die gelegenheit, ein ganzes menschenleben in drei stunden zu konsumieren, dazu, etwa 300 000 jahre alt zu werden.
in den staaten, wo wir so viel und so wenig theater haben wie im alten rom, ist die schwierigkeit nicht die, daß es sich nur um unterhaltung handelt, sondern nur um sehr schwache, beiläufige, entbehrliche unterhaltung. escapism, aber ein entkommen nur bis zum lift, ein aphrodisiacum, aber nur bis zum flirt usw.

20. 8. 43
man hört von streiks, nicht nur in milano, auch in berlin. mitunter, für einen augenblick, scheinen sich die schlachtfelder, kriegsschauplätze, geographischen reliefs europas zu bevölkern. es sind menschen in milano und in hamburg ...

24. 8. 43
die großen verbrechen sind nur möglich durch ihre unglaublichkeit. gewöhnlicher betrug, einfache lüge, schiebung mit einem mindestmaß an scham, das trifft viele unvorbereitet. die subtileren geister weigern sich, primitiven betrug zu vermuten, schon mißtrauisch sind sie noch zu anspruchsvoll, indem sie raffinierte und meisterhaft verfeinerte verbrechen postulieren. sie weigern sich entrüstet, staatsmänner mit pferdedieben,

generäle mit börsenspekulanten zu ›verwechseln‹, und so bleiben ihnen die pferdediebstähle und börsenspekulationen ganz unverständlich. natürlich suchen sie mit recht schlauheit bei den großen; es ist aber eine niedrige und auf die ausführung der untaten beschränkte schlauheit. die schläge, die sie austeilen, sind nicht immer tödlich. sie hauen das volk ›übers ohr‹ mit schönen reden, die ihre opfer nicht arbeitsunfähig, sondern nur unzurechnungsfähig machen sollen.

25. 8. 43
interessant wie wenig goreliks report über das epische theater, der einzige amerikanische, und vielleicht der welt, aussagt. er behandelt beinahe nur die intellektualisierung des theaters und macht einen romantischen maschinenkult auf. sehr wenig über die neuen stoffe, die zu bewältigen sind, oder die neuen sozialen funktionen des theaters. er beachtet nicht die adresse an ein neues publikum, das die welt nicht mehr zu interpretieren, sondern zu ändern gekommen ist oder kommen soll. das amerikanische theater, in der kurzen epoche, wo es nach dem ökonomischen zusammenbruch von 29 zu einer art politischer institution wurde, kam über die flickschusterei nicht hinaus, so kann gorelik lediglich ästhetische gesichtspunkte geltend machen, wenn *er* das europäische theater schildert.

27. 8. 43
schauerliche lehrstunden: wenn die kriege lang genug gegangen sind, erkennen die einfachen leute endlich die unmenschlichkeit ihrer regierung, den imperialistischen charakter des kriegs, aber zur gleichen zeit erfahren sie, daß der feind ebenfalls imperialistische ziele verfolgt! – nach einem aufsatz des angeblich dem staatsdepartement nahestehenden journalisten

kingsley smith im ›american mercury‹ über die absichten der regierung für deutschland, erscheint jetzt einer über italien. kingsley smith stellt sich deutschland und italien vor, beherrscht wie etwa indien. das erste, was die folge wäre, wären die indischen hungersnöte. wenige (von den nicht wenigen, die so harte und herrschsüchtige pläne hier verurteilen) sehen, daß der faschismus nicht nur das maximum der möglichen, sondern auch das minimum der nötigen polizeilichen unterdrückung lieferte, nötig, wenn das vorherrschende system der produktion beibehalten werden sollte. und dann war noch dazu nötig der krieg für diese regime!

28. 8. 43
artikel über die kriegswirtschaft in deutschland (the economic journal): gegen ende 42 haben die trusts, über das kriegsministerium, endgültig die überhand gegenüber der staatskontrolle gewonnen. rationalisierung, spezialisierung, standardisierung haben die produktion weiter vermehrt. die trusts können bürgerlicherseits nicht mehr aufgelöst werden, scheint es, aber es ist auch unmöglich geworden, sie unter staatskontrolle zu stellen.

29. 8. 43
das herz bleibt einem stehen, wenn man von den luftbombardements berlins liest. da sie nicht mit militärischen operationen verknüpft sind, sieht man kein ende des kriegs, nur ein ende deutschlands.

30. 8. 43
budzislawski hat die erklärung vom 1. 8. umgeformt, so daß die bezugnahme auf die kriegsgefangenenerklärung vermieden ist. tillich rät überhaupt ab.

2. 9. 43
aus ›the economic journal‹, vol LI, dez 41, die folgenden zahlen, ohne deren kenntnis die entwicklung in der USSR schwerlich verständlich ist:

	1928	*1929*	*1930*	*1931*	*1932*
number of workers and salaryearners (millions)	11.6	12.2	14.5	19.4	22.9
from which:					
large-scale industry	3.1	3.4	4.3	5.5	6.3
building and construction	0.7	0.9	1.6	2.5	3.1
transport	0.3	0.4	0.8	1.6	2.4
yearly average wages (rbls)	703	800	936	1127	1427
yearly agefund (milliard rbls)	8.2	9.7	13.6	21.4	32.7
total number of population (millions)		154.3			165.7
gross output of large-scale industry (milliard rbls 1926/27)	15.8	19.9	25.8	32.2	36.8
production of consumer goods:					
cotton-textiles (million meters)	2742	3068	2351	2272	2417
woolen textiles	93.2	100.6	114.5	107.9	88.7
raw sugar (thousend tons)	1.238	823	1.507	1.486	827
gross output of agriculture (milliard rbls 1926/27)		14.7	14.0	13.9	13.1

	1928	1929	1930	1931	1932
gross yeald of crops (million quintals)	733.2	717.4	835.4	694.8	698.7
number of cattle (millions)	70.5	67.1	52.5	47.9	40.7
pigs	26.0	20.7	13.6	14.4	11.6
sheep & goats	146.7	147.0	108.8	77.7	52.1
import of consumption goods (million rbls)		394.2	455.0	222.5	250.5
export of agricultural products		1572.1	1899.0	1499.1	803.4
national income (milliard rbls 1926/27)	25.0	28.9	35.0	40.9	45.5
national income on basis of current prizes (milliard rbls)	30.0	32.6	40.7	43.8	
revenue of state budget	6.6	8.2	12.8	20.3	30.6
state expenditure on financing the national economy	3.8	4.8	7.7	16.5	24.8
state independents	1.4	2.0	2.6	2.9	6.2
yearly average of money in circulation	1.7	2.3	3.5	4.8	6.6

4. 9. 43
alfred kreymborg hat den SCHWEYK übersetzt. es fehlt noch das moldaulied. merkwürdigerweise kann ich es nicht schreiben. ich habe den inhalt und verse, aber das ganze wird nichts. hin und wieder kriege ich einen schimmer von der agonie der unbegabten.

5. 9. 43
was für eine vergeudung, dieses storyentwerfen für die pictures, die große roulette. und vor allem, daß man niemals längere zeitspannen vor sich gesichert sieht, materiell. ich habe den caesarroman nicht beenden können, den tuiroman nicht einmal beginnen. der messingkauf liegt in unordnung. und ich würde gern die REISE DES GLÜCKSGOTTS machen, ein halb lyrisches, halb prosaisches werk, wenigstens das kapitel mit der entdeckung des schöpferglücks. usw.

6. 9. 43
zwei tage beim schwedischen konsul, lochner, frischauer wegen wuolijoki, die in helsinki verhaftet ist. georg branting kabelte uns um zeugenaussagen.

september 43

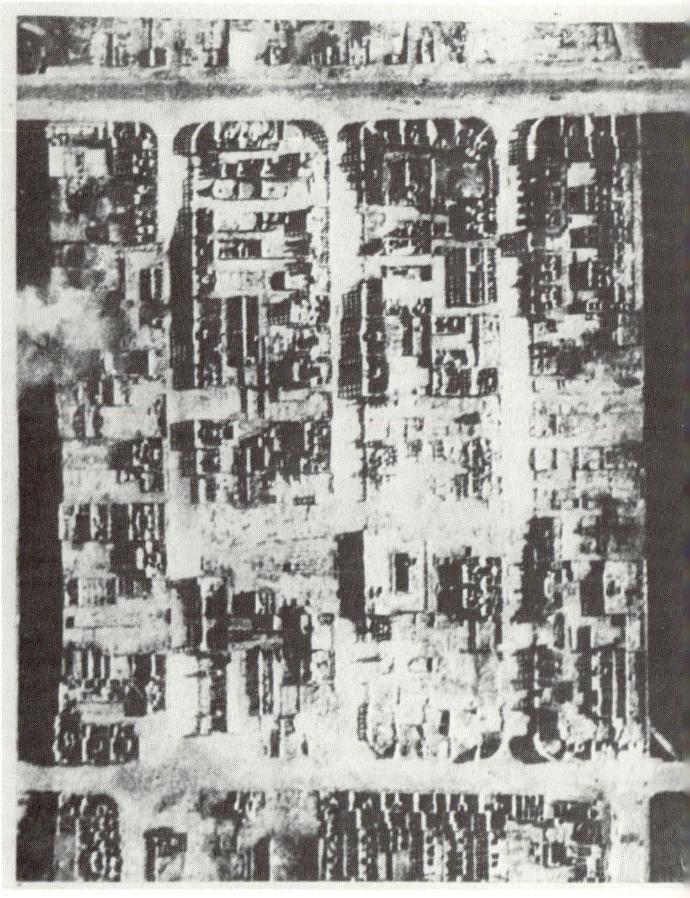

hamburg

7. 9. 43

BERLIN WIPING OUT COST SET AT $18.75 TO EACH AMERICAN

DETROIT, Sept. 6. (AP)—Secretary of the Treasury Henry Morgenthau Jr. told a Labor Day War Bond rally here today that "we want to blast the city of Berlin off the face of the map," and estimated that it would cost possibly six times as much to do this as it did to crush Hamburg.

He placed the total cost of preparation, equipment and bombing of Hamburg at $346,000,000.

"Say it costs six times as much to bomb Berlin," the Treasury Secretary said. "That will be pretty close to $18.75 for every man, wom and and child in the country—the price of a $25 bond.

9. 9. 43

THOMAS MANN, höre ich von einem ohrenzeugen, erzählt jetzt herum, ›diese linken wie brecht‹ führten befehle von moskau aus, wenn sie versuchten, ihn zu erklärungen zu veranlassen, daß man einen unterschied zwischen hitler und deutschland machen müsse. das reptil kann sich nicht vorstellen, daß man ohne befehle von irgendwo etwas für deutschland (und gegen hitler) tun kann und daß man überhaupt ganz von sich aus, sagen wir aus überzeugung, in deutschland etwas anderes erblicken kann als ein zahlkräftiges leserpublikum. bemerkenswert ist die perfidie, mit der das paar mann – seine frau ist sehr aktiv dabei – solche verdächtigungen ausstreut, die, wie sie wissen, jedem großen schaden tun können.

20. 9. 43

ISHERWOOD kommt zum abendessen, klein, sanft, zäh, geduldig und geduldheischend. er hat den GUTEN MENSCHEN gelesen, macht einige höfliche komplimente und zeigt unbehagen wegen der götter. ich erkläre ihm, wie sie, die tödlich gewordenen moralvorschriften vertretend, während der inspektionsreise herunterkommen, äußerlich und innerlich, bis sie zuletzt, in jeder hinsicht ausgehungert und desillusioniert, selbst vor der schäbigen schiebung des schlußakts nicht mehr zurückschrecken usw. er lacht mitunter, fängt sich aber dann wieder, läßt verhältnismäßig bald den gegenstand fallen – ich hatte gehofft, er würde sich für eine übertragung interessieren. dann kommt viertel. sie sind alte freunde, von london her. aber das gespräch kommt auf die schreiber der englischen oberklasse, ihn, AUDEN, HUXLEY. ›indien hat euch besiegt‹, sagt VIERTEL. ›es hat euch angesteckt mit seinem aussatz‹, verbreitere ich den angriff. in der tat, isherwood ist buddhist (steht, ein kleiner mönchersatz, barfuß, mit kutte im weihrauch eines hollywooder klosters, das eigentlich eine pension ist), auden anglokatholik, huxley deist verschwommenster sorte. isherwood, sehr befreundet mit dem letzteren, läßt mich noch dessen geistreiche, feinnuancierte, umständliche beschreibungen der seelenqualen der parasiten ›durch den kakao ziehen‹, aber dann nenne ich ihn ›gekauft‹, und er schaut auf die uhr und steht auf. derlei kann nicht diskutiert werden, kellner, zahlen. ich habe das gefühl, das der chirurg haben müßte, wenn der patient während der operation aufsteht und weggeht: nun hat er nur eine wunde empfangen.

25. 9. 43
die einnahme von smolensk durch die russen verändert die weltlage vollständig. die aufstellung des deutschen komitees der kriegsgefangenen und emigranten stellt sich jetzt (ebenso wie der kongreß der russischen katholischen kirche, der für den balkan bestimmt zu sein scheint) als teil der endoffensive heraus.

26. 9. 43
stelle jetzt die hier geschriebenen gedichte zusammen. (›aber auch ich auf dem letzten boot‹, ›kinderkreuzzug 1939‹, ›an die deutschen soldaten im osten‹, ›und was bekam des soldaten weib?‹, ›in sturmesnacht‹, ›das deutsche miserere‹, ›an meiner wand‹, ›o sprengen des gartens‹, ›die rückkehr‹, ›aurora‹.)

27. 9. 43

International

DUCE & RESCUE SQUAD

wirklich überraschend in jedem detail die verlumpung der politik in diesen hochzivilisierten industriestaaten deutschland und italien, welche die historie im kolportagestil weiterschreibt. diese klassen ›scratch the bottom‹. gangsters an der spitze von 300 motorisierten divisionen. der papst erschießt den bruder pförtner aus dem hinterhalt.

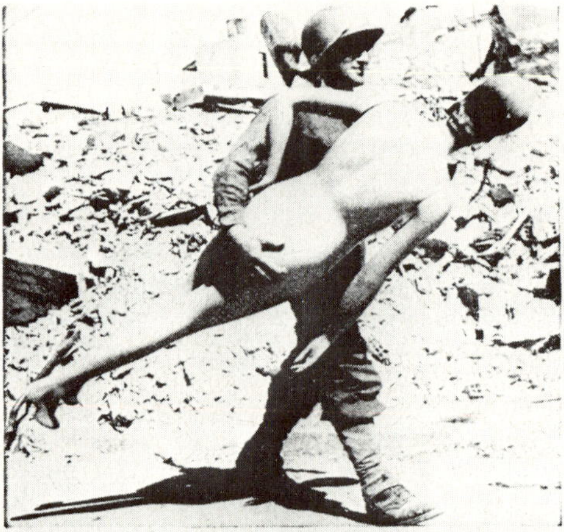

Dirty Gertie was fond name given this dilapidated dummy by Sergeant V. M. Gemelli who rescued her from wreckage of a Bizerte shop. Dummy did not inspire famed song.

30. 9. 43

BORCHARDTS DIE VERSCHWÖRUNG DER ZIMMERLEUTE ist englisch erschienen. ich konstatiere bei den emigranten heftigen abscheu, das werk sei konfus, religiös, reaktionär, eine schande. nun ist borchardt, bösartig wie viele moralisten, ein abgründiger provokateur, übertreiber von beruf als satiriker usw usw. jedoch ist nicht zu vergessen, daß seine werke turmhoch über denen der werfels und konsorten stehen, da sie mit schärfe und leidenschaft die sozialen kämpfe unserer zeit behandeln. tatsächlich findet man im bürgerlichen lager widerspiegelungen der sozialen kämpfe beinahe nur auf religiösem boden. man muß nur tillich mit thomas mann vergleichen. es gibt so etwas wie religiösen sozialismus, der sich dem clerico-faschismus entgegenstemmt. b[orchardts] buch habe ich noch nicht gelesen.

oktober 43
im magazin LIFE werden neue soldatensongs abgedruckt, dh die druckbaren.

Dirty Gertie from Bizerte
Saw ze capitaine, made ze flirty.
Captain think she veree purty;
Lose his watch and lose his shirty;
Call ze general alerte.
Ze gendarmes look for Dirty Gertie
From Casablanc' to Gulf of Serte.
Has anyone seen Dirty Gertie?

Take me somewhere east of Ewa
Where the best ain't like the worst
Where there ain't no Doug MacArthur
And a man can drown his thirst.
Where the Army takes the medals
And the Navy takes the Queens
But the boys that take the rooking
Are the United States Marines.

Chorus:

Hit the road to Gizo Bay
Where the Jap fleet spends the day.
You can hear the duds a-chunkin'
From Rabaul to Lunga Quay.
Pack a load to Gizo Bay
Where the float-plane Zeros play
And the bombs come down like thunder
On the natives 'cross the way.

Bless all the blondies and all the brunettes.
Each lad is happy to take what he gets.
Cause we're giving the eye to them all,
The ones that attract or appall.
Maud, Maggie or Susie;
You can't be too choosey.
When you're in camp, bless 'em all.

Bless 'em all, bless 'em all
The long, the short and the tall

I wanted wings till I got the goddamned things.
Now I don't want them any more.
They taught me how to fly and sent me here to die.
I've had a bellyful of war.
You can leave all the Zeros to the goddamned heroes.
Distinguished Flying Crosses don't compensate for losses.
Oh, I wanted wings till I got the goddamned things.
Now, I don't want them any more.

These B-26's they rattle and roar,
I don't want to fly over Munda no more.
Take me back to Brisbane,
Where the brass hats clamor in vain.
Oh, ma, I'm too young to die.
I want to go home.

This bloody town's a bloody cuss,
No bloody tram, no bloody bus.
But nobody cares for bloody us.

Chorus: *Bloody, Bloody, Bloody.*

All bloody clouds, no bloody rains.
All bloody stones and no bloody drains.
The dust gets in your bloody brains.

Chorus: *Bloody, Bloody, Bloody.*

Oh, the pilots all drink
The airplanes stink
And the navvies don't know where they are
The bombardiers couldn't hit
A target when lit.
Oh, Colonel, we've been here too long.

1. 10. 43

im senat tobt ein kampf über die einziehung von vätern. senator wheeler, der sich vor pearl habour oft hitlerfreundlich verhalten hat, verlangt ein gesetz, daß väter nicht zu soldaten gemacht werden können. sollte man weitere soldaten brauchen, müßten sie aus governmentsämtern rekrutiert werden. im allgemeinen folgen die leute sehr willfährig dem ruf der regierung. ich finde die abwesenheit der scheußlichen heuchelei sympathisch, welche in europäischen ländern einen staatsmann oder demagogen höchstens zu einer aufsehenerregenden beschwerde derer veranlassen würde, die des heeresdiensts nicht für würdig erachtet werden.

2. 10. 43
treffe renoir bei eisler. er beklagt die verwüstung neapels. ›es kann nicht mehr aufgebaut werden, es hatte keinen stil, es ist einfach entstanden unter kultivierten leuten.‹ das gespräch kommt auf die französische bauweise. ›die epoche der hand wird abgelöst durch die epoche des gehirns. das gefährlichste tier, das existiert, ist der architekt. er hat mehr verwüstet als der krieg.‹ lustig, beinahe aufregend, monsieur renoir eine wurst essen sehen. *seine* sinne sind in ordnung.

3. 10. 43
wenn hitler den dnepr nicht halten kann, ist es leicht möglich, daß die deutschen generäle dasselbe machen, was die italienischen machten. die russen haben das mit ihrem komitee schließlich angebahnt, indem sie die generäle als verhandlungspartner anerkannten, wahrscheinlich darauf zählend, daß sie, ihre massenbasis selbst zerstörend, sich höchstens eine galgenfrist erkaufen können. roosevelt und churchill allerdings scheinen besorgt, da sie inzwischen – und wohl zum erstenmal – sich für die ausrottung der militärkaste in deutschland ausgesprochen haben. die russen werden dagegen auf die schwierigkeiten der italienischen kampagne hinweisen und daß die alliierten nicht sich in der lage sahen, in westeuropa zu operieren. tatsächlich scheint die italienische kampa-

gne bisher mehr für den asiatischen als den europäischen krieg zu versprechen.

10. 10. 43
ADORNO hier. dieses frankfurter institut ist eine fundgrube für den TUIROMAN. das gegenstück zu den ›freunden des bewaffneten aufstands‹ sind die ›uneigennützigen bewunderer der idee des materialismus‹. ›marx ist nicht interessiert an den dingen, nur an den beziehungen zwischen den menschen, die in den dingen verdinglicht sind.‹ lustig auch so was wie: ›robert walser ist sehr bedeutend, da er den verfall der bürgerlichen gesellschaft widerspiegelt.‹ schade nur, daß dieses bürgertum dann in panzerdivisionen und ss-verbände verfällt.

12. 10. 43
rezept für erfolg im filmschreiben: man muß so gut schreiben, als man kann, und das muß eben schlecht genug sein.

15. 10. 43
welche zeitungen man immer liest, was für gesprächen man immer zuhört – welche graue, trübe, schale stimmung! die ersten monate, als das land noch schwach gerüstet war und selbst die westküste für bedroht angesehen wurde, gab es eine art auftrieb, jetzt ist er ganz und gar verschwunden. die erinnerung an den weltkrieg drückt auf die gemüter. das neue stück erinnert an das alte, beinahe in jedem zug, und es hatte dieses elende ende!

15. 10. 43
der schauspieler ALEXANDER GRANACH hat ›erinnerungen‹ geschrieben. kind armer galizischer juden, bäckergehilfe, dann schauspielschüler, der sich in einer operation die x-beine gradbrechen läßt, damit er im trikot auftreten kann. ich erinnere mich seiner, wie er in münchen um 1920 herum den shylock spielte, frech, aufdringlich, brüllend, daß der kronleuchter wackelte, sehr farbig. die galizischen geschichten sind gut, nicht ganz so wahr, wie sie klingen, aber die schilderung des berufs! am ende, als höhepunkt, reinhardts deutsches theater geschildert wie ein echtes hollywood (ganz richtig). welch ein jammer, welche verwirrung! läßt sich die beine brechen, damit sie grad sind, und dann das rückgrat, damit es krumm ist!

In the Ruins (continued)

Children's vaudeville is presented in a natural theater in London's Aldgate. Irene Yasheim, who used to live in it, is putting across *As Time Goes By*. Notice curtain.

16. 10. 43
lese eine kontroverse zwischen sowjetliterarhistorikern über die beurteilung großer schriftsteller der vergangenheit, hier gedruckt 1938. sind die shakespeares und tolstois zu behandeln als apologeten ihrer klassen oder der menschlichkeit? die lifschitz und nusinow schreiben ziemlich blutrünstig. lenin hat über tolstoi gesagt, und nusinow wagt es ...? der öffentliche prosekutor wird gerufen, damit er der verdächtigung shakespeares, er sei ein schreiber für die aristokratie, ein ende macht! eigentliche untersuchungen werden nicht veranstaltet, oder sie haben prozeßcharakter. der ton ist erschreckend unproduktiv, gehässig, persönlich, autoritär und servil zugleich. offensichtlich ist das keine atmosphäre, in der eine lebendige, kämpferische, üppige literatur gedeihen könnte. tatsächlich gibt es nicht nur keinen bedeutenden roman, sondern es gelten sogar solche kitschromane wie die des alexej tolstoi als gut. und es gibt nicht ein drama, nicht eine dramatische figur, weder komische noch tragische, nicht eine sprachliche leistung, nicht eine philosophische qualität in irgendeinem stück, und das bei einem sehr leistungsfähigen theater. eine solche feststellung dient für gewöhnlich der absicht, tiefliegende brüche zu enthüllen, nachzuweisen, daß da ›etwas faul sein müsse‹. zunächst ist aber wohl nur zu sagen, daß die bolschewiki es eben nicht verstanden, eine literatur zu entwickeln. man muß nicht einmal behaupten, daß ihre methoden auf diesem feld versagten, es genügt vielleicht zu sagen, daß die methoden, die sie auf diesem feld anwendeten, versagten. die situation war bestimmt unglücklich. die literatur wurde von der machtübernahme des proletariats überrascht.
in dem disput, ob die großen bourgeoisschreiber die menschheit oder die bourgeoisie repräsentieren, würde ein dialektiker keine schwierigkeit finden. sie repräsentieren die menschheit und die bourgeoisie, da sie bourgeois und menschen zugleich sind, also widerspruchsvolle geschöpfe. sie repräsentieren die menschheit als bourgeois und die bourgeoisie als mitglieder der gesamten menschheit.

17. 10. 43
kunstpolitik der arbeiterklasse. sowohl um die herrschaft zu erkämpfen als auch um sie zu behalten, braucht die arbeiterklasse realismus, handelnd und reflektierend, und das ist nichts besonderes, auch die bürgerklasse brauchte realismus und braucht ihn weiterhin. geschminkte kriegsberichte sind für die heeresleitung selber verderblich, gedokterte politische situationsberichte verderblich für die börsenleute. entsprechend ihrer lage benötigt die bourgeoisie *geheime* realistische berichte, die arbeiterklasse offene. was nun ist realistische kunst, etwa auf dem theater? illusionismus? sensualismus? alles in kolloquialer prosa, mit atmosphäre, undurchschaubar wie das leben selber? so sehr glaubhaft gemacht, daß der eindruck siegt, es sei eben nur so und nicht anders möglich? der mensch immerfort als opfer der verhältnisse, des klimas, des eigentums, der passionen, des gangs der dinge? da ist dann immer die wahrheit ›drinnen‹, nur kann keiner sie herausklauben. realistische kunst ist kunst, welche die realität gegen die ideologien führt und realistisches fühlen, denken und handeln ermöglicht.

28. 10. 43
›helli, do you think somehow in the management of this hectic day you could do my hair?‹ sagt barbara am geburtstagstisch.

1. 11. 43
max reinhardt gestorben in new york. sah in berlin anfangs der zwanziger jahre beinahe alle proben zum ›traumspiel‹ im deutschen theater. die stilelemente bei ihm alterten so rasch wie bei andern in unserer epoche, die einen klaffenden gegen-

satz zwischen kunst und leben hat, so daß im leben wenig kunst, in der kunst wenig leben ist. kunst ist da nichts natürliches, wo leben etwas künstliches ist.

5. 11. 43
es wäre ein gutes stück für die deutschen, in dem man zeigen könnte, wie einer an ihrem knechtssinn untergeht, dh ihn als führer zunächst willig akzeptiert, worauf er später an ihrer unselbständigkeit mit ihnen zugrunde geht. bauernkrieg.

10. 11. 43
döblin bringt I[NTERNATIONALE] L[ITERATUR] 1943, IV, mit einem artikel bechers DEUTSCHE LEHRE, der stinkt von nationalismus. wieder wird der nationalismus der hitler ganz naiv akzeptiert; hitler hatte nur den falschen, becher hat den richtigen. ›geschaffen‹ muß werden ein ›typus‹ einer ›neuen deutschen nationalliteratur‹. (›literatur wird in diesem sinne eine nationale sein, oder sie wird nicht sein.‹) er fordert, daß die ›schwächen der sogenannten linksgerichteten literatur‹ überwunden werden, und die schwächen sind wohl gerade die linksgerichtetheit. ein entsetzlich opportunistischer quark, reformismus des nationalismus. natürlich ist die ›nationale friedens- und freiheitsfront gegen hitler‹ als taktische position naheliegend, da eben eine katastrophe in nationalem ausmaß durch nationalismus eingetreten ist oder veranstaltet werden muß. gegenüber den nationalistischen zerstückelungs- und ›deindustrialisierungs‹-tendenzen muß widerstand geleistet werden. aber dazu dieser gigantische spießerüberbau? das nationalistische ist bei schiller, goethe, hölderlin für uns schon unerträglich. wie spießig dieses ›urdeutsche‹ im götz! ›deutsche gestalten müssen wir zeigen, in denen das verwirklicht und vorgebildet ist, was uns allen als das neue

bild des deutschen menschen vorschwebt.‹ ich lese: › eine neue gemeinsamkeit ist es, die sich bildet, damit deutschlands wille geschehe und er durch uns vollzogen werde, und ein allerhöchstes ist es, das über solch einem gemeinsamen waltet: der genius eines ewigen deutschlands.‹ nachbar, euren speikübel!

11. 11. 43
in ›19. century and after‹ ein bericht über die ausrottung der juden in polen. ich wünschte wirklich, daß nie mehr gesprochen oder geschrieben werde vom ›deutschen menschen‹ (lies: ›doidschen‹), daß wir nicht diese eigenschaften jedem von uns zuzuschreiben haben! alle diese redensarten einer pfiffigen salesmanship von ›deutscher wissenschaft‹, ›deutschem gemüt‹, ›deutscher kultur‹ führen unhinderbar dann zu diesen ›deutschen schandtaten‹. gerade wir sind die rasse, die den anfang damit machen sollten, unser land das land nummer 11 zu nennen und basta. deutschland muß sich nicht als nation emanzipieren, sondern als volk, genauer als arbeiterschaft. es war nicht ›nie eine nation‹, sondern es war eine nation, dh, es spielte das spiel der nationen um weltmachtstellung und entwickelte einen stinkenden nationalismus.

11. 11. 43
steff sammelt alte platten mit dereinst berühmten jazzstücken. da fing eine volksmusik an, erklomm einige gipfel und verkam, alles sehr schnell. auf diesen gebieten wird nichts und niemand was. die schriftsteller werden nach dem ersten büchlein nach hollywood gelockt und rapid ausgequetscht. sie schreiben niemandem. sie trinken alle. in dieser umgebung döblin und heinrich mann zu sehen ist anstrengend. sie sind da

nichts mehr als erfolglos. h[einrich] m[ann] hat nicht das geld, einen arzt zu rufen, und sein herz ist verbraucht. sein bruder, mit einem haus, das er sich baute, 4–5 autos, läßt ihn buchstäblich hungern. nelly, erst 45jährig, vulgär und von einer groben hübschheit, arbeitete in einer wäscherei, trinkt. die zwei sitzen in einer sehr kleinen, stickigen villa ohne garten in hollywood mit billigen möbeln und manns wenigen geretteten büchern. und, eines tags von der rückkehr sprechend, sagt er noch: ›wird man denn sein besitztum mittransportieren können, wird es nicht zu teuer kommen? ich möchte nicht noch einmal von vorn anfangen in meinem alter. lieber hierbleiben.‹ aber jetzt weiß er natürlich, daß er hier nicht bleiben kann, wenn er nicht verhungern will. ›wenn ich noch einmal einen solchen ebert sehe, der vor dem brandenburger tor die ungeschlagene armee begrüßt, schieße ich einen revolver ab, er braucht nicht geladen zu sein.‹

7. 1. 44
die amerikanische kommunistische partei zollt der heroischen roten armee ein kleines kompliment in form eines harakiris.

mitte november [43] bis mitte märz [44]
in new york 124 east 57 st. arbeit mit hays und bergner an DUCHESS OF MALFI. nicht vollständig abgeschlossen, da bergner wenig zeit hat. – gründung des COUNCIL FOR A DEMOCRATIC GERMANY. hauptinitiative budzislawski und tillich. – sah OUR TOWN, inszeniert von J[ED] HARRIS, fortschrittliche aufführung, ROBESON als othello, schlecht in schauderhafter inszenierung, ein musical, gut. – verhandelte mit harris über GALILEI, schloß mit WEILL für SEZUANSTÜCK als halbe oper ab. kontrakt mit broadway für einen KREIDEKREIS, vermittelt durch luise rainer.

stück begonnen. – inzwischen schließt feuchtwanger über SIMONE für film ab (ich bekomme 20 000 $). kaufe neue hose.

6. 4. 44

JED HARRIS, der regisseur-produzent, der TH[ORNTON] WILDERS OUR TOWN sehr gut aufgeführt hat, interessiert sich für den GALILEI. so prüfte ich die moral noch einmal nach, die mich immer leise beunruhigt hat; gerade weil ich hier der geschichte zu folgen versuchte und keine moralischen interessen hatte, ergibt sich eine moral, und ich bin nicht glücklich damit. g[alilei] kann dem aussprechen der wahrheit so wenig widerstehen wie dem verschlingen eines lockenden gerichts, es ist ihm ein sinnlicher genuß. und er baut seine persönlichkeit so leidenschaftlich und weise auf wie sein weltbild. eigentlich fällt er zweimal. das erste mal, wenn er der lebensgefahr wegen die wahrheit verschweigt oder widerruft, das zweite mal, wenn er sie trotz der lebensgefahr wieder sucht und verbreitet. seine produktion zerstört ihn. nun höre ich mit unwillen, ich hätte es für richtig gehalten, daß er öffentlich widerrufen hat, um insgeheim seine arbeit fortsetzen zu können. das ist zu flach und zu billig. g[alilei] zerstörte schließlich nicht nur sich als person, sondern auch den wertvollsten teil seiner wissenschaftlichen arbeit. die kirche (dh die obrigkeit) verteidigte die bibellehre ausschließlich, um sich, ihre autorität, ihre möglichkeit zu unterdrücken und auszubeuten, zu verteidigen. das volk interessierte sich für g[alileis] gestirnlehre ausschließlich, weil es unter der herrschaft der kirche litt. g[alilei] gab den eigentlichen fortschritt preis, als er widerrief, er ließ das volk im stich, die astronomie wurde wieder ein fach, domäne der gelehrten, unpolitisch, isoliert. die kirche trennte diese ›probleme‹ des himmels von denen der erde, festigte ihre herrschaft und erkannte danach die neuen lösungen bereitwillig an.

10. 4. 44
hauptarbeit DER KAUKASISCHE KREIDEKREIS. interessant, wie viel diese schere ›auftrag‹ und ›kunst‹ zerstört. ich dramatisiere mit unlust in diesem leeren, wunschlosen raum.

29. 4. 44
laughton, der einen narren am SCHWEYK gefressen hat (er las ihn in der rohübersetzung) erzählt mit bitterkeit von der verachtung, mit der england die schauspieler behandelt. sein großvater war butler, sein vater hotelier, er selbst kam mit 28 jahren zum theater, war berühmt in einem jahr. ein bondstreetschneider machte dem internationalen filmstar nur anzüge, wenn er es geheim hielt, da sonst seine torykunden ausgeblieben wären. hier, sagt er, haben sie keine achtung zu vergeben, aber zumindest geld. wo kann ein schauspieler so leben, fragt er, auf die antikmöbel zeigend und den park mit dem rasen und den mexikanischen granitenen schlangenhäuptern, das ist etwas. hier kann ich shakespeare studieren. er liest uns bei uns MEASURE FOR MEASURE und bei sich THE TEMPEST vor. er hockt, vor einer herrlichen standuhr in bayerischem barock, auf einem weißen sofa, mit gekreuzten beinen, so daß nur sein buddhaähnlicher bauch sichtbar ist, und liest aus einem kleinen büchlein das stück, teils wie ein scholar, teils wie ein schauspieler, lachend über die jokes, sich hie und da entschuldigend, wenn er eine szene nicht beherrscht. den prospero sehe ich unter seinem lesen wie jenes merkwürdige napoleonbild von helena, wo napoleon, mit gelbem taint wie ein holländischer pflanzer aussieht, mit strohhut. den caliban liest er mit mitleid.

The Nazi caption for this photograph says the German soldier is frisking Yugoslav peasants suspected as guerilla fighters. Note the bare feet.

Ac

ITALIAN PARTISANS CATCHING A FASCIST
Law & order was AMG's increasing job.

8. 5. 44
die schwierigkeiten in der gestaltung des *azdak* hielten mich zwei wochen auf, bis ich den sozialen grund seines verhaltens fand. zunächst hatte ich nur seine miserable rechtsführung, bei der die armen gut wegkamen. ich wußte, ich durfte nicht etwa zeigen, daß man das übliche recht biegen muß, damit gerechtigkeit geübt wird, sondern ich hatte zu zeigen, wie bei nachlässiger, unwissender, eben schlechter richterei schon etwas herausspringt für diejenigen, die wirklich recht benötigen. darum hatte der *azdak* die selbstsüchtigen, amoralischen, parasitären züge zu haben, der niedrigste, verkommenste aller richter zu sein. aber es fehlte mir immer noch eine elementare causa gesellschaftlicher art. ich fand sie in seiner enttäuschung darüber, daß mit dem sturz der alten herrn nicht eine neue zeit kommt, sondern eine zeit neuer herrn. so übt er weiter bürgerliches recht, nur verlumptes, sabotiertes, dem absoluten eigennutz des richtenden dienstbar gemachtes. freilich darf diese erklärung nichts ändern an dem, was ich vorher hatte, und den *azdak* nicht etwa rechtfertigen.

17. 5. 44
wenn ein boshafter mensch zu schnell gut wird, treibt er die bosheit oft nur unter grund. ich bat christopher isherwood, den K[AUKASISCHEN] K[REIDEKREIS] zu übertragen. er schlug ab, da er zuviel arbeit habe, übersetzungen aus dem indischen, eines buches, seines swami, filmstories usw, arbeit mit huxley. am schluß bot er mir 100 oder 200 $ an, wenn ich bis zur produktion des stückes geld benötigte. viel, da er nichts hat, wie ich weiß. mein vergehen bestand darin, daß ich einen freund von ihm bestochen hatte, ihn noch einmal zu bearbeiten.

22. 5. 44

die prozession der figuren wird länger. BAAL, GARGA, SHLINK, MAË GARGA, EDUARD, GAVESTON, KÖNIGIN ANNA, GALY GAY, BEGBICK, JOAN DARK, MAULER, WLASSOWA, CALLAS, IBERIN, JUDITH CALLAS, GALILEI, SHEN TE, SUN, DER WASSERVERKÄUFER, MUTTER COURAGE, DIE STUMME KATTRIN, PUNTILA, MATTI, UI, MALFI, DER HERZOG, SIMONE, GRUSCHE, DER AZDAK.

28. 5. 44

es ist aber, als schreibe man ein stück für die tungusensteppe. GORELIK ist hier, mit einem producer-writer namens auerbach, einem amerikaner, von dem er etwas hält. winge erzählt die handlung des K[AUKASISCHEN] K[REIDEKREISES]. g[orelik] frägt nach dem sinn, dann wollen sie den bau kritisieren. wo ist der konflikt, die spannung, fleisch und blut usw usw? ich versuche, die komplizierte und kühne bauart des hamlet darzustellen. so what, dann ist hamlet eben nicht gebaut (was moss hart gebaut nennen würde). wenn sie mit winge ins auto steigen, sagen sie: ›er wird nie einen erfolg haben. er kann keine emotionen erzeugen, es kommt nicht einmal zur identifikation, daraus macht er dann eine theorie, he is crazy and gets worse.‹ die prostitution dieser ›artists‹ ist komplett. die hur verkauft den blanken ›effekt‹, sie wird hoch bezahlt, da der kunde impotent ist. das interesse, das dieses publikum am leben zu nehmen scheint, ist das des wucherers, es sollte heißen ›zins‹.

6. 6. 44
ich kam mit homolka und karin von MEMPHIS BELLE (flug einer flying fortress nach wilhelmshaven) und saß schon wieder beim schach, als eisler telefonierte, die invasion in frankreich habe eingesetzt. das radio spie nachrichten; ein augenzeuge sprach schon von der normandie aus.
barbara sagt, daß die lehrerin für social science die invasion nicht mit einem wort berührt hätte; auch steff hörte nahezu keine äußerungen an der universität. winge berichtet, ein mann sagte ihm: ›da regen sich nur die fremden auf und die verwandte drüben haben beir armee.‹ diese haltung ist natürlich und hat etwas freies an sich, wenn auch in der hegelschen ›schlechten‹ form.

TRANSITION

The First Cutback Crisis

Some 8,500 men & women reported to work as usual at Brewster Aeronautical Corp.'s Long Island factories—and discovered that 4,500 had been fired that day. The sudden shock of this news stirred angry questions to which all U.S. labor wanted an answer: Was this to be the pattern of cutbacks and reconversion? Where were Washington's well-laid (or at least well-trumpeted) plans for painless transition to peacetime production?

Brewster employes dramatically forced an answer. At the urging of their union (C.I.O. United Auto Workers), all but 200 of the day shift stayed at work, even after the night shift came on. Since there was too little work for two crews, some workers played ping-pong and shuffleboard, danced to the music of piano, brass and drum. The union sent in enough sandwiches, pies, doughnuts, coffee and soda pop for a five-day siege. Some of the stay-ins crowded out on the balconies, hanging signs: "We've Got the Tools. We've got the Ability . . . but We Ain't Got the Work." Below, women pickets carried placards: "Is This What My Husband Is Fighting For?" The union proudly proclaimed the first strike-to-work in U.S. history.

Brewster's Thousands. But this was a postponement, not a solution. Even Brew-

Associated Press

BREWSTER STAY-INS
Who was to blame?

ster workers knew that cutbacks—and shutdowns—were inevitable. Brewster's contract had been canceled because the Navy no longer needed so many Corsairs, and because the Navy considers Brewster, harried by bad management and long strangled in one of the most rigid labor-union contracts in the U.S., the least efficient producer. (The Navy said Corsairs cost $72,000 at Brewster; $63,000 at Chance-Vought, and $57,000 at Goodyear, for identical planes.)

HEMINGWAY

Chicago *Daily News*

THE U.S. *v.* SEWELL AVERY

A Presidential directive was carried out

British Combine

CHURCH FOR THE FRONT

The Archbishop of Canterbury is here shown blessing one of the first two motor churches ever designed for British troops at the front. The trucks, supplied by the War Office, were fitted out in spare time by members of the Royal Electrical and Mechanical Engineers, and the Auxiliary Territorial Service. Interiors are lined with polished oak; altars and hangings are red and blue, shoulder-patch colors of the 21st Army Group to which the churches are assigned. Each chapel-truck can accommodate twelve worshipers inside, carries an amplifying system.

Pope Receives Irving Berlin

ROME, June 17. (AP)—Gen. Sir Harold Alexander, Allied commander in Italy, and song writer Irving Berlin were among those given private audiences today by Pope Pius.

The Pope also received 3000 more Allied soldiers in a general audience.

Berlin's show, "This Is the Army," is now playing in Rome.

POOR PAT! POSTWAR JOB OUTLOOK BAD

A SECRET AMERICAN AIR BASE IN WESTERN CHINA, June 17. (U.P.)—Rugged 1st Lt. Pat A. Chance of 4303 Griffin Ave., Los Angeles, one of 26 American Army engineers who supervised construction of the huge B-29 bases, is worried about his postwar future.

"When the war is over," he lamented, "I know what will happen. I'll ask for a civilian job and they'll hand me a form to fill out. There'll be a dotted line—'Past experience and size of job handled'—and my answer'll have to be:

" 'Built air base with 65,000 coolies and little else.'

"Then they'll shake their heads and whisper: 'Poor old Pat. He's been away too long.' "

Communist Party Quarters Raided

ROME, June 17. (AP)—American Military Police operating under the Allied Military Government entered headquarters of the Communist party in Rome June 7, searched the premises for firearms but found none, party officials said today.

There were no arrests. The Communists said the soldiers at first "acted roughly," but that an officer later expressed regrets.

Tito Drives Nazis From Three Towns

LONDON, July 17. (AP)—Marshal Tito's Partisan forces have driven the Germans out of three Western Bosnia towns—Prozor, Bravsko and Kljuc—with heavy losses, and the Nazis are rushing up reinforcements to stem the drive, said tonight's Yugoslav communique recorded by the Ministry of Information.

The war bulletin said 800 Germans, Bulgarians and Quislings were killed as the Partisans pressed their Serbian offensive, and that much material was captured.

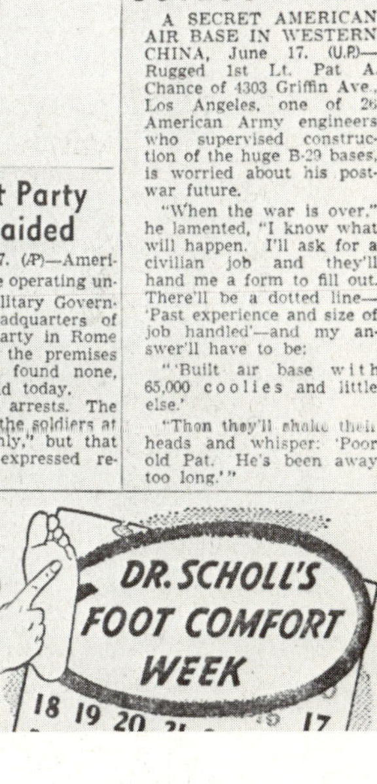

6. 6. 44
gestern nachmittag schloß ich den KAUKASISCHEN KREIDEKREIS ab und schickte das stück der rainer.

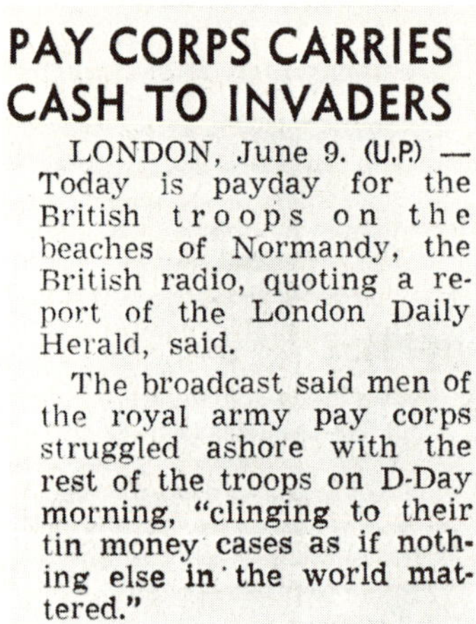

PAY CORPS CARRIES CASH TO INVADERS

LONDON, June 9. (U.P.) — Today is payday for the British troops on the beaches of Normandy, the British radio, quoting a report of the London Daily Herald, said.

The broadcast said men of the royal army pay corps struggled ashore with the rest of the troops on D-Day morning, "clinging to their tin money cases as if nothing else in the world mattered."

12. 6. 44
sagte gorelik, daß er sich verändert habe, und gab ihm ein paar thesen. wieder kam er mit ›ein drama braucht spannung, klimax und identification‹, er könne nicht verstehen, wenn er sich nicht einfühle. ich sprach gegen eine wand, als ich auseinandersetzte, wie wenig durch einfühlung in einen betroffenen zu verstehen ist. er kann von dem interesse am ›to sell the story‹ nicht weggebracht werden. und am verkauf von schocks und emotionen.

15. 6. 44
plötzlich bin ich nicht mehr zufrieden mit der grusche im K[AUKASISCHEN] K[REIDEKREIS]. sie sollte einfältig sein, aussehen wie die *tolle grete* beim breughel, ein tragtier. sie sollte störrisch sein statt aufsässig, willig statt gut, ausdauernd statt unbestechlich usw usw. diese einfalt sollte keineswegs ›weisheit‹ bedeuten (das ist die bekannte schablone), jedoch ist sie durchaus vereinbar mit praktischer veranlagung, selbst mit list und blick für menschliche eigenschaften. – die grusche sollte, indem sie den stempel der zurückgebliebenheit ihrer klasse trägt, weniger identifikation ermöglichen und so als in gewissem sinn tragische figur (›das salz der erde‹) objektiv dastehen.

BEFRIENDUS LEASELENDUS, UHELPUS WEFIXEM, PROTECTUS DEFENDUS

Pius XII

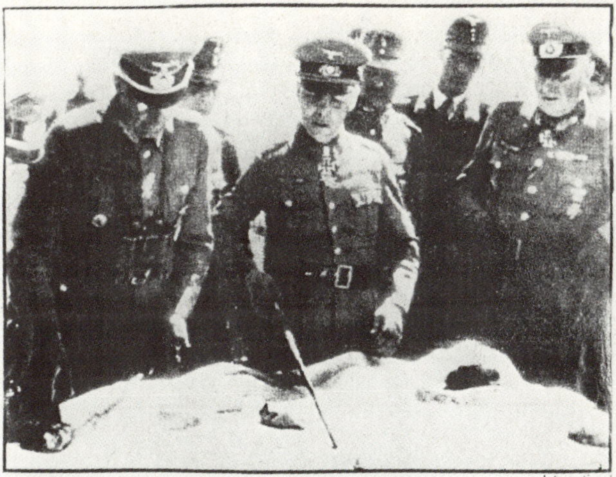

International

ROMMEL AND STAFF PLAN THE DEFENSE
". . . If we could be sure."

Sovfoto

NAZI ABATTOIR IN RUSSIA*
Snow and time blurred the evidence.

* Outside Pyatigorsk, where retreating Germans butchered 200 Russian prisoners of war and civilians. In Katyn Forest, similar pits held 12,000 bodies.

20. 6. 44
arbeite an neuer serie der fotoepigramme. ein überblick über die alten, teilweise aus der ersten zeit des kriegs stammend, ergibt, daß ich beinahe nichts zu eliminieren habe (politisch überhaupt nichts), bei dem ständig wechselnden aspekt des krieges ein guter beweis für den wert der betrachtungsweise. es sind jetzt über 60 vierzeiler, und zusammen mit FURCHT UND ELEND DES DRITTEN REICHES, den gedichtbänden und vielleicht FÜNF SCHWIERIGKEITEN BEIM SCHREIBEN DER WAHRHEIT gibt das werk einen befriedigenden literarischen report über die exilszeit.

25. 6. 44
horkheimer erzählt vom heiligen frunz von hollywood, dem gschwerfel, daß er für seinen broadwayerfolg X UND DER OBERST die erzählungen eines armen emigranten verwertete, den er nicht bezahlte. ›genügt es Ihnen nicht‹, sagte er ihm, ›daß ich Ihnen ein unsterbliches denkmal gesetzt habe?‹

[Zur Notierung vom 25. 6. 44; bezieht sich aber offensichtlich auf die Notierung vom 20. 6. 44]

3.7.44
im K[AUKASISCHEN] K[REIDEKREIS] wird die fiktion benutzt, daß der *sänger* das ganze zum vortrag bringt, dh, er kommt ohne theatertruppe; die szenen sind nur verkörperungen der hauptvorgänge in seiner erzählung. trotzdem muß der schauspieler agieren, als wäre er der regisseur einer truppe: er klopft mit einem kleinen hammer auf den boden, bevor ein auftritt erfolgt, zeigt ausdrücklich, daß er die vorgänge an gewissen punkten überwacht, um zu sehen, wann sein nächster einsatz kommt usw. das ist nötig, damit ein berauschender illusionismus vermieden wird.

21.7.44
als etwas über die blutigen vorgänge zwischen hitler und den junkergenerälen durchsickerte, hielt ich für den augenblick hitler den daumen; denn wer, wenn nicht er, wird uns schon diese verbrecherbande austilgen? zuerst hat er dem herrnklub seine SA geopfert, jetzt opfert er den herrnklub, und was ist mit der ›plutokratie‹? die deutsche bourgeoisie mit ihrem junkergehirn erleidet einen gehirnschlag. (die russen marschieren auf ostpreußen.)

30.7.44
laughton liest uns (feuchtwangers, tsiang, winge, dessau, gorelik, steff) die drei ersten akte des LEAR. er bringt ausgezeichnet den lear des ersten aktes, unmenschlich geworden durch königtum, bestehend auf 10 pfund kindesliebe für 1000 quadratmeter land. dann das beibehalten der haltung des mächtigen nach der aufgabe der macht. großartig setzt er die leere, formelhafte anrufung der überirdischen mächte ab gegen die einfachen realistischen äußerungen oder echten gefühle. – gorelik

dann macht gegen das stück sehr ähnliche einwände wie gegen den ›kreidekreis‹ (handlung willkürlich, verhalten der menschen unvernünftig, zumindest schlecht motiviert, das ganze ›unlogisch‹ usw). tsiang nennt ihn den ›american bookkeeper‹, der lauter american bookkeepers auf der bühne sehen will. zugleich zeigt es sich aber doch auch, wie die pfeiler, auf denen meisterwerke ruhen, wegfaulen: ich habe noch in bayern auf dem land das ›austragsstübel‹ gesehen (vier eier in der woche, schlachtschüssel an johannis usw), gorelik sah dieses feudale rudiment schon nicht mehr. andrerseits ist eben viel an ›vorbildung‹ nötig für bildung ...

30.7.44

DESSAU macht gute fortschritte mit dem DEUTSCHEN MISERERE. für die instrumentierung schlug ich ihm vor, den ›einheitlichen klangkörper‹ zu liquidieren und für die einzelnen stücke eigene instrumentgruppen zu bilden, auch die chöre zu individualisieren (zb mehrere bässe gegeneinander zu führen, da ja die stimmen große unterschiede aufweisen). überhaupt dürfte das orchester nicht nur den text servieren, dh seinen emotionellen gehalt dem publikum ›verkaufen‹.

31.7.44

feuchtwanger wendet ein, daß die grusche zu heilig ist. er verlangt einen auftrag für sie. tatsächlich scheint es mir mißlungen zu sein, das begehen der guten tat als unfall zu isolieren. für f[euchtwanger] floß sie einfach aus einer eigenschaft ›güte‹. ich schreibe um. (f[euchtwanger] ist erfrischend klug und erträgt meine beschimpfungen – wenn er einen plot vorschlägt – mit philosophischer geduld und freundlichkeit.)

juli 44
an einem dieser tage ist klemperer hier (und kortners). rate ihm, er solle versuchen, eine *oper der gewerkschaften* aufzubauen in berlin. er erschrickt ein wenig, wie ich eine karenzzeit für richard wagner vorschlage, und ist erstaunt, aber nicht ganz taub über die analyse des lohengrin mit der forderung nach vertrauen für den retter.

8.8.44
die umarbeitung der *gruschefigur* hat drei wochen gekostet, eine fleißarbeit, denn für hier (und jetzt) ist die nettere katja der ersten fassung ja viel wirkungsvoller. die unzulänglichkeit der katja ergab sich für mich bei der begegnung mit dem azdak im fünften akt. ich hatte vor mir die *tolle grete* des breughelbilds.

9.8.44
dieses land stellt für seine schauspieler keinen ruhm zur verfügung, nur credit und success. dabei bilden sich riesige gemeinden für stars, fanmail und autogrammhandel wie nirgends sonst, aber dies ist ein typenkult, der mit kunst kaum etwas zu tun hat. es gibt nicht bestimmte rollen, in denen stars erscheinen und konkurrieren. die typen, die, wie die helden der nicht weniger bekannten ›comics‹, in den verschiedensten romantischen erlebnissen auftreten, werden nach dem durchschnitt hin ausgesucht und dem friseur übergeben. mitunter wechselt einer von ihnen seine persönlichkeit, nach langen beratungen und skizzen der friseure und publizisten, und er tut das für das leben, das in parties besteht. selbst hier werden die eigenartigeren persönlichkeiten wie die garbo etwa ausge-

merzt, wenn irgend möglich. sie mögen kasse machen in ihren filmen, aber sie schädigen die andern filme.

U.S. Navy

LISTENING TO THE A.E.F. PROGRAM
It started on D-plus-one.

10. 8. 44

KORTNER und HOMOLKA, weit weniger LORRE, beurteilen das land nach seinem theater, in dem von spekulanten konventionelle abendunterhaltung verkauft wird. kortner war seinerzeit ›politisch denkend‹ nur in sehr begrenztem umfang, homolka war absolut unpolitisch. beide kritisieren jetzt zb die amerikaner, weil sie nicht politisch sind. beide nähren einen mythos vom deutschen theater der weimarer republik. als welches schlecht war.

14. 8. 44
immer noch habe ich vor meinem schreibmaschinentischchen an der wand, wie seit jahren, die karte europas, auf der die eroberungen der nazis in einem krebsigen rot prangen. jetzt reißt diese armee wie zunder. die generäle desertieren, ihren krieg preisgebend, mit lautem geschrei, daß der gefreite ihn verpfuscht habe. welch ein gesindel! einfachste aller tatsachen: sie haben ihn mit allen mitteln verloren.

15. 8. 44
da sind immerzu die fragen, warum die deutschen noch kämpfen. nun, die bevölkerung hat die ss auf dem genick, außerdem hat sie keine politische willensrichtung, der paar parlamentarischen institutionen zweifelhafter art beraubt und ökonomisch unter dem stiefel der besitzenden, wie immer. die soldaten wehren sich, in den formen der strategischen und taktischen operationen, ihres lebens und liefern arbeit an der zerstörungsmaschinerie, nun so wenig wie schuftend an der gütererzeugenden maschinerie, befaßt mit dem resultat ihrer arbeit. mit einem satz: die deutschen kämpfen noch, weil die herrschende klasse noch herrscht.

16. 8. 44
abends spielt edward steuermann privat ein mozartsches rondo, eine der englischen suiten bachs, variationen schuberts und beethovens hammerklaviersonate. schon als junge, als ich die matthäuspassion in der barfüßerkirche gehört hatte, beschloß ich, nicht mehr so wo hinzugehen, da ich den stupor verabscheute, in den man da verfiel, dieses wilde koma, und außerdem glaubte, es könne meinem herzen schaden (das durch schwimmen und radfahren etwas verbreitert war). bach

kann ich jetzt, wie ich denke, ungestraft hören, aber den beethoven mag ich immer noch nicht, dieses drängen zum unter- und überirdischen, mit den oft (für mich) kitschigen effekten und der ›gefühlsverwirrung‹. das ›sprengt alle bande‹ wie der merkantilismus, da ist diese innige pöbelhaftigkeit, dieses ›seid umschlungen, millionen‹, wo die millionen den doppelsinn haben (als ginge es weiter, ›dieses coca cola der ganzen welt!‹).

20. 8. 44
werfe einen blick in ›l'immoraliste‹ von GIDE, dem mann, der ein stil ist. die beschreibung, wie der immoralist seinen tuberkulösen körper gesundet, ist etwas hektisch, der erzähler selber wird atemlos, die alltäglichkeit bekommt die schwindsucht usw, der immoralität fehlt alle robustheit, sie weiß sich als perversität – und doch gibt das buch, selbst schon im zustand der zersetzung (mehr als zersetzend), einen vorgeschmack. was für eine literatur könnte die epoche bekommen, in der der staat sich aufgelöst hat, die moral (oder besser der moralismus) sich aufgelöst hat. freilich hat sich vielleicht dann auch die literatur aufgelöst...

24. 8. 44
kapitulation rumäniens. fall von paris.
die art, wie die vertreibung der nazis aus paris vor sich ging, wird die furcht der besitzenden besänftigen. die faschistische gendarmerie ging am schluß in den streik und befestigte dann die isle de france in der seine. man hört nichts von den faschisten, daraus schließt man, ein paar beamte, kompromittiert als collaborateurs, seien geflohen. frankreich ist befreit, es betrachtet seinen befreier.

28. 8. 44
von laughtons garten, über den ich ein gedicht begonnen hatte (GARDEN IN PROGRESS), bröckelte ein großes stück bei einem erdrutsch ab heute nacht. er fragte gegen mittag an, ob er abends kommen könne, und entschuldigte sich, als er kam, daß er mit seinem kummer zu leuten komme, die seit einem jahrzehnt kein eigentliches dach überm kopf gehabt hätten. er begann sofort, kapitel aus dem leben davids zu lesen, die er für platten vorbereitet (wie er sagt, auf mein betreiben), und er las sehr schön von david und jonathan. auch hatte er ein paar bände shakespeare mitgebracht und las (oder spielte) den osric aus HAMLET, den jacques aus WIE ES EUCH GEFÄLLT und den ›clown bringing a basket‹ aus dem v. akt von ANTONIUS UND CLEOPATRA, rollen, die er als homosexuelle gespielt haben will. seine frau, vom kabarett kommend, holte ihn ab, und die beiden saßen eine zeitlang, über das unglück ihres gartens sprechend. ›seit die große fichte gegangen ist‹, sagte sie, ›ist das licht im ganzen haus geändert, es ist ein andres haus, man sieht jetzt das meer!‹ und im ton großer mißbilligung fügte sie hinzu: ›es hat einen seeblick!‹ laughton selbst hat, wie es scheint, den schaden noch nicht zu betrachten gewagt, um zu uns zu kommen, verläßt er das haus nach der andern seite. ›es ist nur der anfang‹, sagt er, ›es geht noch mehr, man hat mir gesagt, es gibt da einen unterstrom. offen gestanden, ich möchte jetzt keine leute sehen, ich bin so beschämt. es steht in den zeitungen.‹ ich zeige ihm die zwei großen seiten meiner beschreibung, um ihn lustiger zu stimmen, sage: ›Ihr garten wird eine mythe werden, bestehend in einem ruhmvollen gerücht. man sagt, die vergänglichkeit ist ein wesentliches der schönheit, sie steigert den genuß.‹ aber er weiß, daß ihm das unglück schadet, auch in seinem beruf. abgesehen davon, daß das property geschädigt ist. und, da er in letzter zeit weniger erfolg hat und oft als ›ham‹ beschimpft wird (was hier nicht viel mehr bedeutet als einfach schauspieler, was aber tödlich ist), fürchtet er wohl, er kann derlei nicht wieder erwerben. die jugend

gilt hier so viel, da an ihr mehr verdient werden kann. tatsächlich sieht er heute alt aus, und es ist wohl deswegen, daß die lanchester von sich sagt: ›ich fühle mich plötzlich wie eine alte frau, mit einem druck auf der brust.‹

31. 8. 44
in augenblicken der verstörung fallen im gemüt die bestände auseinander wie die teile tödlich getroffener reiche. die verständigung zwischen den teilen hört auf (plötzlich wird deutlich, wie das ganze aus teilen besteht), sie haben nur noch die bedeutung, die sie für sich selber haben, das ist wenig bedeutung. es kann passieren, daß ich urplötzlich nicht mehr einen sinn in institutionen wie der musik oder auch der politik sehen kann, die nächststehenden wie fremde sehe usw. gesundheit besteht aus gleichgewicht.

1. 9. 44
schrieb die neufassung des vorspiels und des (adlibitum-)nachspiels zum KREIDEKREIS fertig.
merkwürdig, wie kummer und unruhe die schultern nach vorn fallen machen. was hält sie zurück in normalen zeiten.

3. 9. 44
ruth wird operiert in *cedars of lebanon.*

5.9.44
plan für tag: aufstehen 7 uhr. zeitung, radio. kaffee kochen, in der kleinen kupferkanne. vormittags arbeit. leichter lunch um zwölf. ruhe mit kriminalroman. nachmittags arbeit oder besuche machen. abendessen 7 uhr. danach gäste. nachts halbe seite shakespeare oder waleys sammlung chinesischer gedichte. radio. kriminalroman.

10.9.44
im gespräch mit laughton kam ich auf meinen alten plan, ein LEBEN DES KONFUTSE zu schreiben. dieser tage erinnerte ich mich eines andern: LEBEN UND TOD DER ROSA LUXEMBURG. nun scheint es mir, daß beide stücke zusammen ein gutes ganzes ergäben. der konfutse wäre das satyrspiel zur LUXEMBURG mit seiner entlarvung des formalismus, der revolution der begriffe, der etablierung des benehmens aus der zeit des urkommunismus.

12.9.44
die ungeduld der linken mit den deutschen arbeitern ist begreiflich. dabei sollten marxisten wissen, was eine revolutionäre situation ausmacht. dazu hat das ungarische, italienische, spanische, chinesische beispiel gezeigt, was ein mit den modernsten waffen und fahrzeugen und polizeisystemen ausgestattetes lumpenpack vermag, und im deutschen fall handelte es sich um ein durch illusionen und wirtschaftskrisen geschwächtes proletariat.

On a Paris street, a wounded Nazi . . .

. . . is pounced on by an F.F.I. woman . . .

. . . who disarms him . . .

News of the Day-International, Associated Press

. . . then helps carry him off.

16. 9. 44
die deutsche militärische niederlage in frankreich hat nichts erstaunliches. hitler hat keinen grund, die amerikanisch-englische armee eher hereinzulassen als die russische. zweifellos gibt es viel verrat von seiten der generäle. wenn sie überhaupt noch kämpfen wollen, wollen sie ihre klitschen in ostpreußen verteidigen gegen die russen. und ihre spezifische art der eroberung. ein trübes bild.

17. 9. 44
die deutsche kunst ist zu schwer. gerade in dieser zeit, einer der furchtbarsten der geschichte, sollte sie lernen, leicht zu

werden, natürlich nicht auf der flucht, sondern bei der darstellung dieser zeit und ihrer furchtbarkeit. so muß das gewöhnliche den charakter des niedagewesenen, das niedagewesene den des gewöhnlichen bekommen. der darsteller des angst- und blutschweißes darf nicht schwitzen.
ich komme darauf, als ich barbara, die nebenan steppt, auf ihre schweißtropfen aufmerksam mache und ihr rate, lieber mehr zu können, als sie macht, als mehr zu machen, als sie kann, bis sie so viel macht, als sie kann.

18.9.44
steff wird am 26. zur armee eingezogen. er beschließt, sich das land anzusehen, bereist san francisco, saint louis, new orleans.

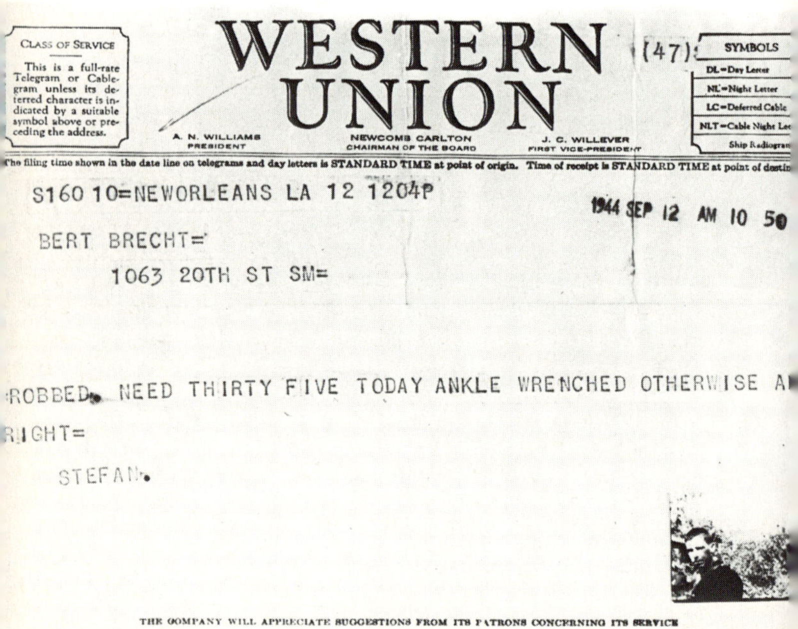
CLASS OF SERVICE
This is a full-rate Telegram or Cablegram unless its deferred character is indicated by a suitable symbol above or preceding the address.

WESTERN UNION (47)

A. N. WILLIAMS PRESIDENT — NEWCOMB CARLTON CHAIRMAN OF THE BOARD — J. C. WILLEVER FIRST VICE-PRESIDENT

SYMBOLS
DL=Day Letter
NL=Night Letter
LC=Deferred Cable
NLT=Cable Night Le
Ship Radiogra

The filing time shown in the date line on telegrams and day letters is STANDARD TIME at point of origin. Time of receipt is STANDARD TIME at point of destin

S160 10=NEWORLEANS LA 12 1204P

1944 SEP 12 AM 10 50

BERT BRECHT=
1063 20TH ST SM=

ROBBED. NEED THIRTY FIVE TODAY ANKLE WRENCHED OTHERWISE A
RIGHT=
STEFAN.

THE COMPANY WILL APPRECIATE SUGGESTIONS FROM ITS PATRONS CONCERNING ITS SERVICE

20.9.44
aufsatz eines bruno bettelheim ›behaviour in extreme situations‹ über das verhalten von konzentrationslagerhäftlingen. borchardts wahrnehmung wird bestätigt, daß häftlinge ausdrucksweise und auftreten ihrer quäler annehmen. interessant der rapide (galoppierende) persönlichkeitsschwund derer, die die ihnen erwiesene behandlung nur ablehnen können, weil sie ihnen widerfährt, die nur eine gesetzwidrige anwendung des gesetzes sehen. und interessant die gruppenmäßige behandlung der häftlinge durch die gestapo. (eine gruppe wird mißhandelt, weil ein mann für sie eintrat.) solche beschreibungen müßten leute interessieren, die an dem liberalen persönlichkeitsbegriff festhalten und besonders heftig gegen die unterdrückung der persönlichen freiheit in der USSR reagieren. da ist der maßstab, mit dem die persönlichkeit gemessen wird, die fähigkeit der person, gegen den strom zu schwimmen. tatsächlich ist dieser maßstab besonders vor und während revolutionen von wert. dann tritt anstelle der freiheit von der gruppe die kollektivfreiheit der gruppe (welche während der klassendiktatur durch die notwendigkeit der selbstdiktatur kompliziert wird).

26. 9. 44
brachte an nebligem morgen steff an elektrische station am ozean, da er zum heer eingezogen ist. – gestern abend gespräch mit eisler, helli, steff über brillanten und reaktionären preston sturges film und das vorspiel zum KREIDEKREIS. steff möchte den konflikt der dörfer realer und härter, auf grund eines echten nachteils für den ziegenkolchos.

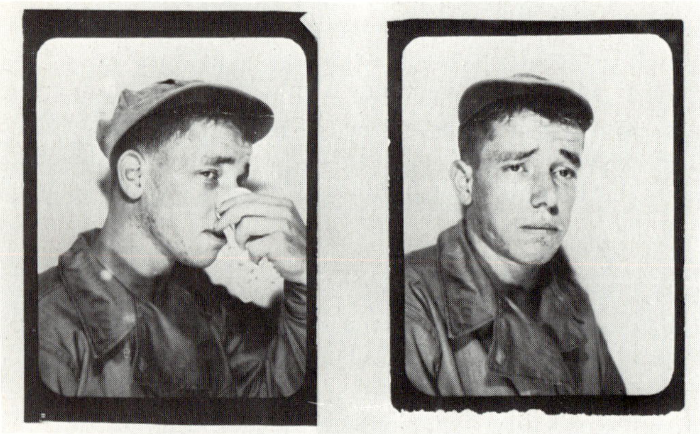

5. 10. 44
spreche mit dessau und winge über opernstoff DIE JUDENHURE MARIE SANDERS. speziell über chöre. der chor sollte nicht starr sein, aus chorsängern bestehend, eine kollektivperson. chöre sollten sich bilden aus haupt- und nebenpersonen, durch jeweilige situationen. selbst die unverständlichkeit sollte auf grund von unverständigkeit entstehen. usw.

18. 10. 44
das große dialektikum entfaltet sich mehr und mehr. die russen nehmen die finnischen nickelgruben. iran verweigert ihnen den gebrauch der ölquellen in dem von ihnen besetzten nordiran. in westfrankreich sammeln sich die spanischen loyalisten unter den maquis, und es heißt, amerikanische truppen werden die pyrenäen besetzen. de gaulle bereitet beträchtliche reformen vor, bestimmt, das comité des forges zu ruinieren. am 12. dezember sollen die polnischen güter aufgeteilt werden. italien vegetiert als englische kronkolonie, griechenland erwartet wutschnaubend seinen könig. der vatikan propagiert ein neues münchen, basiert auf klerikofaschismus.

19. 10. 44
eisler las dieser tage GIDES ›paludes‹ und MANNS ›tonio kröger‹ und spricht darüber, wie schlecht das letztere abschneidet. (er hat auch versucht, den ›joseph‹ zu lesen, die enzyklopädie des bildungsspießers.) im grund haben wir eben keine literatur. die bourgeoisie bereitete ihre revolution literarisch vor und verkaufte sie dann. was später an stil auftaucht, ist preziös.

21. 10. 44
ich höre im radio SCHÖNBERGS ›thema mit 7 variationen‹, als es läutet. eine blutlose jungalte frau steht vor der tür: ›can I ask you for a busfare?‹ ich gebe ihr schnell 10 cent und höre weiter das romantische werk mit seiner prästabilisierten harmonie.

21. 10. 44
SCHÖNBERG verrettet die klassische musik. eisler spricht immer – mit tiefem respekt – von der etablierung der milchmädchenrechnung in der musik. für mich hat diese musik etwas kreisendes, die bewegung führt nicht fort, die logik genügt nur sich selbst.

oktober 44
bei einer abschiedsparty der kalatosowa, die in leningrad die ›jüdische frau‹ vor frontsoldaten gespielt hat, komme ich mit odets ins gespräch. ich lobe den schauspieler spencer tracy im SIEBTEN KREUZ wegen einiger beinahe sublimer ausdrücke, hier sonst unüblich. odets hatte nichts davon bemerkt und nahm meinen rat, den film noch einmal zu sehen, ärgerlich auf. er griff sich immerfort mit der hand an die brust und beteuerte, er habe nichts gefühlt. für ihn ist das kino eine art elektrisiermaschine, und er registriert stöße. unmöglich, ihm zu erklären, daß man ins kino gehen und neugierig wachen kann, ob da nicht doch irgendwelche reflexe der realität auf der leinwand auftauchen, verdeckt unter den kindischen fabeln, verborgen in ›stockfiguren‹. züge, die sehr leicht übersehen werden können.

22. 10. 44
bei GORELIK gespräch mit einigen jüdischen linken, eine neue politik der kommunisten, wie es scheint: die amerikanischen juden sollen sich als nationale minorität organisieren. einer ruft klagend aus: ›die juden wissen nichts über ihre kultur!‹. scholem asch ist eine literarische weltfigur. hätte heine in jiddisch geschrieben, wäre es vom jüdischen standpunkt aus besser gewesen. vergebens suche ich einzuwenden, daß hebräisch und sogar jiddisch nicht so voll entwickelte moderne spra-

chen sind wie englisch, russisch, französisch, deutsch, spanisch und gewisse asiatische sprachen. daß schönberg, einstein, freud, eisenstein, meyerhold, döblin, eisler, weigel nicht jüdische, sondern andere kulturen verkörpern usw usw. zeugnisse ›jüdischer‹ kultur gibt es meines wissens nicht im gleichen format wie etwa der jazz oder die negerplastik oder die irische dramatik. genau wie zu MARXENS zeit müssen die juden sich vom kapitalismus (›dem kommerz‹) emanzipieren und nicht sich in ihre ›alte kultur‹ flüchten.

MR. O'MALLEY, BARNABY AND GORGON
Miracles are promised but not performed.

ende oktober 44
mit dessau, eislers zu dinner bei schönberg. der erstaunlich temperamentvolle, gandhigleiche schönberg in seiner blauen kalifornischen seidenjacke, ein gemisch von genie und verdrehtheit. so beschwert er sich über die kürze der schutzfrist für geistige werke. (›mein junge wird, wenn er 45 jahre alt ist, nicht mehr einen cent bekommen‹, sagt er, als spreche er über eine ungeheuerlichkeit.) dann wieder, ein wenig kokett, aber nicht nur

das, erklärt er, im gegensatz zu andern, natürlich wenigen, finde er seine werke mitunter scheußlich klingend. nachdem er sie niedergeschrieben habe, verstehe er sie nur noch schwer, müßte sie mühsam studieren. bei mir ›klingt eine saite mit‹, wenn er sich beklagt, für die musik gebe es kein rein musikalisches begriffsmaterial. er definiert, als beispiel, form so: sie ist ein ruhezustand zwischen aufeinander einwirkenden kräften. (anscheinend ein feldbegriff.)

29. 10. 44
wollte gestern steff für urlaub holen. hatte freitag abend alles vorbereitet, neuen reifen für wagen, erlaubnis des district attorney usw. dann sollte steff angerufen werden zwischen 7 und 9, und der camp nahm keine anrufe an. so wußten wir nicht, ob er urlaub bekommen würde. die frischauers, die oft im camp roberts waren, fanden die fahrt mit meinem alten wagen unmöglich (260 meilen hin); ich sollte, da die kolbenringe neu sind, nur 25 meilen fahren, es war dichter nebel entlang der küste, mein scheibenwischer war arretiert, das licht setzte mitunter aus, und so fuhr ich nicht und hatte samstag und sonntag mich zu fragen, ob es nicht doch nur bequemlichkeit war, unterlassung einer *besonderen* anstrengung. plötzlich sah ich den urlaub als die verzweifelte flucht ins private, menschliche, was er wohl war, und ich sah steff zurückgehen zu den 4 andern, die er hatte mitnehmen wollen (in dem winzigen wagen, dessen reifen beinahe sicher platzen).

6. 11. 44
häufigere gespräche über musik mit eisler (wegen GOLIATH-OPER) und dessau, der viel weniger entwickelt und festgefahren ist. die moderne musik verwandelt texte in prosa, auch wenn es verse sind, und lyrisiert dann diese prosa. die lyrisierung ist zugleich eine psychologisierung. der rhythmus ist aufgelöst (außer bei strawinsky und bartok). für das epische theater ist das unbrauchbar.

7. 11. 44
roosevelt wird wieder gewählt. abends bei pascal mit laughton (auch barbara dabei, in schwarzem abendkleid). dort groucho marx und chaplin. helli, ich und chaplin die einzigen am radio.

15. 11. 44
ich nehme die FLÜCHTLINGSGESPRÄCHE wieder vor, lese einige kapitel winge und dessau vor, sowie dem österreichischen arbeiter brainer, der mit uns auf der ›anni johnson‹ herüberkam und in der southern pazific arbeitet. ihre reaktion ermutigt mich etwas. es war die absicht, philosophische gespräche auf einer ›niederen‹ ebene zu plazieren, jedoch bedrückt mich aufs neue der mangel an eleganz. bei uns deutschen ist solch ein abgrund zwischen dem lebendigen, realistischen und dem eleganten! dazu kommt, daß ich ständig für das theater gearbeitet habe, wo so viel dem zufall anheim gegeben ist und alles im literarischen sinn unordentlich bleibt.

17. 11. 44
hin und wieder vergesse ich jetzt ein deutsches wort, ich, der sich nur hin und wieder eines englischen erinnert. suche ich dann, kommen mir nicht die hochdeutschen, sondern die dialektwörter in den sinn, wie dohdle für godfather.

27. 11. 44
es ist gegen elf uhr nachts. ich sitze mit einem whisky (wie nicht oft) und lese GIDES JOURNAL 1940. es ist still und es ist angenehm, so abgeschlossen zu sitzen, aber dann kann ich es mir nicht versagen, das radio anzudrehen, der nachrichten wegen, wiewohl sie nichts neues enthalten werden – ich habe um zehn uhr und wieder um halb elf uhr zugehört. in der tat gibt es keine vernünftige ruhe außer der von unserer umgebung (in weitestem sinn) gespendeten. sich abschließen vor der welt heißt sich in das reißende nichts legen. so schreibe ich jetzt, nach dem radio hörend, und werde danach fortfahren, horchend den gide zu lesen.

28. 11. 44
man schenkte mir ARTHUR WALEYS TRANSLATIONS FROM THE CHINESE. da der amerikanische verleger billige chinoiserien zwischen die gedichte druckte, hatte ich sie mit papierflecken zu überkleben. ich merkte belustigt, wie nach getaner flickarbeit der wert der gedichte für mich gestiegen war; ich hatte ihn mir dadurch bewiesen, daß ich arbeit investierte!
erstaunlich, was für ein esel dieser ausgezeichnete sinologe waley ist! er kann es nicht fassen, daß für den PO CHÜ-I zwischen didaktik und amüsement kein unterschied besteht. kein wunder, wenn lernen uns, betrieben als schneller einkauf von kenntnissen zum zweck des wiederverkaufs, mißvergnü-

gen erregt. in glücklicheren zeitaltern bedeutete lernen ein genußvolles aneignen der künste (im baconischen sinn). die dichtung, in ihren didaktischen wie in ihren anderen werken, vollbringt es, unsern lebensgenuß zu erhöhen. sie schärft die sinne und verwandelt selbst die schmerzen in genuß.

29. 11. 44

PO CHÜ-I: RESIGNATION

denk nicht vor: hast du kein glück
kannst noch lange schauern
denk um himmels willen nicht zurück
erinnern ist bedauern.
besser, du sitzt tagaus, tagein
wie ein sack in deinem gestühle
besser du liegst in der nacht wie ein stein
unbewegt auf dem pfühle.
ist's das essen: auf das maul!
ist's der schlaf: zu die augen!
hockst du im wagen, schafft's der gaul;
muß zu etwas taugen.

übersetzung in unregelmäßigen rhythmen ohne reim:

halte deine gedanken von allem, was aus und basta ist
denn das denken an die vergangenheit weckt bedauern.
halte deine gedanken von allem, was kommt und nicht
kommen mag
denn das denken an die zukunft weckt unruhe.
besser du sitzt am tag wie ein sack in deinem stuhl
besser du liegst bei nacht wie ein stein in deinem bett.
wenn essen kommt, dann auf mit dem maul
wenn schlaf kommt, dann die augen zu.

30. 11. 44
nichts rechtes zu tun und die alten russischen kopfschmerzen. so übersetze ich ein wenig.

PO CHÜ-I: DER HUT, DEM DICHTER GESCHENKT VON LI CHIEN.

lange zurück, ein weißköpfiger herr
machtest du zum präsent einen schwarzen florhut.
der florhut sitzt heut noch auf meinem kopf
du aber gingst schon zu den ›unteren quellen‹.
das ding ist alt, doch noch präsentabel
der mann ist gegangen und kommt nicht wieder.
draußen am hang scheint der mond heut nacht
und um dein grab die äste schwanken im herbstwind.

10. 12. 44
arbeite mit laughton nun systematisch an der übersetzung und bühnenversion des LEBEN DES PHYSIKERS GALILEI. – merkwürdig, wie schwierig es ist, selbst die winzigsten probleme (eines neuen übergangs etwa) zu lösen, wenn sie sich einzeln vorstellen. bei fortschreitendem schreiben weicht man gerade dem problematischen aus; darin besteht die geschicklichkeit des denkens, dieses sich-nicht-verwickeln-wollen bedeutet keinen entschluß zur kapitulation, im gegenteil. man taucht lediglich die ruder nicht zu tief ein, noch zu flach ein, denn weiterkommen ist alles. rein ›äußerlich‹, wenn ich spüre, daß die konzentration einen bestimmten grad erreicht hat, greife ich zu meinem kriminalroman, da ich meinem denken nicht mehr traue.

12. 12. 44
eislers, kortner, henrieds, thörens, kaus. es wird über die stellung der emigrierten französischen künstler zu de gaulle und vichy gesprochen. von rené clair und renoir wird gesagt, sie seien antisemiten. eisler: ›keine antisemiten, sie können nur die juden nicht leiden.‹ diese unglücklichen intellektuellen! sind sie gefährlich? sie sind es, wie zigarren, die man in die suppe schneidet.

18. 12. 44
brief an steff:
das frankfurter soziologische institut (das mich zu dem TUIROMAN inspirierte) hat jetzt seine brüchig gewordene finanzielle grundlage konsolidiert: die new yorker juden finanzieren ihnen ein umfassendes projekt der erforschung des antisemitismus. horkheimer und adorno haben bereits fragebogen ausgearbeitet, durch welche *der faschistische typus* festgestellt werden soll, methodisch und auf streng wissenschaftlicher grundlage. es ist dies der typus, der potentiell ein antisemit ist, und von nun an kann er schon im nichtvirulenten stadium diagnostiziert (und eventuell behandelt) werden. einzelne fragen: ›glauben Sie, daß an den weltkrieg sich naturkatastrophen anschließen, seuchen, erdbeben usw.?‹ – ›halten Sie syphilis für unheilbar?‹ ich brachte die rede auf die kleine schrift über die judenfrage von K[ARL] M[ARX] und erfuhr wieder einmal, daß die überholt ist (und überhaupt vom *jungen* m[arx] stammt). m[arx] soll auf die goebbelssche unterscheidung zwischen dem schaffenden und dem raffenden kapital hereingefallen sein. meine heimtückische frage, ob die new yorker seiner meinung nach den m[arxschen] standpunkt finanzieren würden, wenn m[arx] nicht unrecht gehabt hätte oder wenn das institut nachweisen könnte, daß er doch recht gehabt hat, fiel in ein taubes ohr. (ich bin beinahe sicher, daß adorno sie auch in seinen fragebogen nicht aufnehmen würde.) m[arx] nahm den juden, wie er historisch ›vorlag‹, geformt durch verfolgungen und wider-

stand, in seiner wirtschaftlichen spezialisierung, seiner angewiesenheit auf flüssiges geld (der notwendigkeit, sich frei- oder einzukaufen), seiner kultivierung uralten aberglaubens usw usw. und m[arx] riet ihm, sich zu emanzipieren (und machte ihm dies auch vor). adornos gesicht *kann* nicht lang werden, was ihm als einem theoretiker gut zustatten kommt. so mußte ich ein wenig weiter gehen. ich schlug ihm vor, den kapitalismus deswegen anzugreifen, weil er den schacher *liquidiert* hat. womit er all die phantasie, all den humor, all den amüsanten kampf, kurz, den geist aus dem handel ausgemerzt hat. ich schilderte adorno die verachtung, die der chinese (dem juden im schacher weit überlegen) dem westlichen händler zollt, der einfach den preis zahlt und mit der beute weggeht, ohne daß irgendein menschlicher vorgang, ein wettstreit der gehirne, vorgegangen ist. wenn die anwesenheit des verkäufers *so* überflüssig ist, warum dann nicht schon gleich einfach einbrechen? –
im haus finden gigantische vorbereitungen der weihnachtsfeier statt. helli näht unzählige jacken, nachthemden usw und backt unzählige stollen. barbara nimmt anleihen auf, die sie für 50 jahre versklaven. wir hoffen alle *sehr*, daß du da sein wirst und eine nase voll von der mischung des tannendufts unten mit dem chemikaliengestank oben kriegen kannst.

20. 12. 44
die politische nutzbarkeit der nichtaristotelischen dramatiken zu erklären ist ein kinderspiel; die schwierigkeiten beginnen in der ästhetischen sphäre. man muß ein völlig neues kunsterlebnis im theater statuieren. es handelt sich um die entmetaphysizierung, um das verirdischen des kunsterlebnisses. weder ist der mensch ferner das objekt überirdischer mächte (der parzen,) die heute noch am broadway den plot kontrollieren,) noch seiner eigenen ›natur‹. das neue theater kreiert (und lebt von der) lust an der gestaltung der menschlichen beziehungen.

dezember 44
arbeite systematisch mit laughton an der galileiversion. er überträgt satz für satz, zunächst mit der hand meine schwerfällige übersetzung niederschreibend, dann die seine, vielmehr die seinen. zugleich nehmen wir änderungen vor. die größte schwierigkeit macht galileis rede über die epoche in der 1. szene, besonders der satz ›da es so ist, bleibt es nicht so‹. das englische assoziieren ist so sehr anders, ebenso das argumentieren und der humor. die biblische qualität von ›denn wo der glaube 1000 jahre gesessen hat, ebenda sitzt jetzt der zweifel‹ versuchen wir durch einen blankvers zu ersetzen ›blind placed faith deposed by healthy doubt!‹ – was zumindest eine scholastische qualität gibt. natürlich, das blasphemische fällt doch aus.
daneben photographische experimente mit r[uth], bestimmt, ein archiv von filmen meiner arbeiten anzulegen. unzählige versuche, bei denen uns einmal sogar reichenbach unterstützt. amüsant, die fehlerquellen in den papieren, filmen, lichtanlagen, linsen usw zu entdecken. erstes resultat GEDICHTE IM EXIL. dann arbeite ich dafür die STUDIEN erneut durch.
die GEDICHTE IM EXIL enthalten:

GEDANKEN ÜBER DIE DAUER	
DES EXILS	aus den SVENDBORGER GEDICHTEN
DER SCHNEESTURM	aus der STEFFINISCHEN SAMMLUNG
DER KIRSCHDIEB	" "
DER TOTENVOGEL	" "
1939: AUS DEM REICH	
KOMMEN WENIG NACHRICHTEN	aus SVENDB[ORGER] GED[ICHTE]
FRAGEN EINES LESENDEN	
ARBEITERS	" "
DIE ANTWORT	aus der STEFF[INISCHEN] SAMML.
DIE TÜR	" "
HOLLYWOOD	(neu)
LEKTÜRE OHNE UNSCHULD	(neu)

BEI DER NACHRICHT VON DER
ERKRANKUNG EINES MÄCHTIGEN
STAATSMANNS (neu)
ZEITUNGLESEN BEIM THEEKOCHEN (neu)
DIE MASKE DES BÖSEN (neu)
DEUTSCHES MISERERE (neu)
ICH, DER ÜBERLEBENDE (neu)
DIE RÜCKKEHR (neu)

im grund sind die gedichte in einer art ›basic german‹ geschrieben. das entspricht durchaus nicht einer theorie, ich empfinde den mangel in ausdruck und rhythmus, wenn ich solch eine sammlung durchlese, aber beim schreiben (und korrigieren) widerstrebt mir jedes ungewöhnliche wort. gedichte wie DIE LANDSCHAFT DES EXILS nehme ich nicht auf, das ist schon zu reich.

22. 12. 44

in der polnischen frage haben die reaktionäre einen populären dauerstreitapfel gefunden. ohne solch einen apfel ist politikmachen schwierig, da ja nicht alle divergenzen populär sein können. churchill, wenn roosevelt ihn in griechenland im stich läßt, droht sogleich, seine polnischen freunde im stich zu lassen. – die linke ist verwirrt. die erhebung in warschau, die waffen hatte, wurde von den russen zuerst ermutigt, dann, als der reaktionär bor sie dominierte, kalt behandelt (auch wenn man berücksichtigt, daß der aufstand für die russische strategie augenscheinlich zu früh kam, so daß die sehr wertvolle volkshilfe vergeudet wurde, damit die londoner polenbesitzer einen claim hätten). die linken sagen jetzt, die russen fürchteten in polen die schwierigkeiten der engländer in griechenland, und ob das messer, mit dem der fisch gegessen wird, in einer rechten oder linken hand ist, macht keinen unterschied.

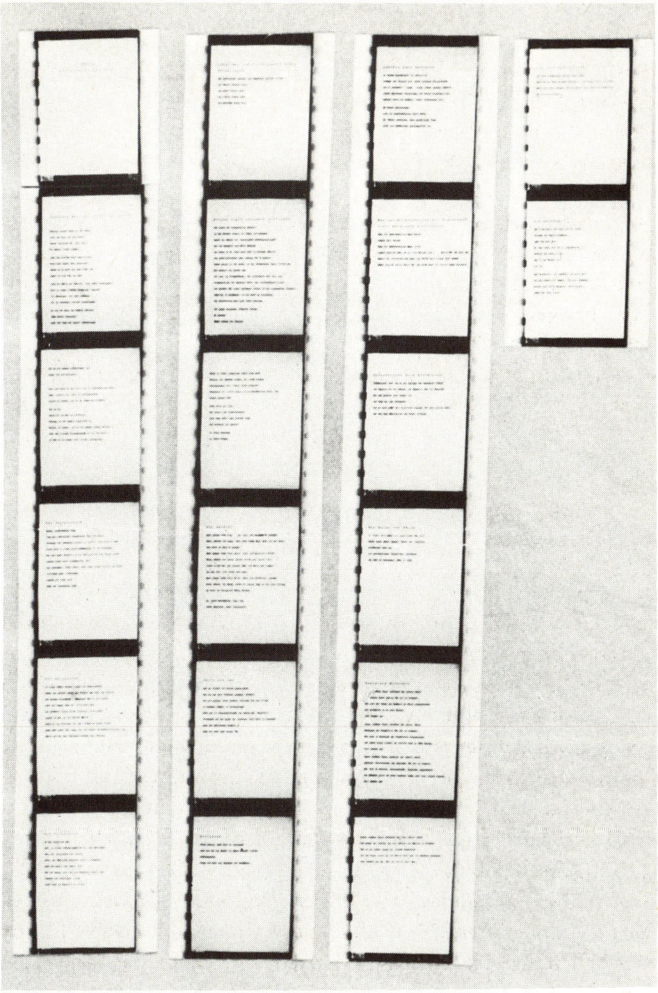

15. 1. 45
MAX GORELIK, der in seinem buch NEW THEATERS FOR OLD über das epische theater referiert hat, bringt mich mehr und mehr auf die theoretischen lücken: ich sehe seine mißverständnisse. ein eigentümlich puritanischer geruch steigt von der gorelikschen reproduktion auf, etwas laboratoriumhaftes. die ästhetische seite schrumpft zum formalismus zusammen. (das theater eines wissenschaftlichen zeitalters wird zum wissenschaftlichen theater.)

16. 1. 45
[im] GALILEI mit seinen interieurs und stimmungen wirkt die dem epischen theater entnommene bauart der szenen merkwürdig theatralisch.

19. 1. 45
treffe bei dieterles S[IDNEY] HILLMANN vom PAC und der CIO. er kommt von der gewerkschaftskonferenz in london, ein fuchs, der manchen abgebissenen lauf in mancher eisenfalle zurückgelassen hat. die stimmung in london sei gewesen, man müsse äußerst vorsichtig sein diesmal, da man 1918 von den deutschen sozialdemokraten getäuscht worden sei. in konrad heidens buch habe man ja gelesen, daß diese leute dauernd mit dem generalstab zusammenarbeiteten. ich bestätige das fakt und warnte vor heiden. die SPD, versuchte ich es, hatte genau so viel macht, als die alliierten und deutschen imperialisten ihr ließen und verschafften. – ›und warum ergriffen sie nicht mehr macht?‹, sagte er. – ›es gab eine gewisse furcht vor der revolution‹, sagte ich. – ›wir wollen keinen krieg mehr‹, sagte er. – ›dann müßtet ihr ein system abschaffen, das kriege bedeutet‹, sagte ich. – ›oh‹, sagte er, ›wir können zumindest deutschland

verhindern, so bald wieder einen krieg zu machen.‹ – ›wenn ihr zumindest dort das system abschafft‹, sagte ich. – ›man hat nichts von einem deutschen resistancemouvement gehört‹, sagte er. – ›nein‹, sagte ich, ›auch ich habe nicht gehört, daß ein deutsches resistancemouvement liquidiert wurde.‹ – es ist immerfort unmöglich, leuten über die deutschen zustände klarheit zu verschaffen, die nichts von zumindest zwei sätzen der dialektik gehört haben, von dem satz über die einheitlich wirkenden gegensätze und dem satz vom sprung aus der quantität in die qualität.

20. 1. 45

mitunter ruft dessau an und spielt mir übers telefon einen neuen vierzeiler vor. da kommt er wie von einem andern planeten.

International

POLISH PEASANTS DIVIDING THE LAND*

21. 1. 45
steff, nach seinem basic training in camp roberts, kommt, japanisch zu lernen, auf die universität von chicago. wir sind sehr froh.

23. 1. 45
beginne mit der oper DIE REISEN DES GLÜCKSGOTTS.

24. 1. 45
steff, auf dreitägigem urlaub, gibt eine party. ein mädchen abholend, fährt er einen alten mann an, der über die strasse geht. MP, ambulanzwagen usw. er erzählt nicht alles am abend, bringt eisler und brainer zu seiner party. eisler sagt am andern morgen, er war sehr vergnügt, aber dann kommt er, doch ziemlich angeknockt. es ist möglich, daß ihm das unglück die chicagoer zeit kostet.

28. 1. 45
immer noch nichts aus oberschlesien über die haltung der arbeiter.

11. 2. 45
da LAUGHTON für 8 wochen in einen piratenfilm muß, schaue ich mich nach einer arbeit um und beschließe, das manifest zu versifizieren, in der art des lukrezischen lehrgedichts, als fleißarbeit, ein wenig zu dem entschluß trägt die neue möglichkeit bei, kleine fotografische ausgaben zu veranstalten, die nicht

nur die illusion von büchlein geben, sondern auch kritische korrespondenz verheißen. das manifest ist als pamphlet selbst ein kunstwerk; jedoch scheint es mir möglich, die propagandistische wirkung heute, hundert jahre später, und mit neuer, bewaffneter autorität versehen, durch ein aufheben des pamphletischen charakters, zu erneuern.

20. 2. 45
ich verwende alle morgen für das gedicht. (nachmittags helfe ich r[uth] bei der herstellung des archivs.) arbeite am stehpult, auf das ich die schreibmaschine gestellt habe, um herumgehen zu können, da die schwierigkeiten groß sind. überall herum habe ich fotografische abzüge des urtexts liegen.

25. 2. 45
während der ganzen zeit ist mir das hier so erzürnt kommentierte ausbleiben von aufständen gegen hitler in d[eutschland] vollkommen verständlich. zum erstenmal sehe ich jetzt möglichkeiten (aus der ferne), wenn ich höre, daß im reich eine schere entstanden ist: mangel an arbeitskräften für die kriegsindustrie und zugleich arbeitslosigkeit, weil es an rohstoffen fehlt, das transportwesen niederbricht und die fabriken gebombt sind. in petersburg rebellierten 1917 die arbeiter der putilowwerke, als die bourgeoisie sie aus den munitionsfabriken aussperrte.

3. 3. 45
feuchtwanger erzählt mir, daß die hexameter schlecht sind. das bedeutet viel polierarbeit. tatsächlich weiß ich zu wenig davon.

4. 3. 45
party bei eislers. CHAPLIN kopiert meisterhaft einen chopinfilm mit muni. ein bestimmtes spiel mit dem taschentuch, das muni praktizierte, hat chaplin, sagt er, schon als achtjähriger praktiziert: da stellte er im vaudeville einen unglücklichen greis dar – das leichteste. dann erzählt er von dem geplanten blaubart-film. ein mann in mittleren jahren, etwas spießiger familienvater, begeht die frauenmorde, weil es eben schwierig ist für einen mann in mittleren jahren to make his living. chaplin beabsichtigt, den CHARLIE der klassischen filme aufzugeben. es ist nicht nur die frage, wie charlie sprechen müßte, nun im tonfilm. charlie war sprachlos in jeder weise. der typ des lumpenproletariers ist dem *new deal* zum opfer gefallen. the new deal took care of him.

5. 3. 45

KORTNER gestern ebenfalls chaplin beobachtend, ist enttäuscht über die muni-kopie. sie hat gezeigt, daß der charakterspieler veraltet ist, just that. kortner natürlich würde es, mit recht, denke ich, so formulieren: der charakterspieler hier hat in veralteter form überlebt.

Service Song

The Marines still are having a field day in PM's daily service song column and will until some Army and Navy songs come in. Here's one called *Bloody Rabaul*, from the South Pacific:

Once down to Sydney from Guinea I strolled
From a place called Bloody Rabaul.
I met an old sergeant, he said, "Pardon me please,
You've blood on your tunic and mud on your knees.
Da-de-ah, Da-de-ah,
You've blood on your tunic and mud on your knees."

° ° °

Now listen here, Doggie, you bloody damn fool
I just got back from a raid on Rabaul
Where shrapnel is flying and comforts are few
And good men are dying for bastards like you
Da-de-ah, Da-de-ah,
Where good men are dying for bastards like you.

10. 3. 45
zwischen dem LEHRGEDICHT und den schrecklichen zeitungsberichten aus deutschland. ruinen und kein lebenszeichen von den arbeitern.

20. 3. 45
wir hören, daß die kraft der industrie, sich wiederherzustellen, groß ist. aber das ist sie nur im hinblick auf die güter und nur so lange, als die grundmaschinerie nicht zerstört ist. solange hochöfen arbeiten, sind traktorpflüge schneller zu verfertigen als holzpflüge, was wenn sie nicht mehr arbeiten? was die kultur angeht: sie verfällt unglaublich schnell (wie die künstliche, auf wüstenboden gepflanzte flora kaliforniens, wenn nicht gewässert). selbst große nationen zeigen sich in mißlichen umständen nicht mehr bereit, auch nur ein dutzend

großen geistern das gehalt eines bezirksamtmannes auszusetzen. natürlich war es nicht die militärische niederlage, die im siebziger krieg den proudhonismus dem marxismus unterwarf: das fortgeschrittenere volk hatte gesiegt, und mitsiegte die fortgeschrittenere theorie. das französische proletariat war weiter als das deutsche. aber der ruhmreiche kampf der kommune ließ die französische arbeiterklasse beinahe ruiniert zurück.

2. 4. 45
ich arbeite mit GORELIK an einem amerikanischen stück DER ESSIGSCHWAMM. in einer der szenen soll gezeigt werden, wie ein junger mensch, um einen job zu ergattern, einen älteren arbeiter arbeitslos machen muß. der junge mensch hat zu erklären, warum er den job braucht. ›wir dürfen nicht von geld reden‹, sagt gorelik ernst, ›das ist anathema am broadway‹. tatsächlich wird in den kommerziellen theatern niemals von geld geredet, so wenig wie vor krebskranken vom krebs. möglich bleibt als motiv für die jobsuche der tod des unversicherten vaters, also eine naturkatastrophe. unmöglich ist schon, daß er seine mutter neben dem offenen gasofen gefunden hat, weil sie die 12 $ für den schönheitssalon nicht hat und ihr boß ihr mit der entlassung gedroht hat – sie könnte kellnerin sein. ganz unmöglich die wahrheit: daß der junge mensch geld zum leben für sich selber braucht und sein mädchen verliert, wenn er keine kinokarten kaufen kann.

3. 4. 45
mit DIETERLE filme für die deutschen kriegsgefangenen in USA besprochen. wir arbeiteten WAS BEKAM DES SOLDATEN WEIB durch und kamen wieder auf das mögliche mißverständnis zu sprechen.

es ist keine anprangerung des soldaten für plünderung. was er heimschickt, ist minimal, und es ist alles, was das volk aus dem krieg herausholen wird. das thema ist, daß der raubkrieg nicht lohnt; alle die feldzüge und schreckenstaten bringen noch nicht so viel, das weib zu kleiden, und sie nehmen ihr den mann.

12.4.45
ROOSEVELT stirbt. mit dem tod des aufgeklärten demokraten geht die führung der demokratien an churchill über. winges freundin berichtet, daß viele der arbeiterinnen in ihrem betrieb weinten.
GANDHI schickt frau roosevelt ein telegramm: kondolation zum tod Ihres manns. gratulation, daß der mann des friedens den mord des friedens nicht mehr erleben muß.

ende april 45
leider muß AUDEN, bevor seine arbeit beendet ist (am K[AUKASISCHEN] K[REIDEKREIS]), nach england abfahren.
laughton ist wenig gestimmt, die arbeit am GALILEI wieder aufzunehmen.
in NY will man für die CIO-zuschauer MASTER RACE aufführen.

The *Herald Tribune* of April 3 reports a Russian radio broadcast of a statement by the Soviet-appointed mayor of the German town of Landsberg on the Warthe. A former member of the German labor movement who had been arrested twice by the Nazis for his political views, the new mayor, Paul Schulz by name, urged all Germans to "follow our example and liberate yourselves from Hitler." He described the aid given by the Russians in rehabilitating the captured town. Under Soviet direction, he said, the waterworks had been repaired and factories reopened to supply the 25,000 inhabitants. "Fifteen bakeries are working for the benefit of the population. New household and bread-ration cards have been issued. The labor office, the housing office, and an office for the care of refugees are busy promoting reconstruction work. Streets have been cleared up. A hospital, two maternity wards, and a children's home have been established." The military commandant of the town, Schulz emphasized, was helping the population in every way.

3.5.45

helfe LAUGHTON, für eine platte die schöpfungsgeschichte einzustudieren. er hat im ohr den bekannten, internationalen pfaffenton, und da seine stimme wenig und schwerfällig seinem gestus folgt, dh überhaupt wenig beweglich ist, verdirbt das alles. ich rate ihm zu einigen exerzitien, und wir gehen in ein plattenstudio, wo wir folgendes aufnehmen: a) die schöpfung, rezitiert von einem franzosen wie jean renoir, b) von einem yorkshire mann (heimat laughtons), c) von einem cockney (at the beginning mr smith created the heaven and the earth), d) von einem pflanzer, der eingeborenen glauben machen will, er habe die welt geschaffen, e) von einem butler (in the beginning his lordship created...), f) von einem soldaten ›in the foxhole‹ (mit ›so what‹ und ›much good did it to us‹ zwischen den schöpfungsakten). nun kommt das ganze als ein primitiver fruchtbarkeits- und phallus-tanz.

8.5.45
nazideutschland kapituliert bedingungslos. früh sechs uhr im radio hält der präsident eine ansprache. zuhörend betrachte ich den blühenden kalifornischen garten.

12.5.45
zwei filme besprochen, die man für d[eutschland] machen könnte: DR LEY und die geschichte einer bauernfrau, die 2 tage mit sich und ihrer familie (darunter dem beurlaubten sohn) kämpft, ob sie einem halbverhungerten gefangenen einen halben laib brot zustecken soll. sie tut es und bringt ihren sohn, den soldaten, gefesselt mit ochsenstricken auf einem leiterwagen zu den alliierten (in sicherheit).

14.5.45
mit LAUGHTON zurück am GALILEI. wir addieren einiges wirklich gute, so in der sonnfleckenszene die kontroverse mit ludovico.

mitte mai 1945

und als dann kam der monat mai
war ein tausendjähriges reich vorbei.

und herunter kamen die hindenburggass'
jungens aus missouri mit bazookas und kameras

und fragten nach der richtung und kleinerer beute
und einem deutschen, der den zweiten weltkrieg bereute.

in straßengräben faulten feldmarschälle.
schlächter bat schlächter, daß er das urteil fälle.

die wicken blühten. die hähne schwiegen betroffen.
die türen waren geschlossen. die dächer standen offen.

juni bis mitte juli [45]

in new york. für eine aufführung von PRIVATE LIFE OF THE MASTER RACE für unions. eine 6000 $-sache. zuerst soll piscator inszenieren; er hat mit schülern und emigranten besetzt (den SPITZEL mit den bassermanns) und will einen neuen rahmen. ich hole viertel, und wir machen die aufführung in ein paar probentagen. die presse greift die produktion an, schont das stück. zu einer diskussion des inhalts kommt es nirgends. technik ist so teuer am broadway, daß sie nur für musicals geliefert werden kann.

der broadway spiegelt das geistige leben der staaten hinreichend wieder, nervös, merkantilisiert, standardisiert. in einem idiotischen stück sehe ich eine völlig moderne schauspielerin, TAYLOR: sie spielt episch.

verhandle mit zwei verlagen über englische gesamtausgabe der dramen.

wieland herzfelde startet auroraverlag (und druckt FURCHT UND ELEND).

dann beende ich mit BERGNER (am schluß in vermont) die MALFI im rohen.

lese das LEHRGEDICHT schreiner, walcher, duncker vor. eindruck überraschend.

zurück am 18. juli, nachdem ich steff in chicago traf. er ist im hospital, wegen dauerndem kopfweh und erwartet seine entlassung vom militär.

20.7.45
EISLER war mit nach NY gefahren, die musik zur MASTER RACE zu schreiben und zu überwachen. in NY erwartete ihn ein telegramm, daß er sofort zum filmstudio zurück müsse. in anbetracht, daß er urlaub bekommen hatte, fuhr er in etwas unziemlicher hast zurück; die musik schrieb er wartend auf die fahrkarte. sie war filmkitsch, und auf mein drängen schrieb er sie noch einmal. dann war sie glänzende theatermusik. – jetzt beschwert sich DESSAU, daß e[isler], zurück in hollywood, ihn anrief und bat, da seine nerven herunter seien, ihm etwa 12 minuten filmmusik für das studio zu schreiben. sie machten aus, e[isler] würde seinen scheck dafür mit d[essau] teilen (1000 $). d[essau] schrieb 4 minuten, e[isler] hatte sich erholt und fand d[essaus] musik nicht verwertbar. d[essau] verlangte natürlich dennoch sein geld (zu e[islers] erstaunen). zu bekommen hatte er 200 $ (üblicher preis), er begnügte sich damit, 100 zu verlangen. 4 wochen vergingen. d[essau] war in miserablen umständen, brauchte das geld, e[isler] wußte das. in meinem arbeitszimmer sitzend, mit d[essau] in der küche, beschwerte sich e[isler], daß die hollywoodmusik seine ohren ruiniere.

25.7.45
meinungen, die ich eher nicht teile:
– daß die amerikanische bourgeoisie das heft für lange zeit in der hand haben wird, wie man aus dem fehlen einer umsturzpartei sehen kann.
– daß der faschismus nicht diskreditiert ist und man hier nicht weiß, daß die deutsche bourgeoisie ihr debakel ihm zu verdanken hat.
– daß so etwas wie eine deutsche literatur die hitlerzeit überlebt hat.
– daß die russen aktiv in den japanischen krieg eintreten.
– daß hemingway ein gehirn hat.
– daß amerika keine kunst hat, weil es jung ist.

30. 7. 45
winge liest THE DUCHESS OF MALFI und greift die introduktion des inzestmotivs an. warum nicht einfach den feudalen besitzhunger als katastrophenmotiv nehmen? ich verteidige die poetische idee: die malfi, für ihre liebe mit dem verlust ihrer lieben und dann dem tode bestraft, erkennt an und exkulpiert die (blutschänderische, ihr fremde und schreckliche) liebe des bruders als naturrecht. –
noch einmal auf den GALILEI kommend, den er ebenfalls für ein wenig sagendes nebenwerk hält (im formalen verteidige ich dieses stück nicht besonders kräftig), berichte ich ihm, wie das stück ohne jede absicht, etwas zu beweisen, geschrieben wurde, der überlieferten geschichte folgend, und wie jetzt, bei der durcharbeitung einer theaterfassung zusammen mit dem politisch gedankenlosen schauspieler laughton, außer dem thema, daß in dieser gesellschaftsform wissensdurst zu einer lebensgefährlichen eigenschaft wird, da ihn die gesellschaft hervorbringt und bestraft, noch ein anderes erscheint, nämlich der entscheidende unterschied zwischen dem ›reinen fortschritt einer wissenschaft‹ und ihrem sozial revolutionären fortschritt (G[ALILEI] beraubt die astronomie des jungen bürgertums ihrer sozial revolutionären bedeutung, macht sie zu einem ›fach‹, sterilisiert sie.) auch zeigt sich, zumindest als fakt, wie die herrschende klasse sich der totalität ihrer ideologie bewußt ist: sie weiß, die kette, mit der sie die unterdrückten fesselt, ist nicht stärker als ihr schwächstes glied. so ist der GALILEI in meiner produktion immerhin interessant als gegenbeispiel zu den parabeln. dort werden ideen verkörpert, hier eine materie gewisser ideen entbunden.

2. 8. 45
treffe SCHÖNBERG vor einem drugstore. er beklagt sich über seine krankheiten und das autorenrecht, nach dem sein sohn womöglich schon im alter von 28 jahren keine tantiemen mehr bekommen wird. der alte mann erzählt mir das schon das

dritte mal. ich spreche die vermutung aus, daß in 25 jahren der kapitalismus anders aussehen wird, wenn er noch aussieht. er antwortet, andere regierungsformen seien nicht so gut ausprobiert, und er sei sogar für monarchie, da es republiken kaum je über ein paar hundert jahre bestand hinausgebracht haben. dann verabschieden wir uns sehr höflich, und ich fahre das bier heim.

3. 8. 45
deutschland-plan der potsdamer konferenz. das wichtigste: daß die ökonomische (und damit politische) einheit statuiert ist. auch wenn es mühe macht, muß man in dieser zeit im kopf behalten, daß d[eutschland] eben ein völlig zu boden geworfener kapitalistischer staat ist. eine arbeiterregierung könnten nur die russen einsetzen, etwa wenn sie allein hitlerdeutschland niedergerungen hätten, aber selbst dann könnte sich so etwas nur sehr schwer zu einem sozialismus entwickeln. einen kapitalistischen staat aber zu schonen wegen seiner arbeiterschaft ist höchst gefährlich – die russen haben, zurückweichend, nicht ihre eigenen fabriken, wasserwerke, eisenbahnen und kolchosen stehen lassen, weil sie hofften, das alles zurückzuerobern. was die gebietsabtretungen anlangt, siehe KREIDEKREIS. und den moabiter proleten sehe ich noch nicht ganz als hirten. freilich, wir, die mit hitler nicht gesiegt hätten, sind mit ihm geschlagen.

5. 8. 45
›the test of a literary critic is what he makes of an unsigned poem‹ (BENTLEY). dahinter steckt die vorstellung, daß die werke für sich zu beurteilen seien. was mit dem vergnügen an anonymen gedichten, weil sie anonym sind? natürlich sind sie ungeheuer schwer zu beurteilen, selbst wo sie leicht zu genießen sind. zu dem ›wert‹ eines gedichts gehört das ›gesicht‹ des verfassers.

[3. 9. 45]

LASKI REPROVES ITALIAN SOCIALIST

Says Nenni Loses Confidence in Democracy in Advocating a Merger With Communists

By Wireless to The New York Times

ROME, Sept. 2—Prof. Harold J. Laski, chairman of the British Labor party's executive committee, came out today for a republic in Italy in the first article of a series written for the Rome political weekly Nuova Europa.

The article, under the headline "My Advice to Nenni," strongly advised Pietro Nenni, Vice Premier and leader of the Italian Socialist party, to carry out a program aimed at ending the monarchy at socialization and dissolution of the concordat with the Vatican through democratic methods in the Constituent Assembly.

At the same time Mr. Laski declared that Signor Nenni, having "lost confidence" in democracy, was heading toward the foundation of a one-party state through a merger of the Socialists with the Communists.

While paying tribute to Signor Nenni's honesty, Mr. Laski warned him against dictatorship, which, he said, would mean "mass arests even among those who fought against * * * Mussolini."

Mr. Laski's intrusion in Italian politics got the Italian press worked up, but more in terms of Signor Nenni than of Mr. Laski.

While no paper found it worth the comment that the chairman of the Labor party executive had taken sides on the institutional question, at least to the extent giving assurance that "the United Nations will support the popular choice of a republic," nearly all went to work either for or against Signor Nenni along the lines of a crisis of the Socialist party.

Signor Nenni denied that he has "lost confidence" in democracy and insisted that the movement anticipating a merger of the Socialists and Communists was not a prelude to a new dictatorship. On the contrary, the Vice Premier wrote that the danger of a counter-revolution in Italy would continue "as long as the monarchy is spared."

While the Christian Democrat paper Popolo said that Signor Nenni might feel somewhat less enthusiastic over the British Labor victory than on the day it was announced, the independent paper Momento noted the coincidence of warnings the same day by Mr. Laski and Premier Ferruccio Parri against the solution of Italian political questions by other than strictly democratic methods.

Signor Parri, speaking in Milan at a convention of the Committees of National Liberation of the North, declared the coming elections must be conducted along democratic lines and asserted that he would be the first to "annul any election influenced by violence or the threat of violence."

The basic theme of the Laski and Parri remarks is emphasized by the incessant campaign being waged by Allied authorities, notably United States Ambassador Alexander C. Kirk, for the retention of American forces here on the ground that they are required to "stabilize" the situation this winter.

Italy whose progress toward democracy has been publicly acknowledged by the highest spokesmen of the United States, Great Britain and France, has at least the seeds of internal dissensions by which all of what has been gained can be lost.

Letters to The Times

The New York Times

ECONOMICS AND FINANCE

'Fighting Inflation' by Price Control

By HENRY HAZLITT

Endless estimates are being poured out day after day, by both Government and private soothsayers, telling us exactly how many jobs or unemployed we are going to have six months, a year or two years from now; exactly how large our natipnal "income" or "gross national product" is going to be; exactly how many automobiles, houses and television sets are going to be produced, and so on. Most of these figures, unfortunately, are worthless. For the simple truth is that nobody knows what our future national income, employment or production is going to be unless he knows first of all what political and economic policies we are going to follow. We can run into full production or disorganized production, full employment or mass unemployment, depending upon what those policies are.

In some segments of our economy, the war controls have been removed with surprising swiftness. To that extent business has been encouraged to go ahead. But many obstacles to quick reconversion and full production remain. Of these the two most serious are the Murray so-called Full Employment Bill, described by President Truman as a "must" measure, and the retention of rigid and unrealistic price control policies by the OPA.

* * *

The "fight against inflation," in fact, seems to have come down to a policy on the part of the Government of prolonging the basic cause of inflation while trying to prevent or conceal the symptoms. The basic cause of inflation is the Federal deficit, which creates new monetary purchasing power through an increase in bank credit and in currency. Instead of trying to put the Federal budget into manageable shape, when through the end of the war it is at last in a position to do so, the Administration is now actually demanding a bill which proposes to achieve full employment by means of "compensatory" Government spending; that is, by means of chronic deficit financing. The whole objective of reducing or even stabilizing the huge national debt of $263,000,000,000, the whole objective of balancing the budget, the whole objective of Government economy, or of reducing Government expenditures to a point where it might be possible to reduce the unparalleled load of taxation on enterprise, seems to have been forgotten.

This drive for the Murray Full Employment Bill, of course, can only increase inflationary fears in the country. On top of this the former controls over industrial wages are being allowed to lapse. There is substantial support in Congress for increasing national minimum wage rates. The unions are about to bombard industry with demands for higher wage rates. But with all this prospective increase in purchasing power and in the cost of producing goods, final retail prices are to be held where they are. The patient's fever is being increased, but everything is to be made to look right by holding the thermometer down to normal.

* * *

To the extent that this policy is not evaded by a growth in black markets, it means that profit margins will be cut or wiped out, that reconversion will be delayed, that production in many lines will be discouraged, that unemployment will be created by governmental policy. It appears probable, for example, that the display and sale of new automobiles will now be held up for weeks because of the red tape involved in the complex pricing formula of the Office of Price Administration. If this sort of thing were to grow, the next step, presumably, will be for the sponsors of the Murray bill to claim that private enterprise has once more failed to provide full employment and to insist that the Government step in with more Government spending or direct work relief.

We can avert these consequences only by a return to prudent Government spending, accompanied by revised tax rates that leave an incentive for risk-taking and production, and by an orderly but rapid withdrawal from price control. It is true that, when we withdraw from price control, the general level of prices is likely to rise because of the huge wartime inflation of bank credit and currency that has already taken place. But the only safe way to bring this inflation and price rise to a halt is to stop the heavy deficit financing that is its primary cause. To try to stop it by price control, while its fundamental causes remain, must lead either to one of two results. If wages also are controlled, it must lead to rationing and allocation of material and labor and so into a completely totalitarian economy. If wages are not controlled, private enterprise will not have the profit margins to permit it to operate, and the result will be mass unemployment. Our only solution, in brief, is a return to a free market economy.

Labor Not the Sole Factor

Congress Is Urged to Give Attention Also to Needs of Industry

To the Editor of The New York Times:

At the hearings now being conducted before the Senate Banking and Currency Committee, as reported in The New York Times, much is being said as to what the Government ought to do for labor and as to what the Government ought to give to labor during the forthcoming period of reconversion unemployment. Little is being said as to how to speed the reconversion period and enable industry to reabsorb those who have been or will be released from war work and those who presently will be taking *off* their military uniforms.

That unemployment of sizable dimensions would be inevitable during the change-over period was obvious to any seeing eye. Yet the press and radio are now playing up this angle with extravagance, and pressure groups are making demands on Government accordingly.

During the Nineteen Thirties our Government was more social-minded and did more for labor than ever before in our history. However, despite the billions of debt that it piled up, in peacetime, mind you, there were still some seven to nine millions unemployed in 1939 when war came to Europe.

Capital Handicapped

During those same years there was generally an atmosphere of estrangement between Government and business. Name calling was indulged in. Did it ever occur to our lawmakers that business makes jobs under our capitalistic system of free enterprise, and that business, requiring the investment of risk capital, which, by the way, ofttimes is lost, will only operate and take risks when the atmosphere is friendly and opportunities for profit, all things considered, seem present?

As long as we adhere to the capitalist system in preference to any form of totalitarianism—and it's a system that has made us the richest and mightiest nation in the history of the world—why not try to make it work on all eight cylinders, instead of putting hindrances and obstacles in its path? All new proposed legislation ought to be examined with this thought in mind. Of what use will it be to hand out another two billions in unemployment insurance if in the process risk capital be again forced into hiding?

Ready to Go Ahead

Industry in this country today is raring to go after a brief period of change-over to peacetime production. It has the working capital. It has the plant. It has manifold new products and improved old products to put on the market. The pent-up demand for a variety of goods that has gone unsatisfied these many years is huge both here and abroad. Let's give business the right-of-way, subject, of course, to the standing rules and regulations. Let's remove any barricades that exist, certainly not erect new ones. Let us encourage enterprising men to enter business in search of profits. They will create jobs and produce goods and services in the process.

Labor has a stake in seeing that our present economic system function well and survive, as well as capital. Labor need only compare its lot here, under the capitalist system, with that prevailing under any other system anywhere else in the world.

A. Y. Cowen,

New York, Aug. 30, 1945.

aus einer Times-Nummer

MONDAY, SEPTEMBER 3, 1945. FINAN

1945.

ARCHBISHOP CUSHING ASSAILS COMMUNISM

BOSTON, Sept. 2 (AP)—The Most Rev. Richard E. Cushing, Archbishop of Boston, declared today that it would "be a brutal tragedy if totalitarianism and materialism—or the blending of these two which is atheistic communism—should take over the peace."

In a sermon preached at a special mass at the Cathedral of the Holy Cross in anticipation of Labor Day, the Archbishop said:

"We are beginning once again to detect the efforts of false friends of labor to divide working men from their spiritual leaders, Catholic people from their heirarchy, 'the proletariat,' as these false friends would call them, from those whom the same group would call 'the prelates.'

"These false friends of labor have made slow progress in the United States, because working men and the American hierarchy were of the same blood families."

In all the American hierarchy, he declared, "there is not one Bishop, Archbishop or Cardinal whose father or mother had been graduated from college."

"Every one of our Bishops and Archbishops is the son of a working man and a working man's wife," he added.

"That is one reason why it has been so difficult a task for the saboteur to divide our people from us."

WEALTH OF BRITAIN FOUND HELD BY FEW

Ownership of 55 per cent of private property in Britain is concentrated in the hands of 1 per cent of the adult population over 25 years old, according to the International Federation of Trade Unions, which has its headquarters in London.

Official statistics for 1943 and 1944 show, the federation says, that 8,600 persons at the top of the income scale had a total income of £180,000,000, or an average of £21,000, while 1,755,000 persons in the lowest brackets earned a total of £2,355,000,000 or less than £250 (about $1,000) on the average.

"A factor of the utmost significance for the so-called 'war fluctuation' is that the share of the salaried persons in the total income fell from 27 per cent in 1939 to 22 per cent in 1944 while that of wage earners in spite of bonuses, overtime additions, etc., remained approximately the same at 42 per cent," the federation says.

Steel Industry Seeking Price Rise of $7 a Ton

By The Associated Press.

CLEVELAND, Sept. 2—Steel mills, used to operating in the black during recent lucrative war years, are seeking to stay financially solid through further price relief, the magazine Steel reported today.

Confronted with rising production costs and shrinking income as a result of cancellations of war orders, the steel industry seeks an overall ceiling price increase of $7 per ton, or a flat $7.50 per ton increase on carbon steel products, the trade publication reported.

Steel asserted that details are lacking, but it quoted authoritative trade circles as saying that a resolution was adopted by the steel industry advisory committee on Aug. 24 asking relief from the Office of Price Administration.

5,000 Plastic Eyes Made by Army

The Army Medical Corps has made and fitted more than 5,000 plastic artificial eyes, The Associated Press reports.

Spanish Primate Denies Church Serves Under Bondage to Franco

By PAUL P. KENNEDY

By Wireless to THE NEW YORK TIMES.

MADRID, Sept. 2—A denial that the Spanish church has been enslaved to Generalissimo Francisco Franco is contained in a pastoral letter issued by Dr. Enrique Pla y Deniel, Archbishop of Toledo and Primate of Spain, which was published here this morning. Dr. Play y Deniel openly endorses the Franco regime but he denies the accusation that the church favors totalitarianism and also disclaims any church responsibility in the affairs of State.

All Madrid morning newspapers carried the letter on the front page, but only Arriba, official Falange organ, commented editorially, declaring:

"This time it is not the propaganda organ of this or that regime, but the church primate, who has spoken on behalf of permanent truths, which transcend all strictly political considerations."

Early in his pastoral the primate declared that when there is close concord between church and State, as in the case in Spain, one should not confuse the activities or responsibilities of the church with those of the State. "We affirm solemnly that the church in Spain has kept perfect neutrality," he said.

Praying that another civil war would not set Spain in flames, he added that while all wars are terrible, they are just when necessary and when they are "for the reestablishment of international order."

"None likes peace more than the Catholic Church, but do not fall into the error of some heretics who condemn all wars as unjust."

While there is some doubt that

E NEW YORK TIMES, M

CHURCH HELD FREE OF FRANCO BONDAGE

Continued From Page 1

the Primate commands as large a church following as Pedro Cardinal Segura y Saenz of Seville, he still has the most powerful official church position in Spain, and there is no doubt that the pastoral letter will have a tremendous effect on the political situation here.

Criticizes Foreign Critics

Formerly Bishop of Salmanca, Dr. Pla y Deniel, member of a wealthy Catalán family, was nominated as primate by General Franco in 1941 and appointed by the Vatican in the same year. He has been a close friend of General Franco since the civil war, when he loaned the general his Bishop's palace at Salamanca. His uncle, Miguel Mateuy Pla, former Mayor of Barcelona, is now chief of the Spanish mission to Paris.

In his pastoral, the Bishop says that some foreign critics of Spain and of the present regime include the Spanish Church in their criticisms. "The Spanish ecclesiastical heirarchy has not been, and will not be, the slave of anyone, nor has it defended, nor will it defend, either a statist or totalitarian conception."

He added that during his years as primate he had had almost an obsession in insisting against the enslavement of the church to any political regime.

The recently enacted Spanish bill of rights is commended by the primate as "orientation of Christian liberty as opposed to state totalitarianism."

Finally, the Primate declared: "The past civil war and crusade was an armed plebiscite, which put an end to religious persecution. None wants any unnecessary revision that would bring new civil war, with great damage to Spain and great dangers to the peace of the western nations of Europe."

10.9.45
die atombombe, mit der die atomarische energie sich zeitgemäß vorstellt, berührt die ›einfachen leute‹ als lediglich furchtbar. der sieg in japan scheint denen, die ungeduldig ihre männer und söhne zurückerwarten, vergällt. dieser superfurz übertönt alle siegesglocken.
(für einen augenblick befürchtet LAUGHTON ganz naiv, die wissenschaft könne dadurch so diskreditiert werden, daß ihre geburt – im GALILEI – alle sympathie verlöre. ›the wrong kind of publicity, old man.‹)

20.9.45
wir arbeiten die meiste zeit immer noch am GALILEI, der bei laughtons hörern im lazarett völlig ungewöhnliches interesse findet. die atombombe hat tatsächlich die beziehungen zwischen gesellschaft und wissenschaft zu einem leben-und-tod-problem gemacht.
dazwischen mache ich mit lorre und reyher eine MACBETH-KOPIE für den film. das große shakespearemotiv, die fallibilität des instinkts (undeutlichkeit der inneren stimme) kann nicht erneuert werden. ich greife heraus die wehrlosigkeit der kleinen leute gegen den herrschenden moralkodex, die begrenzung ihres betrags an krimineller potenz.

25.9.45
wir hören, daß in berlin die DREIGROSCHENOPER aufgeführt wurde, vor vollen häusern; dann abgesetzt werden mußte, auf betreiben der russen. die BBC (london) habe als protestgrund die ballade ›erst kommt das fressen, dann kommt die moral‹ angeführt. ich selbst hätte das stück nicht aufführen lassen. in abwesenheit einer revolutionären bewegung wird die ›message‹ purer anarchismus.

25. 9. 45
der laboursieg in england erfüllt mich mit sehr gemischten gefühlen. der protest der massen gegen die herrschaft der tories wird vermutlich zu einer verwirrten toleranz einer herrschaft der sozialdemokratischen parteimaschine führen. der ›westblock‹ wird pseudoprogressiv.

2. 10. 45
erwäge einen PROMETHEUS. die götter sind unwissend und bösartig, schlau im erpressen von opfern, lebend von den fetten des lands. prometheus erfindet das feuer und übergibt es verbrecherischerweise den göttern. sie fangen und fesseln ihn, damit er nicht den menschen sein feuer ausliefern kann. von diesem feuer erfährt er lange nichts, dann sieht er rote feuersbrünste am horizont: die götter haben es benutzt, die menschen zu brandschatzen. die götter nur als chor auftretend.

5. 10. 45
FEUCHTWANGER wird von der größten amerikanischen nachrichtenagentur, der AP, gedrängt, für sie über den nürnberger prozeß zu schreiben. nicht als journalist, sie haben dutzende starreporter dort, nur 4000 wörter in der woche. er sagt ab. ›ich kann so was nicht gut,‹ sagt er. ›dann machen Sie es, so gut Sie es können, nur Sie werden aufgefordert‹, sage ich. ›Sie überschätzen den prozeß‹, sagt er. ›zum erstenmal in der neueren geschichte steht eine regierung vor gericht wegen ihrer verbrechen‹, sage ich. ›es ist doch nicht ernst gemeint‹, sagt er. ›deswegen sollen Sie gehen‹, sage ich, ›damit die verbrechen dieser regierung gegen ihr eigenes volk auch erinnert werden.‹ ›Sie sind so subjektiv‹, sagt er, ›versuchen Sie doch, meine gründe

zu verstehen.‹ – ›Sie sind durch glück in eine position gekommen, wo man Sie auffordert zu reden, die deutschen antinazisten zu vertreten, Sie haben kein recht, Ihren roman weiterzuschreiben,‹ sage ich, ›reden Sie schlecht, stottern Sie, lassen Sie sich knebeln, aber erscheinen Sie auf dem kampfplatz.‹ – ›Sie wissen, es ist nicht feigheit‹, sagt er. ›ich weiß schlimmeres‹, sage ich, ›es ist bequemlichkeit.‹
der 75jährige HEINRICH MANN, den ich informiere, sagte ihm, er selbst würde morgen fahren. aber, natürlich, niemand lädt ihn ein.

10. 10. 45
getrieben von seinem theatralischen instinkt arbeitet LAUGHTON im GALILEI auch die politischen elemente ruhelos heraus. die neue ›ludovico-linie‹ habe ich auf sein betreiben etabliert, ebenso ist es mit den umstellungen in der letzten galilei-szene (ablieferung des buchs zuerst, dann belehrung, daß das buch nichts ändern darf an der sozialen verurteilung des verfassers). laughton ist vollkommen bereit, seine figur vor die wölfe zu werfen. er hat eine art von luzifer im kopf, bei dem die selbstverachtung in einen leeren stolz übergegangen ist – stolz auf die *größe* seines verbrechens usw. er besteht auf die volle darstellung der verkommenheit, resultierend aus dem verbrechen, das g[alileis] negative züge zur entfaltung gebracht hat. erhalten bleibt nur das exzellente gehirn, das leer funktioniert, unhaltbar durch den besitzer, der sich sinken lassen möchte.
diese konzeption bringt er am klarsten heraus an einem abend, als er, eine streikpostenlinie vor dem studio durchschreitend, ›scab‹ geheißen wurde, was ihn tief verletzte – er fand hier keinen beifall.

15. 10. 45
fiat mundus, pereat justitia! der de-gaulle-gerichtshof vermag den verbrecher laval nur vermittels eines justizmords zu beseitigen. diese durch und durch verräterische klasse erwürgt öffentlich einen der ihrigen, den tiger, der der klasse sünde trägt. laval, sich erinnernd, daß er die spielregeln selber gemacht hat, verletzt sie alle. er steht nicht ›vor seinem schöpfer‹, er steht vor seinem geschöpf. am ende schreit er: ›es lebe das bankbuch!‹ bzw. ›vive la france!‹

28. 10. 45
EINSTEIN kommt heraus mit der forderung, die atombombe dürfe nicht andern mächten ausgeliefert werden, besonders nicht rußland. er gebraucht ein bild: ein mann, der mit einem andern mann zur verfolgung von geschäften eine partnerschaft einzugehen wünscht, darf ihm nicht gleich zu beginn die hälfte seines kapitals aushändigen, da jener sonst ein konkurrent werden könnte. die ›weltregierung‹, die einstein verlangt, scheint nach dem bilde der standard oil gedacht, mit unternehmern und unternommenen. – das brillante fachgehirn, eingesetzt in einen schlechten violinspieler und ewigen gymnasiasten mit einer schwäche für generalisierungen über politik.
den andern wissenschaftlern, beteiligt an der herstellung der atombombe, schwant es (ihre außenweltsnotierungen sind vage, um die welt zu zerstören, ist es nicht nötig, sie zu verstehen), daß die freiheit des forschens beträchtlich eingeschränkt werden könnte, wenn die neue kraft als monopol der militärs behandelt wird. die weltbeherrschung durch ihr land beginnt damit, daß sie einen polizisten neben sich sehen.

29. 10. 45
›the expected military advantages of uranium bombs were far more spectacular than those of an uranium power plant ... such thoughts were very much in the minds of those working in this field ...‹ (OFFICIAL REPORT by H. D. SMYTH)

20. 11. 45
EZRA POUND wurde in italien arrestiert und wird als verräter hierhergebracht. etwas von feudaler würde hängt um diese GEORGE, KIPLING, D'ANNUNZIO, POUND. immerhin historische figuren, nicht gerade auf den märkten zu finden, eher in den tempeln – am rande der märkte.

1. 12. 45
GALILEO (amerikanische fassung) abgeschlossen (bis auf ballade). LAUGHTON liest sie vor helli, eisler, reichenbach, h[ans] viertel, salka viertel, steff, seinem freund, dem jungen physiker wirtele, feuchtwanger, brush.

vorwort
geehrtes publikum der Breiten Straße
wir laden Sie heut in die welt der kurven und maße
zu entschleiern vor ihrem kennerblick
die geburtsstunde der physik.
Sie sehen das leben des großen Galileo Galilei,
den kampf des fallgesetzes mit dem gratias dei,
der wissenschaft mit der obrigkeit
an der schwelle einer Neuen Zeit.
Sie sehen die wissenschaft jung, geil und drall
und Sie sehen ihren sündenfall.
sie muß essen und ihr wird gewalt getan
und so kommt sie auf die schiefe bahn
und wird, die meisterin der natur
billige gesellschaftshur.

noch ist das wahre nicht die ware
doch hat es schon dies sonderbare
daß es die vielen nicht erreicht
und macht ihr leben schwer statt leicht.
solches wissen ist aktuell
die Neue Zeit läuft ab besonders schnell.
wir hoffen, Sie leihen Ihr geneigtes ohr
wenn nicht uns, so doch unserm thema, bevor
infolge der nicht gelernten lektion
auftritt die atombombe in person.

2. 12. 45
rufe nachts r[uth] an und höre ungünstiges.

10. 12. 45
die zusammenarbeit mit LAUGHTON war die klassische in der profession, stückschreiber und schauspieler. an gewissen stellen sah er das stück abfallen, und dann baute er sich auf wie ein nicht aus dem weg zu schaufelnder fleischberg, bis die änderung gefunden und gemacht war. diese hartnäckige feinfühligkeit erwies sich als noch produktiver als die faktischen vorschläge (die immer mit äußerster vorsicht vorgebracht wurden), etwa die ersetzung doppones, des schülers in der ersten szene, durch ludovico, oder der hexenschatten in der letzten szene. er erzwang die umstellungen in der ersten szene, die unterbrechung in der dritten, das schwanken g[alileis] in der szene mit dem kleinen mönch, die kontroverse g[alilei] – ludovico in der sonnenfleckszene, das positive auftreten mattis in der szene am hof, die grosse umstellung in der letzten g[alilei]-szene. häufig führte die aus ästhetischen gründen vorgenommene änderung zu einer politischen verschärfung, und l[aughton] war jedesmal sehr zufrieden hiermit. oft stritt sich l[aughtons] befürchtung, das publikum zu verletzen (meist auf religiösem gebiet) mit seinem wunsch, falsche vorstellung des publikums zu korrigieren – für gewöhnlich siegte der letztere wunsch. l[aughton] hatte das stück kennenge-

lernt aus sehr unzulänglichen übersetzungen, die wir weglegten. nun übersetzte ich selbst satz für satz ins englische (l[aughton] kennt kein einziges deutsches wort), und er schrieb das wörtlich nieder. dann machte er vorschläge und spielte alles vor, bis es stimmte, dh bis der gestus da war. l[aughton] liest das stück ORSON WELLES vor, der sofort die regie zusagt. seine haltung ist angenehm, seine bemerkungen sind intelligent. zumindest wird er nicht das publikum fürchten. er versteht, wenn ich ihm sage: das meiste von dem, was man ›in new york nicht machen kann‹, kann man auch ›in berlin nicht machen‹ (und sollte es).

15. 12. 45

es ist schwierig und gefährlich, aus enttäuschungen zu lernen. wir üben einfluß auf unsere mitmenschen aus, indem wir sie an gewisse prinzipien und eigenschaften halten; der rekord, den sie bei uns haben und der sie sich anstrengen läßt, wird von ihnen und von uns beliefert. (mancher wird ein eingefleischter lügner, weil er glaubt, man hält es nicht für möglich, daß er lügt, mancher aus demselben glauben ein ehrlicher.) man könnte sagen, daß die unbestechlichkeit unbestechlich macht, wenn man damit meint, daß die unbestechlichkeit zunimmt mit der anzahl der akte, in denen bestechungen zurückgewiesen wurden. schlechtes benehmen verschlechtert, gutes verbessert. die strafe für den enttäuscher besteht darin, daß die erwartungen gestrichen werden. der zorn verwandelt sich in die gleichgültigkeit. die beziehungen werden wiederhergestellt, auf einer niedrigeren plattform. der prozeß des verfalls freilich geht weiter. der abgesetzte general ist als korporal meist schlechter, als der general mit seinen fehlern war. auch die enttäuschten sind geschädigt über den unmittelbaren schaden hinaus. schon daß sie geneigt sind, rechnungen aufzumachen, ist ungünstig; und in zukunft werden sie mit krediten sparen und damit ihre aussichten verkleinern, menschen zu verbessern.

17. 12. 45
LAUGHTON in der maschinerie seiner agentur ist ein klärendes schauspiel. er las das stück vor soldaten, millionären, agenten, kunstfreunden, unermüdlich. bekam nicht ein einziges ablehnendes oder selbst kühles urteil, wie es scheint. jetzt kommt es zur frage der produktion, und der agent sagt: nicht vor dem herbst, das risiko der sommerlichen unterbrechung betonend. (er möchte selbst bei der finanzierung dabei sein, was zeit kostet.) WELLES stimmt mir zu, daß frühjahr politisch besser ist (interesse am kampf der wissenschaftler mit dem staat, atombombe usw); da er aber dann nicht producer sein könnte (so schnell kann er nicht geld beschaffen), drückt er das so aus: er könnte den geldleuten gegenüber keine verantwortung übernehmen, wenn es das frühjahr wäre. CZINNER hat das theater und das geld und ist bereit, das frühjahrsrisiko zu übernehmen. l[aughton] ›hates the sight of that man‹, ist aber bereit, ›if it is necessary‹ to swallow him. die sommerunterbrechung würde für ihn bedeuten, daß er nicht verdient durch diese monate, wenigstens nicht im film. mich hätte er gern dabei, aber ich bin vielleicht nicht mehr hier, im herbst, aber der agent sagt...

5. 1. 46
die englischen faschisten, die hitler öffentlich unterstützt haben (›lord haw-haw‹ und der sohn des kolonialministers amery), gehen in höchst würdiger haltung zum galgen. sie sind der überzeugung, daß die englische bourgeoisie die ›westliche zivilisation‹ verraten hat. tatsächlich hat churchill nichts vorzuzeigen als einen aufschub der invasion um drei jahre ... der rekord der französischen bourgeoisie ist ebenfalls jämmerlich; sie hat bewiesen, daß sie lieber unter der preußischen elite als unter dem französischen mob leben wollte, aber in der schäbigsten und schwächlichsten weise ... im großen und ganzen mußte die europäische bourgeoisie ihre einzige neue creation, eben den faschismus, schnell wieder einziehen und damit die hoffnungen auf einen weiterbestand um einige 30 000 jahre. nürnberg: die konterrevolution frißt ihre eignen kinder. die russen tun, was die europäischen bourgeoisien versäumt haben, sie bringen die agrarreform. und, das große ereignis: sie sind nicht vernichtet. und weniger vernichtbar denn je. so ist der katzenjammer beträchtlich.

20. 2. 47
in einer berliner wochenzeitung SONNTAG, vom 5. 1. 47, schreibt BECHER einen leitartikel TOD UND AUFERSTEHUNG. beginnend mit: ›als luther am 31. oktober 1517.‹ dann: ›es wäre unausdenkbar, wenn diejenigen, die berufen sind, träger dieser neuen deutschlandwerdung, dieses auferstehungswillens zu sein – es wäre unausdenkbar, wenn wir und unseresgleichen versagen würden.‹ und: ›der abschluß der ersten hälfte des zwanzigsten jahrhunderts muß deutschlands tragödie für immer beschließen.‹ und: ›gedenken wir der kommenden geschlechter, die beim ausbruch des jahres zweitausend, im zeichen der jahrhundertwende, unser tun und trachten messen ... werden.‹ und: ›eine 30jährige leidens- und sterbenszeit,

das sterben deutscher jugend im ersten weltkrieg, das millionenopfer im zweiten weltkrieg werden nur dann einen sinn erhalten, wenn wir diesem unsagbaren leid, diesem namenlosen sterben einen sinn geben: in der herausgestaltung dessen, was volk und reich nottut, in der schöpfung eines neuen freiheitlichen deutschlands. dann mögen die glocken auferstehung läuten. dann mögen wir singen: nun danket alle gott ...‹
der rattenfänger von hameln muß aber zumindest pfeifen gekonnt haben.

Margaret Bourke-White-LIFE

RUHR MINER AT WORK
Weak and unwilling

Leaders Again Disturbed by Surplus Farm Crops

One of the most important economic problems facing the United States today is the disposal of surplus farm products, Albert S. Goss, master of the National Grange, told members of the Wilshire Chamber of Commerce yesterday at their luncheon meeting in the Chapman Park Hotel.

"Since 1939 food production in this country has increased 35 per cent while consumption has increased only 15 per cent," Goss said. "This leaves a surplus to be disposed of without upsetting the economy of the farmer and of the nation as a whole."

Three Plans Proposed

Four major plans to solve the problems are under way, he said. Three of them are being proposed by agencies in Washington, and he doesn't think much of them. They have to do with what he calls artificial methods of establishing production, prices and distribution.

"The law of supply and demand still rules," Goss declared. "If it is not followed, it will break us just as the farmers went broke in 1920."

The fourth plan, backed by the Grange, is an international organization of agriculturists which held its first meeting last May to establish regulations for what foods shall be raised throughout the world. Under its regulations a world-wide agency would establish minimum and maximum prices and buy or sell on the open market to keep them within prescribed ceilings.

Could Be Sent Out

Surplus products purchased to bolster prices would be canned or otherwise saved, or distributed to hungry populations in various countries which would have to set up credits in the form of other types of exchange goods which they could furnish at the tir or later. Thus, he said, no surpluses would be destroyed, as has been the case in this country in the past.

"Never forget," Goss told his audience, "the farmers of the world comprise 80 per cent of the purchasing power. We must keep up that purchasing power if business is to flourish."

Goss, whose headquarters are in Washington, is in Los Angeles on a brief business trip and will return to the capital today.

Waiting for the Red Cross (in Rumania)
Food for the poor, stability for the bewildered.

20. 3. 47
stelle DER ANACHRONISTISCHE ZUG fertig. eine art paraphrase von shelleys ›the masque of anarchy‹.

24. 3. 47
lese shdanows ›irrtümer gewisser sowjetliteraturzeitschriften‹. dergleichen wird von den intellektuellen immer als balsam für ihre gewissensbisse angewendet, wenn sie sich für die jobs entschieden haben. unter der diktatur des proletariats verliert

die literatur ihre abreagierungsfunktion; sie wirkt nicht mehr partisanenhaft wie bei dem anarchischen ausbau der produktivkräfte durch die bourgeoisie. bei der gewaltsamen auflösung des bildungsmonopols entsteht eine art vakuum; für eine gewisse zeit steht die literatur (soweit sie als profession fortgeführt wird) dem bildungshunger ungebildeter massen gegenüber. ihre am meisten fortgeschrittenen methoden, gezeichnet vom widerspruch der produktivkräfte und der produktionsweise der bourgeoisära, sind einerseits korrumpiert durch polizeizensur und geschmackszensur des ›freien‹ marktes, bilden jedoch andrerseits eben das einzige resultat der entwicklung und können also nicht einfach aufgegeben werden. die sowjetunion hat, die bürgerliche revolution sofort in die proletarische verwandelnd, die vorhandenen fortschrittlichen schriftsteller zu einem sprung gezwungen, der manchen das genick, oder zumindest die beine gebrochen hat. in einem kerenski-rußland wäre ein ehrenburg eine literarische weltfigur geworden. für eine große anzahl von schriftstellern war, was für majakowski freiheit war, harter zwangszustand. sie rächten sich an majakowski.

24. 3. 47

mache für lorre den filmentwurf DER MANTEL (nach GOGOL) fertig. keine aussichten dafür in hollywood, denke an die schweiz. DIE ZWEI SÖHNE habe ich an dudow in berlin geschickt. – stark beeindruckt durch zwei filme, die ich in den letzten wochen sah: STURM ÜBER ASIEN und CHAPLINS MONSIEUR VERDOUX; letzterer sollte ›the provider‹ heißen.

26. 3. 47
die kriegseligkeit. bei der kleinbürgerlichen jugend ist es oft der pseudokommunismus, der in den riesigen volksheeren der großen bürgerlichen kriege auftritt. die große aufgabe im nationalen maßstab, das gigantische kollektiv, die ökonomische gesichertheit, die öffentliche diffamierung der profite, die körperliche arbeit, der kontakt mit der maschinerie, die hygiene usw. – im deutschen fall wäre es lohnend, einmal ernsthaft die sozialistischen elemente aufzuspüren, die der national›sozialismus‹ pervertiert zum operieren brachte. nicht anders ist sein erfolg bei massen zu erklären.

27. 3. 47
sah MALRAUX' MAN'S HOPE, den spanienfilm, der ausgezeichnete dialektische elemente enthält und übrigens auch ästhetisch großartig ist und als guter beitrag zum thema ›fortschritt der hollywoodtechnik‹ betrachtet werden kann. herrlich der bauer, der im bomber fliegend, seine felder unten nicht erkennt! – sah EISENSTEINS STURM ÜBER MEXIKO, hier, ohne eisenstein, aus einem ungeheuren material zusammengestellt. was für ein auge dieser mann hat!

29. 3. 47
bekommen exit- und reenter-permit, um in die schweiz zu reisen.

30. 3. 47
der unterschied zwischen realismus und naturalismus ist immer noch nicht geklärt.

naturalismus	*realismus*
die gesellschaft betrachtet als ein stück natur	die gesellschaft geschichtlich betrachtet
ausschnitte aus der gesellschaft (familie, schule, militärische einheit usw) sind ›kleine welten für sich‹.	die ›kleinen welten‹ sind frontabschnitte der großen kämpfe.
das milieu	das system
reaktion der individuen	gesellschaftliche kausalität
atmosphäre	soziale spannungen
mitgefühl	kritik
die vorgänge sollen ›für sich selbst sprechen‹	es wird ihnen zur verständlichkeit verholfen
das detail als ›zug‹	gesetzt gegen das gesamte
sozialer fortschritt empfohlen	gelehrt
kopien	stilisierungen
der zuschauer als mitmensch	der mitmensch als zuschauer
das publikum als einheit angesprochen	die einheit wird gesprengt
diskretion	indiskretion
mensch und welt, vom standpunkt des einzelnen	der vielen

der naturalismus ist ein realismus-ersatz.

3. 4. 47
wir besuchten einen schriftsteller, der die bekannte these wiederholte, daß der amerikanische arbeiter den marxismus ablehnt, weil er durch das wohlleben (verursacht durch den ›kulturellen imperialismus des bürgertums‹) bestochen ist – weshalb man sich an andere schichten wenden müsse. ›wir haben ihn durch unsere filme, zeitungen, radio-opern usw zu dem gemacht, was er ist.‹ ich interessierte mich für das ›wir‹ in dieser tirade; er nannte es zunächst editorial, dann sagte er, er wolle seine mitschuld damit rekordieren. mein eindruck war, es handelte sich um das bekannte auftreten als ›die nation‹. ›wissen Sie, daß unsere arbeiter an der börse spekulieren, auf die pferderennen wetten, und wie hoch das spirituosenbudget in diesem land ist? ich kannte einen knopfmacher in NY, der 1917 knöpfe aufkaufte und dann 1929 selbstmord verübte, weil er eine million an der börse verloren hatte!‹ im augenblick will er den antisemitismus der ›gentiles‹ mit philosemitismus der juden bekämpfen. sie sollen ihre kulturelle eigenart studieren und betonen usw. ›das deutsche proletariat war das bestorganisierte europas und marxistisch indoktriniert, und es fiel dem antisemitismus zum opfer und folgte hitler.‹ als wir von der rolle der uneinigkeit, außer in der frage des parlamentarismus, dem defaitismus in der frage der arbeitslosigkeit usw sprachen, ›romantisierten‹ wir die deutschen arbeiter.

WORLD STRENGTH OF COMMUNISTS

All the Communist Party members in the world could not elect a U. S. President. Figures released in London, at a congress of the British Communist Party, showed that Communist and other parties that "base themselves on Marxism" have 18,692,000 members scattered through 57 countries. That total is 6,000,000 less than the vote cast for the winning candidate in the 1944 U. S. presidential election.

The Worldgraph reproduces these figures on Communist Party strength. An added column shows the percentage of the total population of each country that its Communist Party membership represents.

The figures bring into sharp relief a cardinal difference between Communist and democratic political organization. Russian Communists rigidly limit the size of their party, set an annual quota for the admission of new members. Thus, the one and all-powerful political party includes only 3 per cent of the country's population.

Under similar organization, Czechoslovakia's 7 per cent of Communists is far in excess of the proportion needed to rule the country. A dozen other countries, including France and Italy, equal or exceed the Russian ratio of party strength. In general, this strength is highest in states neighboring Russia, falls off to one tenth of 1 per cent in Britain, one twentieth of 1 per cent in the U. S.

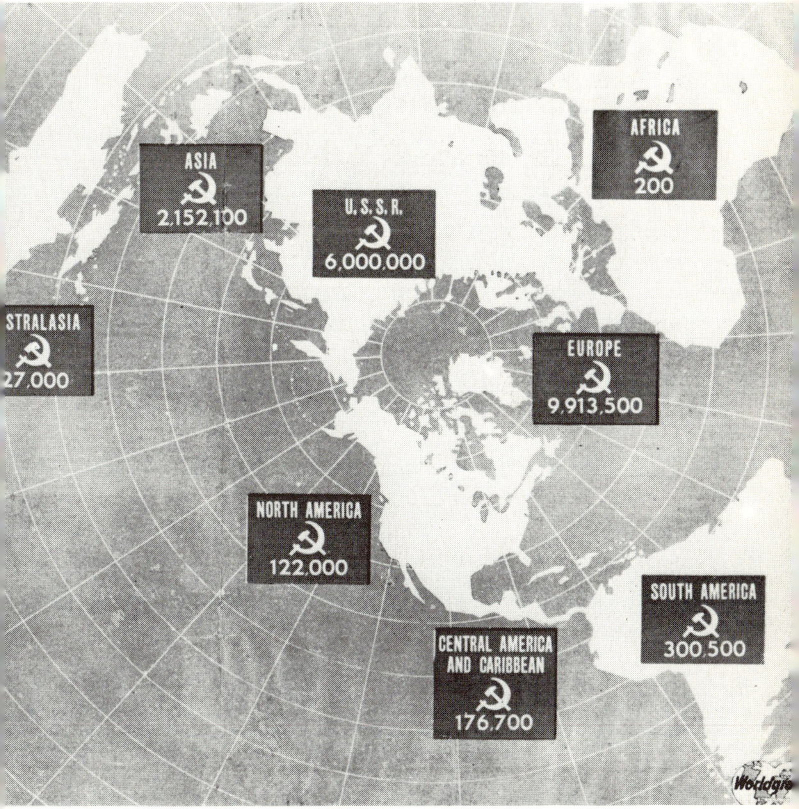
ASIA
2,152,100
U.S.S.R.
6,000,000
AFRICA
200
STRALASIA
27,000
EUROPE
9,913,500
NORTH AMERICA
122,000
SOUTH AMERICA
300,500
CENTRAL AMERICA
AND CARIBBEAN
176,700

15.9.47
lese DAS DEUTSCHE STANISLAWSKIBUCH (ottofritz gaillard, vallentin). sie praktizieren das jetzt in einer weimarer schauspielschule. man kann sich natürlich einen relativen wert vorstellen; auch hier in den staaten bedeutet der stanislawskismus einen protest gegen das merkantile theater, eine handvoll ernsthafter schauspieler bauen einen tempel, allerdings auf dem marktplatz. bemerkenswert ist, wie die deutschen das system der progressiven russischen bourgeoisie der zarenzeit so ganz und gar unberührt konservieren konnten. unter den exerzitien (vorgestellten situationen) habe ich bisher noch kein einziges beispiel aus den klassenkämpfen gefunden. (braut schmückt sich vor toilettenspiegel, da kommt ein brief...) der realismus ist merkwürdig. es wird ein elaborierter kult mit ›realität‹ getrieben. hauptsächlich handelt es sich um die realität von subjektiven empfindungen, die durch übungen loyolaischen typs, bezwekkend autosuggestion, herausgearbeitet und gegen außenweltliche einflüsse geschützt wird. nirgends sind beobachtungen anempfohlen, es sei denn selbstbeobachtungen. die außenwelt spiegelt sich ausschließlich in einem sensorium. instinkte, psychische zwangsreaktionen usw werden nie in frage gestellt. es handelt sich immerfort um schöpfungsakte, der schauspieler schöpft aus sich selber. alles sehr an machismus erinnernd. keine dialektik. (definition von ›dialektik‹: begriffsbezeichnung der durch den philosophen HEGEL zum system erhobenen dialektik ⟨der kunst, durch rede und gegenrede die wahrheit zu entdecken⟩ steht unter ›these‹).

SMOKE SCREEN is thrown up by cigar of German-born Writer Berthold Brecht, an acquaintance of Communist Gerhard Eisler. His thick accent mystified the committee, which excused him after he denied being a party member.

Santa Monica 1063 – 26th Street (1942–1947)

E: R

Oktober 1947

die koffer sind gepackt.

E: R. B

30. 10. 47
vorm[ittags] in *washington* vor dem un-american activities committee. nachdem zwei hollywoodwriters (LESTER COLE und RING LARDNER JR.) die frage, ob sie der kommunistischen partei angehörten, nur insofern beantwortet hatten, als sie sagten, die frage sei unkonstitutionell, wurde ich zum zeugenstand gerufen, gefolgt von den anwälten der 19, bob kenny und bartley c crum, denen irgendwie einzugreifen nicht erlaubt war. etwa 80 pressevertreter, zwei radiostationen, filmdreher, fotografen, im publikum theaterleute vom broadway als uns freundliche beobachter. im einverständnis mit den 18 und den anwälten beantwortete ich, als ausländer, die frage, und zwar wahrheitsgemäß mit ›nein‹. der ankläger stripling verliest viel aus der MASSNAHME und läßt sich von mir die fabel erzählen. ich verweise auf das japanische vorbild, gebe als inhalt an die hingabe an eine idee und verneine die ausdeutung, es handle sich um einen disziplinarischen mord mit der richtigstellung, es handelt sich um eine selbstauslöschung. ich gebe zu, daß die grundlage meiner stücke marxistisch ist, und stelle fest, daß stücke, besonders historischen inhalts, anderswie nicht intelligent geschrieben werden können. das verhör ist unverhältnismäßig höflich und endet ohne anklage; es kommt mir zugute, daß ich mit *hollywood* beinahe nichts zu tun hatte, in amerikanische politik nie eingriff und meine vorgänger auf dem zeugenstand den kongreßleuten die antwort verwehrt hatten. – die 18 sind sehr zufrieden mit meiner aussage, auch die anwälte. ich verlasse washington sofort, zusammen mit losey und hambleton, die hingekommen waren. – abends höre ich mit helli und budzislawskis im radio teile meines verhörs.

31. 10. 47
treffe am morgen LAUGHTON, der schon im galileibart geht und froh ist, daß er nicht speziellen mut benötigt, den g[alilei] zu spielen, wie er sagt: keine headlines über mich. – nachmittags fliege ich ab nach paris.

1. 11. 47
flug ruhig. auf dem flugplatz le bourget treffe ich ella winter und donald ogden stewart. wir ziehen in benachbarte hotels. ich beschließe auf anna seghers zu warten, die montag nacht erwartet wird.
paris schäbig, verarmt, ein einziger schwarzer markt. eingeladen zu fabelhaftem essen von den stewarts. treffe freundlichen new masses redakteur joe forster, der mit picasso sprechen will.

3. 11. 47
montag. abends in barraults theater ›der prozeß‹, nach kafka von andré gide. brillante aufführung, viele tricks, statt darstellung der verwirrung nur verwirrte darstellung; versuch, die furcht aufs publikum zu übertragen. de gaulle ante portas.

4. 11. 47
anna seghers, weißhaarig, aber das schöne gesicht frisch. berlin ein hexensabbat, wo es auch noch an besenstielen fehlt. sie besucht ihre kinder, die in paris studieren, und will sich auch erholen. um ihren mexikanischen paß zu behalten, wohnt sie nicht im russischen sektor, hat so auch nicht die vergünstigungen, ohne die arbeit unmöglich ist. sie möchte ihre bücher auch in den

nichtrussischen zonen gelesen haben. sie scheint verängstigt durch die intrigen, verdächte, bespitzelungen.
ich ermutige sie, die 100 novellen fertigzustellen, die sie mir vor 12 jahren versprach.

5. 11. 47
mittwoch. fahre morgens ab nach zürich. treffe abends CAS[PAR NEHER].

schweiz

16. 12. 47 bis 20. 10. 48

16. 12. 47
habe zwischen 30. 11. und 12. 12. eine ANTIGONEBEARBEITUNG fertiggestellt, da ich mit WEIGEL und CAS die COURAGE für berlin vorstudieren möchte, dies in chur, wo curjel sitzt, tun kann, dafür aber eine zweite rolle für die weigel brauche. auf rat von CAS nehme ich die HÖLDERLINISCHE übertragung, die wenig oder nicht gespielt wird, da sie für zu dunkel gilt. ich finde schwäbische tonfälle und gymnasiale lateinkonstruktionen und fühle mich daheim. auch hegelisches ist da herum. vermutlich ist es die rückkehr in den deutschen sprachbereich, was mich in das unternehmen treibt. was das dramaturgische angeht, eliminiert sich das ›schicksal‹ sozusagen von selbst, laufend. von den göttern bleibt der lokale volksheilige, der freudengott. nach und nach, bei der fortschreitenden bearbeitung der szenen, taucht aus dem ideologischen nebel die höchst realistische volkslegende auf.

19. 12. 47
abends zeigt mir der sinologe treichlinger seine übertragungen aus dem ersten buch der kungschen gedichtsammlung. ich bekomme zum ersten mal den urtext zu sehen. die lieder waren einer bücherverbrennung ausgesetzt worden, die sie glücklich überstanden, und die überlieferung hat es, daß ein neues regime beamte ausschickte, sie wieder aus dem volksmund einzusammeln, damit man die stimmung im lande erkennen konnte. der titel der sammlung bedeutet etwas wie ›wie der wind weht im land‹. anscheinend fanden einige literaten dann einen schatz in den polizeiarchiven und machten sich an die verwertung.

20. 12. 47
ein schlechter zuschauer im theater: wer zu viele und zu genaue meinungen über das hat, was auf ihn wirkt. wer zu wenige und vage über das hat, auf was er bejahend reagieren will. wer sich von der masse des publikums nicht beeinflussen läßt, positiv oder negativ. wer nicht sowohl am stoff als an der gestaltung interessiert ist.
BARBARA hat als erste theateraufführung von einiger bedeutung die kalifornische des GALILEO gesehen; so ist für sie dies die norm. sie kommt enttäuscht aus einem sehr guten gorkistück zurück; das spiel scheint ihr übertreibend, unreal, alles zu ›clumsy‹, langsam, salzlos. in der tat scheint es die hauptsächliche wirkung einer produktion wie der meinen heute zu sein, soviel wie möglich vom theater niederzureißen und zu ruinieren.

George Grosz, famous Berlin painter who chose New York in 1932 when Hitler menace loomed, straddles chair on Fifth Avenue sidewalk and symbolizes world artists who find stimulation and peace to work in New York. Unaware passersby typify public oblivion that city is now world art center.

22. 12. 47

die *new yorker presse* beschwert sich übellaunig über die zumutung, über den GALILEI nachzudenken, da sie ihr auch gar nicht entsprechen kann. das bürgertum ist überhaupt nicht mehr zu diesem allgemeinen, unspezialisierten denken bereit, das stücke verlangen, die sich mit ihm beschäftigen. das denken bringt es zu nichts; was sollen da diese faseleien der existenzialisten schlechter gestellter nationen über ›entscheidungen, die getroffen werden müssen‹ – was anderes könnte das sein als der faschismus, der, es ist nicht zu leugnen, eine pleite war. kurz, das denken ist zu schwer und gehört schon deshalb nicht zu den vergnügungen.

23. 12. 47
im GALILEI ist die moral natürlich in keiner weise absolut. wäre die gesellschaftliche bürgerliche bewegung, die sich seiner bedient, als absteigend dargestellt, könnte er ruhig wiederrufen und damit etwas recht vernünftiges besorgen. (siehe JASAGER und NEINSAGER!)
in der ANTIGONEBEARBEITUNG wird der sittliche verfall abgeleitet von einem unternehmen, für das der staat nicht stark genug ist. es könnten etwa schlechte bewaffnung oder eine stockung der verpflegung infolge eins zu kleinen wagenparks oder strategische fehler sein, was den unmittelbaren anlaß für die brutalisierung abgäbe; für den kriegerischen ausweg wird allerdings noch mißwirtschaft angegeben; aber das bedeutet ebenfalls schwächung.

24. 12. 47
nach allem, was man aus *d[eutschland]* hört, läßt man es an einer wirklichen kritik des *nationalsozialismus* fehlen, indem man ihn als ›unter der kritik stehend‹ behandelt. man verläßt sich auf die vernichtende wirkung des mißerfolgs; je länger aber dieser mißerfolg zurückliegt, desto mehr verselbständigt sich natürlich die mißliche gegenwartslage, welche mehr und mehr neue maßnahmen, versuche, erklärungen hervorbringt, die am ende schon durch ihre menge als für hinreichend angesehen werden können, die mißliche lage zu verursachen. die maueranschläge, die ein jahr nach mussolinis hinrichtung in italien erschienen ›gebt uns den stinker zurück!‹ waren für solche stimmungen charakteristisch. der nationalsozialismus muß betrachtet werden als der sozialismus der kleinbürger, eine verkrüppelte, neurasthenische, pervertierte volksbewegung, die für das von tiefer unten geforderte einen der herrschenden klasse nicht unliebsamen ersatz lieferte oder zu liefern versprach. die scheinsozialistischen ansätze müssen also

mit dem echten artikel verglichen werden, nicht mit der ›demokratie‹. die kritik gegen die nationalisierung für den krieg etwa muß sich nicht gegen nationalisierung richten, sondern gegen ihren zweck, den krieg, der sie pervertierte. die jugend war bis ins proletariat hinein, wie es scheint, gefangen durch jene sozialistischen züge, welche bei unternehmungen wie dem krieg allein durch das allgemeine ziel, den wegfall der ökonomischen ›freiheit‹ usw, mächtig in die phantasie eingehen.

25. 12. 47

HÖLDERLINS antigone-sprache verdiente tieferes studium, als ich ihr diesmal widmen konnte. sie ist von erstaunlicher radikalität.
›süß mahl den vögeln, die auf frasses lust sehn‹, oder:
›so steht es dir und gleich wirst du beweisen, ob gutgeboren ...‹
usw.
dann der schwäbische volksgestus:
›und die sache sei/nicht wie für nichts.‹
›denn treulos fängt man *mich* nicht.‹
›treibt sein' verkehr er, mit dem rossegeschlecht.‹
›hochstädtisch kommt, unstädtisch
zu nichts er, wo das schöne
mit ihm ist und mit frechheit.‹
die *brückenverse* schrieb ich in hexametern, vornehmlich um zu prüfen, ob ich für das MANIFEST etwas hinzugelernt habe. tatsächlich fällt es etwas leichter, geht vor allem schneller.

25. 12. 47
am weihnachtsabend ist CAS mit ERIKA da. wir arbeiten an der ANTIGONE. zuerst haben wir am radio herumgedreht, aber die einzige deutsche station, die wir fanden, gab endlose listen von namen vermißter soldaten durch, und der junge neher ist in der USSR vermißt.

26. 12. 47
lese LUKÁCS' ›briefwechsel zwischen schiller und goethe‹, er analysiert, wie die deutschen klassiker die französische revolution verarbeiten.
noch einmal keine eigene habend, werden nun wir die russische zu ›verarbeiten‹ haben, denke ich schaudernd.

1. 1. 48
das deutsche bürgertum ›entnazen‹ heißt, es entbürgern. es hat keinen weg vor sich, immer nur den oder jenen ausweg. weder seine elementaren daseinsbedingungen, noch die speziellen umstände erlauben dieser klasse, die barbarischen mittel abzulegen, selbst wenn der dachshund, der einmal taubenblut geschmeckt hat, vermittels reichlicher prügel zum hundekuchen zurückkehren könnte. nicht nur die laster, auch die gesamten tugenden der klasse haben die naziform bekommen; wo der bürger nicht denkt und wo er denkt, wo er anständig ist und wo er unanständig ist, wo er idealist ist und wo er schieber ist, immer ist er nazi. wenn er aufhörte, ein nazi zu sein, könnte er kein bürger mehr sein; nur wenn er kein bürger mehr ist, ist er kein nazi mehr.

1. 1. 48

Shoots Himself to Prove Belief in Existentialism

BOLZANO, Dec. 29 (A.P.).—Armando Berasi, twenty-two-year-old son of the director of the local branch of the Bank of Italy, locked himself in his room here today, police said, and shot himself.

Afterward, police arrested his close friend, Livio Zanetti, twenty-four, and charged him with responsibility for the suicide. The reason the police gave: Existentialism.

According to the police, they found in Berasi's diary entries showing that Zanetti had urged him to commit suicide to prove his belief in the Existentialist theory—as Zanetti explained it—that only death, voluntarily procured, delivered the human being from torment.

Zanetti accompanied Berasi to his room, the police charged, waited outside to hear the shot, and went off to report to other Existentialists that he had committed suicide.

dies ist exakt der ausweg, den der existentialismus zeigt. man hat nur den satz ›that only death, voluntarily procured, delivers the human being from torment‹ ein wenig anders zu enden, nämlich ›delivers the human being from being a tormentor‹.

2. 1. 48
lese den BRIEFWECHSEL ZWISCHEN GOETHE UND SCHILLER. was für eine ›hochgesinnte‹ verschwörung gegen das publikum; die bourgeoisie bekommt seine literatur aufgezwungen wie sein bürgerliches gesetzbuch. eine koterie unter koterien, und die verschwörung ist öffentlich. zugleich, welch ein anpassungsversuch! wie sich die beiden auch gesellschaftlich qualifizieren!

3. 1. 48
SCHILLER sieht erstaunlich deutlich die dialektik (widersprüchliche verknüpfung) in dem verhältnis *epos – drama.* meine eigenen hinweise, das epische theater betreffend, sind oft mißverständlich, da sie kritisch oppositioneller natur sind und sich voll gegen das dramatische meiner zeit richten, das künstlich undialektisch gehandhabt wird. in der tat soll einfach das epische element in die dramatische dichtart wieder hingebracht werden, freilich widersprüchlich. die freiheit der kalkulation muß eben ›in dem mitreißenden strom‹ der geschehnisse etabliert werden.

4. 1. 48
bei der konstruktion des bühnenbildes stießen CAS und ich auf ein ideologisches moment ersten ranges. sollten wir die barbarischen götzenpfähle mit den pferdekopfskeletten zwischen die bänke der schauspieler hinten stellen, damit den barbarischen ort des alten gedichts angeben, den die schauspieler dann verlassen, um zu spielen (die entgötzte fassung)? wir entschieden uns, das spiel zwischen den pfählen zu arrangieren, haben wir doch immer noch den vergötzten staat der klassenkämpfe!

4. 1. 48
was mich besonders anekelt an dem DEUTSCHEN STANISLAWSKIBUCH ist der hausbacken moralische ton, der sich nicht einmal als handwerksmoralisch auslegen läßt, weil die kurpfuscher eben keine echte handwerksmoral haben können. dabei ist der schauspieler nur an eine moralische satzung gebunden: daß er, die menschliche natur ausstellend, nicht lügt, etwa einer moral wegen. für die lüge hat er, damit er etwas habe,

das phantastische. beim s[tanislawski] ist er dem ›wort‹ alles mögliche schuldig, oder dem ›werk‹; in wirklichkeit ist er alles dem publikum schuldig und, indem er die gleichen interessen zu haben hat, sich selber. das ästhetische vergnügen darf sich auch vom spaß nicht allzusehr emanzipieren; dieser nimmt in einer materialistisch gesinnten gesellschaft eine genügend hohe stellung ein. und wenn der schauspieler zu brav wird, wie soll er dann die dunklen vorräte an vitalität (noch nicht sozialisierter lebenskraft) heben, die im asozialen liegen?

5. 1. 48
in der ANTIGONE wird nunmehr die gewalt erklärt aus der unzulänglichkeit. der krieg gegen argos kommt von der mißwirtschaft in theben. die beraubten werden auf raub verwiesen. das unternehmen übersteigt die kräfte. gewalttätigkeit, anstatt die kräfte zusammenzuhalten, spaltet sie; das elementar menschliche, zu sehr gedrückt, explodiert. und wirft das ganze auseinander und in die vernichtung.

5. 1. 48
lese eine englische darstellung des *nürnbergprozesses.* wieder drängt es sich mir auf, wie sehr solch ein haufen wirklichkeit, einfach durch seinen umfang, der vernunftsmäßigen oder moralischen beurteilung trotzt. der irrsinn beschäftigt so viele köpfe; so viel moral ist vonnöten in den einzelnen verrichtungen, die ins unmoralische zusammengefaßt werden. widerstand war aussichtslos (und groß für das). dies war ›dran‹, am zug. eine bestimmte masse war in bewegung, und das macht allen unterschied aus, was die wucht angeht.

6. 1. 48
die zeitschriften von drüben durchstöbernd, mich umschauend unter den intellektuellen hier, finde ich niemanden, der sich um die materialistische dialektik kümmert, und sie ist absolut nötig. die gefahren sind zwar offenbar. wieder erschwindelt sich diese nation eine revolution durch angleichung. die dialektik, welche alles aufregt, um es zu beruhigen, die den fluß der dinge selber in ein starres ding verwandelt, die materie zu einer idee ›erhebt‹, gibt so recht eigentlich den zauber- und tricksack ab für eine solche beschissene zeit. zugleich kann dieses deutschland gar nicht mehr begriffen werden ohne dialektik, denn seine einheit muß es durch weitere zerreißung erkämpfen, die freiheit kriegt es diktiert usw usw ...

6. 1. 48
es ist klar aus allem, daß deutschland seine krise noch gar nicht erfaßt hat. der tägliche jammer, der mangel an allem, die kreisförmige bewegung aller prozesse, halten die kritik beim symptomatischen. weitermachen ist die parole. es wird verschoben und es wird verdrängt. alles fürchtet das einreißen, ohne das das aufbauen unmöglich ist.

7. 1. 48
a[rmin] kesser, der den krieg über in der schweiz war (früher in berlin, unter jhering am börsencourier), wirft die frage auf, wie tief die mißverständlichkeit meiner stücke in ihnen steckt. in der tat wurde der GALILEI als eine ehrenrettung des opportunismus aufgefaßt; das SEZUANSTÜCK als religiöse (in dem sinn, daß der atheist gottes loyale opposition ist) verurteilung der zweiseelenkonstruktion; die COURAGE als loblied auf die unerschöpfliche vitalität des muttertiers. ich antworte, daß der bürgerliche

darstellungsstil alles aus altertum, asiatischem bereich, mittelalter und alles antibürgerliche aus der neueren zeit dem bürgertum als das seine verkaufen kann. der stückeschreiber kann sich nur dadurch retten, daß er die substanz aufgibt oder (und) einen leitartikel anhängt. ich erwähne die situation der elisabethaner zwischen feudalismus und bürgertum. vom feudalen standpunkt aus zeigen sich die neue liebe (ROMEO, ANTONIUS), das neue denken (HAMLET, TIMON), die neue verwandtschaftsbeziehung (LEAR), der neue freiheitsdrang (BRUTUS), der neue ehrgeiz (MACBETH), die neue selbstachtung (RICHARD III.) als tödlich. vom bürgerlichen standpunkt aus sind die schranken feudaler art tödlich und triumphiert die neue verhaltungsart durch ihre gleichgültigkeit gegen den tod angesichts der befriedigung, die sie gewährt.

8. I. 48

eigentlich zum erstenmal präsentiert sich mir die bestrebung, zu gefallen, den vortrag angenehm oder aufregend zu machen, die aufmerksamkeit des publikums zu halten, in dem sch[iller]-g[oethe]-briefwechsel. die opposition, in der ich als stückeschreiber zum publikum stand, streckte sich aus auf das formale; in der tat, sie begann damit. das ›gut gebaute stück‹, folgend der ästhetik, die dem theater eine anrüchig gewordene soziale funktion ausüben half, benutzte eine irreführende anordnung des stoffs; zum realismus kam man überhaupt nicht von da aus (wie der formalistische realismus, nämlich der naturalismus, zeigt). das abbild der wirklichkeit diente nur dazu, bestimmte (faul gewordene) empfindungen auszulösen und brauchte zu diesem zweck gar nicht zu stimmen. usw.

9. 1. 48
›die dramatische handlung bewegt sich vor mir, um die epische bewege ich mich selbst, und sie scheint gleichsam stille zu stehn. nach meinem bedünken liegt viel in diesem unterschied. bewegt sich die begebenheit vor mir, so bin ich streng an die sinnliche gegenwart gefesselt, meine phantasie verliert alle freiheit, es entsteht und erhält sich eine fortwährende unruhe in mir, ich muß immer beim objekte bleiben, alles zurücksehen, alles nachdenken ist mir versagt, weil ich einer fremden gewalt folge. beweg ich mich um die begebenheit, die mir nicht entlaufen kann, so kann ich einen ungleichen schritt halten, ich kann nach meinem subjektiven bedürfnis mich länger oder kürzer verweilen, kann rückschritte machen oder vorgriffe tun usf. es stimmt dieses auch sehr gut mit dem begriff des vergangenseins, welches als stille stehend gedacht werden kann, und mit dem begriff des *erzählens,* denn der erzähler weiß schon am anfang und in der mitte das ende, und ihm ist folglich jeder moment der handlung gleichgeltend, und so behält er durchaus eine ruhige freiheit...‹ (SCHILLER an GOETHE, 26. 12. 1797)

12. 1. 48
beim SOPHOKLES bildet die *antigone-kreon*-begebenheit das nachspiel eines siegreichen kriegs: der tyrann (das ist einfach der herrscher) rechnet ab mit persönlichen feinden, die ihm den sieg erschwert haben, stößt dabei auf einen menschlichen brauch und erfährt den zerfall seiner familie. in der neuen fassung beginnt die handlung in dem trächtigen augenblick, wo dem krieg ›nur ein kleines‹ zum sieg fehlt und die verzweifelteste gewalt eingesetzt werden muß, dh das unmäßige sich als unbedingt nötig aufzwingt. dieser einsatz der letzten moralischen reserven mißlingt und beschleunigt den untergang, der aber schon aus der gesamtkonstellation erfolgen muß. der

untergang wird sozusagen nur um so totaler. das herrscherhaus löst sich auf, wenn der sohn abfällt (die *megareus-haimon*-handlung wiederholt die *eteokles-polyneikes*-handlung, dh, die beseitigung der *kreonkinder* folgt der beseitigung der rivalisierenden *ödipuskinder*). dann fällt der seher ab, der ideologische handlanger, da er den untergang sieht. *antigones* tat kann nur mehr darin bestehen, dem feind zu helfen, was ihre moralische kontribution ausmacht; auch sie hatte allzulange vom brot gegessen, das im dunkeln gebacken ward.

18. 1. 48
es kann sich nicht darum mehr handeln, im griechentum kultur aufzuzeigen, als sei's das höchstmaß; was die klassiker des bürgertums machten, interessiert am ästhetischen allein. (selbst an der demokratie nur ästhetisch interessiert.) die ganze ANTIGONE gehört auf die barbarische pferdeschädelstätte. das stück ist ja keineswegs durchrationalisiert.

1. 3. 48
zur frage der ächtung derer, die mitgemacht haben: es war richtig, während des kriegs den krieg dem deutschen volk als den krieg hitlers zu bezeichnen. jetzt muß der krieg als der krieg der deutschen bourgeoisie bezeichnet werden, von hitler im auftrag geführt. die grausamkeit der nazistischen staats- und kriegsführung war genau das, was die bourgeoisie brauchte, sie empfahl ihr hitler. typen wie GLÄSER müssen wohl als volksfeinde behandelt werden; er hatte marxistische unterweisung bekommen, die bourgeoisie betreffend; nicht, wie er behauptet, an der niederlage deutschlands teilzunehmen, sondern am sieg teilzunehmen, ging er zurück. der krieg, in den er hineinging, begann nicht als verbrechen am deutschen volk, sondern an anderen völkern.

3. 3. 48
zur frage, warum kunstwerke, entstanden in vergangenen gesellschaftsstrukturen, immer noch wirkungen auf uns ausüben: noch die klassenlose gesellschaft wird vermutlich die grundzüge der wesentlichen historischen strukturen im doppelsinn ›aufgehoben‹ haben. (wie der menschliche fötus die niedrigeren phasen durchläuft und aufhebt. interessant, wie der moderne bürgerkrieg etwa die sklavenheere ›zurückbringt‹!) die hauptwirkungen scheinen sich zu konservieren, wo die hauptwendungen, entscheidungen, umwälzungen, katastrophen stattgefunden haben.

15. 3. 48
die new yorker presse scheint am GALILEO genau das zu vermissen, was schon laughtons katholischer freund vermißt hat: die mitfühlbare agonie des wissenschaftlers, der dem zwang ausgesetzt wird. nun ist zwar das schlechte gewissen des galilei im stück in der gehörigen proportion gezeigt, das ist aber der bourgeoisie nicht annähernd genug: zur herrschaft gekommen, wünscht sie die höheren seelischen regungen derer, die sie zwingt, gegen ihr gewissen zu handeln, zur verschönerung des gesamtbilds ihrer welt überlebensgroß ausgestellt zu sehen.

16. 3. 48
das bürgertum veranstaltet jetzt im weltmaßstab ein generalaufgebot der intellektuellen für einen kreuzzug der ›westlichen zivilisation‹. wissenschaftler, techniker, künstler und das riesige konglomerat der ingenieure der öffentlichen meinung werden unter ein system gesetzt, das den ökonomischen druck der demokratie mit dem politischen des faschismus ergänzt.

den intellektuellen verschleiert sich der diktaturcharakter der bürgerlichen demokratie auch dadurch, daß der faschismus als ein absoluter gegensatz zur demokratie dargestellt wird, nicht als ihre natürliche andere phase, in der die bürgerliche diktatur nackter auftritt. gerade der verlust der individuellen freiheiten im kapitalismus macht die intellektuellen oft zu rasenden verteidigern der puren fiktion der freiheit. die proletarische diktatur beseitigt mit der kapitalistischen anarchischen produktionsweise den darauf basierenden begriff der bürgerlichen freiheit. das proletariat befreit sich als die größte produktionskraft. in einem ungeheuren massenprozeß produziert die masse sich frei.

2. 4. 48
sah ALBERS als liliom gastieren, ein großer eleganter kerl mit vulgärem charme, nicht ohne gewalttätigkeit. wir sprechen davon, mit ihm ein volksstück zu machen, ulenspiegel etwa. hintergrund: bauernkrieg. der große provokateur der deutschen erzlaster *knechtseligkeit, einzelgängerei, spintisiererei, ordnungsliebe.* dem albers ist ein großes leichtmetalltheater angeboten, mit dem man in ganz deutschland herumziehen könnte. er ist durch den film weithin bekannt, wohl der einzige volksschauspieler. er ist freilich nicht jung.

10. 4. 48
alles in mir wehrt sich dagegen, wenn ich in diskussionen die neufassung der ANTIGONE als ein moralisches stück angesehen finde. durch die bestrafung thebes (und kreons) kommt es freilich in gefährliche nähe der braven maxime ›verbrechen macht sich nicht bezahlt‹, aber ich hoffe doch, das stück zeigt nicht mehr (oder weniger), als daß unternehmungen, die allzu viel

gewalt benötigen, leicht scheitern. dies hieße nicht mehr, als daß unpraktische unternehmungen unpraktisch sind, und wäre also recht platt, wenn nicht eine ganz besondere art der gewalt, nämlich diejenige, die aus der unzulänglichkeit stammt, eingesehen werden könnte, also die zurückführung der grausamkeit auf die dummheit. damit ist das moralische in zusammenhang gebracht mit dem unpraktischen, wodurch es das absolute, starre, im übersinnlichen thronende verliert. –
es ist gefährlich, der kunst eine sittliche mission auferlegen zu wollen, es sei denn, man wäre imstande, die für einen gewissen zeitabschnitt praktischen sitten in ihrer relativität zu sehen – und wer könnte das? es muß dem staat genügen, mit ›unsittlicher kunst‹ fertig zu werden. je besser die umstände, desto leichter ist auch die ›unsittliche kunst‹ auszunutzen. in der kunst ist vor allem das spießertum unsittlich.

12. 4. 48
das erste europäische frühjahr seit 8 jahren. die farben der pflanzenwelt, so viel frischer und so viel weniger krud als die der kalifornischen. die obstbäume an der bahnstrecke hinein nach zürich. die planung ist nicht durchmathematisiert wie die der ziergärten oder plantagen kaliforniens. und die villen bedeuten zumindest ältere sünden.

13. 4. 48
friedrich meinecke ›die deutsche katastrophe‹. der liberale bürgerliche standpunkt.
›Rein gedanklich und geistesgeschichtlich betrachtet, war aber die nationalsoziale Bewegung Naumanns ein wunderbarer Versuch, die geistigsten und zugleich die körperlichsten und realsten Elemente des deutschen Volkes in eine überaus

inhaltsreiche Synthese zu bringen. Christentum und deutscher Idealismus, klassisches Humanitätsideal und moderner sozialer Empirismus, Demokratie und Kaisertum, modernes Kunstbedürfnis, volkstümliche Wehrhaftigkeit und wirtschaftliche Expansion, alle diese Ideen sollten wie gute Feen an die Wiege eines neuen Deutschlands jetzt treten und ein Angebinde ihm bringen. Selbst von der gefürchteten Fee des Marxismus sollten gewisse Wahrheiten, die er vertrat, entgegengenommen werden.‹

darauf an kam es nun, daß die wirtschaft und das dynamit sich *maßvoll* ausdehnten.

13.4.48

nun die versuche, den nationalsozialismus geistig zu isolieren, als gewisse übertreibungen, überspitzungen, aber was wurde übertrieben, überspitzt? die vergasungslager der IG-farbentrusts sind monumente der bürgerlichen kultur dieser jahrzehnte. der SS-führer heydrich (oder war es kaltenbrunner) war ein ›hervorragender bachkenner‹; einstein spielt quartett und ist humanist, und irgendwo gibt es atombombenfabriken, die tag und nacht arbeiten. wir haben wildwestgeschichten gelesen; unsere urenkel sollten wildostgeschichten lesen; pioniere im kampf mit gewissen stämmen.

15.4.48

schon bevor ich die trümmer der theaterhäuser sehe, bekomme ich die der schauspielkunst zu sehen. besuche eine WOYZECK-probe, in der der bekannteste der neueren berliner schauspieler, w[alter] r[ichter], von steckel dressiert wird. ein kräftiger, jedoch etwas weich wirkender bursche mit starker stimme. was er macht, ist verkrampft und schmierenhaft; weder beobachtung noch ein theatralischer gedanke ist zu merken. aber auch steckel weiß nicht, wie ein solcher mensch ein messer kauft und bezahlt, ein lied singt, eine philosophische bemerkung von sich gibt usw. diesen leuten ›schwebt eine wirkung vor‹, die sie dann ›irgendwie‹ herstellen, das stück als material dazu vergewaltigend. verkauft wird so direkt als möglich eine *illusion* von menschlichkeit, schwung, technik usw.

20. 4. 48
lese KOGON DER SS-STAAT und GOEBBELS MEMOIREN. im ganzen genommen taten die nazis nicht mehr, sondern erheblich weniger, als das deutsche bürgertum brauchte, um an der macht zu bleiben (es genügte ja tatsächlich nicht). und es war bereits die enormste blutorgie, welche die weltgeschichte bis jetzt erfahren hat, die größte entfesselung der destruktivkräfte, kollektiver und persönlicher, auf wissenschaftlicher und jeder anderen basis. hier können die reformistischen sozialisten ein exempel von evolutionärer entwicklung einer demokratie studieren: keine revolution hat je solche gewalttätigkeiten gezeitigt! da sind die abscheulichen ›gedanken‹ wirklich zu ende gedacht. da haben wir die große planung, wie die *bourgeoisie* sie vorschlägt. ohne die drohnenarmee der SS, die elite der henker, ist die produktion nicht mehr zu fesseln. ohne die ausrottung (nicht nur besiegung) anderer völker kann das eine volk nicht mehr existieren. und herr goebbels kommt bequem mit dem wort- und ideenschatz der bürgerlichen feuilletonistik aus.
als im ersten weltkrieg das imperialistische deutschland von england und frankreich, zwei staaten, die nicht imperialistisch, sondern empires waren, niedergerungen war, hatte es immerhin dem zaristischen rußland solche schläge versetzt, daß feudale plus bürgerliche klasse dort zusammenbrachen. die westlichen demokratien konnten mit ihren interventionen

nur noch deutschland vor einem ähnlichen schicksal retten, indem sie das russische proletariat militärisch beschäftigten und so abhielten, dem deutschen zu hilfe zu kommen. der größere teil europas war vor dem bolschewismus gerettet. die demokratie rettete die deutsche bourgeoisie auch in deutschland selber. mit ihren ökonomischen positionen intakt, stellten sie schnell ihre politischen wieder her. sie hatte zunächst nur das demokratische mitspracherecht, aber gesprochen wurde natürlich nicht über die schwierigkeiten, die der kapitalismus bereitete, sondern über die schwierigkeiten des kapitalismus, und sie waren durch den krieg nicht beseitigt, im gegenteil, durch die niederlage vergrößert worden. ein zweiter krieg erschien sogar unvermeidlicher als der erste. die arbeiterschaft war in der frage ›beibehaltung oder beseitigung des kapitalismus‹ gespalten, jedoch ziemlich einig in ihrer gegnerschaft gegen den krieg. was die argumentation gegen den krieg angeht, stand sie bei der SPD ökonomisch auf schwachen füßen (arbeitslosigkeit in weltkrise, die auf der kapitalistischen basis ohne krieg kaum zu beheben war), sie mußte aber doch gewaltsam zum schweigen gebracht werden, und so verwandelte sich die demokratie – unter ausnutzung ihres formalistischen charakters nahezu legal – in die nationalsozialistische volksgemeinschaft. der zweite weltkrieg begann im zeichen der zurückziehung des müncheneinverständnisses (überlassung des osteuropäischen raums an die deutsche bourgeoisie) durch die westlichen demokratien. die deutsche bourgeoisie führte zunächst den krieg gegen den westen, um den gegen den osten führen zu können, jedoch brauchte sie dann, um den im westen führen zu können, doch den im osten sofort. als er begann, fielen die westlichen bourgeoisien (unter churchill in england, laval in frankreich) auf den münchenplan zurück und verzögerten die zweite front. sie eröffneten sie, als die siege der USSR die gefahr heraufbeschworen, daß deutschland von den russen besetzt werden könnte. der einmarsch der westlichen armeen rettete die deutsche bourgeoisie zumindest

des westlichen deutschland. ihr anspruch auf demokratisches mitspracherecht wurde sofort anerkannt.
die verzögerung der zweiten front erlaubte ihr, westrußland gründlich zu zerstören und das deutsche proletariat tiefer zur ader zu lassen als thiers 1871 das pariser. ökonomisch gibt ihr die schwerindustrie eine schlüsselstellung in europa, politisch ist sie ein wertvoller verbündeter. ihre speziellen schwierigkeiten sind auch durch den zweiten krieg nicht beseitigt, durch die zweite niederlage vielmehr vergrößert.

10. 6. 48

PUNTILA UND SEIN KNECHT MATTI im schauspielhaus inszeniert, assistiert von hirschfeld. anfangs befürchtungen wegen steckels vitalität; er stürzt los mit der wucht eines tanks und der empfindlichkeit einer mimose. unter benutzung alter kredite und vermittels [eines] rapid entworfenen grundarrangements, das die schauspieler entfesselt, wurde die diskussionszeit auf etwa 3 minuten in 4 wochen reduziert. das ist wichtig. da sich die gewissen neuerungen (der ersten phase: natürlichkeit, soziale charakterisation, epische ›kisten‹, klare erzählungen der geschichte usw) nur praktisch, durch ausprobieren, erzielen lassen. schwieriger als mit den schauspielern steht es mit dem veralteten beleuchtungsapparat, mit dem die bühne nicht gleichmäßig stark beleuchtet werden kann, so daß man mit scheinwerfern die gesichter herausleuchten muß; die während der aufführung von ruth gemachten fotos zeigen, wie das scheinwerferlicht die gesichter dann förmlich ausblendet, was das zuschauen anstrengend macht. der bühnenmaler teo otto ist ein begabter neherschüler. wiederaufgenommen habe ich nehers trommeln-in-der-nacht-mond der münchener aufführung; vor die als hintergrund benutzte große wand aus birkenrinde wurden, wie firmenschilder gemacht, enbleme von sonne, mond und kleinen verschiedenen wölkchen gehängt (gemacht aus messing oder lackiertem holz), und die wand wurde für die tage stark, für die nächte schwach beleuchtet (natürlich niemals mit gefärbtem licht). das ist eine lösung für landschaft.

11. 6. 48

FRISCH führt mich durch städtische siedlungen mit drei- oder vierzimmerwohnungen in riesigen häuserblöcken. häuserfronten zur sonne gewendet, zwischen den häusern ein bißchen grün, im innern ›komfort‹ (badewanne, elektrische kochöfen), aber alles winzig, es sind gefängniszellen, räumchen zur wiederherstellung der ware arbeitskraft, verbesserte slums. frisch zeigt uns dann die baustätte eines großen städtischen schwimm[bads], das er für die stadt baut. man sieht noch mit vergnügen den plan, den der bau dann austilgt. diese riesenbassins für tausende machen übrigens das hauspostillengedicht VOM SCHWIMMEN IN FLÜSSEN UND TEICHEN schon zur historischen reminiszenz.

12. 6. 48

die fülle der wildwachsenden blumen auf dem alten zivilisierten kontinent erstaunt uns.

18. 8. 48
mehr oder weniger fertig mit KLEINES ORGANON FÜR DAS THEATER; es ist eine kurze zusammenfassung des MESSINGKAUFS. hauptthese: daß ein bestimmtes lernen das wichtigste vergnügen unseres zeitalters ist, so daß es in unserm theater eine große stellung einnehmen muß. auf diese weise konnte ich das theater als ein ästhetisches unternehmen behandeln, was es mir leichter macht, die diversen neuerungen zu beschreiben. von der kritischen haltung gegenüber der gesellschaftlichen welt ist so der makel des unsinnlichen, negativen, unkünstlerischen genommen, den die herrschende ästhetik ihm aufgedrückt hat.

19. 8. 48
die wirkung der bürgerlichen propaganda hier ist überwältigend. viele wissen, daß sie lügenhaft ist, aber schließlich sind lügen nur verdrehte wahrheiten, und, da man die wahrheiten braucht und sie nirgends bekommen kann, dreht man an lügen herum, aber wieviel muß man drehen? selbst jene, welche die USSR als sozialistischen staat ansehen und für sozialismus sind, scheinen ihre führenden männer mit einem jener gangs von verbrechern zu vergleichen, deren sich gewisse amerikanische gewerkschaften im kampf gegen die unternehmer bedienen – nicht ohne selber von ihnen geschröpft und tyrannisiert zu werden. ein journalist sagte mir: ›sie können nicht anders, als ihre privaten fehden als staatsangelegenheiten und ihre politischen fehden als privatangelegenheiten auszufechten. die macht ist da und weiß nicht wie verschwinden; läßt einer sie fallen, hebt ein andrer sie auf.‹ das bürgertum schäumt über die lage der erniedrigten und beleidigten – in der sowjetunion. es ist absolut verboten, zu schreiben, dort herrsche freiheit. usw. ein appell zu objektivität zieht einem den verdacht zu, man sei ein stalinagent. die vorschläge der russen,

deutschland zu entimperialisieren und dann die besatzungstruppen abzuziehen, sind hier nicht populär. wo, fragt man, ist dann garantiert, daß man geschäfte machen kann?

1. 9. 48
lese jetzt amüsiert SCHILLERS VERGNÜGEN AN TRAGISCHEN GEGENSTÄNDEN. er beginnt, wie ich im ORGANON, mit dem vergnügen als dem geschäft des theaters, wehrt sich wie ich gegen theorien, die das theater für die moral einspannen (und dadurch adeln) wollen, bringt aber dann sogleich alles in ordnung, indem er das vergnügen ohne moral sich nicht denken kann, dh, das theater genügt der sittlichkeit nicht etwa, indem es eben vergnügt, sondern kann angeblich gar nicht vergnügen, wenn es nicht moralisch ist. das moralische muß also nicht vergnüglich sein, damit es ins theater darf, sondern das vergnügen muß moralisch sein, damit es ins

theater darf. ich selber mache freilich etwas recht ähnliches mit dem lernen, wenn ich es einfach zu einem vergnügen unserer zeit mache.

3. 9. 48
der nürnberger ärzteprozeß zeigt, wie ein staat abgetötet wird, indem ihm sein widerspruch genommen wird. dabei führt der bürgerliche staat nur die selbstentäußerung der arbeit bei der medizin durch.

25. 9. 48
angesichts CÉSANNES GUSTAVE GEFFROY: ›die alten meister tragen der vollen realität unmittelbare selbstverständliche rechnung und unterschieden deutlich das gesicht des menschen von der landschaft, vom stilleben. das eigentümlich kollektivierende der malerei cézannes verwebt, in sich selbst äußerst differenziert, gesichter, landschaften, stilleben unausgeschieden in eine einzige malerische formalität ... eine unheimliche entfremdung zwischen modell und bildnis vollzieht sich ... ein psychisch belebtes gesicht wird in eine farbige architektur, in einen modulationskomplex verwandelt ...‹ (hausenstein und jedlicka). cézanne soll, humble et colossal, von sich gesagt haben: ›je ne me suis pas réalisé‹, aber: gebrauchte er zu viele oder zu wenige verfremdungen? (das gesicht als *stilleben,* siehe § 67 des ORGANON.)

12. 10. 48
lese STRINDBERGS aufsatz über einakter. es scheint mir möglich, auch für zustandsschilderungen (mehr oder minder

naturalistischer art) eine verfremdungstechnik auszubauen; wenngleich sie vorerst wohl nur für stücke mit echter fabel etwas ergibt. die naturalisten hatten zu wählen zwischen der haupt-und-staatsaktion und der bürgerlichen ›intrige‹, und so verwarfen sie beides. und dazu das poetische, das phantastische, die musik. an und für sich wären ihre fortschritte (in der beobachtung, besonders des psychologischen komplexes) in die fabeldramatik zu übernehmen – aber, wie gesagt, es sind auch andere stücktypen denkbar, mit zustandsschilderungen.

17. 10. 48 (sonntag)
abfahrt nach berlin. am bahnhof hirschfeld, barbara, lerski, die jungen mertens, die uns ihre sommerwohnung ein jahr lang zur verfügung gestellt haben, dazu in der arbeit halfen. – abends salzburg. erika neher (cas ist in wien), von einem, der komponist.

18. 10. 48
salzburg. gespräch mit von einem über die russische antiformalismuskampagne, die von den meisten musikern anscheinend einfach als zwang abgelehnt wird, nicht als zwang zu ungewünschtem oder unwünschbarem.
hier ›gibt es alles‹, dh schwarz. man bezahlt mehr und braucht keine lebensmittelkarten. strenge demokratie für die mittellosen, dh arbeitenden, jeder bekommt gleich wenig.
stadt wirkt ausgepowert, erschöpft.

19. 10. 48
ankunft in prag.
keine müdigkeit hier, aber jener zustand, der nach verarmung aussieht, üblich nach den umwälzungen. die gesellschaft wird zum erstenmal gezwungen, ihre produktive für alle auf den tisch zu legen, und es stellt sich heraus, es ist zuwenig. sie sieht sich ertappt auf der produktion von mangel und beginnt sich nicht mehr zu waschen, alles wird schäbig. kein schwarzer markt hier, jedenfalls nicht der rede wert, einmal, als lebensmittelkarten im großen gestohlen wurden, gab es todesurteile. die justiz ist undemokratisch: werden vermögende erwischt, werden sie härter bestraft als die armen. preise niedrig gehalten. anscheinend ausreichend kartoffeln und brot, trotz schlechter ernte letztes jahr. wenig fette, milch nur für kinder. gesamtkonsum größer als in der benešrepublik. grundbesitzer enteignet bis zu 50 ha. abends in burians d 48.

20. 10. 48
von 37 000 juden kamen nach der hitlerbesetzung 800 zurück. wir besuchen den judenfriedhof. er wurde 1903 verkleinert, man schaffte platz für ein polytechnikum. die steine wurden verlegt, in einen unordentlichen haufen. aber auch im alten teil sind die steine ungeheuer und unanständig gedrängt – auch für die synagoge, die älteste europas, wurden nur 9 m breite, 15 m länge erlaubt. die steine sind der form nach häßlich, jedoch bedeckt mit schriftzeichen, und viele reden von verfolgungen. die gelehrten haben trauben als insignien.

berlin

22. 10. 48 bis 18. 7. 55

22. 10. 48 (freitag)
fahren früh von prag ab, sind mittags an der grenze. schrecker holt uns ab mit auto. er läßt den wagen, der mit unsern koffern vorausfährt, auf dem weg überholen: ›habt ihr was dabei, ich hab hunger.‹ brot mit wurst kauend, spricht er weiter darüber, daß man die macht hat, jedoch große schwierigkeiten. ein essen mit reden in einem vorort. die anwesenden – renn, theaterleute, parteileute – sehr nett und sehr hungrig. fotografiererei wie in USA und rundfunk. der parteivorsitzende erwähnt, daß es jetzt heiße: erst kommt die moral, dann das fressen. ein auto bringt uns weiter nach berlin. der fahrer, in dünner jacke mit geschoßsplittern in der lunge, erzählt von dem harten leben, der junge hat keine schuhe, sie essen morgens zwei scheiben brot, trinken kaffee-ersatz, mittags gibt es kartoffeln und abends auch, die russen haben sojabohnenöl importiert, das macht was aus. herbstliche wälder, hier und da gesprengte brücken, verrostete panzerwägen im graben. an der zonengrenze fehlen wagenpapiere, ich gehe in die deutsche polizeistation, telefoniere mit dem deutschen theater in berlin. ein paar wägen holen uns ab, abusch vom kulturbund. im klub des kulturbunds ist becher, jhering, dudow. die presse war am bahnhof gewesen, die sind wir zunächst los. wir wohnen im adlon.

23. 10. 48
gestern abend sahen wir nur bei einfahrt im dunkeln die ruinen der friedrichstraße, undeutlich. früh sechs uhr dreißig gehe ich die zerstörte wilhelmstraße hinunter zur reichskanzlei. sozusagen meine zigarre dort zu rauchen. ein paar arbeiter und trümmerweiber. die trümmer machen mir weniger eindruck als der gedanke daran, was die leute bei der zertrümmerung der stadt mitgemacht haben müssen. ein arbeiter zeigt mir die richtung. ›wie lang wird das gehen, bis das wieder nach was aussieht?‹ – ›da werden noch ein paar graue haare

vergehen bis dahin. wenn wir geldleute hätten, ging's schneller, aber wir haben doch gar keine geldleute mehr. na, guten morgen.‹ mir schienen die ruinen zumindest auf die frühere anwesenheit von geldleuten hinzuweisen. – vorm[ittags] kuckhahn, der verleger weiß und andere. abends premiere von hays HABEN im D[EUTSCHEN] T[HEATER]. miserable aufführung, hysterisch verkrampft, völlig unrealistisch.
richtig: nachm[ittags] empfang für uns im haus des kulturbunds. jhering und langhoff sprechen. ich habe mit becher ausgemacht, daß ich nichts sagen muß. kluge kleine rede von dymschitz, dem sowjet-kulturoffizier.

24. 10. 48 (sonntag)
friedenskundgebung des kulturbunds. zweig ist da und spricht. ich selber spreche nicht, entschlossen, mich zu orientieren und nicht aufzutreten. nachm[ittags] bei jakob walcher, der über die schwierige lage spricht, nüchtern und positiv wie gewöhnlich. abends bei otto, der mitgenommen aussieht von den apokalyptischen jahren.

n der großen Friedens-Kundgebung des Kulturbundes am Sonntag in Berlin nahmen eine Reihe hervorrage ndischer oder soeben aus der Emigration zurückgekehrter Schriftsteller und Künstler teil. Von links nach rech ay, Bert Brecht, Arnold Zweig, Hanns Eisler, Louis Fürnberg. Fotos:

26.10.48 Berliner Zeitung

25. 10. 48
immer noch, nach den drei jahren, zittert unter den arbeitern, höre ich allgemein, die panik, verursacht durch die plünderungen und vergewaltigungen nach, die der eroberung von berlin folgten. in den arbeitervierteln hatte man die befreier mit verzweifelter freude erwartet, die arme waren ausgestreckt, aber die begegnung wurde zum überfall, der die siebzigjährigen und die zwölfjährigen nicht schonte und in voller öffentlichkeit vor sich ging. es wird berichtet, daß die russischen soldaten noch während der kämpfe von haus zu haus, blutend, erschöpft, erbittert, ihr feuer einstellten, damit frauen wasser holen konnten, die hungrigen aus den kellern in die bäckereien geleiteten, die unter trümmern begrabenen ausgraben halfen, aber nach dem kampf durchzogen betrunkene horden die wohnungen, holten die frauen, schossen die widerstand leistenden männer und frauen nieder, vergewaltigten vor den augen von kindern, standen in schlangen an vor häusern usw. kuckhahn sah eine siebzigjährige, erschossen nach der vergewaltigung, und er sah, wie ein kommissar zwei soldaten niederschoß, die geplündert hatten und ihn angriffen, als er sie zur rede stellte. nach all den materiellen verwüstungen, welche die naziheere in ihrem land anrichteten, werden die russischen kommunisten jetzt auch noch den psychischen verwüstungen begegnen müssen, die der hitlerraubkrieg unter den eben erst in den zivilisationsprozeß geworfenen, vom zarismus entmenschten ›muschiks‹ angerichtet hat.
[N] erinnert, daß eine besondere tragik darin liegt: es war für die sowjets schwierig, ihre heere zur offensive zu bringen. die sozialistischen losungen und der aufbau der neuen wirtschaft ohne konkurrenzkampf hatte die massen friedlich gemacht. nun mußte überstürzt das töten gelehrt werden; die alten instinkte waren aufzurufen, ganz besonders in den zurückgebliebenen sowjetvölkern – die exzedierenden regimenter waren meist bauernregimenter von jenseits des urals.

26. 10. 48
frisch erzählte, als er von der friedenstagung in breslau zurückkehrte, wo auch über formalismus gesprochen wurde, daß PICASSO geäußert habe, auch er sei gegen formalismus, freilich den der andern.
er soll jetzt übrigens töpfe machen. und es schiene mir ein guter plan, mit den bildenden künstlern eine akademie zu machen, so daß sie dafür bezahlt werden, schöne gebrauchsgegenstände zu entwerfen, bestecke, spielkarten, schachfiguren – und bretter, stühle, gefäße, satzspiegel für bücher, kaffeemaschinen, tabakbeutel, lampen usw. und dies alles für massenherstellung.

27. 10. 48
berlin, eine radierung churchills nach einer idee hitlers.
berlin, der schutthaufen bei potsdam.
über den völlig verstummten ruinenstraßen dröhnen in den nächten die lastaeroplane der luftbrücke.
das licht ist so schwach, daß der gestirnhimmel wieder von der straße aus sichtbar geworden ist.

31. 10. 48
›13 German Officers Cleared Of Plotting Aggressive War ... For the third time, a Nuremberg war crimes tribunal has demolished the prosecution's contention that top-flight German industrialists and generals were actively conspiring and participating in Hitler's conquest of almost the entire continent of Europe from 1939 to 1945. Only the fourpower international military tribunal found defendants guilty of this war crime, including Hitler's closest aides, such as Goering, Heß,

Ribbentrop, Keitel etc.‹ (NEW YORK HERALD TRIBUNE, PARIS, October 29.)

31. 10. 48
die arbeiter klagen, höre ich, über die scharfe unterdrückung der kleinen hamsterer, die 10 pfund kartoffeln vom land hereinschleppen, während kartoffeln im großen verschoben werden und überall auf dem schwarzen markt kaufbar sind. in solchen zeiten müßte es vielleicht immer doppelorganisationen geben, so daß etwas willkür und parteiischkeit in die maßnahmen kommt. so könnten arbeiterfrauen in organisierten trupps die polizeikontrolle kontrollieren, die überwachung der lastwägen verschärfend, die der kleinen leute mildernd. es muß ein augenzwinkern in die kontrolle hineinkommen, und die massen müssen sehen, daß es *ihr* kampf gegen die schieber ist. küchendialektik.

3. 11. 48 (mittwoch)
habe schon angefangen, junge schauspieler für die COURAGE im deutschen theater auszuprobieren. um NEHER zu erreichen, muß ich vom amerikanischen sektor aus zürich anrufen, damit von dort nach salzburg depeschiert wird.

5. 11. 48
habe einige junge leute da, die, proleten, die zweijahresklassen besuchen, in denen die arbeiterjugend auf die universität vorbereitet wird. mehr mädchen als jungens. einer, kleinbürgerlicher herkunft und redegewandt, sagt: ›wir sind unausgeglichen und verwirrt, kein wunder.‹ (bauer zu tourist: ›ich bin ein

schlichtes gemüt und liebe meine erde.‹) aber sonst sind sie frisch und gescheit, und wir reden darüber, daß man den marxismus ebenso studieren muß wie die germanistik und das eine für das andere. der kleinbürger sagt: ›ich bekenne mich schon zum marxismus.‹ ich schlage vor, anstatt ›bekenne‹ zu sagen: ›interessiere mich für‹. aber da schlägt er mich: ›es ist keine kleinigkeit, heute in einer U-bahn zu sagen, man ist für die kommunisten.‹

6. 11. 48
bei einer versammlung der gewerkschaftsfunktionäre von berlin mitte. thema: ›die novemberrevolution 1918‹. gute köpfe, wieder viele frauen, alle in dünnen mänteln oder geflickten joppen, gesichtsfarbe grau. in der berliner blockade-frage ist man deutlich in der defensive.

8. 11. 48 (montag)
engel trifft aus münchen ein, an der courage-regie teilzunehmen. er ist sehr gealtert, die augen sind aber noch kenntlich. der schicke hut mit band läßt den kopf wie einen totenkopf erscheinen.

11. 11. 48
es steigt eine merkwürdige aura von harmlosigkeit von der bühne auf bei allen proben, als hätte hitler auch die bösartigkeit der deutschen verbraucht. freilich hatte er viele und lohnende ämter für sie, so daß die bühne sie nicht besonders anziehen konnte, und vielleicht wollte er sie auf der bühne gar nicht mehr vertreten sehen. auch die doppelten böden sind

verschleudert, und das hintergründige ist ins versatzamt gewandert. der gute schauspieler hinz legt den atheistischen feldprediger so an, als hätte der seinen glauben verloren wie ein andrer armer teufel sein bein verliert.

12. 11. 48
am bahnhof friedrichstraße ist eine buchhandlung mit alten büchern. sie gehört einem kommunisten. ich wähle eine goetheausgabe, und er weigert sich, mich bezahlen zu lassen.

25. 11. 48
11 zähne ziehen lassen, um tabula rasa für prothesen zu schaffen, da in letzter zeit zu sehr im sprechen behindert.
günstigerweise kommen gerade einige hegelbände, darunter die ästhetik. eisler hatte anläßlich seiner organonlektüre empfohlen, den hegel über shakespeare nachzulesen. in der tat ist er sehr gut wie gewöhnlich, aber den hamlet, an dem ich im organon exemplifiziere, sieht er anscheinend beeinflußt von goethe, wenn ihm die ›tat‹ auch nicht so edel erscheint. welch ein werk, dieser hamlet! das durch jahrhunderte andauernde interesse an ihm kommt wohl daher, daß ein neuer typus, voll ausgestaltet, in einer nahezu unaufgeräumt gebliebenen mittelalterlichen umwelt ganz verfremdet hervortritt. der schrei nach rache, von den griechischen tragikern veredelt, dann vom christentum disqualifiziert, ist im hamletdrama noch laut genug, ansteckend genug reproduziert, um das neue zweifeln, testen, planen befremdend zu machen.

25. 11. 48
wir haben die erste szene der COURAGE zu ändern, da hier schon angelegt ist, was bei der züricher aufführung den zuschauern erlaubt hat, sich hauptsächlich von der dauerhaftigkeit und tragfähigkeit der gequälten kreatur (des ewigen muttertiers) erschüttern zu lassen – wo es doch damit nicht eben weit her ist. jetzt verliert die courage den ersten sohn, weil sie sich in ein kleines geschäft verstricken läßt und nur hinzukommt ihr mitleid mit dem abergläubischen feldwebel, das eine weichheit darstellt, die vom geschäft kommt und die sie sich nicht leisten kann. das ist eine deutliche verbesserung. sie ist vom jungen kuckhahn vorgeschlagen.

26. 11. 48
solang man unter realismus einen stil und nicht eine haltung versteht, ist man formalist, nichts anderes. ein realistischer künstler ist, wer in künstlerischen werken der wirklichkeit gegenüber eine ergiebige haltung einnimmt. (zur wirklichkeit des künstlers gehört auch sein publikum.)

9. 12. 48
allenthalben macht sich in dieser großen stadt, in der immer alles in bewegung ist, wie wenig und provisorisch auch immer dies alles geworden sein mag, die neue deutsche misere bemerkbar, daß nichts erledigt ist, wenn schon fast alles kaputt ist. die mächtigen impulse werden von den russen gegeben, aber die deutschen tummeln sich mehr in dem strudel, der dadurch entsteht, daß die andern besatzungsmächte sich der bewegung widersetzen. die deutschen rebellieren gegen den

befehl, gegen den nazismus zu rebellieren; nur wenige stehen auf dem standpunkt, daß ein befohlener sozialismus besser ist als gar keiner. die übernahme der produktion durch das proletariat erfolgt in dem zeitpunkt (und scheint vielen also zu erfolgen zu dem zweck) der auslieferung der produkte an den sieger. volkseigenen betrieben, die aus maschinentrümmern heterogenster art sich wieder produktionsstätten zusammengebastelt hatten, wurden *mehrere male* die maschinen wieder als reparationen weggenommen. und die arbeiter bedenken nicht eben, daß der zerstörungskrieg gegen die sowjetunion zwar ohne ihre billigung, aber nicht ohne ihre mithilfe gemacht wurde; und die arbeit gebende vorbereitung des kriegs unter dem beifall eines sehr großen teils von ihnen. huchel erzählt, wie ein arbeiter, als ein eben zusammengeflickter hochofen nicht angefeuert werden konnte, 3 fässer öl wieder auslieferte, die er mit einem kollegen für den schwarzen markt beiseite geschafft hatte; damit verzichtete er auf bare lebensmittel in reißendem hunger, zugleich auch noch eine polizeiliche anzeige riskierend. seine motive waren nicht politische, das ist die tragik. dann passieren die fehler, die daher kommen, daß die entwicklungsstufen der russen und der deutschen so verschieden sind. da ist das leistungsprinzip, das die russen anwenden, weil sie es als das zuletzt gefundene für das beste halten. felsenstein warf die russischen pajoks in seinem theater einmal zusammen und verteilte die dinge einigermaßen gleichmäßig; die russen kamen ihm drauf und entzogen ihm die pajoks für zwei monate völlig. die russen hatten die ungleichheit der entlohnung, felsenstein hatte die eingleichung für produktionssteigernd befunden. es ist dabei nicht nur so, daß die deutschen arbeiter im augenblick nicht erkennen, daß ihre eigene diktatur ›drinnen ist‹, sondern daß sie wirklich nicht bereit scheinen, sie zu übernehmen. die volksherrschaft in der form der diktatur (nach außen *und* innen) leuchtet ihnen nicht ein. (wogegen die bourgeoisie ohne weiteres bereit war, ihre ökonomische herrschaft zu befestigen, indem sie sich selbst unter die diktatur stellte, individuell betrachtet.) in eigentümlicher weise wiederholt sich ein ›deutsches erlebnis‹: so wie die bourgeoisie sich ihre herrschaft von napoleon aufzwingen ließ, nur um sie sogleich mit dem adel zu teilen, benimmt sich jetzt das proletariat der bourgeoisie gegenüber – es ist dies aber nicht die ganze wahrheit.

10. 12. 48
erst in der elften szene schalte ich für 10 minuten episches probieren ein. gerda müller und dunskus als bauersleute beschließen, daß sie gegen die katholischen nichts tun können. ich lasse sie jeweils hinzufügen ›sagte der mann‹, ›sagte die frau‹. plötzlich wurde die szene klar, und die müller entdeckte eine realistische haltung. tags darauf streikte die müller, als ich einfach das jammern der bauersleute haben wollte, diese ›walze‹ des einfachen manns, eine fast theatralische haltung, hinter (nicht in) der furcht steckt. sie wünscht den jammer zu fühlen – was ihr allerdings schon lange nicht mehr gelingt, von einem exzeß an ausbrüchen erloschener krater, der sie ist.

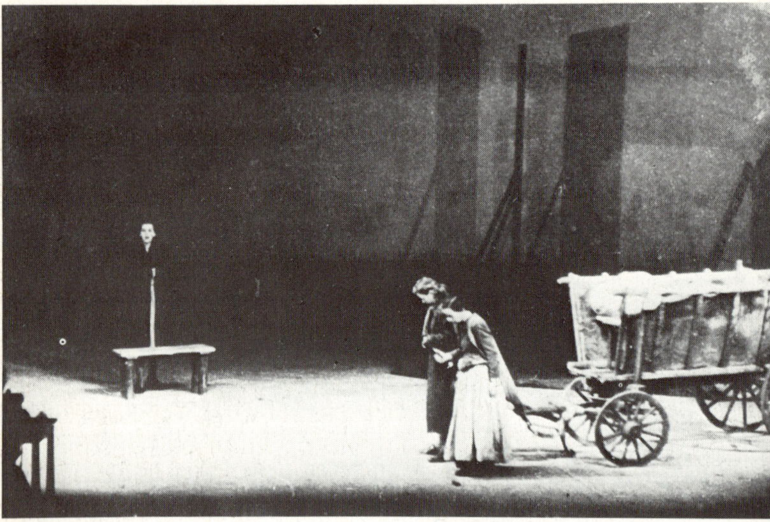

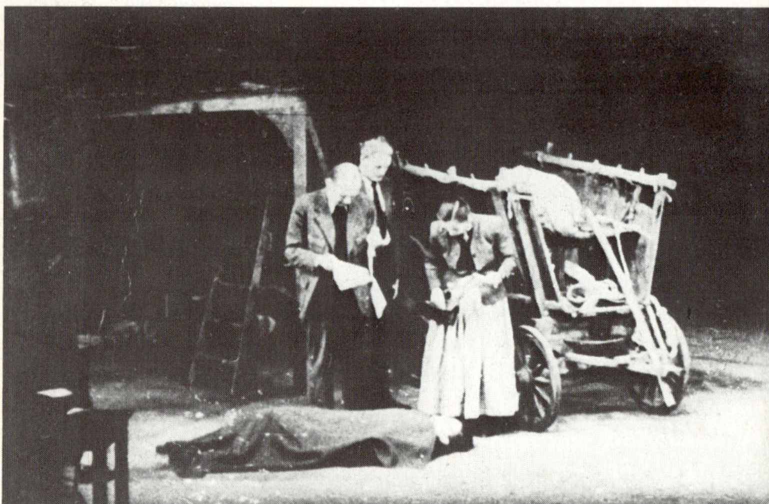

11. 12. 48
wird es wieder die katalaunische geisterschlacht, weicht wieder der kampf aus in die kulturellen gefilde, so kann auch dies nicht ohne dazutun gemacht werden. wenigstens diese schlacht muß über ganz deutschland gekämpft werden. die literatur kann sich nicht hinter die elbe zurückziehen und lediglich eine von den russen militärisch (und polizeilich) verteidigte musterprovinz aufbauen helfen. das übrige deutschland kann nicht durch eine mustermesse zur revolution gebracht werden. die literatur muß sich engagieren, sich in den kampf bringen über ganz deutschland hin und einen revolutionären charakter haben, ihn auch äußerlich, in den formen, zeigen. für sie ist formalismus, was den revolutionären inhalt verspielt.

12. 12. 48
arbeite mit langhoff das projekt eines *studiotheaters* aus, angeschlossen an das DEUTSCHE THEATER. erstes jahr: heranziehung erster schauspieler aus der emigration durch kurze gastspiele (giehse, steckel, lorre, homolka, bois, gold). aufbau eines eigenen ensembles in verbindung damit.
drei bis vier stücke, etwa GALILEI (mit kortner) oder SCHWEYK (mit lorre); SCHELESNOWA (GORKI) mit giehse und steckel; ein lorca oder ein o'casey. entwicklung epischen spiels durch ein sofort vorstellendes kindertheater. themen: DER STIER FERDINAND (frieden nicht erreichbar durch friedlichkeit); DIE BEKÄMPFUNG DES GELBEN FIEBERS (arbeiten und kämpfen der wissenschaftler) und STEFFINS hoffentlich nicht verlorene kinderstücke.
eigene pläne: ROSA LUXEMBURG und DER WAGEN DES ARES.

12. 12. 48
beginnen in den proben vorsichtig mit der episierung. sofort gliedern sich die szenen, indem die drehpunkte sichtbar werden. BILDT begreift sofort, daß es darauf ankommt, die restlose verwandlung zu verhindern. KUCKHAHN verbessert den jeweiligen zusatz ›sagte die courage‹ durch ›soll die courage gesagt haben‹.

13. 12. 48
es ist das ständige streben der schauspieler, ins laute zu kommen, als ob die bloße tonstärke eben stärke wäre, und dann bleibt von allem möglichen gestischen nur der gestus des zurufens. holt man sie zurück ins normale, geben sie ihm sogleich etwas verhaltenes und präservieren so die anspannung.

14. 12. 48
die ausgezeichnete dänische kabarettistin aase ziegler, bei der ich mit ruth (im augenblick in kopenhagen) telefoniere, zeigt mir schnell den britischen klub. der tanzsaal, mit altmodischem streichtrio, das walzer spielt, ist leer. ein paar offiziere und damen gruppieren sich um die bartheke. halten sich steif, sehr betrunken, konversieren. jeder gast ein empire für sich.

14. 12. 48
wie wir nach einem gründlichen gespräch über die versäumnisse der deutschen arbeiter 18, 20 und 23 mit jakob walcher und seiner frau aus der ›möwe‹ auf die straße treten, treibt sich zwischen dem ausgang und dem auto walchers ein betrunkener blut-

junger russischer leutnant um, auf walcher einen revolver anlegend, dann helli aufhaltend, ebenfalls mit dem revolver hin und her fuchtelnd. er hat den bleichen, verzweifelten ausdruck der betrunkenen und ist ganz versunken in dem trüben bereich der unartikulierten gesten, unfähig, sich damit und seinen zwei revolvern verständlich zu machen. am end tritt er zurück mit einer bewegung beider arme, den weg frei machend ›gehen wollen‹. aber die ›möwe‹ hat ihr haus sogleich verdunkelt, und weder der portier noch sonst jemand kümmert sich um den vorgang.

15. 12. 48

der leutnant drang gestern auch noch in die ›möwe‹ ein, man telefonierte der kommandantur, und er wurde verhaftet. – otto erzählt, daß mehrere patienten ihm erzählten, in einem der vororte habe ein russischer kommandant sich bei einem mann, der bajonettstiche von einem soldaten erhielt, ohne etwas getan zu haben, in der klinik entschuldigt, was allgemein sehr beifällig kommentiert werde, zb mit dem hinweis, die russen hätten auch nicht zivildistrikte bombardiert. man fand jetzt sogar, der soldat müsse angesichts der feindlichen einstellung der bevölkerung sich bedroht vorgekommen sein...

17. 12. 48

lasse mich dazu verführen, eine erstausgabe der hölderlinischen gedichte und eine zweitausgabe von ›hermann und dorothea‹ zu kaufen. das kann man den druckern zeigen! welcher geschmack! wie feinfühlig wird da auf die gedichte eingegangen! im ganzen wie im einzelnen. unaufhörlich läßt der drucker sich vom gedicht probleme stellen, und kühn löst er sie. und da ist weder büttenpapier für den kaufkräftigen, noch das billige viel für die masse. allerdings bedeutet eben zeit noch nicht profit.

18. 12. 48

ich pflege um 5 uhr 30 aufzustehen. dann mache ich mir kaffee oder tee auf dem hartspirituskocher, lese etwas lukács oder goethe (den SAMMLER). wenn ich aufsehe, sehe ich einen großen druck des breughelschen bauerntanzes an der wand. gehe etwas herum auf dem roten teppich und setze mich an die tische zur arbeit. erst gegen acht wird es hell draußen, die ruinen tauchen auf (die ss hat einen tag nach hitlers tod im bunker das adlonhotel noch in brand gesteckt, nur ein flügel im hof ist renoviert).

nach 8 kommt kuckhahn. er bestellt sich mein frühstück, und wir bereiten die courageproben vor. um 9 bin ich im theater in meinem büro, die kasprowiak wartet für das briefdiktat. probenbeginn 10 uhr.

20. 12. 48

beim ersten durchspielen von 8 szenen stellt JHERING fest, daß eine variabilität der weigelschen couragefigur zutage tritt, die er bei der betrachtung der einzelnen szenen vermißt hatte. die unterschiedlichkeit ist also von der richtigen art, sie tritt erst bei genügend großen abläufen auf. BILDT, der heute unzweifelhaft größte schauspieler deutschlands, bemerkt selbst neue schwierigkeiten; er arbeitete nicht induktiv genug, dh versuchte, zu früh zu einer figur zu kommen, statt zunächst einfach den situationen genüge zu tun, und hat nun eine figur ohne entwicklung.

21. 12. 48
nötig wären vier monate proben. wirkliche episierung so nicht möglich. man kann in der kurzen zeit den schauspielern die erleichterung nicht aufbürden.

21. 12. 48
kleines lied für die FREIE DEUTSCHE JUGEND gemacht (AUFBAULIED). bin unzufrieden, daß der ›neue staat‹ hereinkommt, ist aber nötig, damit der materielle aufbau verknüpft werden kann mit dem politischen. ignoriere jedoch bestimmt die einwände gegen die letzte strophe (›und kein führer führt aus *dem* salat‹), erhoben von der leitung. arbeite mit dessau an der vertonung und bestehe auf dem schnellen tempo und der ›entmelodisierung‹ des refrains. möchte gern das schnellere marschtempo der franzosen erzielen.

22. 12. 48
schreibe das ZUKUNFTSLIED, da alle erziehung hier zu lokal betrieben wird (und die rote fahne geradezu im verruf ist, worauf man eingeht).
interessant, wie berlin zum blickpunkt der welt wurde, während sich in asien ungeheure entwicklungen anbahnen, welche von den amerikanern einfach übersehen werden.

Gericht vertagt sich wegen Kälte

Wegen Kälte in den Gerichtsräumen sah sich die Zweite Große Strafkammer des Kriminalgerichts in Moabit am Donnerstag außerstande, eine Verhandlung gegen Angestellte des Bezirksamts Neukölln, denen Unterschlagung von Lebensmittelkarten vorgeworfen wird, zu Ende zu führen. Die Verhandlung mußte gegen 12 Uhr mittags vertagt werden.

THE TIMES

SATURDAY DECEMBER 18 1948

CHINESE DESTINY

Now Peking itself is reported to be isolated and the northern holding of the Government's forces is shrinking like the last patch of snow in hot sun. The outsider is puzzled to know what to make of it all. He remembers that after the end of hostilities with Japan large Chinese Government forces were equipped by the Americans on a scale lavish by comparison with what they possessed during the world war or in the earlier years of opposition to the Japanese. Where has all this equipment gone to? If the enemy has taken it—and it is clear that a large proportion has gone that way—how has it come about that the Communists, equipped mainly with small arms, mortars, and grenades from the Manchurian arsenals, could wrest tanks and artillery from the hands of their opponents?

The answer can perhaps be found in the old Clausewitzian contention that war is but an extension of politics. This is true of all wars, but it has been particularly true of Chinese wars. The conduct of the belligerent, and above all that of the belligerent whose fortunes are on the downward grade, is governed by what he feels and expects to happen rather than by what he has the physical means to accomplish. The fighting is but a demonstration of the sentiments of the fighters. British soldiers are taught to "think a move ahead." The Chinese commander of the war-lord era used to think half a dozen moves ahead, and it would seem that the habit has not gone out of use. The Chinese are, in a sense, too subtly intelligent for the business of war. If the vision seen six moves ahead is seen as inevitable—and discouraging—then the logical man must shape his course accordingly. It has not been lack of weapons but lack of fighting spirit that has brought about the defeats of the Government's forces. Nanking's failure to grapple with corruption and inflation has carried disillusionment and disappointment to the masses, including the rank and file of an unfortunate army which has been fighting for nine years without seeing any end to campaigning; the same feelings would appear to have taken hold of many in high places, civil and military. They shape their course towards what they see as the preordained future, and that future for them is the downfall of the present régime and a regrouping of the forces which together shape the

29. 12. 48

eisler hier für vier wochen. seinen widerwillen gegen die vulgarität und primitivität der marschlieder hat er jetzt sublimiert, indem er etwa das einheitsfrontlied symphonisch auflöst, dh als volkslied in strengen musikalischen stücken verwendet. natürlich versuche ich sofort, ihn auch zu neuen vulgären exzessen zu verführen, indem ich ihm das zukunftslied aufhänge. er gibt mir aber eine ODE DES MAO TSE TUNG, geschrieben auf dessen erstem flug über die große mauer, ein herrliches gedicht, das ich gleich bearbeite. mein rechnen mit einer renaissance der künste, ausgelöst von der erhebung des fernen ostens, scheint sich früher zu lohnen, als man hätte denken sollen.

1. 1. 49

lieber dessau, ich schreibe ihnen dies, unter anderm, um mir selbst über ein bestimmtes item klar zu werden. es scheint, daß unser HORENLIED bei dem gegenwärtigen stand des ruinentheaters nicht gemacht werden kann. Sie selbst zweifelten ja, bevor ich zweifelte. der text ist schön, und Ihre vertonung scheint mir bedeutend, es ist in der tat eines der besten stücke, aber selbst wenn dem darsteller die härte und feinheit nicht fehlte, der allgemeine artistische standard der darstellung des stücks höher, die neue technik der verfremdung anwendbar wäre, müßte man noch an der aufnahmefähigkeit des publikums zweifeln, wie jherings und engels bedenken zeigt – wenn auch kuckhahn, der jüngere, dafür ist. Sie haben in einigen der stücke durch schnelle anpassung an die vorhandenen mittel nicht nur allerhand ›gerettet‹, sondern sogar neue schönheiten geschaffen – ich bewunderte das mehr, als es vielleicht den anschein hatte–, aber hier würde auch dies nicht helfen. wir werden das lied wahrscheinlich zurückstellen müssen, aber bei jeder wiederaufnahme des stücks wird die diskussion, ob das horenlied gespielt werden kann, deutlich anzeigen, wie hoch oder niedrig der standard des theaters eben ist.

2. 1. 49

bei dem AUFBAULIED der FDJ (FREIEN DEUTSCHEN JUGEND) bat mich der berliner gruppenleiter, die zeile ›und kein führer führt aus dem salat‹ zu überprüfen, denn hitler interessiere niemand mehr, da er olle kamellen sei (aber kamellen verwandeln sich, wenn unbeobachtet, leicht in olle lorbeern), und dann gebe es eine führung durch die partei. ich kann aber nicht entsprechen, die strophe ist auf das motiv des sich-selbst-führens aufgebaut, und das ganze lied dazu. im berliner rundfunk soll in meiner GRABSCHRIFT FÜR ROSA, die von dessau komponiert wird, die zeile ›eine jüdin aus polen‹ kritisiert worden sein.

(wahrscheinlich, um die ›empfindlichkeit weiter kreise in diesem punkt‹ zu schonen.)

3. 1. 49
auf meine frage erzählt walcher, daß das grabmal für karl und rosa in einem vorort (im russischen sektor), das die nazis zerstört hatten, nicht wiederaufgebaut worden sei; pieck habe ihm gesagt, sie hätten beschlossen, da nichts zu unternehmen. – die deutschen haben überhaupt keinen sinn für geschichte, vermutlich, weil sie keine geschichte haben.

3. 1. 49
möchte die gedichtbände anders als üblich gedruckt herausbringen, zumindest in der ostzone. kleiner, in die tasche zu stecken, in der art der ausgaben um 1820 herum. nur in antiqua und nicht biedermeierisch natürlich.

6. 1. 49
werde aus der probe zum neuen oberbürgermeister berlins [N] geholt, wo, im beisein von langhoff und wisten, dem bisherigen intendanten des schiffbauerdammtheaters, über mein theaterprojekt (betreffend die zuziehung großer emigrierter schauspieler) gesprochen wurde. der herr oberbürgermeister sagte mir weder guten tag noch adieu, sprach mich nicht einmal an und äußerte nur einen skeptischen satz über ungewisse projekte, durch welche vorhandenes zerstört würde. die vertreter der SED (ackermann, jendretzky, bork) schlugen die kammerspiele für das projekt vor, sowie gastspiele im deutschen theater oder bei wisten. auch von sparmaßnahmen wurde gere-

det und von der notwendigkeit, der volksbühne eine bleibe zu schaffen, bis das alte haus renoviert sei. (man hat dieses sozialdemokratische kleinbürgerunternehmen ›jedem kleinen mann eine ständige theaterloge‹ neu aufgezogen und liefert schmierenaufführungen.) zum ersten mal fühle ich den stinkenden atem der provinz hier.

11. 1. 49
die couragefigur hellis jetzt herrlich, von großer kühnheit.

17. 1. 49
in der eigentlichen premiere der courage, die am 9. in geschlossener vorstellung durch die gewerkschaften stattfand, waren schüler einer funktionärschule gewesen. es war ein wagnis, den schauspielern ein solches publikum als erstes vorzusetzen, aber die arbeiter aus den hennigsdorfer stahlwerken zeigten sich als wunderbare zuschauer. sie saßen freilich lange wie zaungäste, von denen weder zustimmung noch ablehnung erwartet wird, aber nach der szene mit dem lied von der kapi-

tulation klatschten sie, und die szene mit dem tod der stummen kattrin unterbrachen sie mit großem beifall da, wo sie das ehrenwort des offiziers ablehnt. und am ende vergaßen sie aufzustehen und in die garderobe zu stürzen, obwohl das stück lang ist und die bahnen spät nicht fahren. nun gingen engel und ich zu einer diskussion in die schule hinaus und hatten die gelegenheit, uns weiter zu wundern. welche bestimmtheit und welche höflichkeit! außer einigen technischen fehlern wie dem, daß die musik die worte übertönte, rügten einige, daß der obrist der yvette zu stark karikiert war. meine entgegnung, die lagerhure werde später als eine der wenigen personen gezeigt, die am krieg verdienten, und dem stückschreiber müsse also daran liegen, den preis, den sie zahlte, nicht zu nieder anzusetzen, wurde mit verständnis und grazie angenommen. besonders hoben sie die trommelszene hervor, und einer lobte, daß gerade ›der hilfloseste mensch am ehesten bereit war zu helfen, dieselbe person, die wenige szenen zuvor vom eigenen bruder als 'du armes tier' tituliert werde‹. welch ein zuschauer! er muß in der dritten szene diesen satz vermerkt (und ärgerlich!) haben – in der elften fand er die antwort! und daß die courage nichts lernt im äußersten elend, erregte diesen zuschauern nur mitleid!

18. 1. 49

durch alle diese wochen hindurch halte ich im hinterkopf den sieg der chinesischen kommunisten, der das gesicht der welt vollständig ändert. dies ist mir ständig gegenwärtig und beschäftigt mich alle paar stunden.

20. 1. 49
übersetze MAO TSE TUNGS ›gedanken beim überfliegen der großen mauer‹.

26. 1. 49
fahre nach leipzig und diskutiere in hans mayers kolleg über theater mit arbeiterstudenten. ein selbst physiognomisch verändertes bild einer universität! hier hat man nicht nur eine neue klasse eindringen lassen, sondern die alte nahezu ausgesperrt, so daß die neuen studenten nur ihresgleichen vorfinden und durch kein beispiel zu kommilitonen degradiert werden können. die jungen leute kennen nur die buchausgabe von FURCHT UND ELEND. sie bestätigen die wahrheit der beschreibung, aber sie stoßen sich daran, daß die nazis einfach als gegner behandelt sind. konnte der stückschreiber nicht einen nazi beschreiben, der durch seine erlebnisse zur einsicht kommt? der zuschauer oder leser könnte doch so die wandlung mitmachen! sie lachen allerdings, als ich darauf hinwies, daß selbst das ungeheure elend, in das der nationalsozialismus die bevölkerung stieß, wenig wandel hervorgebracht hat. ich schloß die diskussion mit dem hinweis, das stück sei nicht als erlebnis beabsichtigt, sondern als leitfaden für eine neue klasse, ermöglichend, dem klassenfeind erfolgreicher entgegenzutreten. ich ging nicht so weit zu sagen, diese klasse könne aus der darstellung dieser unmenschlichen (und zum scheitern verurteilten) diktatur des großbürgertums lernen, ihre eigene diktatur durchzuführen.

28. 1. 49
aus schriftlichen äußerungen WOLFS und erpenbecks, die der ›linie‹ folgen wollen, ergeht, daß die wendung gegen die einfühlung gerade durch ihren erfolg beim arbeiterpublikum einige

panik verursacht hat. wie sehr hätte die ›wirkung‹ erhöht werden können, wenn die courage auf der bühne am ende zur einsicht gelangt wäre! aber die schüler der funktionärschule sind weiter. sie können die kleinbürgerin objektiv anschauen (und doch bemitleiden) und erkennen sich selber in der stummen kattrin wieder.

3. 2. 49
unter den linden wird das wasser aus dem untergrundbahnstollen gepumpt. zerlumpte arbeiter trotten im kreis hinter einem hebelbalken, wie samson trottete in der mühle zu gaza. ein andermal sehe ich einen haufen junger und alter frauen einen schweren handwagen die linden herunterziehen und schieben, einige sitzen darauf, und der polizeiwachtmeister wechselt witze mit ihnen. eine junge studentin (vater kranker monteur) sagt mir, was sie ißt: morgens drei trockene schnitten brot, übern tag 5, am abend eine suppe (gemüse und kartoffel).
überall chinesischer hunger.

10. 2. 49
motto für den band ›neue gedichte‹: die aufregungen der gebirge liegen hinter uns, vor uns liegen die aufregungen der ebenen.

12. 2. 49
mit wendt bei STICHNOTE in potsdam, wegen des drucks der gedichtbände. ich zeige ihm die ›hermann-und-dorothea‹-ausgabe von 1799, aber er schlug nun, teils um die zeilen

gewisser gedichte nicht brechen zu müssen, teils seines eindrucks meiner gedichte als recht sachlicher gebilde wegen, ein kleines, sehr breites format vor, das den eindruck eines katalogs für optische apparate vermittelte. ich versuchte zu erklären, daß ich, mein frisches kupfer ausstellend, zeitweilig von der patina traditioneller aufmachung von gedichten borgen müsse.

20. 2. 49
habe wieder die gewohnheit aufgenommen, mich am morgen aus dem fenster zu beugen; die luft hier ist so kräftig. und eine andere gewohnheit habe ich beinahe abgelegt: kriminalromane zu lesen vor dem einschlafen. in der ganzen zeit habe ich, glaube ich, kaum 2 oder 3 beendet.
helli beginnt mit den vorbereitungen zu dem theaterprojekt.

pfingsten 49
blättere im WILHELM MEISTER. diese bücher wurden uns auf der schule verleidet, indem sie von den langweiligsten menschen in der langweiligsten weise gerühmt wurden. wie konnte man vermuten, daß ein roman, den die deutschlehrer, diese geschlechtslosesten aller wesen, uns aufdrängten, etwas enthalten könnte wie die szene, in der *philine* ihre pantöffelchen vor das bett des *helden* stellt, damit er glaube, sie liege in seinem bett, ahnend, dies könnte ihn verstören, müßte ihn aber vorbereiten auf den wirklichen besuch? die deutschlehrer haben sich mit ihren langen bärten vor das einzige ruhelager der sinnlichkeit der deutschen literatur gestellt!

pfingstmontag 49
kinderstimmen, radiomusik, blätterrauschen, trambahnen, vogelgezwitscher.
von stockholm sind die kisten angelangt, wenige von den möbeln, die meisten der bücher. von moskau die manuskripte, die grete hinterließ. die koffer aus der schweiz sind noch unterwegs.
die COURAGE im deutschen theater geht immer noch, ausverkauft. helli hat büroräume in der ›möwe‹, ein ensemble ist zusammengestellt.

6.5.49
am 7. mai [18]71 autorisiert der delegierte für den krieg, rossel, das bataillon der federation artistique, sich zu bewaffnen und equipieren. am 20. mai, inmitten schwerster kämpfe – die letzte sitzung der kommune findet am nächsten tag statt – übergibt ein dekret die privaten theater an die künstlerkollektive.

7.5.49
sehe nun anläßlich des *goethejahres* einiges von ihm. interessant diese kompromisse der letzten akte, im TASSO und im FAUST. da ist immer genug unzufriedenheit, damit ein stück nötig, immer genug krebsen, damit es gestattet ist. doch vermag das theater viel, wo immerhin genug lebendiges da ist. nicht zu schwierig, die domszene etwa als seelische und körperliche exekution gretchens durch die kirche zu spielen und vor allem als moralische exekution – sie wird hier zum mord angestiftet.
was für ein organisch gewordener mischmasch von mittelalterlichem mysterienspiel und moderner revue! und in diesem weit-

läufigen, unübersehbaren bau hat sich nun dieses deutsche spießbürgertum eingerichtet, so daß er völlig verdreckt wäre, selbst wenn nicht dafür gebaut! noch jetzt hat man den jungen faust in den jünglingen, die forschen, etwas lernen, sich entwickeln wollen, sich, nicht mehr.

Ein neues Haus

Zurückgekehrt nach fünfzehnjährigem Exil
Bin ich eingezogen in ein schönes Haus.
Meine Nō-Masken und mein Rollbild, den Zweifler zeigend
Habe ich aufgehängt hier. Fahrend durch die Trümmer
Werde ich tagtäglich an die Privilegien erinnert
Die mir dies Haus verschafften. Ich hoffe
Es macht mich nicht geduldig mit den Löchern
In denen so viele Tausende sitzen. Immer noch
Liegt auf dem Schrank mit den Manuskripten
Mein Koffer.

9. 6. 49
puschkinfeiern. es ist schwierig mit den lyrikern anderer sprachen, da die übersetzungen für gewöhnlich so schlecht sind. natürlich handelt es sich zb jetzt [darum], die russische literatur ins kulturbewußtsein europas zu schieben und die politische aktivität p[uschkins].

9.6.49
die DEFA, die filmfirma der ostzone, hat allerhand schwierigkeiten, stoffe zu bekommen, besonders aus der zeit. die leitung notiert themen von bedeutung, untergrundbewegung, landverteilung, zweijahresplan, der neue mensch usw usw; dann sollen schriftsteller dazu geschichten erfinden, die das thema mit seiner problematik auslegen. das mißglückt natürlich regelmäßig. ich schlage vor, leute auszuschicken, die einfach geschichten sammeln.

11.6.49
wenn man alle sittlichkeit von der produktivität ableitet und das höchste darin sieht, daß die produktivität der ganzen menschheit groß entfaltet wird, muß man achtgeben, daß der bann von der bloßen existenz, ja vom widerstand gegen die verwertung genommen wird. ich liebe: ich mache die geliebte person produktiv; ich baue an einem auto: ich mache die fahrer fahren; ich singe: ich veredle das gehör des hörers usw usw. aber dann muß die gesellschaft begabt sein, alles zu verwerten, sie muß ein solches ›kapital‹ von schon produziertem, eine solche fülle von angeboten haben, daß die produktion des einzelnen gleichsam ein übriges, sozusagen unerwartetes ist. ist die produktivität das höchste, dann behält der streik seine ehre. (im ästhetischen bereich ist es schon so. der asoziale erfreut ebenfalls; es wird als genügend angesehen, daß er ›sich produziert‹.)

18.6.49
es werden nationalpreise verteilt, unglücklicherweise erste, zweite und ich glaube auch dritte. man hat offiziell kandidaten dafür ernannt und keinen von ihnen gefragt, ob sie

kandidieren wollen. ich höre, man hat nur zwei erste preise für literatur und beabsichtigt, heinrich mann und j[ohannes] r becher diese zu geben und, unglücklicherweise, mir einen zweiten für die COURAGE. so richtet helli dort aus, man möge doch von mir absehen, da ich eine solche klassifizierung als schädigend betrachten würde und den preis wohl zurückweisen müßte. derlei dinge muß man ganz unpersönlich betrachten und scharf auf nutzen und schaden achten und den geringeren dem geringen vorziehen. warum sollen leute entwerten, was sie haben, indem sie der sache einen geringen wert zumessen, nur weil sie den höheren preis nicht bezahlen können?

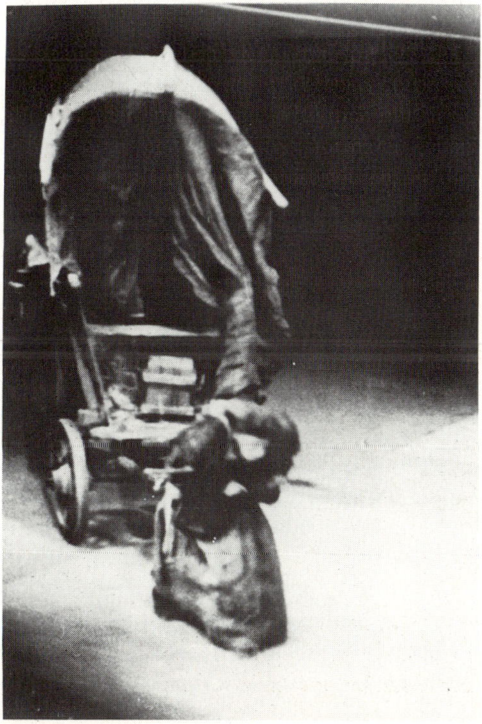

28. 8. bis 4. 9. 49
reise nach salzburg
mit dem wagen des ensembles ab sonntag, 28.; komme abends in freilassing an. (interzonenpaß, von den russen ausgestellt.) montag holt frau von einem mich über die grenze nach salzburg. sehe im festspielhaus dr hilbert, der paßsache betreiben will und mich nach dem festspiel SALZBURGER TOTENTANZ ausfragt; sehen verschiedene höfe an, wo es aufgeführt werden könnte. ein paar ämter, des passes wegen. cas in venedig. verschaffe ihm leipziger messekarten, arrangiere alles, da immer noch kein russisches permit da. dienstag kommt viertel, wir besprechen winterspielzeit und wie er reisen kann. rate ihm, österreicher zu werden. gespräch mittwoch fortgesetzt. abends zurück nach freilassing. donnerstag früh nach münchen. geis, kammerspiele. bespreche mit giehse gastspiel und reisemöglichkeit. mit wimmer rolle im gorkistück. mit kortner galilei in berlin. freitag mit geis zu albers an starnberger see hinaus, besprechen dreigroschenoper-tournee. samstag kammerspiele, bespreche frühjahr (COURAGE). nachm[ittags] ab nach augsburg. treffe george [pfanzelt], ist der alte. augsburg etwas zertrümmert, fremd, läßt mich ziemlich kalt. sonntag zurück berlin.

10. 9. 49
sah teile vom FAUST im DEUTSCHEN THEATER. interessant, wie meist beim goethe, im gegensatz zum schiller, das modernistische. die effekthascherische ausweitung der alten fabel, wobei die effekte, die mit poetischem griff gehascht werden, durchaus bedeutend sind. als ›gedankendrama‹ ist das stück erfreulich uneinheitlich, die gedanken tauchen auf wie in einer konversation, der verfasser ist geistreich. der grundgedanke ist nicht zu fassen, es ist eine schlaue scharade mit mehreren lösungen, schema fixierbild, wo man, die zeichnung wendend, hier einen mann, dort einen korb entdeckt. es wurde reichlich gebrüllt,

was hierzulande der ausdruck der leidenschaftlichkeit ist, aber hinz (ein hervorragender *feldkurat*) war ein ausgezeichneter teufel; er machte klar, daß es nicht den, sondern nur die teufel gibt, und war einer davon, nervös, schäbig, etwas gaga.

12. 10. 49
bekämpfer des formalismus wettern oft gegen neue und reizvolle formen wie gewisse reizlose hausfrauen, die schönheit und bemühung um schönheit ohne weiteres als hurenhaftigkeit (und kennzeichen der syphilis) denunzieren.

9. 11. 49
eigentliche repertoirestücke, dh stücke, die nahezu immer gegeben werden können, weil sie im thema sehr allgemein sind und den theatern gelegenheiten für ihre allgemeinsten künste gewähren, gibt es bei den deutschen wenige. eigentlich gibt es nur FAUST. im übrigen hält man sich darin an die opern und an den shakespeare. von meinen stücken haben diesen charakter vermutlich nur die DREIGROSCHENOPER und der KREIDEKREIS. von den plänen DIE REISEN DES GLÜCKSGOTTS.

13. 11. 49
die puntilapremiere gestern abend ging mit gelächter und vielen vorhängen vor sich. die mittelloge haben die russen der neuen regierung überlassen, die sich an gelächter und beifall beteiligte. das BERLINER ENSEMBLE – wir ließen als ständiges theaterzeichen die friedenstaube des picasso auf den vorhang des deutschen theaters nähen – stellt eine riesige leistung der weigel dar, die die mittel beschaffte, ein bürogebäude mit

probebühne ausbaute, pässe, wohnungen und (in der zone) möbel für die wohnungen der schauspieler besorgte, dazu sonderessen für das ganze personal – unbeschreibliche anstrengungen in der ruinenstadt.

die spielweise wird in den zeitungen durchaus akzeptiert (›wenn das episches theater ist, schön‹). aber es ist natürlich nur so viel episches theater, als heute akzeptiert (und geboten) werden kann. gewisse verfremdungen stammen aus dem zeughaus der komödie, das 2000 jahre alt ist. steckels puntila ist großartig, aufgebaut auf 1000 beobachtungen und mit der großen gestik der amerikanischen filmburleske. die nichtausgleichung der widersprüche (des komischen tragischen, sympathischen, unsympathischen usw), die bedenkbarkeit der szene usw war bis zu einem gewissen grade vorhanden, aber eben nur bis zu dem gewissen grade. vermutlich wird man die vorschläge des KLEINEN ORGANON eine zeitlang als korrekturen akzeptieren. säkularisierung des theaters. mit dem besitz bekommt die besessenheit einen stoß. aber wann wird es das echte, radikale epische theater geben?

14. 11. 49
nachgedacht über den couragefilm. man müßte das naturalistische ausschalten. zunächst versuche technischer art: kann (durch überbelichtung und unterentwicklung usw) eine daguereotypenhafte fotografie erreicht werden? beim arrangement müßte man das prinzip der zufälligen gruppierung aufgeben. auf der leinwand dürfte an ›dekoration‹ nur erscheinen, was mitspielt.

14. 11. 49
das KLEINE ORGANON kommt in eine zeit, wo die theater der fortschrittlichen länder für die erzeugung staatsgewünschter eigenschaften mobilisiert werden. der einfühlungsakt wird in helden der arbeit usw gelegt. er empfiehlt sich durch seine primitivität; aber in der tat macht er das ganze unternehmen primitiv. so wird die wahl der gattung jetzt wichtig. die meisten stoffe der staatsbauenden art gehören in die gattung des lustspiels.

22. 12. 49
habe für das BERLINER ENSEMBLE schnell eine bearbeitung des lenz'schen HOFMEISTER gemacht. das stück war mir lange im hinterkopf. es ist meines wissens die früheste – und sehr scharfe – zeichnung der deutschen misere. als gegenstück hat es wohl nur DIE RÄUBER, wo der mensch, mensch zu bleiben, räuber werden muß. hier muß der mann, gesellschaftsfähig zu bleiben, sich entmannen.
das stück gibt unsern jungen schauspielern möglichkeiten. zugleich geht es auf die linie in den anfängen der deutschen klassik zurück, die den shakespeare aufnimmt, und kann also eine vorstudie zu einer neuen spielweise des shakespeare abgeben.

DIE TAGE DER COMMUNE muß zurückgestellt werden, schon weil die volksbühne, etwa 60 000 mitglieder zählend und die hauptmasse unseres publikums ausmachend, nur etwa 0,3 % arbeiter enthält.

5. 3. 50
der HOFMEISTER scheint gut gewählt für die übung der schauspieler im realistischen und zugleich großen stil. das ist der weg zum shakespeare, der rückweg; so viel ist von ihm im deutschen begriffen worden.
habe den schauspieler gaugler da. er ist im körperlichen ausgezeichnet, im sprachlichen aber rein formalistisch, das wort handwerklich gebraucht. verweise ihn auf sein schwyzerdeutsch, und richtig, sobald er übersetzt, wird der ausdruck vielfältig, real, unformelhaft, und das plebejische der figur äußert sich ganz naiv. unsere bühnensprache lebt ja, wo sie lebt, von den dialekten; sie selbst ist nur eine dünne kurzschrift ohne ober- und untertöne. das volk selber spricht diese sprache wie eine fremde. (in der schweiz dürfte gaugler nicht einen schweizer tonfall zeigen, es erinnert dort an das provinzielle der schweiz!)

6. 3. 50
blacketts buch über die atombombe. der englische physiker weist nach, daß truman die atombomben, die er hatte, als gegenzug gegen den eintritt der USSR in den krieg gegen japan abwerfen ließ. so erfolgte die zerstörung dresdens nur gegen die anmarschierenden verbündeten, die russen.

8. 3. 50

lasse jetzt den text einiger szenen von den assistenten in geschichtenform abfassen, so daß die schauspieler ihren text in der dritten person, mit beschreibenden zufügungen, lesen können. lesend vollführen sie dann die bewegungen und hauptgesten. dies klärt gehalt und gang der szene, und der im naturalistischen ausgezeichnete geschonneck bekommt zum erstenmal ein gefühl für das epische und wird ›transparent‹.

2. 4. 50

ruth, wieder gesund, sieht in schwerin, wo man ihr leipziger modell der MUTTER benutzt, wie schwer es ist, humor und grazie zu übertragen. das modell wirkt noch als zwangsjacke, in der die werbung ums publikum natürlich stark behindert ist.

23. 4. 50

abends bei einem mitglied der neuen akademie, dazu der maler HOFER. man spricht über alte französische teppiche, wovon ich nichts verstehe, aber gern etwas verstünde wie von so vielem. dann lobt hofer die inszenierung der COURAGE und bestreitet, daß ein fotograf gute fotos davon machen könnte. ich erzähle, daß ich für den schwarzweißfilm einen chemiker havemann gebeten habe, eine emulsion zu mischen, durch welche man dem film daguerreotypiecharakter geben könnte, und hofer gibt zu, durch eine abschwächung der mittleren farbtöne könne man künstlerische bilder erhalten. der farbfilm hingegen sei vorläufig hoffnungslos, da nur die transluziden farben, nicht aber die opakenen (ocker, weiß, erdfarben) hergestellt werden können.

28.4.50
CAS und WAGNER-RÉGENY haben vor jahren eine komische oper angefangen mit einer fabel aus 1001 nacht und finden keinen schluß. sie heißt DER DARMWÄSCHER. wir analysieren das scenario und mathematisieren einen schluß aus. addieren ein paar arien.

29.4.50
treffe von einem bei blacher in zehlendorf. blacher hat eine oper fertig gemacht und spricht pessimistisch über die zukunft. seit 1912 (rosenkavalier) hat keine oper mehr (auch kein größeres musikstück mehr) fuß gefaßt. das publikum kommt aus mit den älteren werken. ich versuche zu argumentieren, daß diese eben die alte funktion der oper besser erfüllen und eine neue funktion nicht gefunden worden ist. die opern des revolutionären bürgertums (DON JUAN, ZAUBERFLÖTE, FIGARO, FIDELIO) waren aufrührerisch; es gibt keine anstrengung der oper in solcher richtung nach 1912.

30.4.50
waren nach dem riesigen presseerfolg etwas besorgt, wie das volksbühnenpublikum das stück aufnehmen würde, aber da scheint kein unterschied, es gibt 30 vorhänge abend für abend – das volk liebt kaviar. und am beifall teil nehmen die hallesischen szenen mit der kantdarstellung!

1.5.50
strahlender tag. von der tribüne im lustgarten aus sehe ich die demonstration. voraus die FREIE DEUTSCHE JUGEND mit blauen

hemden und fahnen und die volkspolizei in kompanien. dann ein stundenlanger zug mit maschinen, waggons, kleiderausstellungen usw auf lastwägen, bildern und transparenten. die demonstranten gehen schlendernd, wie spazierend, und halten ein wenig vor der tribüne. während der rede des chinesischen teilnehmers werden tauben losgelassen. (nebenan kreist in der luft über der gegendemonstration hinter dem brandenburger tor ein amerikanischer schraubenflieger.) erstaunlich viele bezirke aus westberlin sind dabei, trotzend dem druck dort. das BE fährt auf seinem lastwagen, barbara sitzt auf dem couragewagen und schwenkt eine rote fahne. helli wird durch alle straßen hindurch begrüßt, frauen halten tatsächlich die kinder hoch: ›die mutter courage!‹

25. 5. 50

mit anna [seghers] und tschesno bei ILJA EHRENBURG. während wir zu abend essen, gibt es klatschen und schalmeienmärsche vor dem haus der gäste: die FDJ begrüßt die chinesische delegation. wir sprechen davon, daß beim anblick von auschwitz die literatur in ohnmacht fällt. ehrenburg erzählt von einer frau, die während der deutschen besetzung ihren jüdischen mann versteckt. das haus soll einquartierung bekommen. sie macht mit einer stange ein loch in das dach der hütte, so daß es hereinschneit und die deutschen nicht einziehen. aber auch in das versteck des mannes ist ein loch gemacht, damit etwas licht hineinkommt. das kind erzählt der mutter, durch das loch habe ein auge geblickt. sie sagt ihm, es sei das auge einer ratte gewesen. aber dann erzählt ehrenburg, fortfahrend, wie in ein deutsches dorf als leiter ein jüdischer sowjetoffizier gekommen sei, dessen ganze familie ausgerottet worden war. e[hrenburg] traf den offizier an, wie er den arm um ein kleines deutsches mädchen hatte, das elternlos aufgegriffen worden war. dies, und daß er sorge getragen habe, daß das kind zu bett gebracht wurde, fand e[hrenburg], wie er berichtete, noch nicht allzu besonders, jedoch habe er die tränen nicht zurückhalten können, als der offizier nach einer weile aufgesprungen sei und gefragt habe, ob man auch einen nachttopf für das kind beschafft habe. zuhörend war es mir schwer zu verbergen, daß ich auch darin nichts besonderes erblickte. freilich, was für verbrechen haben da deutsche angerichtet, daß selbst solch ein mann verwirrt wurde!

26. 5. 50
das pfingsttreffen der FDJ verändert die stadt ganz und gar. wie eine enthaltsame alte krämerin, die sich betrinkt, wird sie lustig und versteht sich nicht. abends, auf den plätzen, bricht eine art neapel aus. man hört überall ihre kleinen kapellen. sie hocken auf dem rasen und sehen im freien filme. in die riesigen ruinenlöcher hat man losungen für sie gestellt.

8. 6. 50
wenn man zur planung der künste kommt, muß äußerst vorsichtig verfahren werden. die techniken – und man braucht techniken – sind nicht ohne weiteres lösbar von den gesellschaftlichen funktionen, die sie hatten. und von geduckten leuten bekommt man nicht leicht souveräne werke – und man braucht souveräne werke. natürlich kann eine partei von innen anfangen zu arbeiten an den künstlern, aber nur nach maßgabe ihrer eben vorhandenen fähigkeit. am wichtigsten ist aber die mobilisierung der neuen lesenden massen. die partei muß auch sie instruieren; sie müssen den künstlern probleme vorlegen. den künstlern probleme vorlegen, dh den löwen schafe zutreiben. je weniger im ganzen vom stilistischen gesprochen wird, desto besser. und es ist besser für die gewinnung der künstler, zu zeigen, daß man sie nicht versteht (wenn

man auch bereit ist zu lernen), als sie anzugreifen. das bedürfnis verführt in der kunst wie im beischlaf, aber wie im beischlaf dürfen keine harten worte fallen.

10. 6. 50
fertige in kleinen büscheln kinderlieder für eisler an. silberschmiedekunst.

10. 6. 50
lese eine arbeit über gorki und mich, von einer arbeiterstudentin in leipzig verfaßt. ideologie, ideologie, ideologie. nirgends ein ästhetischer begriff; das ganze ähnelt der beschreibung einer speise, bei der nichts über den geschmack vorkommt. wir müßten zunächst ausstellungen und kurse für geschmacksbildung veranstalten, dh für lebensgenuß.

[Zu dieser Notierung gehört die Abbildung auf S. 566]

FUTURE AIR war on the northern roof of the world will be carried on by warriors dressed like this U.S. soldier, who, looking like a man from Mars, is wearing clothing specially designed for service in the Arctic.

Ihr Frauen von Texas und Pittsburg
Wollt ihr, daß eure Söhne so aussehn?
Wenn ihr uns eure Söhne schickt –
Werden Wölfe über uns herfallen?

anfangs august 50
fahren [nach] ahrenshoop, helli mit den kindern, ich mit ruth im steyr. es gibt einige alte fischerhäuser, die, selbst dunkelblau angestrichen oder verfallen oder sogar renoviert für das fremdengeschäft, gut ausschauen, vielleicht, weil man das alter so interpretiert, als hätten sie sich gut hier gehalten; die neueren

sehen aus wie freche behauptungen, im grunde haltlos, von der landschaft verachtet.
es ist eine reine nazigegend, und nicht viel ist geschehen bisher, nicht viel konnte geschehen; es gibt zu wenige ansatzpunkte. die kleinen fremdenindustriellen sehen sich durch die maßnahmen gegen den schwarzen markt allenthalben behindert, als bauern müssen sie abliefern usw. als domäne des kulturbunds ist die gegend aber im sommer besucht von leuten, die der neuen regierung ziemlich direkt angehören.

5. 8. 50
das lachen, das der V-effekt hervorbringt: lachen über das fremde, über den neger, das nilpferd, den städter auf dem land usw. höhere stufe: das lächeln über kinder, urautomobile usw.

2. 9. 50
mit R[UTH] im steyr nach münchen. übernachtet in pegnitz an der pegnitz. der blick vom gasthof ›weißes lamm‹ am marktplatz in der frühdämmerung greift einen zart- und kräftigfarbenen breughel und ist an schönheit dem von einem der verwanzten hotels am marseiller alten hafen ebenbürtig.

4. 9. 50
beginne bau- und stellprobe der COURAGE mit der giehse. bühnenbild otto.

3. 10. 50
assistenzregie bei COURAGE: ERIC BENTLEY, EGON MONK, RUTH BERLAU, BENESCH (von der wiener SCALA). bühnenbild TEO OTTO. (da er erkrankt, hilft ZNAMENACZEK aus.)

oktober 50
abends bei DESCH, der einige junge autoren zusammengeholt hat. nehme ruth und SCHUMACHER mit. keinerlei kenntnis über die DDR. erzähle von landverteilung, arbeiter-und-bauern-universitäten, pfingsttreffen der FDJ und erkläre, warum der sozialismus friedlich, der kapitalismus kriegerisch ist; daß ihre existenz abhängt von dem schwierigen kampf der SED im osten. man hört höflich zu.

oktober 50
fahre mit ruth, geis, burri zu LORRE nach partenkirchen. er hat gelbsucht. biete ihm HAMLET im BE an.

6. 10. 50
VON EINEM in münchen. mache mit ihm aus, daß salzburg den KREIDEKREIS machen kann. unter viertel, mit gold und homolka.

8. 10. 50
sonntag. abends premiere der COURAGE. die arrangements des modells triumphieren. giehse, domin, blech, wilhelmi, lühr, lieffen, ganz verschieden von berlin und ausgezeichnet. während der ganzen proben nicht ein disput. die giehse baut bewunderungswürdig das ganze arrangement um, das sie mit solchem erfolg in zürich und wien benutzt hatte.

9. 10. 50
gehe mit hirschfeld über die bearbeitung von BIBERPELZ UND ROTER HAHN. er stimmt zu und will die linie gegenüber den hauptmannerben vertreten. mache mit BURRI und GEIS einen film DER MANTEL nach gogol aus (mit lorre) und mit burri den COURAGEFILM bei der DEFA. verhandle mit einer managerin des londoner GROUP THEATRE über eine courageaufführung (der regisseur BROOK soll in ein paar wochen nach berlin kommen, die aufführung zu sehen.)

10. 10. 50
fahre mit ruth im steyr zurück nach berlin. übernachte in gera.

29. 12. 50
ich blättere in lorcas gedichten, in der mäßigen übertragung durch beck. ich lese mit genuß, halte aber verschiedentlich ein, nachzudenken, wie unsere werktätigen zu solchem genuß kommen könnten, und ob sie dazu kommen sollten. man kann einwenden: die lage, die phase läßt dies nicht zu! keine räusche bei klettertouren! aber die klettertouren selber erzeugen räusche, und die literatur, wie einige andere künste,

[Notierung abgebrochen].

Died. Kurt Weill, 50, German-born composer of topflight musicals (*Lady in the Dark, One Touch of Venus*), who collaborated with Playwright Maxwell Anderson on the current Broadway smash hit, *Lost in the Stars;* of heart trouble; in Manhattan.

10. 1. 51
erste (geschlossene) aufführung der MUTTER durch das BE im DEUTSCHEN THEATER. nehers dekorationen gefallen nun allgemein, zum teil weil sich die prinzipien schon eingebürgert haben – indem sie zb miserabel nachgeahmt werden. die figur der wlassowa wird durch die weigel unübertrefflich gegeben. aber auch buschs arbeiter ist herrlich. das durchschnittliche volksbühnenpublikum geht gut mit. 40 vorhänge ungefähr, einige eiserne. die auflockerung des alten modells, das berlau noch im vorigen jahr in leipzig ausgezeichnet (und streng) nachgezeichnet hatte, scheint gelungen.

15. 1. 51
vormittags gespräch mit dessau. die chorproben zu LUKULLUS haben schon angefangen, aber jetzt fordert das volksbildungsministerium die partitur noch einmal ein, und dessau würde lieber die aufführung auf den herbst verschieben. ich bin dagegen. der stoff ist eben jetzt wichtig, wo die amerikanischen drohungen so hysterisch sind. natürlich fürchtet dessau angriffe auf die form, aber selbst die werden, sollten sie beabsichtigt sein, weniger drastisch sein, solang der inhalt so wichtig ist. schließlich ist sowohl d[essau] wie ich davon überzeugt, daß die form der oper die form ihres inhalts ist. außerdem muß man die kritik nie fürchten; man wird ihr begegnen oder sie verwerten, das ist alles. und warum sollten wir annehmen, daß die situation im herbst günstiger sein würde, wenn wir nicht im frühjahr uns darum bemüht haben? die lähmung, welche der kontakt mit den neuen schichten von hörern bei den musikern ausgelöst hat, muß überwunden werden. man muß sich engagieren, und man wird sehen.
nachm[ittags] in das hedwigskrankenhaus zu hüdepohl.
die besprechungen mit burri aufgenommen. berichtete ihm über den plan, durch veränderung der filmemulsion daguer-

reotypcharakter der bilder zu erreichen, wodurch wir poetischer schreiben könnten. – eine hauptsache des COURAGEFILMS wird sein, daß man den zuschauer in einer distanz von der courage hält, in der er sich laufend über sie wundern kann, denn mit ihr sind keine erfahrungen zu machen, nur über sie.

10. 2. 51

angenehmes proben im neuen probenhaus (in den trümmern der reinhardtstraße). schon so kleine dinge, wie daß man in reinlichen wänden probiert statt den verschmierten anderer stücke und daß hier nichts vorgeht als eben probieren, machen viel aus. und wenn wir erst durchgesetzt haben, daß bei tageslicht probiert wird ... (da, wo räusche angerührt werden, gibt es keine fenster, in kirchen, brauereien und theatern). BIBERPELZ UND ROTER HAHN lassen sich gut an.

25. 3. 51

was die absetzung des LUKULLUS angeht: es ist vorauszusehen, daß bei umwälzungen von solchem ausmaß die künste selbst da in schwierigkeiten kommen, wo sie führend mitwirken. zusammenstoßen die zurückgebliebenheit der künste und die zurückgebliebenheit des neuen massenpublikums. einige künstler haben, in protest gegen die bürgerliche ästhetik (und den bürgerlichen kunstbetrieb) gewisse neue formen entwikkelt; nunmehr werden sie von proletarischer seite darauf aufmerksam gemacht, daß es nicht die formen für die neuen inhalte seien. dies stimmt manchmal, und manchmal stimmt es nicht. manchmal nämlich werden die gewohnten formen verlangt, weil die neuen inhalte noch keineswegs allgemein bei der zur herrschaft gelangten klasse durchgesetzt sind und man die irrige meinung hat, neuer inhalt *und* neue form sei schwerer durchzusetzen als nur eines von beiden.

26. 3. 51
vor dem chinesischen rollbild, zwei fledermäuse darstellend, sagte neulich jemand, unzufrieden mit unserer formalismusdebatte: ›das ist reiner formalismus, weg mit diesem bild und allen ähnlichen!‹ – wir täten gut, dem, was wir formalismus nennen, alles überzeitliche, allgemeingültige zu nehmen und nur von ganz bestimmten tendenzen unserer zeit zu sprechen. dieser maler der zwei fledermäuse kann einer schwachmütigen tendenz entgegengetreten sein, die raumeinteilung allein zum gegenstand künstlerischer gestaltung und des genusses zu machen. er kann mit seinem motiv der forderung nach einem mythologischen bild oder dem porträt einer fürstenschickse ausgewichen sein. er kann lediglich seinen pessimismus ausgedrückt haben, indem er die unheimlichen geschöpfe der dämmerung malte, und es hängt von der zeit ab, ob pessimismus negativ zu bewerten ist. und es kann noch ein zweites bild von ihm geben, darstellend lerchen.

5. 5. 51
wir beschäftigen uns mit der bearbeitung des CORIOLAN. wohl der einzige halbwegs aktuale shakespeare, den wir halbwegs besetzen können. natürlich haben wir die haltung der plebs zu ändern. nach shakespeares vermutlicher quelle, dem plutarch, schlug die junge republik nach der niederschlagung der coriolanischen konterrevolution die volsker und begann damit siegreich die einigung mittelitaliens. (was übrigens shakespeares ›plebejerhaß‹ angeht, so hat brandes vielleicht damit recht, daß er seine englischen klassengenossen anstatt der römischen plebejer gestaltete – übrigens nicht unbedingt, weil er da etwas verwechselte, sondern eher weil ihn die londoner mehr interessierten als die römer – aber die theatralische züchtigung des gemeinen manns braucht nicht, wie brandes meint, snobistischem haß zu entspringen.)

20. 5. 51
die tragödie des einzelnen mannes interessiert uns natürlich weit weniger als die des gemeinwesens, veranlaßt durch den einzelnen mann. wir müssen aber zugleich nahe beim shakespeare bleiben, wenn wir nicht alle seine vorzüge gegen uns mobilisieren wollen. so scheint es am besten, aus dem verletzten stolz des coriolan eine nicht allzu shakespeareferne andere bedeutende haltung zu machen, nämlich den glauben des coriolan an seine unersetzlichkeit. sie ist es, die ihn zugrunde richtet und das gemeinwesen eines wertvollen mannes beraubt.

21. 5. 51
unser nachwuchs, die jungen schauspieler, sind mehr oder weniger alle vom krieg beschädigt. da ist der nervenzusammenbruch der braunbock im vorigen jahr, da sind die folgen eines schädelbruchs beim sturz in einen granattrichter 1945 und einer verschleppten bronchitis bei der reichel. die hurwicz hat ein schwaches herz. schaefer hat nur noch eine lunge, die thalbach beschädigte nieren. usw usw. sie müssen fast alle auch im medizinischen sinne erst wiederhergestellt werden.

4. 6. 51
busch schenkt mir barlachs totenbild.

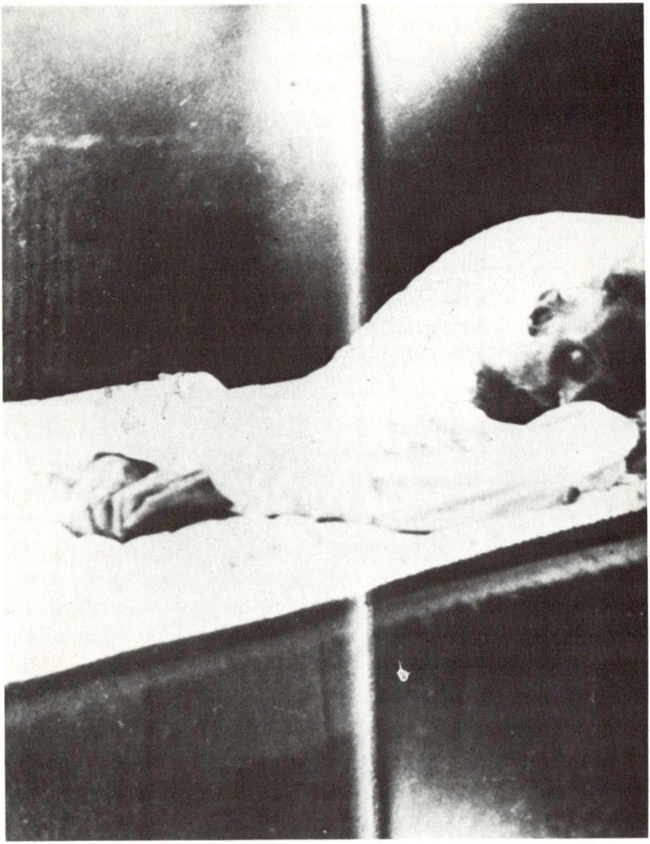

4. 6. 51
neueinstudierung COURAGE (mit busch und geschonneck und lutz). immer besonders auf die dialektischen momente scharf. der koch und der prediger in 8, wenn der friede beide an den rand des abgrunds stößt, kämpfen um den unterschlupf; abwechselnd treibt die niederlage sie ins menschlich bessere. die feinde treffen sich freundlich in der wehmütigen erinnerung an den krieg.
die arbeit an ruths modellbuch ist fleißarbeit; sie muß aber gemacht werden und wenn, nur, damit man sieht, wieviel betrachtungen nötig sind für eine inszenierung.

26. 6. 51
erste probeaufführung der COURAGE-neueinstudierung mit WEIGEL, HURWICZ, LUTZ, BUSCH, GESCHONNECK. das stück mußte auf dem repertoire bleiben, schon weil es die eine der beiden klassischen rollen der WEIGEL enthält. vom DEUTSCHEN THEATER waren 2 hauptdarsteller nach dem westen abgegangen, der feldkoch und der feldprediger. wir vermögen immerhin, sie zu ersetzen, dazu alle andern rollen.

29. 6. 51
burri hat das drehbuch eines COURAGEFILMS abgeschlossen und reist nach münchen zurück. gute zusammenarbeit. jammervoll, was für talente in deutschland brachliegen.

30. 6. 51
beschäftigt mit dem courage-modellbuch ruths. diese modelle und die neueinstudierungen, die sie erweitern und säubern,

sind so nötig, weil die künste auf grund des kulturellen ausverkaufs des spätkapitalismus und trotz der emphatischen aufnahme der künste durch die neue klasse, zumindest zeitweise, von schnellem verfall bedroht scheinen. einige wenige haben sich noch unter dem kapitalismus bemüht, das erbe von der ansteckenden fäulnis des niedergehenden bürgertums zu bewahren, indem sie die künste für die neue klasse vorbereiteten, aber die neue klasse tritt die herrschaft zwar mit neuen guten impulsen, aber auch mit künstlich verbildetem geschmack an. der politische auftrag ist dringend und wichtig, und den künsten, geschwächt vom mißbrauch durch den merkantilismus usw, wird nicht viel zeit gelassen, sich zu regenerieren. sie sind gewöhnt daran, sich mehr den möglichkeiten als den notwendigkeiten zu erschließen.

1.7.51

vorige woche eine diskussion mit studenten der arbeiter-und-bauern-fakultät in einem FDJ-haus. schlechte verständigung. vornehmlicher wunsch, die tagesprobleme gestaltet zu bekommen, als welche jedoch recht schwächlich und völlig unproblematisch zur sprache kommen. dabei wittern die jungen leute da skepsis, wo sie auf ansprüche stoßen. der schnelle und von unzulänglichen lehrern veranstaltete lehrgang entwickelt zunächst wenig wissenschaftliche haltung, auch nicht in den neuen sozialwissenschaften. das denken bleibt verkümmert, wo denkprodukte auswendig gelernt werden. besonders hapert es bei der beschreibung der phänomene, ohne die ein eingreifen unmöglich bleibt. auch künstlerische werke werden nicht eigentlich studiert, besonders das künstlerische an ihnen wird links liegengelassen. und doch sind dies kinderkrankheiten, nichts schlimmeres.

3.7.51
schrieb den text für eine kantate dessaus HERRNBURGER BERICHT zu den weltjugendfestspielen; nicht zuletzt, um ihm gelegenheit zu geben, verhältnismäßig einfache musik beizusteuern.

7.7.51
im allgemeinen sind die harfen weniger zerbrechlich, als ihr klang vermuten läßt und, verstimmt, können sie neu gestimmt werden, aber es gibt doch eine gewisse geschicklichkeit, welche der technik abträglich ist. der schriftsteller, der sie erwirbt, in zeit-, geld- oder ruhmnot, denkt mehr an seinen auftraggeber als an seinen gegenstand und ist zufrieden, wenn der erstere zufriedengestellt ist. aber: ist der auftraggeber zufriedenstellend? die gelegenheitsarbeit ist es, die den künstler zum professionellen macht, aber mitunter auch zum kunstgewerbetreibenden. andrerseits ist es falsch, wenn man die gelegenheit, statt beim schopf zu packen, skalpiert. es kommt alles drauf an, daß man aus einem stoff und auftrag nicht mehr macht, als drin ist. nötig kunstverstand.

10.7.51
ahrenshoop. studiere den garbe-stoff. garbe hat uns in drei sitzungen sein leben erzählt, und nun habe ich vor mir die notate. es wäre der stücktypus der historien, dh, es würde von keiner grundidee ausgegangen. in frage käme der fatzervers; heft 1 der VERSUCHE habe ich mitgenommen.

11.7.51
dem stoff entnommen, eine linie: dieser arbeiter richtet sich auf, indem er produziert. zu untersuchen, was alles sich für ihn und bei ihm ändert, wenn er vom objekt der geschichte zu ihrem subjekt wird – unter der bedingung, daß dies nicht ein rein persönlicher vorgang ist, da er ja die klasse betrifft.

11.7.51
was mir vorschwebt, formal, ist: ein fragment in großen, rohen blöcken.

11.7.51
ein wertvolles element in annas schönen geschichten in dem bändchen DIE LINIE: identität dessen, was die partei plant und was der prolet tut.

3.8.51
immer noch erschöpft, arbeite ich an der schreibmaschine doch die frühen vormittage frisch. die jahrzehntelange übung, nur in frische zu arbeiten, lohnt sich in solchen zeiten: das arbeiten erzeugt frische.

4.8.51
arbeite nachmittags mit ruth, rülicke, palitzsch und hubalek an THEATERARBEIT, einem bericht über die bisherigen 6 produktionen des BE.

17.8.51
gestern zurück nach berlin. heute früh arrangierte dessau für mich eine aufführung des HERRNBURGER BERICHTS. nach dem ersten vorspielen sollte er jeden tag aufgeführt werden, wurde aber dann unterdrückt, am ende auf beschluß abgesetzt. ich rief wilhelm [pieck] an, ob er sich's anhören wolle, und er rief sogleich wieder im ensemble an: ›ja, morgen vormittag‹; es sollten nur auch andere geladen werden. interessant, wie man sich ein kunstwerk anhört, das irgendwie verurteilt worden ist. für gewöhnlich wirkt es nicht einmal ohne ruhm. alles originelle erscheint als eigenwillig, frisches als frech, leichtes als oberflächlich, ernstes als vorlaut; überhaupt wirkt nichts mehr auf den, der die wirkung abschätzt.

21.8.51
wie man mir sagt, waren die regierungsmitglieder im allgemeinen befriedigt vom HERRNBURGER BERICHT, jedoch soll grotewohl einen interessanten einwand gemacht haben. er setzte ›etwas kathedermäßiges‹ daran aus. er wird empfinden, daß immer formales die lieder aus der unmittelbaren reichweite entführt. bei derlei urteilen stößt man auf den wunsch, den künstlerischen ausdruck einfach als einen gesteigerten ausdruck zu haben, ohne umschlag in eine neue qualität, eben die der kunst. sie möchten, daß ihnen aus dem herzen gedichtet wird – oder musiziert oder gemalt

22. 8. 51
die literatur muß wiederum ohne nationalen widerhall auskommen, und sie bekommt den der arbeiterklasse nur mit abscheulichen nebengeräuschen.

ADDRESSING PRE-ELECTION CROWD IN GERMANY

Dr. Kurt Schumacher of the Socialist-Democratic party, campaigning for votes in Frankfort, prior to the balloting next Sunday.
The New York Times (Frankfort Bureau)

GERMAN UNIONISTS END LABOR SURVEY

U. N. GROUP VOTES MINUTE OF SILENCE

5. 1. 52
samstag. vorm[ittags] probe DER ZERBROCHNE KRUG. 2–3 kostümbesprechung mit palm. 3 uhr bei barlog im schillertheater, des lorcastücks für die giehse wegen. schnell gegessen. dann spielt dessau im probenhaus seinen appell vor, text skupin vom ensemble. abends presseaufführung PUNTILA mit bois, geschonneck, lutz, giehse. (ich lese zu hause PETER I. und bekomme telefonische berichte.)

6. 1. 52
den ganzen tag an einem kinderstück der skupin und martin pohls gearbeitet, mittags therese [giehse] zu tisch. nachm[ittags] busch hier, seiner inszenierung des glockenspiels wegen.

7. 1. 52
krugprobe.

1. 2. 52
die barlachausstellung der akademie der künste wurde in der TÄGLICHEN RUNDSCHAU und im NEUEN DEUTSCHLAND heftig angegriffen, so daß die wenigen verbliebenen künstler in lethargie geworfen wurden. ich machte mir notizen dazu, die werte und das exemplarische des werks konkret ins licht zu setzen gegen eine völlig abstrakte vernichtung mit gesellschaftskritischen waffen. stellte dabei fest, wie richtig, dh richtunggebend die gesellschaftskritischen argumente selbst in den schwächsten und stümperhaftesten händen bleiben, und schrieb die notizen entsprechend.

2. 2. 52
besprechung PALM, NEHER, HILL, MONK über den URFAUST, den monk machen soll. cas hatte für kostüm usw die wertherzeit vorgeschlagen, aber ich plädiere für dürersches mittelalter, damit der teufel, die magie und das ganze brimborium des alten puppenspiels naiv vorkommen können, während das ›moderne‹ goethes, die gretchentragödie oder die auerbachstudenten verfremdet erscheinen. (anders herum geht es ja nicht, denn das alte hat zuwenig wert neben dem theatralischen.) der widerspruch zwischen dem alten und neuen sollte kräftig und kräftigend herausgearbeitet werden, anstatt vertuscht wie üblich. also erdgeist als quakendes hockendes vieh à la bosch und der teufel als volksteufel mit hörnern und klumpfuß.

3. 2. 52
hier der bildhauer CREMER und ein gartenbauarchitekt. für das nazilager buchenwald bei weimar soll ein denkmal gebaut werden. cremer frägt an, ob man nicht eine stätte für festspiele bauen könne. ich schlage vor, eine steinbühne mit steinarena zu errichten – am hang jenseits des alten lagers und oben eine ungerade anzahl riesiger männer, befreiter gefangener, in stein aufzustellen, die nach südwesten blicken, wo noch unbefreite gebiete liegen.

14. 2. 52
mit helli in buckow in der märkischen schweiz landhäuser angesehn. finden auf schönem grundstück am wasser des scharmützelsees unter alten großen bäumen ein altes, nicht unedel gebautes häuschen mit einem andern, geräumigeren aber ebenfalls einfachem haus daneben, etwa 50 schritte entfernt. etwas der art wäre erschwinglich, auch im unterhalt. in das größere haus könnte man leute einladen.

15. 2. 52
der URFAUST läßt sich lustig an mit den jungen leuten. ein schön realistisches gedicht! freilich, so naiv gemacht, mag es ärger verursachen. unsere publikumsschulmeister fühlen sich unterschätzt, wenn man ihnen erlaubt, sich zu amüsieren.

18. 2. 52
urfaustprobe, dann ›glockenspiel des kreml‹ probe besucht, dann schnell gegessen und besprechung mit cas, hill, ruth, monk über urfauststil. wir sind zu naiv vorgegangen, goethe ist nicht naiv, sondern hat den späten genuß am naiven. der erdgeist etwa ist ein lichtanschlag an der klausenwand, und die sentimentalischen verse passen dazu. so muß doch wieder öl in das brunnenwasser gegossen werden.

18. 2. 52
lese eislers brief an die kulturabteilung, in dem er den versuch, aus beethoven einen deutschen patrioten zu machen, scharf kritisiert.

24. 2. 52
abends mit helli und marchwitza ab nach warschau. 6 uhr früh werden wir von schiller und anderen auf dem bahnhof abgeholt.

25. 2. 52
11 bis 2 sehen wir einiges von dem schon sagenhaften wiederaufbau warschaus. teile der altstadt mit besonders schönen

häusern wurden von den deutschen planmäßig gesprengt, damit jede erinnerung an die eigene kultur ausgemerzt würde. glücklicherweise schlug die stunde der eroberer schnell; die baupläne und bilder konnten nicht mehr vernichtet werden, und die polen bauen jetzt ihre bauwerke wieder auf, schnell und bewohnbarer, als sie je waren. auch darin wurde der blutige dummkopf geschlagen.

26. 2. 52
zusammenkunft mit schriftstellern. schiller bringt mir fotos von seiner DREIGROSCHENOPER (1929), die sehr schön gewesen sein muß. er empfiehlt für die weigel coelestine.

28. 3. 52
die urfaustproben sind eine freude. die jungen leute arbeiten ernsthaft und mit großem spaß. als eisler die szene sah, in der faust das zimmer gretchens betritt, war er immerfort von einem glücklichen lachen geschüttelt, da er ungeachtet des genusses am gedicht deutlich das moment der depravierung ausgedrückt sah. hier verschaffte sich ein eindringling verantwortungslos genüsse, denn auch sein eigenes sich-der-niedrigkeit-bewußt-sein verwandelte er sofort in einen genuß.

6. 4. 52
wir stellen die zweite gartenszene um, so daß sie unmittelbar vor die domszene (exequien der mutter gretchens im urfaust) zu stehen kommt. in der endgültigen fassung hat goethe der domszene den charakter der sterbemesse genommen, da zwischen der überreichung des gifts und dieser szene für die

schwangerschaft zeit angenommen werden muß. nur in der kerkerszene bekennt gretchen die schuld am tod der mutter. dem religionsgespräch vorher geht die szene am brunnen mit lieschens geschnatter. das religionsgespräch wird dadurch dramaturgisch wichtig: gretchen, die ihre unschuld bereits geopfert hat, zeigt unruhe und prüft ihres liebhabers moral. obwohl er ausweicht, läßt sie sich doch noch tiefer mit ihm ein. faust aber verschwindet nach dem mord und läßt gretchen schwanger zurück. die parasitäre, auf rücksichtslosen genuß gehende liebe faustens wird schärfer gekennzeichnet. der teufelspakt deformiert diese liebe völlig. der ganze erste teil der tragödie wird ohne die sinistre note nie zum leben kommen.
reihenfolge der szenen:
gretchen am spinnrocken
auf dem markt (›nun, heute nacht?‹ – ›was geht's dich an?‹ – ›hab ich doch meine freude dran.‹)
am brunnen
religionsgespräch
sterbemesse im dom (danach valentinszene)
ach neige, du schmerzensreiche
im elend! verzweifelnd!
nacht. offenes feld.
kerker.

15. 7. 52
haus und umgebung in buckow ist ordentlich genug, daß ich wieder etwas HORAZ lesen kann. daß er in den satiren, die zu sorgfältig geschrieben sind, um nur für den tag gemeint zu sein, offenbar recht schwache dichter ganz schamlos lobt, zeigt, wie er sich auf die nachwelt verlassen zu können glaubt. oder denkt er, daß die güte seiner lobenden verse das lob auslöscht?

22.7.52
STRITTMATTER bringt die neue fassung seines zweiten akts von KATZGRABEN. die letzten paar seiten sind in jamben geschrieben. er kam anscheinend in diesen rhythmus hinein, wie eine kuh in ein loch tritt. nur mit mehr genuß. ich bin mir nicht sehr sicher, wie sich die jambisierung auf die komödie auswirken wird, habe aber nicht das herz, ihm den spaß zu verderben. – vor noch nicht 14 tagen sprach georg lukács im pavillon vorn davon, daß man für die zeitstücke doch auch gehobene formen wählen solle.

25. bis 30.8.52
eisler hier mit seinem FAUST. wir gehen das ganze durch, straffen, bringen alles so gut wie möglich in fokus, oft keine kleinigkeit bei der eigenwilligkeit des werks, das ohne eislers kunstverstand ein sammelsurium von stilelementen wäre. es glückt etwa die umformung des kleinen (dramaturgisch übrigens fraglichen) *orpheusballetts* im dritten akt. faust wird nicht nur von den hörern (studenten) ausgepfiffen; er macht sich vielmehr ihr urteil zu eigen und kehrt so auf seiner rückkehr zur antike selber um (›was soll uns orpheus?‹). die arie selber bekommt einen andern schluß, nachdem hanns in meinem horaz fand, daß orpheus nicht nur die tiere, sondern auch die menschen gebändigt habe. welches kunststück er – interessant für unsere kunstkommission – durch singen und nicht etwa durch singen von menschlichkeit zustande brachte.

30.8.52
der ORPHEUS ist selber ein opernstoff, wenn man das antike werk wäscht und nicht schminkt wie cocteau.

30. 8. 52

CORIOLAN und KATZGRABEN.

vor meiner tür ist eine ecke, gebildet von einem demolierten gewächshaus und einer andern mauer. es gibt gras und tannen, wilde rosenstöcke an den mauern. ich habe einen dünnen wirtsgartentisch und die bank dazu aufgetrieben, mit eisernen beinen und den resten eines weißen anstrichs, sehr elegant. aber die zufriedenheit des horaz mißfällt mir mehr und mehr.

2. 11. 52
probe zu PROZESS DER JEANNE D'ARC im probenhaus.

3. 11. 52
wenn ich in einem buch lese ›ein mann von siebenundvierzig‹, denke ich: was, und er will noch mitreden? und ich selbst bin dreiundfünfzig.

13. 11. 52
steff mit alma zurück nach paris. sie waren den sommer hier; er wollte seine these für harvard fertigschreiben (hegel und die naturwissenschaften); sie war nicht fertig, aber er fuhr doch weg, als sei sie fertig, in allem dem plan folgend, der für andere bedingungen gemacht war. (so werden, im subjektiven, kriege beschlossen und dann, bei inzwischen völlig veränder-

ten bedingungen, geführt, da es nun schon leichter ist, sie zu führen, als sie nicht zu führen.)

november 52
mit dem ensemble in einem dorf der lausitz, das strittmatter uns zeigt. (wir spielen eine sowjetische posse DAS FREMDE KIND.)

15. 11. 52
dessau arbeitet an einer musik zur ERZIEHUNG DER HIRSE. ich habe ihm zugesetzt, die ihm vorgestellten beispiele meyerscher oratorienmusik mit ihrem schmalzersatz und kunsthonig zu mißachten und lediglich daran zu denken, wie er kindern – eventuell nach einiger belehrung – spaß bereiten kann.

16. 11. 52
frankfurt führt DER GUTE MENSCH VON SEZUAN auf. (da buckwitz, der an den kammerspielen war, als ich in münchen die COURAGE inszenierte, dort intendant ist.) ich war 4 tage dort und versuchte, der aufführung zu deutlichkeit und leichtigkeit zu verhelfen.

16. 11. 52
bei der arbeit an dem strittmatter-stück KATZGRABEN zeigte sich, daß der ursprünglich zum helden bestimmte kleinbauer aus dieser stellung vom parteisekretär verdrängt wurde, da nur dieser eine leidenschaftliche haltung einnehmen konnte. das scheint darauf hinzudeuten, daß nur in der schicht der politischen initiatoren tiefergehende seelische bewegung zu treffen ist.
da sind wir vielleicht immer noch im bürgerlichen denken befangen, wo die person sich nur bildet aus der gegensätzlichkeit zu ihrer umgebung.

17. 11. 52
aus dem hörspiel anna seghers' PROZESS DER JEANNE D'ARC machten wir ein zweistundenstück, das wir jetzt inszenierten. hauptsächlich nach den originalprotokollen und den zitaten in anatole frances buch. interessanter stücktypus, sehr leichte dünne bögen mit zartem zwischenspiel der wandlungen des volks und der heldin.

17. 11. 52
eine hübsche tuigeschichte:

Vorbehalte

Naturwissenschaftler sind bekanntlich nicht abergläubisch. In ihren Häusern spukt es nicht, und sie würden auch an einem Freitag, der auf den 13. fällt, ohne Bedenken eine Reise antreten.

Nichtsdestoweniger hängt über der Tür von Niels Bohr (Nobelpreis 1922) ein Hufeisen: ein ganz kommunes bäuerliches Stück, wie man es auf den Dorfstraßen in Dänemark finden kann.

Ein Besucher aus der Schweiz — es war die Jahreszeit der Kongresse — blieb unter dem Türzeichen stehen. „Sieh einer an!" staunte er. „Wie kommt denn das zu Ihnen?"

„Sehr einfach", antwortete der Hausherr, „ich habe es auf einem Spaziergang gefunden und hier angenagelt. Es soll Glück bringen."

„Pardon, lieber Kollege: Glauben Sie an den Humbug?"

„Nein", sagte Niels Bohr, „natürlich nicht. Aber ich habe mir sagen lassen, es soll auch dann Glück bringen, wenn man nicht daran glaubt." *No.*

Deutsche Post

052 Telegra...

3352 FRANKFURTMAIN F 2 1 17 1148 =

Aufgenommen — Monat: Jahr: Zeit:

= BERTOLT BRECHT
BERLINERALLEE 190 BERLINWEISSENSEE =

Übermittelt — Tag: Zeit: durch:

= EINMUETIGER ERFOLGTROTZ KRITISCHSTEM PUBLIKUM STOP 32 VORHAENGE SIND ALLE UEBERGLUECKLICH UND GRUESSE SIE HERZLICHST = BUCKWITZ +

190 32

Raum für dienstliche Rückfragen

26. 11. 52
wir fahnden nach volkskunst, und, natürlich, in einem hochindustrialisierten land wie deutschland muß man da weit in der zeit zurückgehen. wir machen den fehler, daß wir nach volkskunst nur in die richtung der etablierten künste schauen, nach malerei, musik, tanz usw. gerade da ist alles verheert durch eben diese künste. statt dessen sollten wir mehr auf solche künste schauen wie möbeltischlerei, eisenschmiedekunst, theaterschneiderei usw. künste, die vor unsern augen aus mangel an würdigung verfallen.

28. 11. 52 (?)
berede mit henselmann motive für plastiken in der stalinallee. *die drei trümmerweiber. der konditorlehrling. kohlhaas mit den gäulen.* schlage vor, unten in die großen wohnhäuser reliefs mit einem aktivisten, der am bau arbeitete.

6. 12. 52
mit schumacher aus münchen, der eine doktorarbeit über meine früheren stücke schreibt, über DICKICHT gesprochen. das stück behandelt die unmöglichkeit des kampfes, der hier positiv als sport genommen ist (im kapitalismus – was nicht herauskommt, dh, was übersehen ist). insofern steht es in einer linie mit GALILEI, wo die unmöglichkeit schrankenloser forschung, und mit KREIDEKREIS, wo die tödlichkeit des mütterlichen verhaltens behandelt wird – wobei der kapitalismus nicht verborgen bleibt. – das stück bedeutet einen enormen fortschritt in der dramatik, bei all seinen schwächen; sie hatte die idealistische dialektik hegels ›nachzuholen‹, bevor sie weitergehen konnte. dabei kannte ich (wie die ganze dramatik) keine

zeile von hegel. ich wollte bloß etwas so dramatisches wie die RÄUBER schreiben und fand aus,

[Notierung abgebrochen.]

15. 12. 52

sehe SCHREINER wieder. er leidet unter seinen alten kopfschmerzen und unoperablen gallensteinen, arbeitet ununterbrochen. schüttelt den kopf über den thälmannfilm der DEFA. sie machten beim hamburger aufstand anscheinend einen feldherrn im hauptquartier aus ihm, während er auf dem fahrrad von betrieb zu betrieb fuhr, von der polizei gesucht sich in der öffentlichkeit versteckend. ein 18jähriger, führer einer hundertschaft, fiel, und seine mutter erzählte schreiner, er habe in der letzten nacht, von ihr gefragt, was er machen würde, wenn er auch sie ertappe, ein brot stehlend: ›dann muß ich dich und mich erschießen.‹ schreiner weiß dutzende solcher geschichten, für die sich die DEFA nicht interessiert.

25. 12. 52

ich habe meiner erinnerung nach niemals eine zeile geschrieben, wenn ich mich nicht wohl befand, körperlich. allein dieses wohlbefinden verleiht die souveränität, die zum schreiben nötig ist. es muß ein von oben nach unten schreiben sein, über dem thema muß man sitzen. allerdings entsteht umgekehrt ein solches wohlbefinden mehr oder weniger, wenn ich mich an den tisch mit der maschine setze.

25. 12. 52
wenn man, was ich episches spiel genannt habe, nüchtern betrachtet, ist es ein spiel, in dem der natürlich vorhandene widerspruch zwischen dem darsteller und der dramatischen figur seinen wohlbestimmten ausdruck findet. ins spiel kommt die (gesellschaftliche) kritik des darstellers an der figur, die er freilich voll zu verkörpern hat. die meinungen, leidenschaften, erfahrungen, interessen der figur sind ja nicht die des darstellers, und die letzteren müssen zum ausdruck bei der darstellung kommen. (das geschah immer, natürlicherweise, nur meistens wenig bewußt!)
in diesem wie in einigem anderen löst der einzug der dialektik in das theater einen deutlichen schock auch bei denen aus, die auf anderen gebieten die dialektik anerkennen.

27. 12. 52
übertrage die ermordung des CORIOLAN. fühle mich versucht, auch noch eine übertragung der szenen anzufertigen, die ich geändert habe. bei stärkerer entwicklung des gefühls für geschichte – und wenn das selbstbewußtsein der massen größer sein wird, kann man alles so ziemlich belassen, wie es ist. die plebs ist nach der vertreibung des königtums noch recht schwach, und der bestand der nation (stadtschaft) ist den erpressungen der coriolane ausgesetzt. es ist das patriziat, das alles unter sich ordnen muß und ordnet, will es nicht selber in die sklaverei der nachbarstaaten fallen. coriolan versucht, für seine klasse neue oder alte privilegien zu erpressen unter den beständigen kriegen, und er kehrt um im interesse seiner klasse. (in westdeutschland könnte das stück heute aufgeführt werden, wie es ist.)

28. 12. 52
das untrüglichste zeichen, daß etwas nicht kunst ist oder jemand kunst nicht versteht, ist langeweile. sie ist so heftig wie andernfalls das vergnügen. die kunst sollte ein mittel der erziehung sein, aber ihr zweck ist das vergnügen.

12. 1. 53
auch in polnischen diskussionen wurde MUTTER COURAGE UND IHRE KINDER immer wieder als pazifistisch bezeichnet. historisch betrachtet zeigt das stück die erlebnisse einer kleinen händlerin, die im krieg geschäfte machen will und alles verliert. der krieg trifft sie keineswegs als blindes schicksal, sondern sie erkennt ihn als die profitablen machenschaften der großen; an ihnen will sie sich beteiligen. über das einzelne hinaus gewinnt ihr schicksal symbolische bedeutung. das bild deutschlands taucht auf, raubkriege führend, andre und sich selber vernichtend, unbelehrt durch alle katastrophen. die aktion gegen den krieg dieser art ist nicht vernachlässigt. (die stumme kattrin.) aber die völlig aufs tätige gerichtete ungeduld unserer neuen sozialistischen gesellschaft ist damit nicht befriedigt.

20. 1. 53
ich halte es für möglich, daß die ausgesuchten übungen, die stanislawski den schauspielern anriet, dadurch nötig geworden waren, daß sie nur noch mit außerordentlichen mitteln, mit einer fast jogihaften konzentration figuren aus der privaten bürgerlichen sphäre her großfüttern konnten. nur durch insichselbstversenkung konnte der einzelne sich aus sich selbst aufbauen, immerfort gegen den ›rest‹ der gesellschaft.

27. 1. 53
stanislawski eröffnete das künstlertheater mit einer dramatisierung von WERTHERS LEIDEN. werthers und lottes tragische schuld bestand nach ihm darin, daß sie ihre liebe verrieten, anstatt ihr sich hinzugeben. der gedanke ist schön; aber ich möchte wissen, wie s[tanislawski] ihn über die rampe brachte, wenn der widerstand gegen die liebe vorgebracht wurde als ein naturereignis.

3. 2. 53
wenn man die als realistisch geltenden holländischen maler studiert, findet man, daß der stil bei ihnen einfach der lebensstil ihrer zeitgenossen (und modelle) ist. auch was sie betonen oder weglassen, ist diesem lebensstil entnommen. unsere maler sind nicht nur selber anfänger, sondern auch ihre modelle sind anfänger in einem neuen stil, zu leben. diese bauern, arbeiter, ingenieure, parteileute sind noch lange nicht so fertig wie die damaligen kaufleute, aristokraten, bediensteten. nicht fertig in einem doppelten sinn.

4. 3. 53
unsere aufführungen in berlin haben fast kein echo mehr. in der presse erscheinen kritiken monate nach der erstaufführung, und es steht nichts drin, außer ein paar kümmerlichen soziologischen analysen. das publikum ist das kleinbürgerpublikum der volksbühne, arbeiter machen da kaum 7 prozent aus. die bemühungen sind nur dann nicht ganz sinnlos, wenn die spielweise späterhin aufgenommen werden kann, dh wenn ihr lehrwert einmal realisiert wird. (das gilt, obwohl wir alles tun, für jetzt, für die theaterabende, für das publikum von jetzt unser bestes zu liefern.)

20. 8. 53

buckow. TURANDOT. daneben die BUCKOWER ELEGIEN. der 17. juni hat die ganze existenz verfremdet. in aller ihrer richtungslosigkeit und jämmerlicher hilflosigkeit zeigen die demonstrationen der arbeiterschaft immer noch, daß hier die aufsteigende klasse ist. nicht die kleinbürger handeln, sondern die arbeiter. ihre losungen sind verworren und kraftlos, eingeschleust durch den klassenfeind, und es zeigt sich keinerlei kraft der organisation, es entstehen keine räte, es formt sich kein plan. und doch hatten wir hier die klasse vor uns, in ihrem depraviertesten zustand, aber die klasse. alles kam darauf an, diese erste begegnung voll auszuwerten. das war der kontakt. er kam nicht in der form der umarmung, sondern in der form des faustschlags, aber es war doch der kontakt. – die partei hatte zu erschrecken, aber sie brauchte nicht zu verzweifeln. nach der ganzen geschichtlichen entwicklung konnte sie sowieso nicht auf die spontane zustimmung der arbeiterklasse hoffen. es gab aufgaben, die sie unter umständen, unter den gegebenen umständen, ohne zustimmung, ja gegen den widerstand der arbeiter durchführen mußte. aber nun, als große ungelegenheit, kam die große gelegenheit, die arbeiter zu gewinnen. deshalb empfand ich den schrecklichen 17. juni als nicht einfach negativ. in dem augenblick, wo ich das proletariat – nichts kann mich bewegen, da schlaue, beruhigende abstriche zu machen – wiederum ausgeliefert dem klassenfeind sah, dem wieder erstarkenden kapitalismus der faschistischen ära, sah ich die einzige kraft, die mit ihr fertig werden konnte.

12.9.53
erkältet allein zurück in buckow, da weißenseer haus halbleer und unheizbar. gehe TURANDOT durch, skizziere chronik für courageaufführung kopenhagen.
gespräch mit einem klempner. 48 jahre alt. kam vielfach verwundet aus dem krieg. eltern erfroren 1945 oder verhungerten. arbeitet mit einem lehrling, ohne zink. zink in schlesien. ersatzmaterial hält nur ein jahr und kostet das zehnfache. rentner hier bekommen 30 mark im monat, das ist keine kundschaft mehr. sein geschäft hat im letzten vierteljahr 1500 mark umsatz. die mittleren gehälter sind zu groß, der beamtenapparat ist aufgebläht, das geld geht in unproduktive arbeit. die bauern haben keine arbeitskräfte, ein mädchen bekommt in einem amt 400–500 mark. ein lehrling, den er wegen stehlen und dummheit entließ, ist jetzt bei der volkspolizei, hat sich zur offiziersschule gemeldet. nazis, zu zehn jahren verurteilt wegen vergehen ›gegen menschenrecht‹, seien zur volkspolizei geholt worden, wird in der stadt erzählt. unter hitler war der beamtenapparat auch aufgebläht, aber da war mehr geld da. die russen wollen ihre asiatische kultur europa aufzwingen. als er in rußland einfuhr, sah er die strohdächer und die barfüßigen und sagte zu seinem oberleutnant: ›hier haben wir nichts zu suchen.‹ der gab ihm später recht. nötig sind freie wahlen. ich sagte: ›dann werden die nazis gewählt.‹ aber das glaubt er nicht. er erzählt von 2 alten rentnerinnen; eine holte in westberlin 2 pakete; sie wurden ihr weggenommen, obwohl sie nicht mehr weiß, wie schmalz riecht. aber die FDGB-kurgäste brechen ein in den häusern, und die polizei hat keine zeit, sie zu kriegen. das maul kann man nicht aufmachen, schon zwanzig jahre lang nicht mehr. er trinkt ein glas rotwein, und beim gehen lädt er mich zum schachspielen ein.

13. 9. 53
wenn ich mir TURANDOT jetzt ansehe – sie steht recht außerhalb der deutschen literatur und wirkt, wie alleinstehende personen oft, unsolide. wäre ich im ganzen ein komödienschreiber, was ich beinahe bin, aber eben nur beinahe, dann stünde um solch ein werk wenigstens die verwandtschaft, und der clan könnte sich behaupten.
mit der ›botschaft‹ des werks steht es auch nicht einfach. es ist ein wenig wie mit dem GEIZIGEN molières in dieser hinsicht. er verspottet den geiz zu einer zeit, wo das bürgertum das geld produktiv zu benutzen versteht, neuerdings. geiz ist ganz unpraktisch geworden, steht dem gelderwerb im wege, ist also lächerlich (und erntet auch noch das gelächter der feudalität, die großzügig ist und mit den arbeitsprodukten der unterdrückten klassen nicht geizt.) und doch bleibt er für lange zeit da, im grunde, als das raffen, als das ziel der produktivität, als die schlechte seite des kapitalismus durch seine ganze karriere. (und ist, zum rechten zeitpunkt ertappt, überhaupt eine tiefverwurzelte schlechte eigenschaft!) – das formulierende, das unproduktive denken wird in TURANDOT ertappt zu einem zeitpunkt, wo die (kapitalistische) produktionsweise es den produktivkräften nicht mehr erlaubt, sich weiterzuentwickeln; es stellt sich dar als unpraktisch, also lächerlich. und es wird eine zeitlang noch weitergehen, so lang bis die intellektuellen dem rest der bevölkerung nicht mehr gegenüberstehen, sondern die ganze bevölkerung intellektualisiert ist.

15. bis 30. 10. 53
fahre mit helli nach wien, um an der scala die MUTTER zu inszenieren. pension am karlsplatz. wekwerth bereitete inszenierung vor, ausgezeichnet. die schauspieler der scala gut, aber an psychologie und diskussion gewöhnt. esse eine cassata bei sacher, sehe die breughels und einen bosch. bin wieder impo-

niert durch die kochkunst; leider kann sie wie jede kunst ohne ständiges rühmen nicht leben. – viel mit eisler zusammen. seine produktionskrise dauert an. er lebt von filmmusik und theatermusik. verspricht, einen akt seines FAUSTUS zu komponieren; ich verspreche, ihn aufzuführen. schreibt einen brief an das ZK, in dem er seine westberliner eskapade bedauert – er hatte sich am zoo betrunken, war in streit mit einem taxischofför geraten und festgenommen worden – und zugleich dartut, wie ihm durch schikanen jeder impuls zum komponieren abhanden gekommen war. er trinkt keinen tropfen, nimmt antabuspillen und ist so unruhig, daß er bei jedem klingeln zur tür rennt, zu sehen, was für ein besucher kommt. als es schwer wurde, einen trompeter für das MUTTER-orchester zu bekommen – sie verlangen von der kommunistischen scala mehr als von anderen theatern –, beruhigte er sich sehr schnell, eigentlich froh, daß der aufrührerische jazzcharakter seiner musik etwas gemildert wurde! aber dann ist die musik trauer anstatt anklage; so intrigierte ich, bis der trompeter gefunden war. wir besprechen einen GARBE, im stil der ›maßnahme‹ oder ›mutter‹, zu schreiben im märz und april, mit einem vollen akt über den 17. juni.

4. 11. 53
bucharin: die ökonomie des rentners.

7. 2. 54
rollen wie der azdak und die grusche können in unserer zeit nicht durch regiearbeit gestaltet werden. nicht weniger als 5 jahre am BE waren nötig, der außerordentlichen angelika hurwicz die voraussetzungen zu geben. und das ganze leben buschs, von der kindheit im proletarischen hamburg über die

kämpfe in der weimarer republik und im spanischen bürgerkrieg zu den bitteren erfahrungen nach 45, war nötig, diesen azdak hervorzubringen.

4. 6. 54
abendprobe im großen probenhaus in der max-reinhardt-straße. wir probieren die weinschenkenszene des KREIDEKREIS mit busch und weigel. die türen sind auf, plötzlich hören wir eine nachtigall. ab und zu horchend, diskutieren wir die meinung der weigel, mütterchen grusinien könne naiv sein (man müßte nur nicht sagen, daß der heilige banditus ihr schwager ist). wir finden aber doch, trotz der nachtigall, daß mütterchen grusinien unschuldig nur in den augen des azdak ist.

7. 7. 54
merkwürdig ist doch, daß schwächeren werke der shakespeare und molière, die doch immer noch über den besten der minderen stückschreiber stehen müßten, weniger gefallen als diese. es gibt eben das gelungensein auf jeder ebene, und es kommt darauf an. – auch liebende können ihre ansprüche ja nicht zurückschrauben und sich etwa mit partnern begnügen, die minder sind als einmal angenommen.

7. 7. 54
das land ist immer noch unheimlich. neulich, als ich mit jungen leuten aus der dramaturgie nach buckow fuhr, saß ich abends im pavillon, während sie in ihren zimmern arbeiteten oder sich unterhielten. vor zehn jahren, fiel mir plötzlich ein, hätten alle drei, was immer sie von mir gelesen hätten, mich,

wäre ich unter sie gefallen, schnurstracks der gestapo übergeben...

8.7.54
steff schickt mir, auf umwegen, die lange und gründliche verteidigungsschrift oppenheimers. dieser unglückliche mensch hat geholfen, die erste atombombe zu machen, als im hitlerkrieg die amerikanischen physiker hörten, hitler lasse an einer atombombe arbeiten. zu seinem und seiner mitarbeiter schrecken wurde sie dann über japan abgeworfen. gegen die wasserstoffbombe hatte er moralische bedenken, und jetzt wird er in die wüste geschickt. seine schrift liest sich wie die eines mannes, der von einem kannibalenstamm angeklagt wird, er habe sich geweigert, fleisch zu besorgen. und der jetzt, sich zu entschuldigen, vorbringt, er sei während der menschenjagd beim holzsammeln für den kochkessel gewesen! was für eine finsternis!

[mai 55]

warschau
nachahmungswert die alljährliche büchermesse, eine ausstellung neuer und alter bücher, besucht von schulen usw.
stadtferien für landbewohner. sie kommen für ihre ferien in die große stadt und werden betreut dort.
die weidenrotunde zwischen hochhäusern, gras.
kinderbrunnen mit komischen tieren, wasser in kurzen bögen spuckend, was ein angenehmes leichtes geräusch ergibt. rechteckige, nicht zu kleine bassins zum waten.
die kleinen tierzeichnungen von kulisiewicz wären auf kacheln gut für kindergärten. wichtig: ihre kleinheit.

fällig zwei offene briefe an henselmann. 1) der putz auf den häusern, diese fade und völlig gleichmäßige maskierung des backsteins, die durch altern nicht verschönt wird. kann man nicht eine durchsichtige masse erfinden, die wetterfest ist und den schönen, ungleichmäßigen backstein sichtbar läßt? das tiefbrennen scheint zu teuer. 2) anfechtbar das lineare grundkonzept unseres bauens. die harmonie hängt nicht von der regularität ab. wo bleiben die höfe, die krummen straßen, die überschneidungen der gebäude, wo bleibt der kontrast, die überraschung der plötzlich sich öffnenden sicht, das spezifische eines blocks, das ihn dem gedächtnis einprägt und durch die jahre hin anziehend macht? wir lassen unsere kinder in der geometrie aufwachsen, in einheitsstallungen. der zufall (und der ›von außen‹ kommende zwang, sich gerade hier einzurichten, das beste aus einer zwangslage zu machen usw) des anarchischen bauens der vergangenheit hat häßliches und schönes hervorgebracht. wie setzen wir sein schönes planmäßig?
infeld über einstein ausgefragt. er betont seine abgekehrtheit. ›wir müssen heut leiser sprechen, meine frau stirbt nebenan.‹ infeld: ›einstein ist nichts fürs drama, er hat keinen partner, mit wem wollen Sie ihn reden lassen?‹
mich interessiert aber ein fragebogen über die verhältnisse in polen, den einstein dem physiker nathan nach warschau mitgegeben haben soll.

moskau
die neue universität, wahrzeichen moskaus von ferne, ein lustiger bau in großen linien und schönen einzelheiten, von dem die fotos keine richtige vorstellung vermitteln. der bau ist unprofessoral, wie für künste gebaut (in welche die wissenschaften einmal wieder übergehen werden).
im theater der satire majakowskis BAD gesehen. ein vitales kammermysterium, sehr lebendig gespielt, von ausgezeichneten schauspielern. realistisches spiel, allüber verfremdungseffekte, komisches pathos.

am selben abend noch im künstlertheater, wo meist junge schauspieler unter der regie eines stanislawskischülers VIEL LÄRM UM NICHTS auffführen. ›traditionell‹ (nach schlechter tradition der 80er jahre), mit hohlem pathos, kleinbürgerlicher innigkeit, nippfigurenkomik und der üblichen rohen verspottung des haushofmeisters, der glaubt, seine herrin lieben zu dürfen. von stanislawskis sinn für natürlichkeit und wahrheit keine spur.

laxness' VERKAUFTES WIEGENLIED im KLEINEN THEATER. das stück des außerordentlichen prosaisten enttäuschend, altmodisch in inhalt und form. darstellung durch mittlere schauspieler grob, pathetischer naturalismus. genau das, wogegen stanislawski ankämpfte.

höre, daß akimow in leningrad DIE GESICHTE DER SIMONE MACHARD und sawatzki in moskau die COURAGE aufführen will. anempfehle eine elfjährige für die simone. sehe sawatzkis besetzung für die courage als händlerin in einem guten revolutionsstück, STURM. sie ist außerordentlich, ein wandelnder v-effekt. großes überraschendes stück mensch, sehr kühn artistisch.

im künstlertheater ostrowskis HEISSES HERZ mit enormem vergnügen gesehen. die ganze größe stanislawskis wird sichtbar.

18.7.55

einige beispiele für DIALEKTIK AUF DEM THEATER entwerfend, analysiere ich noch einmal den ersten auftritt des CORIOLAN und frage mich, ob eine aufführung ohne zufügungen (die ich schon vor zwei jahren gemacht habe) gemacht werden könnte, oder mit nur sehr wenigen, nur durch glückliche regie.

Anmerkungen

Zweiter Band
1942 bis 1955

Anmerkungen zu Amerika 1942 bis 1947

12. 8. 42 *S. 335*
Brecht und seine Familie zogen nach Santa Monica 1063, 26. Straße, siehe dazu das Foto auf S. 490.
Ernst Toch (1887–1964) emigrierte 1934 in die USA; er schrieb Opern, Bühnen- und Filmmusik, Sinfonien, Klavierkonzerte, Kammermusik.
Der MGM-Film »Mrs. Miniver« mit Greer Garson in der Titelrolle wurde 1942 gedreht (Regie: William Wyler).

13. 8. 42 *S. 335*
Günther Stern (geb. 1902) publizierte unter dem Namen Guenther Anders. – Aldous Leonard Huxley (1894–1963) schrieb seinen Roman »Brave New World« (ins Deutsche übersetzt unter verschiedenen Titeln: Welt – wohin; Wackere neue Welt; Schöne neue Welt) im Jahre 1932.

19. 8. 42 *S. 338*
Bildtext: Sklavenarbeit in der eroberten Ukraine.

21. 8. 42 *S. 339*
Gina Kaus (geb. 1894) emigrierte 1938 nach Frankreich, dann in die USA; sie publizierte vor allem Romane und biographische Geschichten.

22. 8. 42 *S. 340*
Das Schauspielhaus Zürich führte Brechts »Guten Menschen von Sezuan« am 4. 2. 1943 auf. Regie der Uraufführung: Leonard Stekkel, mit Maria Becker als Shen Te/Shui Ta.

22. 8. 42 *S. 340*
Die »Internationale Literatur« war eine literarische Zeitschrift, die von 1931 bis 1945 erschien (ab 1933 zweimonatlich, ab 1935 monatlich in russischer, englischer, französischer und deutscher Sprache). Redakteur, später Chefredakteur der »Internationalen

Literatur / Deutsche Blätter« war Johannes R. Becher (1891–1958), der 1933 in die UdSSR emigriert war. Becher trat als bedeutender Lyriker hervor, er schrieb Romane und Dramen sowie Essays. Siehe dazu auch die Anmerkung zur Notierung vom 10. 11. 43. – Klara Blum (geb. 1904) schrieb Gedichte, Romane und Novellen. Sie emigrierte 1934 in die UdSSR.

20. 9. 42 *S. 342*

»Hollywood-Elegien« siehe *GW*, 10, S. 849. Vgl. dazu auch das Gedicht »Hollywood«:

Jeden Morgen, mein Brot zu verdienen
Gehe ich auf den Markt, wo Lügen gekauft werden.
Hoffnungsvoll
Reihe ich mich ein zwischen die Verkäufer.
(A. a. O., S. 848)

5. 10. 42 *S. 343*

In einer bestimmten Arbeitsphase des Films beauftragte Fritz Lang einen weiteren Autor, Henry Ginsburg, Arbeiten am Drehbuch in dem von ihm gewünschten Sinne zu machen. John Wexley erklärte dazu: »Um zum sogenannten ›Idealscript‹ zurückzukommen: Beim Vorlesen des Materials, von dem Lang ... tatsächlich einige Teile akzeptierte, und mit der gleichzeitigen Entdeckung, daß es noch einen Autor gab, begannen wir festzustellen, daß es ihm nicht recht ernst war und daß wir uns einfach abmühten, indem wir nachts arbeiteten, sonntags jede Nacht, wöchentlich mehrere Nächte, und den ganzen Tag im Studio. Das war ein aufreibender Prozeß, bei dem man sehr wenig wissen konnte in bezug auf den Termin, auf die Zeit. Wir kamen beide, Brecht und ich, überein, daß es sinnlos wäre, *so* weiterzumachen.« (Nach Wexleys Bericht, siehe dazu Anmerkung zum 5. 8. 42.) – Das »Idealscript« des Films ist in Brechts Nachlaß nicht vorhanden. Alle Nachforschungen in den USA blieben bisher erfolglos.

16. 10. 42 *S. 344*

Seit August 1942 beteiligte sich die 8. US-Bomberflotte an der vom britischen Kriegskabinett beschlossenen Luftoffensive gegen Ziele im besetzten Frankreich und gegen deutsche Städte.

17. 10. 42 *S. 345*
Brecht bezieht sich auf Ilja Ehrenburgs Buch »Der Fall von Paris«, das 1942 herauskam. Die Bücher der anderen beiden Autoren konnten nicht exakt ermittelt werden. Vermutlich las Brecht die »Commentaires à Radio-Moscou« von Jean-Richard Bloch.

17. 10. 42 *S. 346*
Zum Brief: Ein mit zwei Fingern gebildetes V wurde als Zeichen für den Sieg (victory) verwendet.

17. 10. 42 *S. 347*
Die Rolle des Emil Czaka spielte schließlich im Film »Hangmen Also Die« der Schauspieler Gene Lockhart. – Regisseur des Films »Mission to Moscow« (Einsatz nach Moskau), 1943, war Michael Curtiz. – In seinem Erinnerungsbuch »Aller Tage Abend«, München 1959, schreibt Fritz Kortner über das Filmgeschäft in den USA: »In Hollywood, wo sich das Gros der Schriftsteller- und Schauspieler-Emigranten aufhielt, fanden wir Betätigung. Nicht nach Verdienst und Können. Es war eher eine roulettetischhafte Verteilung des Berufsglücks. Für das Vorwärtskommen im amerikanischen Film war die gesellschaftliche Eignung zunächst ausschlaggebender als Begabung. Tennis- und Kartenspiele oder sonst unterhaltsame Partygäste waren die Privilegierten. Das gesellschaftliche Leben in Hollywood spielte sich kastenartig ab.« (S. 540)

20. 10. 42 *S. 349*
Vergleiche dazu das Gedicht »Vom Sprengen des Gartens« in *GW*, 10, S. 861. Siehe dazu auch die Notierung vom 5. 8. 43

30. 10. 42 *S. 351*
»Die heilige Johanna von Vitry« oder »Die Stimmen« waren die Titel eines Planes für das spätere Stück »Die Gesichte der Simone Machard«.

5. 11. 42 *S. 353*
Übersetzung: »Sie sind Flüchtling? Mann, unsere Rüstungsindustrie gehört dem Großkapital, kapiert? Und das Großkapital hat Leute

nicht gern, die Hitler nicht gern haben, kapiert? Und das Großkapital hat eine bestimmte rassische Minderheit auch nicht gern, kapiert? Also nehmen sie Leute wie Sie nicht.« Winge kapierte.

15. 11. 42 *S. 354*
Am 7. 11. 1942 landeten 7 Divisionen alliierter Streitkräfte unter Befehl von General Eisenhower bei Casablanca, Algier und Oran. Dadurch waren die deutsch-italienischen Truppen in Nordafrika zu einem Zweifrontenkrieg genötigt.

16. 11. 42 *S. 354*
Der sowjetische Dramatiker Konstantin Finn (geb. 1904) schrieb zahlreiche Dramen, die in Deutschland wenig bekannt sind. Das von Brecht erwähnte Stück »Ruza Forest« existiert unter diesem Titel bei Finn nicht. Brecht machte sich Notizen zu einer Bearbeitung bzw. zu einem Gegenentwurf des Stücks.

S. 355
Bildtext: *Frauen aus nazistisch besetzten Nationen*
Eine dänische Schauspielerin, ehemals am Königlichen Theater Kopenhagen, während einer Sendung aus dem OWI (Amt für Kriegsinformation). Das New Yorker Studio der Überseezweigstelle sammelt und sendet Fakten für das OWI.
Anmerkung zur Abbildung: Das Foto zeigt Brechts Mitarbeiterin Ruth Berlau.

19. 11. 42 *S. 356*
Der Schauspieler Paul Henried (früher Paul von Hernreid, geb. 1907) ging 1935 nach England, wo er in einigen Filmen erfolgreich war, und 1941 nach Hollywood. Henried spielte vor allem in Filmen von Warner Brothers Studios. – Gustav Glück gab mehrere Bruegel-Ausgaben heraus. Brecht bezieht sich auf das Buch »Bruegels Gemälde«, herausgegeben von Gustav Glück, Schroll Verlag Wien 1932.

20. 11. 42 *S. 357*
Zeitungstext:
Dieses Jahr / Kleben Sie eine Kriegssparmarke auf jede Weihnachtskarte, die Sie verschicken.

Dieses Weihnachten werden die Amerikaner ihren Familien und Freunden
Mehr als eine Milliarde Weihnachtskarten schicken.
Eine 10-Cent-Kriegssparmarke auf jeder dieser Karten
Wird 20 Millionen Kriegsmarkenbücher füllen und eine weitere Million anfangen!
Genug, um mehr als 100 Millionen Dollar in das US-Schatzamt zu tun!
Genug, um 500 Langstreckenbomber zu kaufen!
Genug, um 2500 schnelle Kampfflugzeuge zu kaufen!
Genug, um 1000 Sechzig-Tonnen-Panzer zu kaufen!
Genug, um 3 schwere Kreuzer zu kaufen!

In diesem Jahr des Krieges gibt es nur einen Gedanken in unseren Köpfen,
Nur eine Hoffnung in unserem Herzen ...
Den Sieg zu erringen, der unsere Jungen zu uns nach Haus bringt,
Und wieder möglich zu machen
»Friede auf Erden und den Menschen ein Wohlgefallen.«
So laßt uns in diesem Jahr des Krieges
eine Friedensbotschaft hinzufügen
Unseren üblichen Weihnachtsgrüßen ...
Laßt uns eine Kriegssparmarke auf jede Karte kleben, die wir verschicken!
Auf jede Weihnachtskarte an unsere Familien und Freunde;
Auf jede Weihnachtsbotschaft, die wir an unsere Kunden senden wollen;
Auf jede Weihnachtskarte und jeden Brief, den wir adressieren
An jeden Soldaten, Matrosen und Marineinfanteristen!
Ja, dieses Jahr laßt uns alle dabei sein
Und einen *Weihnachtskartenkreuzzug für die Freiheit* unternehmen!
Denn jede Kriegssparmarke, die wir kaufen und verschicken
Wird helfen, den Sieg näher zu bringen, ... wird helfen
Eine gewaltige Reserve an Kaufkraft zu schaffen, die,
Im Frieden entfesselt, Wohlstand und Arbeit bringen wird
Für alle unsere Jungen, wenn sie nach Hause kommen.

Ein Vorschlag von Calvert
Wie Sie mitmachen ... und helfen können, diesen Weihnachtskartenkreuzzug für die Freiheit zu gewinnen!

Kleben Sie die Marke direkt auf die Weihnachtskarte. Sie kann dann ausgeschnitten oder über Dampf abgelöst werden und in ein Kriegsmarkenbuch getan werden.
Papiergeschäfte und Drugstores können helfen, indem sie Marken zum Verkauf anbieten an Kartenverkaufstischen und Abdrucke dieser Botschaft ausstellen.
Geschäftsunternehmen können helfen, indem sie eine Kriegsmarke auf jede Grußkarte kleben, die sie an Angestellte, Kunden und Teilhaber senden.
Warenhäuser können helfen, indem sie diese Botschaft auf Reklamen über ihren eigenen Namen anbringen; und indem sie Kriegsmarken verkaufen an Kartenverkaufstischen.
Fabriken, Schulen, Theater können helfen, indem sie diese Botschaft (Abdrucke ohne unseren Namen auf Bitte kostenlos) an ihren schwarzen Brettern aushängen.
Organisationen oder Gesellschaften, die Abdrucke dieser Botschaft wünschen, die für ihre eigene Unterschrift geeignet sind, wenden sich bitte an Calvert Distillers Corporation, 1500 Chrysler Building, New York, N. Y.

24. 11. 42 *S. 358*
Bildtext: Skitruppen der Roten Armee. Die Möglichkeiten sind gewaltig.

S. 359
Zeitungstexte:
Kriegskünstlerausstellung stellt heroische Verteidigung Leningrads dar
Yar-Kravchenko erreicht hohen Grad an Meisterschaft bei Darstellungen von Menschen und Ereignissen während der epischen Tage des Krieges.
Von unserem Moskauer Nachrichtenkorrespondenten.
Sverdlowsk, RSFSR (mit Post) – Das, was zweifellos eine der glorreichsten Seiten in den Annalen dieses Krieges darstellt, ersteht deutlich vor einem, wenn man auf der vor kurzem im hiesigen Haus der Roten Armee eröffneten Ausstellung der Werke Leutnant Anatoly Yar-Kravchenkos von Bild zu Bild geht. Hier sind 100 Skizzen ausgestellt, die die heroische Verteidigung Leningrads aus der Luft und von Angehörigen der Roten Luftwaffe, die auf diesem Sektor operierten, darstellen.
Die Zeichnungen umfassen eine umfangreiche Anzahl von Themen:

Flieger im Unterstand, die sich nach einem heftigen Kampf mit feindlichen Flugzeugen bei einem Dominospiel amüsieren; Männer auf einem Flugfeld mitten in einem rasenden russischen Schneesturm; eine heiße Diskussion auf einer Versammlung in einem Unterstand an der Front; brennende Flugzeuge, die erdwärts rasen in einem Sturzflug, der sie mitten in eine feindliche Panzerkolonne krachen lassen wird; ein sowjetischer Pilot, der geschickt ein angreifendes Naziflugzeug rammt, und Porträts über Porträts von jungen Fliegern, Kampfgenossen des Künstlers.

Stiländerung / Die Ausstellung zeigt unter anderem, daß der Krieg eine entscheidende Änderung in Yar-Kravchenkos Stil und Technik hervorgerufen hat. Er arbeitete sonst langsam, ohne Hast, jedes Detail dutzende Male vor seinem geistigen Auge abwägend, ehe er es aufs Papier brachte. Aber jetzt hatte er nur immer kurze Zeit zwischen Kämpfen und Angriffen zur Verfügung; immer wieder mußte er die Arbeit an einem Porträt unterbrechen, wenn der Flieger, der für ihn saß, zu einem dringenden Einsatz abkommandiert wurde.

Jetzt, wo das Werk des jungen Künstlers durch den Schmelztiegel des Krieges gegangen ist, finden wir es gehärtet zu dem Grad von Ausdrucksstärke, der sich in der für wahre Meisterschaft charakteristischen Einfachheit von Linie und Form, in der Ökonomie der Mittel offenbart.

Nicht, daß Yar-Kravchenko vor dem Krieg ein mittelmäßiger Künstler gewesen wäre. Als junger Absolvent der Leningrader Akademie der Künste hatte er sich schon in seinen Studententagen einen Ruf als Porträtmaler erworben. Sein erstes größeres Werk, eine Lithographie, auf der Stalin auf ein dunkeläugiges kleines Mädchen herablächelt, wurde in großer Auflage publiziert, Kopien seiner Diplomarbeit, ein Ölgemälde, das Maxim Gorki zu Hause zeigt, wie er Stalin, Molotow und Woroschilow eine Geschichte vorliest, wurden von 60 Museen und Kunstgalerien hergestellt.

Vergleicht man seine Arbeit von damals und jetzt, so stellt man fest, daß seine Zeichnungen an Klarheit gewonnen haben. Seine Gruppenkomposition hat sich verbessert, während die Gesichter seiner Porträts größere Individualität und Persönlichkeit zeigen.

Als der Krieg ausbrach, mußte Yar-Kravchenko Feder und Pinsel vorübergehend zur Seite legen. Wochen intensiver militärischer Ausbildung folgten. Im September jedoch erschienen Porträts von Fliegern bei der Verteidigung Leningrads, gezeichnet von Leutnant Yar-Kravchenko, im »Angriff«, der von einer Lufteinheit herausgegebenen Frontzeitung.

Oberer Bildtext: Held der Sowjetunion A. Sewastianow, Porträt von Anatoly Yar-Kravchenko.
Unterer Bildtext: »Sturzflug«. Zeichnung von Anatoly Yar-Kravchenko.
Das Gedicht »Wait for Me« (ždi menja) des sowjetischen Dichters Konstantin Simonow (geb. 1915) wird in der deutschen Übersetzung von Klara Blum wiedergegeben:

Wart auf mich

Wart auf mich, ich komme zurück,
aber warte sehr.
Warte, wenn der Regen fällt,
grau und trüb und schwer.
Warte, wenn der Schneesturm tobt,
Wenn der Sommer glüht.
Warte, wenn die andern längst,
längst des Wartens müd.
Warte, wenn vom fernen Ort
dich kein Brief erreicht.
Warte – bis auf Erden nichts
deinem Warten gleicht.

Wart auf mich, ich komm zurück.
Stolz und kalt hör zu,
wenn der Besserwisser lehrt:
»Zwecklos wartest du!«
Wenn die Freunde, Wartens müd,
mich betrauern schon,
trauernd sich ans Fenster setzt
Mutter, Bruder, Sohn.
Wenn sie, mein gedenkend, dann
trinken herben Wein.
Du nur trink nicht – warte noch
mutig – stark – allein.

Wart auf mich, ich komm zurück,
ja, zum Trotz dem Tod,
der mich hundert-, tausendfach
Tag und Nacht bedroht.
Für die Freiheit meines Lands,
rings umdröhnt, umblitzt,

kämpfend, fühl ich, wie im Kampf
mich dein Warten schützt.
Was am Leben mich erhält,
weiß nur du und ich:
Daß du, so wie niemand sonst,
warten kannst auf mich.

[Aus: Konstantin Simonow, »Lyrik eines Jahrzehnts«, Berlin 1952]

2. 12. 42 *S. 361*
Bildtext: *Deutscher Offizier und der, der ihn gefangennahm.* / Rommel hat sich schneller aus dem Staub gemacht.

S. 362
Zeitungstext: Höchst durchorganisiert sind die britischen Offizierslager in Deutschland. Ein typisches Lager hat eine Bibliothek von 16 000 Bänden: Kurse in 70 verschiedenen Fächern, inklusive 23 Fremdsprachen, die alle von Gefangenen gelehrt werden; regelmäßige selbstinszenierte Theater- und Musikaufführungen; Blumen- und Gemüsegärten; Malerei; Holzbearbeitung; ein Sportprogramm; Bridgeturniere, Rechtschreibewettbewerbe und Debatten.
»Eine Debatte«, berichtete Y-Mann Strong, »war: ›Beschluß, daß es nach Meinung dieses Hauses besser wäre, mit Ginger Rogers als mit Mrs. Beaton (der britischen Fanny Farmer) verheiratet zu sein.‹«
Es besteht auch großes Interesse an von gefangenen Geistlichen durchgeführten Gottesdiensten, was zur Folge hatte, daß Anglikaner, Presbyterianer und Katholiken innerhalb eines halben Jahres 7000mal am Abendmahl teilnahmen.
Zehn Anwärter auf die Priesterweihe studieren zur Zeit unter einem anglikanischen Geistlichen.
Beispiele des vom Lager angeforderten Bedarfs: 50 000 Grammophonnadeln, Zaubertricks, Rouletteschüsseln, Narzissenzwiebeln, Wasserfarben, Sacharin, 10 000 Blätter Prüfungspapier (britische Universitäten erkennen diese Gefangenenkurse an), Kricketausrüstungsgegenstände, Zigarettenspitzen, 100 000 Rasierklingen, Abendmahlswein und -brot, 50 Würfel.

7. 12. 42 *S. 362*
Das erwähnte Stück befindet sich nicht im Nachlaß Brechts.

8. 12. 42 *S. 362*
Die Notierung bezieht sich auf die Arbeit am Stück »Die Gesichte der Simone Machard«.

10. 12. 42 *S. 363*
Leo Trotzkis Buch »Über Lenin / Material für einen Biographen« erschien 1924 im Neuen Deutschen Verlag Berlin.

11. 12. 42 *S. 364*
Auf Vorschlag von Herbert Jhering (geb. 1888) war 1922 Bertolt Brecht der Kleist-Preis verliehen worden: »Brecht sieht den Menschen. Aber immer in seiner Wirkung auf den anderen Menschen. Niemals steht bei ihm eine Gestalt isoliert. Seit langem hat es in Deutschland keinen Dichter gegeben, der so voraussetzungslos die tragischen Notwendigkeiten hatte: die Verknüpftheit der Schicksale, die Einwirkung der Menschen aufeinander. Das Geniezeichen Brechts ist, daß mit seinen Dramen eine neue künstlerische Totalität da ist, mit eigenen Gesetzen, eigener Dramaturgie.« (Zitiert von Edith Krull, »Herbert Jhering«, Berlin 1964, S. 20) Jhering publizierte seine Rezensionen im »Berliner Börsen-Courier«. Als die Zeitung 1933 ihr Erscheinen einstellen mußte, wechselte er für kurze Zeit in die Redaktion des »Berliner Tageblattes« über. In seinen Publikationen während der Nazizeit würdigte Jhering besonders die künstlerischen Leistungen von Schauspielern und Regisseuren. Im Sommer 1933 besuchte er Brecht in Svendborg. Als er sich weigerte, ein Stück des Nazischriftstellers Eberhard Wolfgang Möller (der »chorische Volksfestspiele« für faschistische Feiern schrieb) zu rezensieren, wurde er aus der Reichsschrifttumskammer ausgeschlossen. Zeitweilig hatte Jhering Schreibverbot. 1942 nahm er eine Berufung als *Chefdramaturg* an das Wiener Hofburgtheater (unter dem Generalintendanten Lothar Müthel) an. Nach 1945 setzte Jhering seine Kraft für den Aufbau einer progressiven Theaterkunst ein und knüpfte an die Tradition der zwanziger Jahre an. Er förderte in zahlreichen Beiträgen Brechts Neubeginn in Berlin 1949. Seine Kritiken und Aufsätze erschienen in vielen Buchausgaben, siehe besonders »Von Reinhardt bis Brecht«, 3 Bände, Berlin 1958–1961.

13. 12. 42 *S. 364*
Das Lied ist unter dem Titel »Das Lidicelied« in den *GW*, 10,

S. 852 f. abgedruckt. Mit dem »KI-Lied« meint Brecht das »Kominternlied« von Vallentin und Jahnke.

3. 1. 43 *S. 366*

Lion Feuchtwanger schrieb über Brechts Arbeitsweise u. a.: »Ihm lag wie so manchem großen Deutschen die Vollendung des Werkes weniger am Herzen als die Arbeit am Werk. Er hörte denn auch begierig auf Vorschläge und Einwände und ging, wann immer Zweifel und Ratschlag ihm einleuchteten, sogleich daran, das Geschaffene zum tausendundersten Male zu überarbeiten, selbst wenn das bedeutete, daß er's von den Fundamenten her neu bauen mußte... Brecht fraß viel Leben, er war herrisch und stolz und forderte von seinen Freunden geduldige Mitarbeit. Aber er war ohne jede Hoffart und Prahlerei und gab selber neidlos, großmütig, in Fülle. Er gab mehr, als er verlangte. Das Wort Solidarität hat durch ihn neuen Sinn bekommen.« Aus: Lion Feuchtwanger, »Bertolt Brecht«, in: »Sinn und Form«, 2. Sonderheft Bertolt Brecht, Berlin 1957, S. 103 ff.

20. 1. 43 *S. 367*

Fritz Lang und Arnold Pressburger waren die Produzenten des Films »Hangmen Also Die«.

14. 2. 43 *S. 368*

Die Arbeit Korschs erschien unter dem Titel »A Historical View of Geopolitics« in den »New Essays«, VI/3, 1943.

16. 2. 43 *S. 368*

Der Sinologe Karl August Wittfogel (geb. 1896) hatte in den zwanziger Jahren Beiträge zu Problemen der proletarischen Kulturpolitik geschrieben, sich dann zunehmend mit Problemen der Ökonomie und Industrie Chinas beschäftigt. 1934 ging Wittfogel in die USA und lehrte an verschiedenen Universitäten. – Heinz Langerhans schrieb das Buch »Deutsche Märtyrer in Konzentrationslagern«, das 1945 in New York herauskam.

S. 369

Bildtext: Deutsche Gefangene in Tunesien.

März, April, Mai 43 *S. 370*

George Grosz (1893–1959) kritisierte mit seinen Zeichnungen und Bildern Spießertum und moralische Verkommenheit der herrschenden Klasse. Er emigrierte 1933 nach New York und gestaltete vorwiegend Naturmotive und Stilleben. Brecht hatte Grosz in Berlin kennengelernt; er schätzte seine Zeichnungen sehr. Für die Berliner Inszenierung Piscators »Die Abenteuer des braven Soldaten Schwejk« 1928 (von Max Brod und Hans Reimann, in der Bearbeitung von Erwin Piscator, Felix Gasbarra, Leo Lania und Bertolt Brecht) hatte George Grosz das Bühnenbild gestaltet. Brecht schrieb über Grosz und sich: »Die Zeichnungen des George Grosz und die Stücke des Brecht wurden nicht als die Darstellungen einer bösen Welt, sondern als die Werke böser Menschen angesehen. Ihre Werke wurden zersetzend genannt, da sie die allgemeine Zersetzung der Moral und der alten Institutionen zeigten. Der Anstreicher verjagte beide mit vielen anderen.« (*GW*, 17, S. 944, siehe dazu auch im gleichen Band das »Gespräch mit George Grosz«, S. 960 ff.) – Wieland Herzfelde (geb. 1896) gründete 1917 in Berlin den Malik-Verlag. Unter seiner Leitung wurden in diesem Verlag die Werke bürgerlich-humanistischer und revolutionärer Schriftsteller, u. a. zahlreiche Werke junger sowjetischer Autoren, herausgegeben. Nach der Schließung des Verlags durch die Nationalsozialisten versuchte Wieland Herzfelde, den Malik-Verlag in Prag und London weiterzuführen. Die auf vier Bände geplante Ausgabe der »Gesammelten Werke« Brechts konnte nur teilweise fertiggestellt werden. (Siehe dazu die Anmerkung zur Notierung vom 22. 7. 38.) 1939 kam mit Brechts »Svendborger Gedichten« die letzte Publikation des Malik-Verlags heraus. (Siehe dazu Brechts Notierung vom 23. 4. 39.) Vorher hatte Herzfelde 1937 »Die Gewehre der Frau Carrar« und 1938 »Die Dreigroschenoper« verlegt. 1939 siedelte Wieland Herzfelde in die USA über. Er eröffnete in New York einen Buch- und Briefmarkenladen (Seven Seas Books), von dem er seinen und seiner Familie Unterhalt zu bestreiten versuchte. Erst 1944 gelang eine neue Verlagsgründung (Aurora-Verlag), siehe dazu die Anmerkung vom Juni bis Mitte Juli 45. – Der Schriftsteller Oskar Maria Graf (1894–1967) ging 1934 nach Wien, dann nach Moskau und Prag; seit 1938 lebte er in New York. – Josef Aufricht (1898–1972) begann als Schauspieler, 1928 mietete er das Theater am Schiffbauerdamm und eröffnete sein Direktorat mit Brechts »Dreigroschenoper«. Er emigrierte nach Frankreich, später in die USA. In seinem Buch »Erzähle, damit du dein Recht erweist«, Berlin 1966, führt er die Anregung zum »Schweyk«, mit dem sich Brecht zuvor bereits befaßt hatte, auf sich zurück: »Mein Vorschlag, die Geschichten des ›Braven Soldaten Schwejk‹ von Jaroslaw Hašek als Vorlage für ein Libretto zu benutzen, gefiel ihm [Weill] sofort. Ich erwarb die Dramatisierungsrechte von der Vertretung der tschechischen Exilregierung in New York unter der Bedingung, daß Weill die Musik schrieb und Brecht die Bearbeitung übernehme. Brecht war einverstanden, mit der Arbeit sofort zu beginnen. Ich machte mit beiden bei Weills Anwalt, einem Theaterspezialisten, einen Vertrag. Er war so ausführlich wie ein Buch, niemand konnte ihn lesen, wir unterschrieben, und ich ging auf die Suche nach Geld.« (S. 256) – Lotte Lenya (geb. 1900) debütierte als Seeräuberjenny bei der Uraufführung der »Dreigroschenoper« 1928 in Berlin. Sie emigrierte mit ihrem Ehemann, Kurt Weill, in die USA, spielte in Filmen und errang Ruhm als Chansonsängerin und Interpretin der von Weill komponierten Lieder und Songs von Brecht. – Paul Dessau hatte Brecht Ende der zwanziger Jahre kennengelernt. In den USA begann eine produktive Zusammenarbeit der beiden Künstler. Siehe dazu die ausführliche Anmerkung zum 30. 7. 44. – An der Bearbeitung von Websters »Duchess of Malfi« beteiligte sich neben H. R. Hays später auch W. H. Auden. Das Stück wurde, mit Elisabeth Bergner in der Titelrolle, im September 1946 in Boston aufgeführt (Regie: George Rylands).

28. 5. 43 *S. 371*
Hanns Eisler sagte darüber: »Er verstand sofort, daß ich das auch ungeheuer brutal finde, daß ein Mädchen da hereingemischt wird in die seltsamen Konflikte und dran kaputt geht. Ich sagte: ›Das ist auch ein Opfer der patriotischen Erziehung.‹ Die Simone ist doch angelegt als eine Jeanne d'Arc. Und ich sah sie als Opfer. Und das ist für einen Dialektiker wahrscheinlich sofort bestechend.« (Aus: Hans Bunge, »Fragen Sie mehr über Brecht«, München 1970, S. 183 f.)

9. 6. 43 *S. 372*
Das Gedicht »In Sturmesnacht, in dunkler Nacht« (Deutschland) siehe *GW*, 10, S. 843. Die anderen erwähnten Gedichte sind in das Stück »Schweyk im zweiten Weltkrieg« aufgenommen, siehe *GW*, 5, S. 1976 und 1989.

24. 6. 43 *S. 373*

Siehe zum Komplex Schwejk – Schweyk: »Materialien zu Brechts ›Schweyk im zweiten Weltkrieg‹«, Frankfurt 1973.

S. 374

Bildtext: Boss der Bergwerksarbeiter

Zur Abbildung: Das Foto zeigt den nordamerikanischen Gewerkschaftsführer John L. Lewis. (Siehe dazu auch S. 228.)

S. 375

Bildtext: Die Bergarbeiter streiken / Sie merkten nicht, wohin sie ihr Führer geführt hatte ...

26. 6. 43 *S. 375*

Anna Seghers (geb. 1900) war 1933 nach Paris emigriert und gab zusammen mit Wieland Herzfelde und Oskar Maria Graf die Monatsschrift »Neue Deutsche Blätter« heraus. 1940 floh sie nach Marseille und 1941 nach Mexiko. Anna Seghers hatte aktiven Anteil an der »Bewegung Freies Deutschland«, deren Publikationsorgan die Monatsschrift »Freies Deutschland« war. (Siehe dazu die Anmerkung zur Notierung vom 19. 2. 42.) Über den von Brecht beschriebenen Vorfall schrieb »Freies Deutschland« in der August-Ausgabe 1943: »Seit Wochen verfolgen wir mit banger Hoffnung den Kampf, den die ärztliche Wissenschaft um die volle Wiedererringung der Gesundheit von Anna Seghers führt. Sie wurde am Abend des 24. Juni auf der Paseo Reforma in der Stadt Mexico bewußtlos aufgefunden. Das unbekannte Auto, das sie angefahren hatte, raste weiter. Auf dem Pflaster lag die große Schriftstellerin, unsere gute Kameradin und Mitstreiterin, mit Kopfwunden, die zu den schwersten Befürchtungen Anlaß gaben. – Das Lateinamerikanische Komitee der Freien Deutschen, deren Ehrenpräsidium Anna Seghers angehört, informierte fortlaufend die mexikanische Öffentlichkeit, welche die innigste Anteilnahme am Ergehen der Autorin des ›Siebten Kreuz‹ nimmt. Aus allen Teilen des Kontinents kommen Anfragen und Telegramme von Persönlichkeiten und Organisationen, die unsere Sorge und Hoffnung teilen.« (S. 2) Im Anschluß daran ist ein ärztlicher Bericht abgedruckt. In der September-Ausgabe der Zeitschrift wurde bereits über ihren sich bessernden Gesundheitszustand berichtet.

28. 6. 43 *S. 376*
Bildtext: Die Fahne wird gehißt ... oder wie nahe sie an die Rebellion herangekommen waren.

3. bis 6. 7. 43 *S. 377*
Das Filmprojekt »The Crouching Venus« (Die hockende Venus) wurde von Brecht nicht weiterverfolgt.

7. 7. 43 *S. 377*
A. W. Ward publizierte 1899 eine dreibändige »History of English Dramatic Literature to the Death of Queen Anne«.

10. 7. 43 *S. 378*
Übersetzung der Notierung: Farrants Theater in Blackfriars kann bestenfalls ein kleiner Raum, »nicht breiter als 7,5 m« gewesen sein. Burbages Theater in Blackfriars 20,13 m mal 14,03 m. Das Fortune-Theater: Außenmaße 24,4 m auf jeder Seite. Der Innenraum ein Quadrat von 16,78 m. 3 Galerien, 3,66 m, 3,36 m und 2,75 m hoch und 3,81 m tief. Breite der Bühne: 13,12 m, sie reichte 12,20 m tief in den Zuschauerraum hinein.

11. 7. 43 *S. 378*
Das Ergebnis dieses Gesprächs faßte Brecht in dem Text »Über die Verwendung von Prinzipien« zusammen, siehe *GW*, 15, S. 313 ff.

19. 7. 43 *S. 380*
Das Buch von Boris Souvarine »Staline, Aperçu historique du bolchévisme« erschien 1935 in Paris.

20. 7. 43 *S. 381*
Siehe dazu *GW*, 10, S. 889 ff.

20. 7. 43 *S. 381*
Am 12. und 13. Juli 1943 fand in Krasnogorsk die Gründungskonferenz des Nationalkomitees »Freies Deutschland« (NKFD) statt, ein-

berufen auf Initiative des ZK der KPD. An der Konferenz nahmen kriegsgefangene Soldaten und Offiziere teil, antifaschistisch eingestellte Arbeiter, Bauern, Angehörige der Intelligenz, fortschrittliche Schriftsteller, Christen beider Konfessionen. Der Schriftsteller Erich Weinert hielt ein Referat über den »Weg der Ehre unseres Volkes«. Nach der Diskussion, bei der auch der Vorsitzende der KPD, Wilhelm Pieck, über die geschichtlichen Lehren der deutschen Arbeiterbewegung sprach, beschloß die Konferenz das »Manifest des NKFD an die Wehrmacht und an das deutsche Volk«. Als Ziel wurde genannt: ein freies Deutschland; die nächsten Aufgaben sollten sein: Beendigung des Krieges durch Sturz des Hitlerregimes, Friedensschluß durch Kräfte der Arbeiterklasse, der bürgerlichen Opposition gegen Hitler im Zivilleben und in der Armee und Verkürzung der Leidenszeit des deutschen Volkes. Weitere Programmpunkte der Konferenz waren: Errichtung einer starken demokratischen Staatsmacht, wirtschaftliche Entmachtung der Kriegsschuldigen und Kriegsgewinnler, Beseitigung aller Gesetze, die Völker- und Rassenhaß ermöglichen, Wiederherstellung und Erweiterung der politischen Rechte und sozialen Errungenschaften der Werktätigen u. a. Die Gründung des NKFD und die Annahme des Manifests waren die praktische Verwirklichung der von der KPD auf den Konferenzen von Brüssel (1935) und Bern (1939) ausgearbeiteten antifaschistischen Volksfrontpolitik. Erich Weinert wurde zum Präsidenten des Komitees gewählt, Mitglieder mit wichtigen Funktionen waren u. a. Wilhelm Pieck, Walter Ulbricht, Anton Ackermann, Johannes R. Becher, Willi Bredel, Gustav von Wangenheim. Das NKFD entwickelte sich zum politischen und organisatorischen Zentrum der Antifaschisten.
Paul Tillich (1886–1965) war ein in die USA emigrierter Theologe und Religionsphilosoph, der einen »religiösen Sozialismus« vertrat. Seine Forderungen entsprachen zwar in der antifaschistischen Grundkonzeption dem Programm des NKFD, nicht aber den gesellschaftlichen Konsequenzen.

21. 7. 43 *S. 381*

Brecht hat in seiner Aufstellung der Stücke »Die Horatier und die Kuriatier«, »Die Gewehre der Frau Carrar« und »Das Verhör des Lukullus« ausgelassen. Einige der von ihm aufgeschriebenen Titel stimmen nicht mit den endgültigen Benennungen überein.

25. 7. 43 *S. 382*

Die in Italien herrschende Unzufriedenheit mit der Kriegspolitik und dem Elend veranlaßte den Großen Faschistischen Rat, den König um die Übernahme des militärischen Oberbefehls zu bitten. Am 25. 7. 43 wurde Mussolini verhaftet, am Tag darauf die Regierung Badoglio ohne Faschisten gebildet.

Bildtext: Zehn Jahre haben Hitler verändert. Das linke Bild zeigt ihn während einer Ansprache vor seinen Anhängern kurz nach der Machtergreifung am 30. Januar 1933. Das rechte Bild (aufgenommen im letzten November) zeigt, wie er zu erklären versucht, was mit seinen Armeen in Rußland geschehen ist. Beachten Sie unter anderem den Unterschied in der Taillenweite.

26. 7. 43 *S. 383*

Vom 24. 7. bis 3. 8. 43 bombardierten englische und amerikanische Flugzeuge Hamburg und vernichteten einen großen Teil des Wohnraums der Stadt. Etwa 40 000 Menschen fielen den Angriffen zum Opfer.

28. 7. 43 *S. 383*

Friedrich Pollock (geb. 1894) schrieb eine Dissertation »Zur Geldtheorie von Karl Marx«, die 1923 als eine der Schriften des Instituts für Sozialforschung an der Universität Frankfurt/M. publiziert wurde (Leipzig 1923). Er beschäftigte sich in weiteren Publikationen, die alle unter dem Patronat des Frankfurter Instituts herauskamen, mit Fragen der Ökonomie und setzte sich mit ihrer Handhabung in der Sowjetunion auseinander. Mit anderen Mitarbeitern des Frankfurter Instituts für Sozialforschung emigrierte Friedrich Pollock in die USA.

august 43 *S. 385*

Da der Bildtext schwer zu lesen ist, wird er hier nochmals gedruckt: These are German fliers taken captive by the Red Army. Luftwaffe men are, in the main, of better appearence and morale than German foot soldiers.

Übersetzung: Das sind von der Roten Armee gefangengenommene deutsche Flieger. Angehörige der Luftwaffe haben in der Mehrzahl ein besseres Aussehen und eine bessere Moral als deutsche Infanteristen.

2. 8. 43 *S. 386*

Brecht hatte sich schon in den zwanziger Jahren über Thomas Mann sehr kritisch geäußert. Auf Texte von Thomas Mann und seinem Sohn Klaus im Magazin »Uhu« hatte Brecht 1926 im »Tagebuch« mit dem satirischen Text »Wenn der Vater mit dem Sohne mit dem Uhu ...« reagiert, siehe *GW*, 18, S. 40 ff. In einem anderen Text spielt Brecht auf die Bemerkung Thomas Manns an, der Unterschied zwischen seiner und Brechts Generation sei »ganz geringfügig«. »Dazu kann ich nur sagen«, schrieb Brecht, »daß nach meiner Ansicht in einem eventuellen Disput zwischen einer Droschke und einem Auto es bestimmt die Droschke sein wird, die den Unterschied geringfügig findet.« (A.a.O., S. 43) Die politischen Meinungsdifferenzen beider Dichter im Exil kann man an Brechts Brief vom 1. 12. 43 (publiziert unter dem Titel »Einigung der deutschen Hitlergegner im Exil« in den *GW*, 19, S. 478 ff.) und der Antwort Thomas Manns vom 10. 12. 43 verfolgen.

8. 8. 43 *S. 387*

Der englische Diplomat und Journalist Robert Gilbert Vansittart (1881–1957) war seit 1902 im auswärtigen Dienst; im Foreign Office fungierte er 1937–1941 als erster diplomatischer Berater. Siehe dazu auch die Abbildung auf S. 98. Brecht hat in einem nur in englischer Sprache vorliegenden Text »The Other Germany« Vansittarts Haltung folgendermaßen charakterisiert: »[Emil] Ludwig and Vansittart complain that the German people at least put up with Hitler's war. The truth is that they had to put up with the war because they put up with a system that demands – among other things – wars.« Übersetzung: »[Emil] Ludwig und Vansittart beklagen, daß das deutsche Volk Hitlers Krieg zumindest duldete. Die Wahrheit ist, daß es den Krieg dulden mußte, weil es ein System duldete, das – neben anderen Dingen – Kriege braucht.« In *GW*, 20, S. 285.

9. 8. 43 *S. 388*

Siehe dazu die Notierung vom 20. 10. 42. Die erwähnten Gedichte befinden sich in den *GW*, 10, S. 858 (»Rückkehr«) und S. 861 (»Vom Sprengen des Gartens«).

14. 8. 43 *S. 389*

In dem Bericht »Die Entstehung des Doktor Faust« beschreibt

Thomas Mann die Feier gleichfalls: »Immerhin war eine kleinere, mir kollegial am Herzen liegende Aufgabe rasch erfüllt: Die Emigration traf Vorbereitungen zur Feier von Alfred Döblins 65. Geburtstag, und für eine Sammelmappe handschriftlicher Glückwünsche, die Berthold Viertel betreute, beschrieb ich ein schönes Pergament-Folioblatt mit Worten empfundener Ehrerbietung für das machtvolle Talent des Verfassers von ›Berlin Alexanderplatz‹ und des ›Wallenstein‹, der in Amerika ein beschämend unbeachtetes Dasein führte. Der Feier selbst, im Play House, Montana Avenue, bei der ein reiches Programm rezitatorischer und musikalischer Darbietungen ablief, wohnte ich bei.« (Gesammelte Werke, Band 12, S. 210) Der von Brecht zitierte Ausspruch Döblins nimmt Bezug auf Thomas Manns Essay »Bruder Hitler«. – Alfred Döblin war im amerikanischen Exil zum Katholizismus konvertiert. Siehe dazu auch Brechts Gedicht »Peinlicher Vorfall« in *GW*, 10, S. 861 f.

25. 8. 43 *S. 391*
Siehe dazu die Anmerkung zum 4. 3. 41.

29. 8. 43 *S. 392*
In zahlreichen schweren Luftangriffen bombardierten die englischen und amerikanischen Luftstreitkräfte Berlin seit dem 23. 8. 43.

30. 8. 43 *S. 393*
Der Publizist Hermann Budzislawski (geb. 1901) war Mitarbeiter der Berliner »Weltbühne«. 1933 emigrierte er nach Prag und leitete die dort herauskommende »Neue Weltbühne«. 1938 mußte Budzislawski, der inzwischen als Herausgeber der Zeitschrift zeichnete, mit der Redaktion nach Paris übersiedeln. 1940 ging er in die USA, arbeitete mit der bekannten Journalistin Dorothy Thompson zusammen (siehe Notierung vom 18. 11. 41) und wurde Gründungsmitglied und wesentlicher Mitarbeiter des Sekretariats vom »Council for a Democratic Germany«, siehe dazu die Anmerkung zur Notierung von Mitte November 43 bis Mitte März 44.

2. 9. 43 *S. 393*

Übersetzung der Tabelle:

	1928	1929	1930	1931	1932
Zahl der Arbeiter und Gehaltsempfänger	11,6	12,2	14,5	19,4	22,9
davon					
Großindustrie	3,1	3,4	4,3	5,5	6,3
Bauwesen	0,7	0,9	1,6	2,5	3,1
Verkehr	0,3	0,4	0,8	1,6	2,4
Durchschnittslöhne pro Jahr (Rubel)	703	800	936	1127	1427
Lohnfonds pro Jahr (Milliarden Rubel)	8,2	9,7	13,6	21,4	32,7
Gesamtbevölkerung (Millionen)		154,3			165,7
Bruttoproduktion der Großindustrie (Milliarden Rubel 1926/27)	15,8	19,9	25,8	32,2	36,8
Produktion von Verbrauchsgütern:					
Baumwolltextilien (Millionen Meter)	2742	3068	2351	2272	2417
Wolltextilien	93,2	100,6	114,5	107,9	88,7
Rohzucker (Tausend Tonnen)	1238	823	1507	1486	827
Bruttoproduktion der Landwirtschaft (Milliarden Rubel 1926/27)		14,7	14,0	13,9	13,1
Bruttoernteerträge (Millionen Doppelzentner)	733,2	717,4	835,4	694,8	698,7
Zahl der Rinder (Millionen)	70,5	67,1	52,5	47,9	40,7
Schweine	26,0	20,7	13,6	14,4	11,6
Schafe und Ziegen	146,7	147,0	108,8	77,7	52,1
Import von Verbrauchsgütern (Millionen Rubel)		394,2	455,0	222,5	250,5
Export von landwirtschaftlichen Produkten		1572,1	1899,0	1499,1	803,4
Nationaleinkommen (Milliarden Rubel 1926/27)	25,0	28,9	35,0	40,9	45,5
Nationaleinkommen auf der Basis der gegenwärtigen Preise (Milliarden Rubel)	30,0	32,6	40,7	43,8	
Staatseinnahmen	6,6	8,2	12,8	20,3	30,6
Staatliche Ausgaben für Finanzierung der Volkswirtschaft	3,8	4,8	7,7	16,5	24,8
Staatsschulden	1,4	2,0	2,6	2,9	6,2
Durchschnittlicher Geldumlauf pro Jahr	1,7	2,3	3,5	4,8	6,6

Anmerkung: Die Zusammenstellung stammt aus einem Aufsatz mit dem Titel »Remarks on the Experience in the Organization of ›War Economy‹ in the U.S.S.R« der konservativen englischen Zeitschrift »The Economic Journal«, London, vol. LI. S. 423. Es konnte nicht ermittelt werden, ob die Statistik authentisch ist.

4. 9. 43 S. 394
Offensichtlich hatte Alfred Kreymborg mit Brecht einen Vertrag für die Übersetzung des Stückes »Schweyk im zweiten Weltkrieg« abgeschlossen. Der Vertragstext liegt in Brechts Nachlaß vor, ist aber in der Kopie nicht unterschrieben. Kreymborg war Herausgeber einiger Lyrik-Anthologien; er schrieb Untersuchungen über die Entwicklung der amerikanischen Poesie.

6. 9. 43 S. 395
Siehe dazu die Anmerkung zur Notierung vom 6. 5. 40.

september 43 S. 396
Bildtext: Die Fotovergrößerung der Zerstörung zeigt, wie das Feuer durch das Arbeiterviertel der Stadt fegte. Dächer sind abgedeckt. Mauern brechen zusammen, und die Sonne scheint durch die zertrümmerten Gebäude.

7. 9. 43 S. 397
Zeitungstext:
Berlin auslöschen / Kostenanschlag 18,75 Dollar pro Amerikaner
Detroit, 6. September. Finanzminister Henry Morgenthau Jr. sagte heute auf der hiesigen Versammlung zur Propagierung des Kaufs von Kriegsobligationen anläßlich des Tags der Arbeit: »Wir wollen die Stadt Berlin von der Landkarte wegbombardieren« und schätzte, daß das wahrscheinlich sechsmal soviel kosten würde wie seinerzeit die Vernichtung Hamburgs.
Er nannte als Gesamtkosten für Vorbereitung, Ausrüstung und Bombardierung Hamburgs 346 000 000 Dollar.
»Sagen wir, es kostet sechsmal soviel, um Berlin zu bombardieren«, sagte der Finanzminister. »Das wird auf etwa 18,75 Dollar pro Mann, Frau und Kind dieses Landes hinauslaufen – der Preis für eine 25-Dollar-Obligation.«

9. 9. 43 S. 397
Zu Brechts Äußerungen stellt Golo Mann fest: »Die Behauptung, Thomas Mann, im Bunde mit seiner Frau, Katia Mann, denunziere Brecht als einen von ›diesen linken‹ und Moskauhörigen, ist irrig und in sich unmöglich. Thomas Mann gehörte selber zu ›diesen linken‹,

während der letzten Kriegsjahre richtete seine politische Kritik sich immer schärfer gegen die USA, nie gegen die Sowjetunion. Folgerichtig geriet er in der Truman-McCarthy-Aera unter Beschuß von der Seite der ›Kalten Krieger‹, ungefähr wie Brecht.«

20. 9. 43 *S. 398*
Christopher William Bradshaw Isherwood (geb. 1904) schrieb anfangs zusammen mit seinem Schulfreund Auden Dramen und Berichte. 1940 ging er nach Kalifornien und arbeitete für die MGM. Er gehörte der »Vedanta Society« an, einer Gemeinschaft, die sich fernöstlichen Religionen widmete. In seinen »Anmerkungen zum Volksstück« schrieb Brecht über ihn und Auden: »Auch was die Poesie betrifft, gibt die literarische Revue Fingerzeige. Besonders in den Stücken, die Auden zusammen mit Isherwood geschrieben hat, gibt es Partien von großer poetischer Schönheit. Er verwendet chorische Elemente und erlesene Lyrik. Auch die Begebenheiten sind teilweise sublim. Jedoch ist alles mehr oder weniger symbolisch, er führt sogar die Allegorie wieder ein. Wenn man etwa den Aristophanes zum Vergleich heranzieht – was Auden erlauben wird –, erkennt man den betont subjektiven Charakter dieser Lyrik und dieses Symbolismus.« Siehe *GW*, 17, S. 1163 f.

25. 9. 43 *S. 399*
Seit dem 7. 8. 43 griffen die Truppen der Roten Armee die deutschen Okkupanten an und vertrieben sie aus dem Gebiet zwischen Dnepr und westlicher Dwina. Die Städte Smolensk und Roslawl wurden am 25. 9. 43 befreit. Durch diese Kämpfe wurden die Truppen der deutschen Heeresgruppe Mitte erheblich geschwächt.

26. 9. 43 *S. 399*
Die von Brecht angegebenen Gedichte siehe *GW*, 10, »Die Landschaft des Exils« (Aber auch ich auf dem letzten Boot) S. 830 f., »Kinderkreuzzug« S. 833 ff., »An die deutschen Soldaten im Osten« S. 838 ff., »Deutschland« (In Sturmesnacht, in dunkler Nacht) S. 843, »Maske des Bösen« (An meiner Wand hängt ein japanisches Holzwerk) S. 850, »Vom Sprengen des Gartens« S. 861, »Rückkehr« S. 858, »Aurora« S. 859; zwei Gedichte sind im Stück »Schweyk im zweiten Weltkrieg« eingearbeitet, siehe *GW*, 5, »Das Lied vom Weib des Nazisoldaten« (Und was bekam des Soldaten Weib?) S. 1920 und »Deutsches Miserere« S. 1989.

27. 9. 43 *S. 399*

Oberer Bildtext: Duce und Rettungsmannschaft.
Zur Abbildung: Am 12. 9. 43 wurde Mussolini von einem Kommando deutscher Fallschirmjäger und einigen Offizieren der Waffen-SS aus der Gefangenschaft auf dem Gran Sasso befreit. Er bildete in dem noch von deutschen Truppen besetzten Gebiet eine neue faschistische Regierung und gründete eine Republikanisch-Faschistische Partei; am 1. 12. 43 rief er die Repùbblica di Salò aus.

S. 400

Bildtext: *Dreckige Gertie* war der Kosename, den Sergeant V. M. Gemelli dieser abgetakelten Puppe gab. Er rettete sie vor der Vernichtung in einem Geschäft in Biserta. Die Puppe inspirierte nicht den berühmten Song.
Zum Bildtext: Der Text des erwähnten Songs ist von Brecht unter der Notierung vom Oktober 43 eingefügt, s. S. 401.

30. 9. 43 *S. 400*

Hermann Borchardt (1891–1951), Schriftsteller und Lehrer, arbeitete mit Emil Burri und Elisabeth Hauptmann an Brechts »Heiliger Johanna der Schlachthöfe« (siehe *GW*, 17, S. 1019). Er emigrierte in die USA. Die Versuche von Josef Aufricht, eines seiner in Amerika geschriebenen Stücke aufzuführen, scheiterten (siehe Josef Aufricht, »Erzähle, damit du dein Recht erweist«, Berlin 1966, S. 245 ff.). Borchardts Buch erschien unter dem Titel »The Conspiracy of the Carpenters« mit einem Vorwort von Franz Werfel 1943 in New York.

oktober 43 *S. 401*

Zeitungstexte:

Dreckige Gertie von Biserta
Sah den Hauptmann, machte ihn toll.
Hauptmann denkt, sie ist 'ne Schönheit;
Verliert seine Uhr, verliert sein Hemd;
Ruft Großalarm aus.
Die Gendarmen suchen die Dreckige Gertie
Von Casablanca bis zum Golf von Syrte.
Hat wer gesehn die Dreckige Gertie?

Bring mich wohin östlich von Ewa
Wo die Besten nicht sind wie die Schlimmsten
Wo es keinen Doug MacArthur gibt
Und ein Mann seinen Durst ertränken kann.
Wo die Armee die Medaillen bekommt
Und die Flotte die Königinnen
Aber die Jungs, die den kürzeren ziehen
Sind die Marineinfanteristen der US.
Chor:
Los auf die Straße nach Gizo Bay
Wo die Japsflotte ihre Tage verbringt
Da kannst du die Blindgänger rollen hören
Von Rabaul zum Lunga Quai.
Pack eine Ladung nach Gizo Bay
Wo die Zero-Wasserflugzeuge sich tummeln
Und die Bomben wie Donner herunterkommen
Auf die Eingebornen da drüben.

Hurra all die Blonden und Braunen
Jeder Kerl ist froh, zu nehmen, was er kriegt.
Weil, wir werfen ein Auge auf alle,
die Attraktiven und die Miesen.
Maud, Maggie oder Susi,
Wählerisch sein – ist nicht.
Solang du im Lager bist, Hurra für alle
Hurra für alle, Hurra für alle
Die Langen, die Kurzen und die Großen.

Ich wollte Flügel, bis ich die gottverfluchten Dinger bekam.
Jetzt will ich sie nicht mehr.
Sie lehrten mich fliegen und schickten mich her zu sterben.
Ich hab die Schnauze voll vom Krieg.
Die Jagdflugzeuge könnt ihr den gottverfluchten Helden lassen.
Die Flugverdienstkreuze machen die Verluste nicht wett.
O, ich wollte Flügel, bis ich die gottverfluchten Dinger bekam.
Jetzt will ich sie nicht mehr.

S. 402

Diese B-26 rattern und röhren
Ich will über Munda nicht länger mehr fliegen
Bring mich nach Brisbane zurück
Wo die hohen Tiere vergeblich brüllen

O, Mutter, ich bin zu jung für den Tod
Ich will nach Hause zurück.

Diese Scheißstadt ist ein Scheißfluch,
Keine Scheißbahn, kein Scheißbus.
Doch keiner sorgt sich um Scheißuns.
Chor: Scheiße, Scheiße, Scheiße.
Alles Scheißwolken, kein Scheißregen.
Alles Scheißsteine, keine Scheißentwässerung.
Der Dreck geht einem ins Scheißhirn.
Chor: Scheiße, Scheiße, Scheiße.

Oh, alle Piloten trinken
Die Flugzeuge stinken
Und die Navigatoren wissen nicht, wo sie sind
Die Bombardierer konnten nicht treffen
Ein Ziel, wenn sie besoffen
O Oberst, wir sind zu lange schon hier.

3. 10. 43 *S. 403*
Siehe dazu die Anmerkung zum 20. 7. 43, die über Gründung und Programm des Nationalkomitees »Freies Deutschland« Auskunft gibt.

15. 10. 43 *S. 405*
Die Erinnerungen von Alexander Granach erschienen unter dem Titel »There goes an actor« in New York. Die deutsche Ausgabe »Da geht ein Mensch/ Autobiographischer Roman« kam 1945 in Stockholm heraus. Über die Shylock-Figur schrieb Granach im letzten Kapitel seines Buches.
Bildtext: *In den Ruinen / Kinder-Vaudeville* wird im Naturtheater in Aldgate, London, vorgeführt. Irene Yasheim, die früher hier wohnte, spielt »Wenn die Zeit vergeht«. Beachten Sie den Vorhang.

17. 10. 43 *S. 407*
Aufgrund der Realismusdebatte hatte Brecht seine Thesen zu diesem Problem in den »Notizen zur realistischen Schreibweise« dargelegt, siehe *GW*, 19, S. 349 ff.

28. 10. 43 *S. 407*
Übersetzung: »Helli, glaubst du, du kriegst es in diesen hektischen Tag rein, mir die Haare zu machen?«

10. 11. 43 *S. 408*
Brecht setzte sich im Exil mehrfach mit Bechers Nationalismus auseinander. Siehe das Gedicht »An einen befreundeten Dichter« in *GW*, 10, S. 867.
In einer anderen Zeit kam Brecht sowohl zu einer anderen Bewertung der nationalen Frage als auch zu einer anderen Bewertung Bechers. Anfang der fünfziger Jahre vertrat Brecht, auf das Gebiet des Theaters bezogen, die gleiche These, die Becher in dem hier kritisierten Artikel vorbrachte. In seiner Rede auf dem gesamtdeutschen Kulturkongreß 1951 in Leipzig (»Einige Bemerkungen über mein Fach«) sagte Brecht u. a.: »Die Losung der Klassik gilt noch immer: Wir werden ein nationales Theater haben oder keines.« Siehe *GW*, 16, S. 723. 1952 wählte Brecht, um Jungen Pionieren die Schönheit von Gedichten zu erklären, Bechers Lied »Deutschland«. (»Wie man Gedichte lesen muß«, in *GW*, 19, S. 509 f.) Zum 60. Geburtstag Bechers schrieb Brecht an ihn u. a.: »Dein Werk bis in die Gegenwart überdenkend, wurde ich von tiefem und genußvollem Respekt erfaßt. Wie wandelbar und stetig drückt es ein volles Leben aus, und eines, das der größten Sache dient!« (»Wandelbar und stetig / Johannes R. Becher zum 60. Geburtstag«, in *GW*, 19, S. 493 f.) 1955 brachte Brecht Bechers »Winterschlacht« am Berliner Ensemble heraus.

11. 11. 43 *S. 409*
Siehe dazu auch Brechts »Kinderhymne«, in *GW*, 10, S. 977 f.

11. 11. 43 *S. 409*
Die ökonomische Situation Heinrich Manns und seiner Frau war nach Ablauf des einjährigen Filmvertrags außerordentlich schwierig. Nelly Mann beschrieb das in einem Brief vom 25. 9. 1941 an Salomea Rottenberg u. a. folgendermaßen: »Hätte ich 5000 Dollar, könnte ich eine sehr gute Existenz kaufen und damit ermöglichen, daß Heinrich Mann arbeiten kann, wie und was er will, das wäre für später sehr gut. Jetzt ist es uns nicht möglich, das Essen für morgen zu beschaffen. Wie kann man da arbeiten? Meine sämtlichen

Schmucksachen sind hin. Bis zum 1. Dez. habe ich unser Haus bezahlt, dann sitzen wir ohne Wohnung – wenn nicht ein Wunder geschieht. Hier ist es unmöglich, sich etwa Vorschuß oder sonstige Hilfe auf Arbeiten zu beschaffen (was ich ohne Wissen meines Mannes tun würde) – hier sind wir unter lauter Raben. Alle sind neidisch auf jeden Ankömmling. Verkehr haben wir kaum gefunden unter den Geschäftlhubern und sonstigen Neidern. Wie habe ich mir Amerika anders gedacht!« (Heinrich-Mann-Archiv SB 111/7, publiziert in »Heinrich Mann 1871–1950 / Werk und Leben in Dokumenten und Bildern«, Berlin und Weimar 1971, S. 328 f.)
Eine andere Darstellung der finanziellen Situation seiner Verwandten gibt Golo Mann. Er stellt zu Brechts Äußerungen fest: »Die Behauptung, daß Thomas Mann seinen Bruder ›buchstäblich hungern‹ lasse, ist irrig. Nachdem der auf ein Jahr befristete Arbeitsvertrag Heinrich Manns mit der Filmgesellschaft Warner Brothers abgelaufen war, setzte Thomas Mann ihm eine Monatsrente von mindestens 150 Dollar aus. Diese Unterstützung ging bis zum Tod Heinrich Manns ununterbrochen weiter. Dazu kamen lange Aufenthalte Heinrich Manns im Haus seines Bruders und andere Hilfeleistungen. – Die Behauptung, Thomas Mann habe ›4-5‹ Autos besessen, ist gleichfalls irrig. Dazu hatte er zuwenig Geld und zuviel Geschmack.«

7. 1. 44 *S. 410*
Auf dem 12. Parteitag der Kommunistischen Partei der USA kam es unter Einfluß des Opportunisten E. Browder zur Selbstauflösung der Partei. Aktuelle taktische Aufgaben verwischten das strategische Ziel der Partei. Browder trat für eine Zusammenarbeit der Klassen ein und schrieb dem amerikanischen Imperialismus eine progressive Rolle zu. Es wurde eine Communist Political Association gebildet, die sich mit der Propaganda des Kommunismus zu beschäftigen vornahm.

Mitte November 43 bis Mitte März 44 *S. 410*
Brecht gibt am Anfang die Adresse der Wohnung von Ruth Berlau an. Siehe dazu auch das Foto auf S. 490.
Dem »Council for a Democratic Germany« (Rat für ein demokratisches Deutschland) gehörten bürgerliche Demokraten, Katholiken, Protestanten, Wissenschaftler, Schriftsteller, Gewerkschaftler, Sozialdemokraten, Mitglieder der SAP und der KPD an. Paul Tillich

(siehe Anmerkung zum 20. 7. 43) wurde zum provisorischen Vorsitzenden gewählt, im Sekretariat des Council arbeitete Elisabeth Hauptmann. Im ersten Bulletin sind außer Brecht als Mitglieder u. a. genannt: Friedrich Baerwald, Felix Boenheim, Hermann Budzislawski, Paul Hagen, Hans J. Hirschfeld, Julius E. Lips, Maximilian Scheer, Albert Schreiner, Walther Victor, Jakob Walcher. Ein Auszug aus dem »Statement« Paul Tillichs ist abgedruckt in den *GW*, 20, S. 24* f. Zum »Council for a Democratic Germany« gehörten außerdem Elisabeth Bergner, Hermann Duncker, Lion Feuchtwanger, Fritz Kortner, Heinrich Mann, Hans Marchwitza, Albert Norden, Erwin Piscator. Der Council erklärte, daß für die Lösung der deutschen Frage der Nationalsozialismus beseitigt werden muß. Die Träger des deutschen Imperialismus sind politisch, sozial und wirtschaftlich zu entmachten. Ein künftiger deutscher Staat kann sich nur auf die vielfältigen Kräfte des antifaschistischen Widerstands stützen.
Thornton Wilders Schauspiel »Our Town« (»Unsere kleine Stadt«) wurde 1938 uraufgeführt und gehörte in den folgenden Jahren zu den erfolgreichsten Stücken. – Paul Robeson (geb. 1898) wurde als Sänger von Negro Spirituals bekannt. Als Schauspieler wurde er in Amerika vor allem durch seine Othello-Darstellung bekannt. Zu internationalem Ruhm kam Robeson durch seine Friedensaktivitäten.
Der Film »Simone« kam nicht zustande.

S. 413

Oberer Bildtext: Die Unterschrift der Nazis zu diesem Bild besagt, daß der deutsche Soldat jugoslawische Bauern, die als Guerillakämpfer verdächtigt werden, zu durchsuchen hat. Beachten Sie die nackten Füße.

Unterer Bildtext: *Italienische Partisanen ergreifen einen Faschisten* /Recht und Ordnung war die wachsende Aufgabe der AMG [Amerikanische Militärregierung].

6. 6. 44 *S. 416*

Am 6. 6. 1944 landeten die Alliierten in der Normandie und eröffneten die zweite Front in Westeuropa. Es wurden 5 Divisionen über See und 3 Divisionen auf dem Luftweg nach Frankreich gebracht.

Zeitungstext:
Übergang / Die erste Rückgangskrise
Etwa 8500 Männer und Frauen traten wie gewöhnlich ihre Arbeit in den Werken der Brewster Aeronautical Corporation auf Long Island an – und entdeckten, daß 4500 an demselben Tag entlassen worden waren. Der plötzliche Schock dieser Nachricht ließ böse Fragen laut werden, auf die alle amerikanischen Arbeiter eine Antwort erwarteten: Sollte das die Methode für Rückgang und Umstellung sein? Wo waren Washingtons wohlausgearbeitete (oder wenigstens wohlausposaunte) Pläne für den schmerzlosen Übergang zur Friedensproduktion?
Die Brewster-Angestellten erzwangen dramatisch eine Antwort. Auf Drängen ihrer Gewerkschaft (CIO, Vereinigte Autoarbeiter) blieben alle, außer 200 von der Tagesschicht, an ihrem Arbeitsplatz, auch als die Nachtschicht die Arbeit antrat. Da zu wenig Arbeit für zwei Belegschaften da war, spielten einige Arbeiter Ping-Pong und Brettspiele und tanzten nach Klavier- und Blechmusik und Trommel. Die Gewerkschaft versorgte sie mit belegten Broten, Kuchen, Pfannkuchen, Kaffee und Limonade, die für eine 5-tägige Belagerung ausreichten. Einige der im Werk gebliebenen Arbeiter drängten sich auf den Balkons und brachten Schilder an: »Wir haben die Werkzeuge, wir haben das Können..., aber wir haben keine Arbeit!« Unten trugen weibliche Streikposten Plakate: »Dafür soll mein Mann kämpfen?« Die Gewerkschaft verkündete stolz den ersten Arbeitsstreik in der Geschichte der Vereinigten Staaten.

S. 417

Bildtext: *Bei Brewster Gebliebene / Wer hatte schuld?*
Fortsetzung des Zeitungstextes: *Tausende bei Brewster* / Aber das war ein Aufschub, keine Lösung. Selbst die Brewster-Arbeiter wußten, daß Entlassungen – und Schließungen – unvermeidlich waren. Der Vertrag Brewsters war gekündigt worden, weil die Marine nicht mehr so viele Flugzeuge vom Typ Corsair brauchte und weil die Brewster-Werke, die durch schlechtes Management zerrüttet waren und, seit langem durch einen der härtesten Verträge des Arbeiterverbandes drangsaliert, von der Marine für den unproduktivsten Hersteller gehalten wurden. (Die Marine sagt, Corsairs kosten bei Brewster 72 000 Dollar; bei Chance-Vought 63 000 Dollar und bei Goodyear 57 000 Dollar für identische Flugzeuge.)

S. 418

Unterer Bildtext: *Die USA gegen Sewell Avery* / Die Direktive des Präsidenten wurde ausgeführt.

S. 419

Bildtext: *Kirche für die Front*
Der Erzbischof von Canterbury segnet hier eine der ersten zwei motorisierten Kirchen, die jemals für britische Truppen an der Front gebaut wurden. Die vom Kriegsministerium zur Verfügung gestellten Lastwagen wurden von Angehörigen der Königlichen Elektro- und Mechanik-Techniker und der Hilfsterritorialarmee in ihrer Freizeit ausgestattet. Der Innenraum ist mit polierter Eiche verkleidet, Altar und Behänge sind rot und blau, die Farben der Schulterstücke der 21. Armeegruppe, für die die Kirchen bestimmt sind. Jeder Kirchenlastwagen kann zwölf Gläubige aufnehmen und ist mit einem Lautsprechersystem ausgerüstet.

Zeitungstexte:
Papst empfängt Irving Berlin
Rom, 17. Juni (AP) – General Sir Harold Alexander, alliierter Kommandeur in Italien, und Liederkomponist Irving Berlin gehörten zu denen, die heute von Papst Pius in Privataudienz empfangen wurden.
Der Papst empfing ebenfalls 3000 weitere alliierte Soldaten in Großaudienz.
Berlins Programm »Das ist die Armee« läuft zur Zeit in Rom.

Armer Pat! / Aussichten auf Nachkriegsjob schlecht
Ein geheimer amerikanischer Luftstützpunkt in Westchina, 17. Juni (UP) – Der robuste Oberleutnant Pat A. Chance aus 4303 Griffin Ave., Los Angeles, einer der 26 amerikanischen Pioniere, die den Bau des riesigen B-29 Stützpunktes beaufsichtigten, macht sich Sorgen über seine Zukunft nach dem Krieg.
»Wenn der Krieg vorbei ist«, jammerte er, »weiß ich schon, was passiert. Ich werde mich um eine Anstellung im Zivilleben bewerben, und man wird mir ein Formular zum Ausfüllen geben. Darauf ist dann eine gestrichelte Linie – ›Bisherige Erfahrungen und Umfang der ausgeführten Tätigkeiten‹ –, und ich werde antworten müssen: ›Bau eines Luftstützpunktes mit 65 000 Kulis und nicht viel mehr.‹ Dann werden sie den Kopf schütteln und flüstern: ›Armer alter Pat. Er war zu lange weg.‹«

Razzia im Sitz der Kommunistischen Partei
Rom, 17. Juni (AP) – Amerikanische Militärpolizei, die unter der

alliierten Militärregierung operiert, drang am 7. Juni in den Hauptsitz der Kommunistischen Partei in Rom ein und durchsuchte Haus und Grundstück nach Waffen, jedoch erfolglos, teilten Parteioffizielle heute mit.
Es kam zu keinen Verhaftungen. Die Kommunisten sagten, die Soldaten hätten sich zunächst »rücksichtslos verhalten«, aber ein Offizier habe später sein Bedauern ausgedrückt.

Tito jagt Nazis aus drei Städten
London, 17. Juli (AP) – Marschall Titos Partisanenstreitkräfte haben die Deutschen aus drei Städten in Westbosnien – Prosor, Brawsko und Kljuc – mit schweren Verlusten hinausgetrieben, und die Deutschen rollen eiligst Verstärkung an, um den Sturm abzuwehren, wurde in einem vom Nachrichtenministerium aufgezeichneten jugoslawischen Kommuniqué von heute abend verlautbart.
Der Kriegsbericht teilt mit, daß 800 Deutsche, Bulgaren und Quislinge getötet wurden, als die Partisanen ihre serbische Offensive vorantrieben, und daß viel Material erbeutet wurde.

Fußbeschwerden?
Verschaffen Sie sich Erleichterung ...
Dr. Scholls Fußkomfortwoche

6. 6. 44 *S. 420*
Zeitungstext:
Zahlkorps bringt Invasoren Geld
London, 9. Juni (UP) – Heute ist Zahltag für die britischen Truppen am Strand der Normandie, teilte das britische Radio, einen Bericht des Londoner Daily Herald zitierend, mit.
In der Sendung hieß es, die Leute des Armeezahlkorps kämpften sich am Morgen des Invasionsbeginns mit den übrigen Truppen an Land und »hielten an ihren Geldblechkisten fest, als ob das das einzig Wichtige auf der Welt wäre«.

12. 6. 44 *S. 420*
Brechts Thesen sind unter der Überschrift »Kleines Privatissimum für meinen Freund Max Gorelik« in den *GW*, 15, S. 467 ff., publiziert.

15. 6. 44 *S. 421*
Siehe dazu »Realismus und Stilisierung« in *GW*, 17, S. 1205 f.
Zur Abbildung: Unter den Karikaturen der drei Regierungschefs stehen latinisierte englische Namen, die, in ihre Bestandteile zerlegt, etwa folgende Bedeutung haben: Sei unser Freund und gib uns eine Anleihe (Churchill); ihr helft uns, und wir besorgen es ihnen (Tschiang Kai-schek); beschütze uns und verteidige uns (Stalin).

S. 423
Oberer Bildtext: *Rommel und Stab planen Verteidigung* / »... Wenn wir sicher sein könnten.«

Unterer Bildtext: *Nazischlachthaus in Rußland / Schnee und Zeit machten das Beweismaterial undeutlich.* Vor Pjatigorsk, wo auf dem Rückzug befindliche Deutsche 200 russische Kriegsgefangene und Zivilisten niedermetzelten. Im Katynwald befanden sich in ähnlichen Gruben 12 000 Leichen.

20. 6. 44 *S. 424*
Diese Epigramme sind als »Kriegsfibel« in die *GW*, 10, S. 1035 ff., aufgenommen, aber ohne die Fotografien, die Brecht jeweils dazugestellt hat. Eine spezielle Edition dieser Fotoepigramme (oder wie sie Brecht auch nannte: »Fotogramme«) erschien 1955 in Berlin. Siehe dazu auch die Fotoepigramme im »Arbeitsjournal« auf den Seiten 144, 145 und 425. – »Fünf Schwierigkeiten beim Schreiben der Wahrheit« siehe in *GW*, 18, S. 222 ff.

25. 6. 44 *S. 424*
Brecht spielt auf Franz Werfel (1890–1945) und seine »Komödie einer Tragödie« »Jacobowsky und der Oberst« an, die im Januar 1944 uraufgeführt wurde und seitdem erfolgreich über mehrere Bühnen ging. Werfel war über Frankreich, Spanien, Portugal in die USA emigriert und lebte seit 1940 in Beverly Hills. Mit seiner satirischen Bemerkung knüpfte Brecht an eine Kritik an diesem Dichter an, die er 1926 in dem Gedicht »Matinee in Dresden« zum Ausdruck gebracht hatte. Die drei zu einer Matinee eingeladenen Dichter Brecht, Bronnen und Döblin fühlten sich seinerzeit unhöflich behandelt, während Werfel, dessen Textfassung von Verdis »Macht des Schicksals« am Vorabend aufgeführt worden war, Huldigungen erfuhr. Im Gedicht erscheint Werfel als »dicker Alea«.

21. 7. 44 *S. 426*

Am 20. 7. 1944 verübte Oberst Graf Schenk von Stauffenberg im Führerhauptquartier auf Hitler einen Sprengstoffanschlag, der mißlang. Das löste in Berlin unter dem Kennwort »Walküre« einen Militärputsch aus, der aber schnell niedergeschlagen wurde. Die Verschwörer um Generaloberst a. D. Beck, C. Goerdeler, U. v. Hassel und J. Popitz standen in enger Verbindung mit führenden Kreisen des Monopolkapitals und führenden Militärs sowie mit konservativ gesinnten höheren Beamten. Nach dem Scheitern des Attentats fällte der »Volksgerichtshof« über 4980 Todesurteile und mehr als 7000 Antifaschisten wurden in Zuchthäusern und Konzentrationslagern eingesperrt.
Am 23. 6. 1944 begann die Rote Armee die »Belorussische Operation«, bei der die deutsche Heeresgruppe Mitte erheblich zurückgedrängt und teilweise vernichtet wurde (9. Armee bei Bobruisk). In der zweiten Etappe dieser Operation schloß sich am 11. 7. 1944 im Norden die 2. Baltische Front der Offensive an und befreite Gebiete der Litauischen SSR (Einnahme von Wilnjus am 13. 7.).

30. 7. 44 *S. 427*

Der Komponist Paul Dessau (geb. 1894) emigrierte 1933 nach Paris. 1936 komponierte er erstmals auch einen Brecht-Text (»Kampflied der Schwarzen Strohhüte«). Für »Furcht und Elend des Dritten Reiches« machte er die Musik zu neun Songs, die er bei der Uraufführung einiger Szenen 1938 in Paris (mit Helene Weigel unter der Regie von Slatan Dudow, hier noch unter dem Titel »99%«) selbst vortrug. 1939 übersiedelte Dessau in die USA, wo er sich in New York seinen Unterhalt als Musiklehrer verdiente. 1943 arbeitete er auf einer Hühnerfarm. Auf Anregung Brechts siedelte Paul Dessau nach Hollywood über, arbeitete als Gärtner und als Komponist für Filmmusiken bei Warner Brothers. Dessau unterbreitete Brecht den Wunsch nach einem Text für ein großes abendfüllendes Chorwerk: »eine Art deutsches Requiem, aber nicht so wie Brahms', ein großes Miserere, ein deutsches Werk, das die ungeheure Tragödie unseres Vaterlandes schildert« (Dessau, zitiert nach einem Gesprächsstenogramm bei Fritz Hennenberg, »Dessau, Brecht / Musikalische Arbeiten«, Berlin 1963, S. 135). Das Libretto des Oratoriums besteht aus drei Teilen, die Brecht und Dessau aus Liedern und Gedichten Brechts zusammenstellten. (Die Textfassungen weichen teilweise von den Druckfassungen der *GW* ab.) 1. Teil: »Deutschland«, »Sie tragen ein Kreuz voran«, »Die Oberen sagen«, »Der Anstreicher spricht von kommenden großen Zeiten«, »Auf der

Mauer stand mit Kreide«, »Bericht über den Tod eines Genossen«, »Sieben Jahre aßen wir das Brot des Schlächters«. Der 2. Teil enthält 28 Fotoepigramme aus der »Kriegsfibel«; es ist vorgesehen, die dokumentarischen Fotos mit den zugehörigen Texten auf eine große Leinwand zu projizieren. Der 3. Teil gründet sich auf das Wiegenlied »Als ich dich in meinem Leibe trug«. Paul Dessau begann die Komposition 1944; drei Jahre danach war das Oratorium fertiggestellt. Seit dieser Zeit gab es eine sehr produktive Zusammenarbeit zwischen Brecht und Dessau. Er komponierte die Musik zu folgenden Werken: »Mutter Courage und ihre Kinder« (1946, 1948 nochmals für die Berliner Aufführung überarbeitet), »Der gute Mensch von Sezuan« (1947–1948), »Die Ausnahme und die Regel« (1948), »Die Verurteilung des Lukullus« (1949, bis 1951 mehrfach bearbeitet), »Herr Puntila und sein Knecht Matti« (1949), »Herrnburger Bericht« (1951), »Erziehung der Hirse« (1952), »Der kaukasische Kreidekreis« (1953–1954), »Der anachronistische Zug« (1955–1956), »Mann ist Mann« (1958; 1951 war bereits eine französische Fassung entstanden), außerdem die Musik zu zahlreichen Liedern Brechts. Dessau schrieb die Musik für eine Oper »Puntila« (Uraufführung 1962). – Paul Dessau erinnerte sich an die Zusammenarbeit am »Deutschen Miserere«: »An diesem Abend verabredeten wir uns zu unserem ersten Arbeitsgespräch. Er schlug mir vor, sein Gedicht ›O Deutschland, bleiche Mutter‹ zu komponieren, das dann die Introduktion zu dem Chorwerk ›Deutsches Miserere‹ wurde. Die Arbeit an dem ›Deutschen Miserere‹ wurde erst kurz vor unser beider Heimkehr nach Deutschland beendet. Ich erinnere mich, etliche der Brechtschen Texte von ihm so quasi nebenbei, fast etwas verlegen, bekommen zu haben. So steckte er mir das Gedicht ›Lied einer deutschen Mutter‹ bei einem Spaziergang auf dem Broadway zu mit den Worten: ›Eine Zeile habe ich schon selber komponiert.‹ Die wenigen Noten, die er ›komponiert‹ hatte, sang er mir gleich vor. [Es folgt eine Notenschrift mit dem Text: ›hätt ich gewußt, was ich heut weiß.‹] Es ist klar, daß der Einbau einer Phrase, zu der sowohl Vorder- wie Nachsatz fehlten, ungemein schwierig war. Mir gefielen die zwei Takte und besonders die Art, wie Brecht sie vortrug, sehr, und ich bemühte mich und dachte nach und summte unentwegt vor mich hin, um aus den zwei Brecht-Takten acht zu machen (denn soviel verlangte der Vers). Bald konnte ich Brecht das Lied vorspielen. Ich entsinne mich sehr genau daran, wie besonders gut es ihm gefiel.« (Paul Dessau, »Wie es zum ›Lukullus‹ kam«, in »Erinnerungen an Brecht«, Leipzig 1964, S. 177 f.)

juli 44 *S. 428*
Otto Klemperer (geb. 1885), seit 1928 Dirigent der Berliner Krolloper, emigrierte 1933 in die USA. Er hatte 1929 eine Konzertaufführung des »Ozeanflugs« in Berlin dirigiert (damals noch als »Flug der Lindberghs«).

9. 8. 44 *S. 428*
Greta Garbo (geb. 1905) ging 1925 nach Hollywood und trat in zahlreichen Filmen der MGM auf. 1941 brach sie ihre Filmkarriere ab.

S. 429
Bildtext: *Beim Hören des AEF-Programms* [AEF = Amerikanische Streitkräfte in Übersee] / Es begann am zweiten Tag der Invasion

10. 8. 44 *S. 429*
Fritz Kortner: »Das amerikanische Theater liegt völlig in den Händen von theaterfremden Spekulanten, die mit ihrem Geldeinsatz auf Erfolg setzen und den Mißerfolg leicht verwinden können. Sie werden im Theaterjargon ›angels‹ genannt, auf deutsch: Engel. Um eine Theaterproduktion auf die Beine zu stellen, bedarf es durchschnittlich einer größeren Anzahl solcher Himmelsboten. Diese ›angels‹ enstammen der irdischen Geld-Oberkaste.« (»Aller Tage Abend«, München 1959, S. 469 f.)

14. 8. 44 *S. 430*
Die antifaschistische »Bewegung Freies Deutschland« wandte sich an allen Frontabschnitten an die Soldaten und Offiziere der Hitlerarmee, mit dem Krieg Schluß zu machen und zu den sowjetischen, amerikanischen, französischen und englischen Truppen überzulaufen. Hitler befahl »Sippenhaft« und ließ die Familienangehörigen antifaschistischer Offiziere in die KZs einsperren. Diese Maßnahme richtete sich besonders gegen Mitglieder und Mitkämpfer des NKFD und des BDO (Bund Deutscher Offiziere). Am 8. 8. 1944 wandte sich Generalfeldmarschall Paulus mit einer Erklärung an alle kriegsgefangenen deutschen Offiziere und Soldaten in der UdSSR und an das deutsche Volk: Da der Krieg für Hitlerdeutschland verloren sei, solle sich das deutsche Volk von der Naziregierung lossagen und eine demokratische Staatsführung errichten.

20. 8. 44 *S. 431*
André Gides Roman »L'immoraliste« entstand 1902 und kam 1925 (Der Immoralist) in deutscher Übersetzung heraus.

24. 8. 44 *S. 431*
Am 20. 8. 1944 begann die Offensive der 2. und 3. Ukrainischen Front gegen die deutsche Heeresgruppe Süd. Nach der Einschließung und Vernichtung von 22 deutschen Divisionen bei Iaşi-Kischinew stießen die sowjetischen Truppen in das Innere Rumäniens vor und marschierten am 31. 8. 1944 in Bukarest ein. – Während die alliierten Truppenverbände gegen Paris vorstießen, begann am 19. 8. 1944 in Paris ein bewaffneter Aufstand französischer Patrioten. Am 25. 8. 1944 erreichten die Alliierten das bereits befreite Paris.

28. 8. 44 *S. 432*
Siehe das Gedicht »Garden in Progress« in *GW*, 10, S. 883. Mit dem »clown bringing a basket« ist die Rolle des Bauern gemeint, der im letzten Akt von Shakespeares »Antonius und Cleopatra« den Korb mit den Giftschlangen bringt.

1. 9. 44 *S. 433*
Diese Fassung des Vor- und Nachspiels vom »kaukasischen Kreidekreis« ist (fälschlich bezeichnet als »erste Fassung«) abgedruckt in den »Materialien zu Brechts ›Der kaukasische Kreidekreis‹«, Frankfurt/M. 1966, S. 48 ff.

12. 9. 44 *S. 435*
Bildtexte:
Auf einer Pariser Straße, ein verwundeter Nazi ...
... eine F.F.I.-Frau [F.F.I. = französische Widerstandsorganisation] stürzt sich auf ihn ...
... sie entwaffnet ihn ...
... dann hilft sie ihn wegtragen.

16. 9. 44 *S. 435*
Nach dem Zusammenbruch der deutschen Front westlich der Seine

stießen die alliierten Truppen in breiter Front vor und nahmen nach Paris die Städte Brüssel (am 3. 9.), Antwerpen (am 4. 9.), Lüttich (am 6. 9.) und Nancy (am 15. 9.) ein. Mitte September stabilisierten die deutschen Truppen die Front im Vorgelände des »Westwalls«.

18. 9. 44 *S. 436*
Telegrammtext: Bestohlen brauche fünfunddreißig heute Knöchel verrenkt sonst alles in Ordnung = Stefan
Zur Abbildung: Das auf das Telegramm geklebte Bild zeigt Stefan Brecht.

20. 9. 44 *S. 437*
Der deutsche Emigrant Bruno Bettelheim publizierte zusammen mit M. Janowitz 1949 in New York das Buch »Dynamics of prejudice«. behaviour in extreme situations = Verhalten in extremen Situationen.

26. 9. 44 *S. 438*
Der Filmregisseur Preston Sturges (1898–1959) drehte drei Filme, die 1944 herauskamen: »The Miracle of Morgan's Creek«, »The Great Movement« und »Hail the Conquering Hero«.
Zu den Abbildungen: Die Fotos zeigen Stefan Brecht.

5. 10. 44 *S. 438*
Brechts Notizen für einen Entwurf der Oper »Die Judenhure Marie Sanders« befinden sich im Nachlaß.

19. 10. 44 *S. 439*
André Gides »Paludes« (Die Sümpfe) kam 1905 in Minden in einer vom Verfasser autorisierten Ausgabe heraus, die Felix Paul Greve besorgte. Der Roman hatte mehrere Nachauflagen. Thomas Manns Novelle »Tonio Kröger« wurde 1903 zum erstenmal gedruckt; sie kam als Einzeldruck sowie in Sammlungen in vielen Ausgaben heraus.

oktober 44 *S. 440*
Der amerikanische Schauspieler Spencer Tracy (1900–1967) spielte

in dem Film »The Seventh Cross« (Das siebte Kreuz) die Rolle des Georg Heisler. Der Film wurde unter der Regie von Fred Zinnemann 1944 in Hollywood nach dem Roman von Anna Seghers gedreht. Die stumme Rolle einer Hauswartsfrau in diesem Film zu spielen, war für Helene Weigel während ihres amerikanischen Exils die einzige Chance aufzutreten.

22. 10. 44 *S. 441*
Bildtext: *Mr. O'Malley, Barnaby und Gorgon* / Wunder werden versprochen, aber nicht erfüllt.
Linkes Bild: »Mann, ich weiß nicht, was Sie sagen, Mr. O'Malley ... Das ist schrecklich! Die Stimme verlieren –«
Mittleres Bild: »Ich kann Sie überhaupt nicht hören ... *Niemand* kann Sie hören.« – Hund: »Hm?«
Rechtes Bild: Hund: »Ich kann ihn gut hören!«

29. 10. 44 *S. 442*
Brecht gehörte, wie die anderen emigrierten Deutschen, zu den »feindlichen Ausländern« und mußte abends ab 20 Uhr in seinem Hause sein. Alle Reisen außerhalb der Großstadt waren beim district attorney (Staatsanwalt) anzumelden und durften nur mit dessen Genehmigung durchgeführt werden.

6. 11. 44 *S. 443*
Für die Oper »Goliath« schrieb Brecht zahlreiche Stückpläne, Entwürfe, Szenendetails und Notizen, die sich im Nachlaß befinden. Einen vorliegenden Akt der Oper hatte er, nach Auskunft von Hanns Eisler, bereits in Dänemark fertiggestellt. Zwei Lieder für die Oper »Goliath« sind publiziert: »Jonathan und David (Zwiegespräch)« und »Lied des Speichelleckers«, in *GW*, 9, S. 576 ff.

7. 11. 44 *S. 443*
Bei den Präsidentschaftswahlen, die an diesem Tage stattfanden, wurde F. D. Roosevelt zum vierten Male wiedergewählt. Er siegte mit 25,6 Millionen Stimmen gegen den Republikaner Thomas E. Dewey.

15. 11. 44 S. 443
Siehe zur Idee der »Flüchtlingsgespräche« die Notierung vom 1. 10. 40. Die Gespräche wurden in Amerika überarbeitet und durch einen »Anhang« ergänzt, siehe *GW*, 14, S. 1500 ff. – »Annie Johnson« war der Name des Schiffes, mit dem Brecht und seine Familie von Wladiwostok nach Los Angeles fuhren, siehe dazu die Notierung vom 13. 7. 41.

27. 11. 44 S. 444
Brecht bezieht sich auf André Gides »Journal 1939–1942«, das in Einzelabschnitten bereits vor der französischen Edition (1946) erschienen war.

28. 11. 44 S. 444
Brecht hatte die Übersetzungen von Arthur Waley bereits mehrfach für seine literarischen Arbeiten benutzt. So entstanden die Schulopern »Der Jasager« und »Der Neinsager« aus einer englischen Übersetzung, die Waley nach dem japanischen Nō-Stück »Taniko oder Der Wurf ins Tal« vorgelegt hatte. Erste chinesische Gedichte, die Brecht nachdichtete, hatte er gleichfalls durch die Übersetzungen Arthur Waleys kennengelernt. Siehe dazu »Anmerkungen zu den ›Chinesischen Gedichten‹« aus dem Jahre 1938 in *GW*, 19, S. 424 f.

29. 11. 44 S. 445
Siehe *GW*, 10, S. 1067.

30. 11. 44 S. 446
Siehe *GW*, 10, S. 1068; auf der gleichen Seite ein weiteres Gedicht von Po-Chü-i, »Des Kanzlers Kiesweg«.

10. 12. 44 S. 446
Die Zusammenarbeit Brechts mit Charles Laughton an einer Übersetzung und Bühnenfassung von »Leben des Galilei« erstreckte sich über einen längeren Zeitabschnitt und erhielt einen wichtigen Impuls in eine andere Richtung nach dem Abwurf der Atombombe auf Hiroshima 1945. Zu dieser Zeit nahm auch Elisabeth Haupt-

mann, nach ihrer Übersiedlung nach Kalifornien 1946, an der Arbeit teil. Brecht beschrieb diese Arbeit am Stück, an Übersetzung, Bearbeitung und Inszenierung, in zahlreichen Notaten (siehe *GW*, 17, S. 1103 ff.) sowie in der größeren Arbeit »Aufbau einer Rolle / Laughtons Galilei« (in »Materialien zu Brechts ›Leben des Galilei‹«, Frankfurt/M. 1963, S. 38 ff.). Zusammen mit Ruth Berlaus Fotodokumentation der amerikanischen Aufführung ist dieser Text in einem gleichfalls von Ruth Berlau herausgegebenen Modellbuch des Berliner Ensembles, Nr. 2, Berlin 1958, herausgekommen.

18. 12. 44 *S. 447*

Brecht bezieht sich auf den Aufsatz von Karl Marx »Zur Judenfrage« (1843), siehe Marx/Engels, »Werke«, Berlin 1961, S. 344 ff.

dezember 44 *S. 449*

Mit dem Fotoarchiv legte Brecht den Grundstock eines Gesamtarchivs an. – Die angeführten Gedichte befinden sich in den *GW* an folgenden Stellen und unter folgenden Titeln: »Gedanken über die Dauer des Exils« – Bd. 9, S. 719 f.; »Frühling 1938, I« (Der Schneesturm) – Bd. 9, S. 815; »Der Kirschdieb« – Bd. 9, S. 816; »Frühling 1938, III« (Der Totenvogel) – Bd. 9, S. 816; »Der Anstreicher spricht von kommenden großen Zeiten« (1939/Aus dem Reich kommen wenig Nachrichten) – Bd. 9, S. 634; »Fragen eines lesenden Arbeiters« – Bd. 9, S. 656 f.; »1940, VI« (Die Antwort) – Bd. 9, S. 818; »1940/VIII« (Die Tür) – Bd. 9, S. 819; »Hollywood« – Bd. 10, S. 848; »Lektüre ohne Unschuld« – Bd. 10, S. 886; »Bei der Nachricht von der Erkrankung eines mächtigen Staatsmanns« – Bd. 10, S. 881; »Zeitunglesen beim Theekochen« – Bd. 10, S. 846; »Die Maske des Bösen« – Bd. 10, S. 850; »Deutsches Miserere« – Bd. 5, S. 1989; »Ich, der Überlebende« – Bd. 10, S. 882; »Rückkehr« (Die Rückkehr) – Bd. 10, S. 858. – Das Gedicht »Die Landschaft des Exils« befindet sich in Bd. 10, S. 830 f.

22. 12. 44 *S. 450*

In Polen löste die Heimatarmee unter Führung von General Bor-Komorowski den Warschauer Aufstand aus. Ziel sollte sein, vor Eintreffen der Sowjetarmee die politische Macht in die eigenen Hände zu nehmen. Vertreter der polnischen Exilregierung verhandelten in Moskau mit der Absicht, ihre Position zu stärken. Am 2. 10. 1944 wurde der Warschauer Aufstand von SS-Einheiten grausam niedergeschlagen.

S. 451

Brecht hat an dieser Stelle die 20 Kontaktabzüge der Gedichte eingeklebt, die auf S. 449, 450 angeführt und zu dem Komplex »Gedichte im Exil« zusammengefaßt sind. Die Überschriften weichen teilweise von späteren Formulierungen ab (siehe Anmerkung zum Dezember 44).

19. 1. 45 *S. 452*

Der amerikanische Gewerkschaftsführer Sidney Hillmann von der CIO (= Congress of Industrial Organizations, Industriegewerkschaftsverbände) hatte an der Weltgewerkschaftskonferenz in London vom 6.–17. 1. 1945 teilgenommen und war als Mitglied des Administrativkomitees gewählt worden. Die Konferenz befaßte sich mit den Grundlagen eines Weltgewerkschaftsbundes nach dem Kriege. Die Gewerkschaften forderten einen schnellen Sieg über die Aggressoren, einen dauerhaften Frieden und die Sicherung der demokratischen Freiheiten für alle Völker.

20. 1. 45 *S. 453*

Paul Dessau arbeitete an dem großen Chorwerk »Deutsches Miserere«, siehe Anmerkung zum 30. 7. 44.

Bildtext: Polnische Bauern teilen das Land auf.

Zur Abbildung: Am 12. 1. 1945 begann die große sowjetische Offensive von der Ostsee bis zu den Karpaten, in deren Verlauf die deutsche Verteidigung an der Weichsel zusammenbrach. Am 17. 1. wurde Warschau eingenommen. Das Polnische Komitee der Nationalen Befreiung hatte bereits am 6. 9. 1944 einen Erlaß über die Durchführung einer Bodenreform herausgebracht, nach dem alle Güter mit mehr als 50 ha enteignet und in Parzellen bis zu 5 ha an Landarbeiter, landlose und landarme Bauern verteilt werden sollten.

11. 2. 45 *S. 454*

Die Versifizierung des »Kommunistischen Manifests« sollte Teil eines größeren Zyklus sein, den Brecht nach dem Vorbild von

Lukrez' Lehrgedicht »Von der Natur der Dinge« schreiben wollte. Brecht nannte sein Epos »Lehrgedicht von der Natur der Menschen«, siehe *GW*, 10, S. 895 ff.; das unvollständige »Manifest« siehe S. 911 ff. Brecht wählte für das Gedicht die Form des Hexameters.

4. 3. 45 *S. 456*

Der Schauspieler Paul Muni (1897–1967) trat anfangs in einigen bedeutenden Gangsterfilmen auf, wurde aber später vornehmlich in biographischen Filmen eingesetzt. Das Projekt, von dem Chaplin erzählte, wurde erst 1947 mit dem Film »Monsieur Verdoux« verwirklicht.

5. 3. 45 *S. 457*

Zeitungstext:

Armee-Lied

Die Angehörigen des Marinecorps beteiligen sich immer noch erfolgreich in PMs täglicher Armeeliederspalte und werden das auch weiter tun, bis Lieder von der Armee und Flotte auftauchen. Hier ist eins mit dem Titel »Scheiß Rabaul« aus dem Südpazifik:

Einmal kam ich nach Sydney von Guinea
Von einem Ort namens Scheiß Rabaul.
Da traf ich 'nen alten Sergeanten, der sagte: »Verzeihung
Sie haben Blut auf dem Mantel und Dreck an den Knien
Dadida, Dadida,
Sie haben Blut auf dem Mantel und Dreck an den Knien.«
Jetzt hör mal zu, Alter, du Scheißidiot
Ich komm grad von einem Angriff auf Rabaul
Wo Granatsplitter fliegen und das Vergnügen gleich null
Und gute Männer sterben für Hunde wie dich
Dadida, Dadida
Wo gute Männer sterben für Hunde wie dich.

10. 3. 45 *S. 458*

An der deutschen Westfront wurde im Frühjahr 1945 das linksrheinische Gebiet durch alliierte Truppen besetzt. Die amerikanische 1. Armee besetzte Köln (am 7. 3.) und Mainz (am 22. 3.). Hitler ließ im Lande die letzten Reserven mobilisieren: Jugendliche ab 16 Jahren wurden eingezogen, nachdem schon zuvor Schüler als soge-

nannte »Luftwaffenhelfer« an Flugabwehrgeschütze gestellt worden waren. Oberschulen, Universitäten und kulturelle Einrichtungen wurden geschlossen. In der Heimat verbliebene ältere Männer wurden in einer paramilitärischen Organisation (»Volkssturm«) zusammengefaßt und zu einer sinnlosen »Verteidigung bis zum letzten Blutstropfen« aufgerufen. Am 13.–14. 2. 1945 fand eine militärisch sinnlose und barbarische Zerstörung der bisher verschonten Stadt Dresden durch englische und amerikanische Bomber statt, bei der nach einer Schätzung 300 000 Menschen den Tod fanden. Die Arbeiter, von denen Brecht Lebenszeichen erwartete, waren sogar weitgehend aus der Rüstungsindustrie zur Front abgezogen und durch Häftlinge oder durch Frauen ersetzt worden. Am 19. 3. 1945 erteilte Hitler den Befehl zur Zerstörung aller Industrie-, Verkehrs- und Versorgungsanlagen sowie aller Sachwerte in Deutschland (»Nero-Befehl«). Illegale Organisationen der KPD sowie andere Antifaschisten wandten sich mit Flugblättern u. a. in Berlin, Leipzig und in Thüringen gegen diese Strategie der »verbrannten Erde« und riefen die Bevölkerung zum Kampf gegen die sinnlosen Zerstörungen und für die Beendigung der Kriegshandlungen auf.
Zur Abbildung: Das Foto zeigt Brecht mit Lion Feuchtwanger.

12. 4. 45 *S. 460*
Nach dem Tod Roosevelts übernahm Harry S. Truman die Präsidentschaft.

2. 5. 45 *S. 461*
Zeitungstext:
Die Herald Tribune vom 3. April gibt den Wortlaut einer russischen Radiosendung wieder, in der eine Erklärung des von den Russen eingesetzten Bürgermeisters der deutschen Stadt Landsberg an der Warthe wiedergegeben wurde. Der neue Bürgermeister namens Paul Schulze, ehemaliges Mitglied der deutschen Arbeiterbewegung, der wegen seiner politischen Ansichten zweimal von den Nazis verhaftet worden war, rief alle Deutschen auf, »unserem Beispiel zu folgen und sich von Hitler zu befreien«. Er beschrieb die Hilfe, die von den Russen geleistet wurde, um die eroberte Stadt wiederherzustellen. Unter der sowjetischen Führung, sagte er, seien zur Versorgung der 25 000 Einwohner die Wasserwerke instand gesetzt und Fabriken wiedereröffnet worden. »Fünfzehn Bäckereien arbeiten für die Bevölkerung. Neue Haushalt- und Brotkarten sind ausgegeben wor-

den. Das Arbeitsamt, das Wohnungsamt und Ämter für die Betreuung von Flüchtlingen sind tätig, um den Wiederaufbau voranzutreiben. Straßen sind geräumt worden. Ein Krankenhaus, zwei Entbindungsstationen und ein Kinderheim sind eingerichtet worden.« Der Militärkommandant der Stadt, betonte Schulze, helfe der Bevölkerung in jeder Weise.

3. 5. 45 *S. 461*

Die Schallplatte befindet sich im Nachlaß Brechts.

8. 5. 45 *S. 462*

Am 8. 5. 45 unterzeichneten in Berlin-Karlshorst vor den Mächten der Antihitlerkoalition die Vertreter der deutschen Wehrmacht, die Generäle Keitel, Stumpff und von Friedeburg, die Urkunde für eine bedingungslose Kapitulation. Damit traten die Abmachungen der Alliierten Mächte, die sie auf der Konferenz von Jalta beschlossen hatten, in Kraft. Die Kampfhandlungen wurden am 8. 5. 1945, 23.01 Uhr, eingestellt.

12. 5. 45 *S. 462*

Das Projekt des Ley-Filmes wurde nicht weiter verfolgt. Für den anderen Film schrieb Brecht die Geschichte »Die zwei Söhne«, siehe *GW*, 11, S. 363 ff. Die Geschichte wurde 1969 als Teil des DEFA-Episodenfilmes »Aus unserer Zeit« unter der Regie von Helmuth Nitzschke (mit Felicitas Ritsch und Ekkehard Schall, Sprecherin: Helene Weigel) verfilmt.

mitte mai 1945 *S. 462*

Das Gedicht ist unter dem Titel »Epistel an die Augsburger« in die *GW*, 10, S. 933, aufgenommen.

juni bis mitte juli 45 *S. 463*

Die Aufführung von »Furcht und Elend des Dritten Reiches« (mit dem englischen Titel »The Private Life of the Master Race«) fand unter der Regie von Berthold Viertel am 12. 6. 45 im Theatre of All Nations in New York statt. Es spielten u. a. Albert Bassermann, Elsa Bassermann, Paul Andor, Clarence Derwent, Elisabeth Neumann, Ludwig Roth, James Walsh, Vima Kuerer, Klaus Kolmar. Vorbereitende Notizen Viertels für die Aufführung sind in seinen »Schriften zum Theater«, Berlin 1970, S. 216 ff., abgedruckt. – Vermutlich bezieht sich die Eintragung auf die amerikanische Schauspielerin Laurette Taylor (gest. 1946), die in dieser Zeit im »Playhouse« in dem Stück »The Glass Menagerie« von Tennessee Williams spielte.

An den Verhandlungen mit den Verlagen hatte Elisabeth Hauptmann großen Anteil; Brecht hatte sie autorisiert, ihn in allen Publikationsangelegenheiten zu vertreten. Der Plan einer englischen Gesamtausgabe scheiterte.

Wieland Herzfelde hatte an verschiedene deutsche Schriftsteller, die im Exil lebten, ein Rundschreiben mit dem Plan einer neuen Verlagsgründung geschickt. Er schrieb darüber: »Das Ergebnis dieses Rundschreibens war nur insofern günstig, als einige Freunde in Hollywood, besonders Brecht, den Vorschlag aufgriffen und darüber diskutierten und mit mir korrespondierten. Brecht und Feuchtwanger äußerten einleuchtende Bedenken gegen den Namen ›Die Tribüne‹ ... Als wir uns auf den Namen ›Aurora-Verlag‹ einigten, fanden wir, das Signet eigene sich durchaus, es gab ja ein berühmtes Schiff dieses Namens ... Am 3. April 1944 ging ich abermals zum County-Clerk und ließ den Namen registrieren.« (Wieland Herzfelde im »Ausstellungskatalog / Der Malik-Verlag«, hrsg. von der Deutschen Akademie der Künste zu Berlin, Berlin 1967, S. 67) Als »Gründer« des Aurora-Verlags New York zeichneten: Ernst Bloch, Bertolt Brecht, Ferdinand Bruckner, Alfred Döblin, Lion Feuchtwanger, Oskar Maria Graf, Wieland Herzfelde, Heinrich Mann, Berthold Viertel, Ernst Waldinger und F. C. Weiskopf. Als erste Publikation des Verlags kam 1945 die Szenenfolge Brechts »Furcht und Elend des Dritten Reiches / 24 Szenen« heraus.

Brecht las das »Manifest« drei Vertretern der deutschen Arbeiterbewegung vor: Albert Schreiner (geb. 1892), gelernter Maschinenschlosser, war Mitglied der SPD, später Redakteur und Propagandist der KPD. Er mußte 1933 emigrieren, nahm 1938 als Stabschef der XIII. Internationalen Brigade am spanischen Freiheitskampf teil, ging dann in die USA. Jakob Walcher (1887–1970) war seit Gründung der KPD Mitglied der Partei und seit 1921 Funktionär in der Zentrale der KPD. Er arbeitete mit Clara Zetkin, Wilhelm Pieck, Ernst Thälmann und Walter Ulbricht zusammen und nahm mit ihnen an zahlreichen internationalen Kongressen teil. Walcher trat später zur SAP über und wurde auf dem 1. Reichsparteitag der SAP als Beisitzer des geschäftsführenden Vorstands der Partei gewählt. In der Emigration trat er für eine Einheitsfront gegen Hitler ein und beteiligte sich am Aufruf des Lutetia-Kreises in Paris (1936), der den gemeinsamen Kampf aller Deutschen forderte, die die Welt vor einem neuen Krieg bewahren wollten. Den Aufruf unterschrieben F. Dahlem, W. Koenen und W. Ulbricht (für die KPD), S. Aufhäuser, K. Böchel, M. Braun, R. Breitscheid (für die SPD) und W. Brandt, J. Walcher (für die SAP) sowie L. Feuchtwanger und H. Mann (als Vertreter der freiheitlichen Intelligenz). Walcher ging später in die USA. – Hermann Duncker (1874–1960) war Mitbegründer des Spartakusbundes und Mitbegründer der KPD. Er gab Schriften von Marx, Engels und Lenin heraus und leitete die MASCH (Marxistische Arbeiterschule) in Berlin-Neukölln. Brecht besuchte Ende der zwanziger Jahre Vorlesungen und andere Veranstaltungen Dunckers. Nach seiner Entlassung aus einem faschistischen Zuchthaus gelang ihm die Flucht nach Frankreich und in die USA. – Alle drei Vertreter der Arbeiterbewegung arbeiteten im »Council for a Democratic Germany« gegen den Faschismus.

3. 8. 45 *S. 466*
Vom 17. 7.–2. 8. 1945 fand die Konferenz von Potsdam statt, auf der Truman, Stalin, Churchill (später Attlee) über die europäische Nachkriegsordnung berieten. Am 2. 8. unterzeichneten sie das Potsdamer Abkommen. Brecht kommentierte das Abkommen in folgender Notiz (in *GW*, 20, S. 302): »Die *Potsdamer Beschlüsse* scheinen mir eine absolut mögliche Basis für Deutschland zu bauen. (Einheit des Reichs, Absehbarkeit der Okkupationsdauer, Niederwerfung der ökonomischen Kommandohöhen der Industriellen, Schaffung demokratischer Institutionen von unten auf. Und ich glaube nicht, daß es dazu kommen wird, die Berliner Metallarbeiter zu Schafhirten zu machen.)«

5. 8. 45 *S. 466*
Eric Bentley, amerikanischer Literaturkritiker (geb. 1916), setzte sich für die Verbreitung von Brechts Werken in Amerika ein und übersetzte zahlreiche Stücke und andere Werke von ihm. (Siehe besonders in der von ihm herausgegebenen Reihe »From the Modern Repertoire« bei Indiana University Press.)

3.9.45 S. 467
Zeitungstexte:
Laski macht italienischem Sozialisten Vorwürfe
Sagt, Nenni verliert Vertrauen in die Demokratie, indem er Zusammenschluß mit Kommunisten befürwortet
Per Kabel an The New York Times.
Rom, 2. September – Prof. Harold J. Laski, Vorsitzender des Vorstandes der britischen Labour Party, sprach sich heute in dem ersten einer Serie von Artikeln im politischen Wochenblatt Roms, Nuova Europa, für eine Republik in Italien aus.
Unter der Überschrift »Mein Rat für Nenni« legte er Pietro Nenni, Vize-Premier und Führer der italienischen Sozialistischen Partei, mit Entschiedenheit nahe, ein Programm durchzuführen, das auf Beendigung der Monarchie zielt, auf Sozialisierung und Auflösung des Konkordats mit dem Vatikan durch demokratische Methoden in der Konstituierenden Versammlung.
Gleichzeitig erklärte Mr. Laski, daß Signor Nenni, der das »Vertrauen« in die Demokratie »verloren« habe, auf die Gründung eines Einparteienstaats durch die Verbindung der Sozialisten mit den Kommunisten zusteuere.
Während er einerseits Signor Nenni Tribut für seine Ehrlichkeit zollte, warnte er ihn andererseits vor der Diktatur, die, so sagte er, »Massenverhaftungen selbst unter denen, die gegen *** Mussolini kämpften, bedeuten würde«.
Mr. Laskis Einmischung in die italienische Politik erregte die italienische Presse, aber mehr wegen Signor Nenni als wegen Mr. Laski.
Während es auch nicht eine Zeitung kommentierenswert fand, daß der Vorsitzende des Vorstandes der Labour Party in der institutionellen Frage Stellung bezogen hatte – zumindest insoweit, als er die Zusicherung gab, daß »die Vereinten Nationen die populäre Wahl einer Republik unterstützen werden« –, legten sich fast alle im Sinne einer Krise der Sozialistischen Partei entweder für oder gegen Signor Nenni ins Zeug.
Signor Nenni bestritt, daß er das »Vertrauen« in die Demokratie »verloren« habe und beharrte darauf, daß die Bewegung, die eine Vereinigung von Sozialisten und Kommunisten erwartet, kein Vorspiel einer neuen Diktatur sei. Im Gegenteil, der Vize-Premier schrieb, die Gefahr einer Konterrevolution werde in Italien fortdauern, »solange die Monarchie verschont werde«.
Während das christlich-demokratische Blatt »Popolo« schrieb, daß Signor Nenni über den Sieg der britischen Labour Party jetzt etwas

weniger Begeisterung empfinden könnte als am Tag seiner Verkündung, vermerkte das unabhängige Blatt »Momento«, daß die Warnungen von Mr. Laski und Premier Ferruccio Parri vor der Lösung italienischer politischer Fragen mit anderen als streng demokratischen Methoden am gleichen Tag geäußert worden seien.
Signor Parri, der in Mailand auf einem Kongreß des Komitees der Nationalen Befreiung des Nordens sprach, erklärte, die kommenden Wahlen müßten nach demokratischen Prinzipien durchgeführt werden, und er würde der erste sein, der »eine Wahl, die durch Gewalt oder Gewaltandrohung beeinflußt sei«, für ungültig erklären werde.
Das Grundthema der Bemerkungen Laskis und Parris wird durch die unermüdliche Kampagne der alliierten Behörden, vor allem durch den Botschafter der Vereinigten Staaten, Alexander C. Kirk, betrieben, um amerikanische Truppen hier zu belassen, da sie benötigt werden, um die Situation in diesem Winter zu »stabilisieren«.
In Italien, dessen Fortschritte auf dem Wege zur Demokratie von den höchsten Sprechern der Vereinigten Staaten, Großbritanniens und Frankreichs öffentlich anerkannt worden sind, ist zumindest die Saat innerer Zwietracht vorhanden, durch die alles Gewonnene verlorengehen kann.

The New York Times
Wirtschaft und Finanzen
»Kampf gegen die Inflation« durch Preiskontrolle
Henry Hazlitt
Endlose Schätzungen werden Tag für Tag von der Regierung wie von privaten Wahrsagern hervorgebracht, die uns ganz genau sagen, wie viele Arbeitsstellen oder Arbeitslose wir in sechs Monaten, in einem oder in zwei Jahren haben werden; wie groß unser National»einkommen« oder »Bruttonationalprodukt« sein wird; wieviel Autos, Häuser und Fernsehapparate produziert werden und so weiter. Leider sind die meisten dieser Zahlen wertlos. Denn die einfache Wahrheit ist, daß niemand weiß, wie hoch unser zukünftiges Nationaleinkommen, die Beschäftigung oder die Produktion sein wird, wenn er nicht zu allererst weiß, welcher politischen und wirtschaftlichen Politik wir folgen werden. Wir können eine voll ausgelastete oder desorganisierte Produktion erleben oder Vollbeschäftigung oder Massenarbeitslosigkeit, je nachdem wie diese Politik aussieht.
In einigen Teilen unserer Wirtschaft sind die Kriegskontrollen mit

erstaunlicher Geschwindigkeit beseitigt worden. Insoweit ist die Geschäftswelt zum Weitermachen ermutigt worden. Aber es bleiben noch viele Hindernisse auf dem Wege zur Umstellung auf Friedensproduktion und voll ausgelastete Produktion. Die beiden ernsthaftesten sind das Murray-Gesetz, das sogenannte Vollbeschäftigungsgesetz, das von Präsident Truman als eine »Muß«-Maßnahme beschrieben wurde, und die Beibehaltung der starren und unrealistischen Preiskontrollpolitik durch die OPA.

Tatsächlich scheint der »Kampf gegen die Inflation« auf seiten der Regierung zu einer Politik geworden zu sein, die darin besteht, die Aufhebung der Grundursache der Inflation hinauszuschieben, während gleichzeitig die Symptome bekämpft oder verhehlt werden. Die Grundursache der Inflation ist das Bundesdefizit, das neue Geldkaufkraft durch ein Anwachsen der Bankkredite und der Währung schafft. Anstatt den Versuch zu unternehmen, das Bundesbudget in eine handhabbare Form zu bringen, was ihr endlich, durch das Kriegsende, möglich wäre, verlangt die Regierung jetzt tatsächlich ein Gesetz, das Vollbeschäftigung durch »Ausgleichs«-Ausgaben der Regierung herstellen soll; d. h. durch chronische Defizitfinanzierung. Das eigentliche Ziel, die gewaltige nationale Schuld von 263 000 000 000 Dollar zu vermindern oder nur zu stabilisieren, das eigentliche Ziel, das Budget auszugleichen, das eigentliche Ziel von Sparmaßnahmen durch die Regierung oder der Reduzierung der Regierungsausgaben bis auf einen Punkt, wo es möglich wäre, die nie dagewesene steuerliche Belastung der Unternehmen zu reduzieren, scheint vergessen.
Dieser Vorstoß in Richtung von Murrays Vollbeschäftigungsgesetz kann natürlich nur den Inflationsschrecken im Lande verstärken. Dazu kommt, daß man die früheren Kontrollen über die Industrielöhne schleifen läßt. Im Kongreß gibt es beachtliche Unterstützung für ein Anheben der nationalen Mindestlöhne. Die Gewerkschaften sind dabei, die Industrie mit Forderungen nach höheren Löhnen zu bombardieren. Aber bei all diesem zukünftigen Anwachsen der Kaufkraft und der Herstellungskosten von Gütern sollen die Verbraucherendpreise auf dem bisherigen Niveau gehalten werden. Das Fieber des Patienten treibt man hinaus, hält den Stand des Thermometers jedoch auf normal, um dem Gesamtzustand den Anschein des Normalen zu geben.

In dem Maße, wie diese Politik durch das Anwachsen der schwarzen Märkte nicht umgangen wird, bedeutet sie, daß die Gewinnspanne beschnitten oder eliminiert, die Umstellung auf Friedensproduktion verzögert, die Produktion vieler Zweige entmutigt und durch die Regierungspolitik Arbeitslosigkeit geschaffen wird. Zum Beispiel muß damit gerechnet werden, daß die Ausstellung und der Verkauf neuer Automobile durch den mit dem komplexen Preisfestsetzungsritual der Preiskontrollbehörde verbundenen Bürokratismus jetzt wochenlang aufgehalten werden. Wenn sich die Dinge so weiterentwickeln, wird der nächste Schritt mutmaßlich der sein, daß die Befürworter des Murray-Gesetzes behaupten, die Privatwirtschaft habe ein weiteres Mal bei der Schaffung von Vollbeschäftigung versagt, und die Forderung erheben, die Regierung solle mit weiteren Regierungsausgaben und direkter Arbeitsunterstützung in die Bresche springen.

Wir können diese Konsequenzen nur durch eine Rückkehr zu umsichtigen Regierungsausgaben vermeiden, begleitet von revidierten Steuersätzen, die dem Risiko und der Produktion einen Anreiz lassen, sowie durch einen geordneten, aber schnellen Rückzug von der Preiskontrolle. Es ist richtig, daß der Rückzug von der Preiskontrolle das allgemeine Preisniveau auf Grund der gewaltigen kriegsbedingten Inflation der Bankkredite und der Währung, die bereits stattgefunden hat, sehr wahrscheinlich ansteigen läßt. Doch die einzige sichere Methode, diese Inflation und Preissteigerung anzuhalten, besteht in der Beendigung der starken Defizit-Finanzierung, die deren primäre Ursache ist. Der Versuch, beides durch Preiskontrolle aufzuhalten, während die Grundursachen bestehen bleiben, muß zu einem von zwei Resultaten führen. Werden die Löhne ebenfalls kontrolliert, muß es zur Rationierung und zur Zuteilung von Material und Arbeitskräften und damit zur totalitaristischen Gesamtwirtschaft führen.

Werden die Löhne nicht kontrolliert, fehlen dem privaten Unternehmertum die Profitspannen, die ihm Bewegungsfreiheit verschaffen, wird das Ergebnis Massenarbeitslosigkeit sein. Kurz, unsere einzige Lösung besteht in einer Rückkehr zur freien Marktwirtschaft.

Arbeiter nicht der einzige Faktor

Kongreß gedrängt, auch den Bedürfnissen der Industrie Aufmerksamkeit zu zollen.

An den Herausgeber der New York Times:

Bei den Hearings, die jetzt vor der Bank- und Währungskommission des Senats durchgeführt werden und über die die New York Times berichtet hat, ist viel davon die Rede, was die Regierung für die Arbeiter tun solle und was die Regierung den Arbeitern während der bevorstehenden Periode der durch Umstellung auf Friedensproduktion erzeugten Arbeitslosigkeit geben solle. Wenig wird darüber gesagt, wie die Periode der Umstellung auf Friedensproduktion beschleunigt werden und wie die Industrie in die Lage versetzt werden soll, diejenigen wieder einzustellen, die aus der Kriegsproduktion entlassen wurden oder werden, und diejenigen, die bald ihre Uniform ausziehen müssen.

Daß Arbeitslosigkeit beträchtlichen Ausmaßes während der Umstellungsperiode unvermeidlich sein würde, war jedem klar, der sehen kann. Und doch spielen nun Presse und Rundfunk diesen Aspekt jetzt geradezu hemmungslos hoch, und Interessengruppen stellen der Regierung entsprechende Forderungen.

Während der dreißiger Jahre war unsere Regierung sozialer eingestellt und tat mehr für die Arbeiter als je zuvor in unserer Geschichte. Und doch gab es trotz der Milliarden Schulden, die sie anhäufte, und zwar, bitte schön, im Frieden, 1939, als der Krieg nach Europa kam, immer noch etwa sieben bis neun Millionen Arbeitslose.

Kapital benachteiligt

Während eben jener Jahre gab es allgemein eine Atmosphäre der Entfremdung zwischen Regierung und Geschäftswelt. Man schwelgte in gegenseitigen Beschimpfungen. Ist unseren Gesetzgebern je der Gedanke gekommen, daß in unserem kapitalistischen System des freien Unternehmertums die Geschäftswelt Arbeitsstellen schafft und daß die Geschäftswelt, die die Anlage von Risiko-Kapital fordert, das, nebenbei gesagt, oftmals verlorengeht, nur dann funktioniert und Risiken eingeht, wenn die Atmosphäre freundlich und die Möglichkeit des Profits unter Berücksichtigung aller Umstände vorhanden ist?

Solange es beim kapitalistischen System bleibt und ihm vor jeder Form des Totalitarismus der Vorzug gegeben wird – ein System, das uns zur reichsten und mächtigsten Nation der Weltgeschichte gemacht hat –, warum versuchen wir nicht, es auf allen acht Zylindern laufen zu lassen, anstatt ihm Hindernisse und Beschwernisse in den Weg zu legen? Alle neu eingebrachten Gesetze sollten unter diesem Gesichtspunkt geprüft werden. Was für einen Sinn hat es, weitere zwei Milliarden an Arbeitslosenversicherung auszuteilen, wenn dabei das Risiko-Kapital wieder ins Versteck getrieben wird?

Bereit, vorwärtszuschreiten

Heute ist die Industrie dieses Landes so weit, nach einer kurzen Periode des Übergangs zur Friedensproduktion überzugehen. Sie

hat das Arbeitskapital. Sie hat die Anlagen. Sie verfügt über vielfältige neue und verbesserte alte Produkte, die sie auf den Markt werfen kann. Die aufgestaute Nachfrage nach einer Vielzahl von Waren, die während vieler Jahre unbefriedigt blieb, ist im In- und im Ausland groß. Laßt uns der Geschäftswelt Vorfahrt geben, natürlich unter Berücksichtigung der geltenden Regeln und Verordnungen. Laßt uns bestehende Barrikaden abtragen, nicht aber neue errichten. Gebt unternehmenden Leuten die Chance, in die Geschäftswelt einzutreten auf der Suche nach Profiten. Sie werden dabei Arbeitsstellen schaffen und Waren und Dienstleistungen produzieren.
Die Arbeiter haben ein Interesse daran, dafür zu sorgen, daß unser gegenwärtiges Wirtschaftssystem gut funktioniert und überlebt, genau wie das Kapital. Die Arbeiter brauchen nur ihr Los hier, im kapitalistischen System, mit jenen Verhältnissen zu vergleichen, die in jedem beliebigen anderen System irgendwo sonst in der Welt herrschen.
New York, 30. August 1945 A. Y. Cowen

S. 468

Zeitungstexte:
1945
Erzbischof Cushing greift Kommunisten an
Boston, 2. September (AP) – Seine Eminenz, Richard E. Cushing, Erzbischof von Boston, erklärte heute, es wäre »eine brutale Tragödie, wenn der Totalitarismus und der Materialismus – oder die Verschmelzung beider, der atheistische Kommunismus – den Frieden im Lande unter ihre Kontrolle bringen«.
In seiner Predigt, bei einer eigens zum bevorstehenden Tag der Arbeit in der Heiligen-Kreuz-Kathedrale gehaltenen Messe, sagte der Erzbischof:
»Wieder einmal entdecken wir jetzt die Bemühungen falscher Arbeiterfreunde, die Arbeiter von ihren geistigen Führern zu trennen; Katholiken von ihrer Hierarchie; ›das Proletariat‹, wie es diese falschen Freunde zu bezeichnen pflegen, von denen, die dieselbe Gruppe ›die Prälaten‹ nennt.
Diese falschen Arbeiterfreunde sind in den USA nur langsam vorangekommen, weil die Arbeiter und die amerikanische Hierarchie Blutsverwandte sind.«
In der gesamten amerikanischen Hierarchie, erklärte er, »gibt es nicht einen Bischof, Erzbischof oder Kardinal, dessen Vater oder Mutter Collegeabsolventen gewesen sind«.

»Jeder einzelne unserer Bischöfe und Erzbischöfe ist der Sohn eines Arbeiters und einer Arbeiterfrau«, fügte er hinzu.
»Das ist einer der Gründe, warum es eine so schwere Aufgabe für einen Saboteur ist, unsere Menschen von uns zu trennen.«

Reichtum Großbritanniens in Händen weniger
Laut der internationalen Föderation der Gewerkschaften, die ihren Hauptsitz in London hat, liegt der Besitz von 55% des Privateigentums in Großbritannien in den Händen von 1% der erwachsenen Bevölkerung über 25 Jahren.
Offizielle Statistiken für 1943 und 1944 zeigen, sagt die Föderation, daß 8600 Personen an der Spitze der Einkommensskala ein Gesamteinkommen von £ 180 000 000 oder im Durchschnitt £ 21 000 hatten, während 1 755 000 Personen in den untersten Einkommensgruppen insgesamt £ 2 355 000 000 oder weniger als £ 250 (etwa 1000 Dollar) durchschnittlich verdienten.
»Ein Faktor für die außerordentliche Bedeutung der sogenannten ›Kriegsfluktuation‹ ist, daß der Anteil der Gehaltsempfänger am Gesamteinkommen von 27% im Jahre 1939 auf 22% im Jahre 1944 fiel, während der der Lohnempfänger trotz Prämien, Zuschlägen für Überstunden usw. etwa bei 42% blieb«, stellt die Föderation fest.

Stahlindustrie will Preiserhöhung von 7 Dollar pro Tonne / Von Associated Press.
Cleveland, 2. September – Stahlwerke, die während der letzten lukrativen Kriegsjahre daran gewöhnt waren, mit Gewinn zu arbeiten, sind bemüht, durch weitere Preiserleichterungen finanziell stabil zu bleiben, berichtete heute die Zeitschrift »Stahl«.
Angesichts der steigenden Produktionskosten und zurückgehenden Einnahmen auf Grund gestrichener Kriegsaufträge bemüht sich die Stahlindustrie um eine maximale Gesamtpreiserhöhung von 7 Dollar pro Tonne oder eine direkte Erhöhung von 7.50 Dollar pro Tonne für Kohlenstoffstahlprodukte, berichtete das Handelsorgan.
»Stahl« betonte, daß ihnen Einzelheiten fehlten, zitierte aber Äußerungen maßgeblicher Handelskreise, denen zufolge am 24. August vom Beratungskomitee der Stahlindustrie eine Resolution angenommen wurde, in der das Büro für Preisverwaltung um Erleichterungen gebeten wird.

Zeitungstexte: S. 469

5000 Plastikaugen von Armee hergestellt / Das medizinische Corps der Armee hat mehr als 5000 Plastikaugen hergestellt und eingesetzt, berichtet Associated Press.

Spanischer Primas verneint, daß Kirche unter Francos Knechtschaft arbeitet

Von Paul P. Kennedy/Funkbericht an die New York Times

Madrid, 2. September – Ein Dementi, daß die spanische Kirche sklavisch an Generalissimo Francisco Franco gebunden sei, ist in einem Hirtenbrief enthalten, der von Dr. Enrique Pla y Deniel, Erzbischof von Toledo und Primas von Spanien, verfaßt und heute früh hier veröffentlicht wurde. Dr. Pla y Deniel billigt offen das Franco-Regime, weist jedoch die Anschuldigung zurück, daß die Kirche für den Totalitarismus eintrete, und lehnt ebenfalls die Verantwortung der Kirche für Angelegenheiten des Staates ab.

Alle Morgenzeitungen in Madrid bringen den Brief auf der ersten Seite, doch nur »Arriba«, das offizielle Falangeorgan, gab einen redaktionellen Kommentar ab und erklärte:

»Diesmal ist es kein Propagandaorgan dieses oder jenes Regimes, sondern der Kirchenprimas, der im Namen bleibender Wahrheiten, die über alle streng politischen Erwägungen hinausgehen, gesprochen hat.«

Zu Beginn seines Hirtenbriefes erklärte der Primas, daß, wenn es eine enge Übereinstimmung zwischen Kirche und Staat gibt, wie das in Spanien der Fall ist, man die Tätigkeiten und Verantwortlichkeiten der Kirche nicht mit denen des Staates verwechseln solle. »Wir versichern feierlich, daß die Kirche in Spanien vollkommene Neutralität bewahrt hat«, sagte er.

Er bete, daß kein neuer Bürgerkrieg Spanien in Flammen setzen möge, und fügte hinzu, daß zwar alle Kriege furchtbar seien, sie aber dennoch gerecht wären, wenn sie notwendig, wenn sie »für die Wiedereinsetzung der internationalen Ordnung« seien.

»Niemand liebt den Frieden mehr als die katholische Kirche, doch verfallt nicht dem Irrtum einiger Ketzer, die jeden Krieg als ungerecht verdammen.«

Während bezweifelt werden kann, ob der Primas über eine ebenso große Kirchenanhängerschaft verfügt wie Kardinal Pedro Segura y Saenz von Sevilla, hat er doch immer noch die mächtigste offizielle Position innerhalb der Kirche in Spanien, und zweifellos wird der Hirtenbrief einen gewaltigen Einfluß auf die politische Situation hier haben.

Kritisiert ausländische Kritiker
Der ehemalige Bischof von Salamanca, Dr. Pla y Deniel, Angehöriger einer reichen katalanischen Familie, wurde 1941 von General Franco als Primas nominiert und noch im selben Jahr vom Vatikan ernannt. Seit dem Bürgerkrieg, als er seinen Bischofspalast in Salamanca dem General vorübergehend zur Verfügung stellte, ist er ein enger Freund General Francos. Sein Onkel, Miguel Mateny Pla, ehemaliger Bürgermeister von Barcelona, ist heute Chef der spanischen Mission in Paris.
Der Bischof sagt in seinem Hirtenbrief, daß einige ausländische Kritiker Spaniens und des gegenwärtigen Regimes auch die spanische Kirche in ihre Kritik einschlössen. »Die spanische ekklesiastische Hierarchie ist nie irgend jemandes Sklave gewesen und wird es nie sein, sie hat nie eine planwirtschaftliche oder totalitäre Konzeption verteidigt, und sie wird es nie tun.«
Er fügte hinzu, daß es während seiner Jahre als Primas geradezu eine Zwangsvorstellung von ihm gewesen sei, gegen die sklavische Bindung der Kirche an irgendein politisches Regime einzutreten.
Das kürzlich erlassene spanische Grundgesetz wird von dem Primas als eine »Orientierung auf christliche Freiheit im Gegensatz zum Staatstotalitarismus« gelobt.
Schließlich erklärte der Primas: »Der vergangene Bürgerkrieg und Kreuzzug war ein bewaffneter Volksentscheid, der der religiösen Verfolgung ein Ende setzte. Niemand will irgendeine unnötige Revision, die zu einem neuen Bürgerkrieg mit großen Verlusten für Spanien und großen Gefahren für den Frieden der westlichen Nationen Europas führen würde.«

10. 9. 45 *S. 470*
Am 6. 8. 45 wurde eine Atombombe auf Hiroshima, am 9. 8. 45 auf Nagasaki abgeworfen. Dabei wurden insgesamt 180 000 Menschen sofort getötet, mehr als 100 000 Menschen starben an den Folgen der Atomexplosionen.

20. 9. 45 *S. 470*
Die Macbethkopie für den Film nannte Brecht »All Our Yesterdays«, siehe »Texte für Filme«, II, S. 439 ff. Auf dem Titelblatt des Typoskripts ist der Name von Peter Lorre ausgestrichen.

25. 9. 45 *S. 470*

Mit Brechts »Dreigroschenoper« eröffnete Karl Heinz Martin am 15. 8. 1945 die Spielzeit am Theater in der Stresemannstraße, das dann wieder »Hebbel-Theater« genannt wurde. Die Aufführung war programmatisch als Bekenntnis zu dem von den Nazis ausgewiesenen Dichter angesetzt. Es spielten: Hans Albers/Hubert von Meyerinck (Macheath), Reva Holsey (Polly), Helga Zülch (Jenny), Hans Hermann Schaufuß/Josef Sieber (Peachum), Kate Kühl (Frau Peachum). Von einer vorzeitigen Absetzung der sehr erfolgreichen Aufführung ist nichts bekannt. Nach einem Programmzettel, der sich im Bertolt-Brecht-Archiv befindet, wurde die »Dreigroschenoper« z. B. noch im Januar 1946 gespielt.

25. 9. 45 *S. 471*

Am 5. 7. 1945 errang bei den Wahlen zum Unterhaus erstmals die Labour Party die absolute Mehrheit der Sitze. Am 27. 7. wurde eine Labourregierung unter Clement Richard Attlee gebildet.

2. 10. 45 *S. 471*

Einzelne Blätter mit Entwürfen und Skizzen zu »Die Verurteilung des Prometheus« befinden sich im Nachlaß Brechts.

5. 10. 45 *S. 471*

Nachdem die UdSSR, die USA, Großbritannien und Frankreich am 8. 8. 1945 ein Abkommen über die Verfolgung und Bestrafung der Hauptkriegsverbrecher abgeschlossen hatten, begann am 20. 11. in Nürnberg der Prozeß gegen sie. Am 1. 10. 1946 wurden die Urteile verkündet. An den Gerichtsverhandlungen nahmen als Berichterstatter antifaschistische Schriftsteller aus vielen Ländern teil.

15. 10. 45 *S. 473*

Brecht spielt auf den angeblichen Wahlspruch Kaiser Ferdinands I. an: »Fiat justitia, et pereat mundus!« (Gerechtigkeit muß sein, und sollte darüber die Welt zugrunde gehen!). In der Notierung kehrt Brecht den Sinn um: »Fiat mundus, pereat justitia!« (Die Welt muß sein, sollte darüber die Gerechtigkeit zugrunde gehen!)

Pierre Laval, der von 1942–1944 Ministerpräsident der Vichyregierung war und mit den Deutschen kollaborierte, wurde von der

Regierung Charles de Gaulles, die sich am 9. 9. 1944 provisorisch gebildet hatte, verhaftet und im August 1945 zum Tode verurteilt.

28. 10. 45 *S. 473*
Siehe dazu Albert Einsteins Bemerkungen über eine »Weltregierung« in seinem Buch »Mein Weltbild«, Berlin 1955, bes. S. 78.

29. 10. 45 *S. 474*
Übersetzung des Textes: »die erwarteten militärischen Vorteile der Uranbomben waren wesentlich spektakulärer als die eines Urankraftwerkes ... solche Gedanken hatten sich in den meisten Köpfen derer, die auf diesem Gebiet arbeiteten, festgesetzt ...«

20. 11. 45 *S. 474*
Ezra Pound (1885–1972) lebte längere Zeit in England, ging 1924 nach Italien, wo er einer der Fürsprecher des Faschismus wurde. Die US-Truppen verhafteten ihn 1945, und man klagte ihn des Hochverrats an. Pound wurde bis 1958 in ein Irrenhaus eingewiesen, danach lebte er in Meran bis zu seinem Tod im Jahr 1972.

1. 12. 45 *S. 474*
Das »Vorwort« zu »Leben des Galilei« ist in den *GW*, 10, S. 936, mit dem Titel »Prolog zur amerikanischen Aufführung« in der späteren Textfassung abgedruckt.

10. 12. 45 *S. 475*
Über die Zusammenarbeit schrieb Brecht auch das Gedicht »Brief an den Schauspieler Charles Laughton, die Arbeit an dem Stück ›Leben des Galilei‹ betreffend«, siehe *GW*, 10, S. 938.

17. 12. 45 *S. 477*
Laughton »hates the sight of that man«, ist aber bereit, »if it is necessary« to swallow him. = Laughton haßt den Anblick dieses Menschen, aber er ist bereit, falls nötig, ihn zu schlucken.
Zur Abbildung: Das Foto zeigt Brecht mit Charles Laughton in

dessen Garten. Vergleiche dazu folgende Verse aus dem Gedicht »Garden in Progress« (*GW*, 10, S. 883 ff.):

»Das weiße Haus ist beschattet von riesigen Eukalyptusbäumen
Verstaubten Überbleibseln der verschwundenen Mission.
Nichts sonst erinnert an sie, es sei denn das indianische
Granitene Schlangenhaupt, das neben dem Brunnen liegt
Als erwarte es geduldig
Den Verfall mehrerer Zivilisationen.

Und da war auf einem Holzblock eine mexikanische Skulptur
Aus porösem Tuffstein, darstellend ein Kind mit heimtückischen Lidern
Das stand vor den Backsteinen des Werkschuppens.«

5. 1. 46 *S. 478*

Der amerikanisch-englische Faschist William Joice unterstützte in England in den 30er Jahren die nationalsozialistische Bewegung und war seit 1938 der Führer der National Socialist League. Bei Kriegsausbruch lief er zu den deutschen Faschisten über und war Sprecher der Propagandasendungen des »Großdeutschen Rundfunks« für England und die USA. In diesen Ländern zog er sich dadurch den Spitznamen »Lord Haw-Haw« (gewöhnlich so geschrieben) zu. Er wurde nach dem Kriege als Verräter zum Tode verurteilt.
Im Bereich, der der Sowjetischen Militärverwaltung (SMA) in Deutschland unterstand, wurde ein Block antifaschistisch-demokratischer Parteien gebildet. Die Militärbehörde bestätigte die Präsidien einzelner deutscher Landes- und Provinzialverwaltungen. Am 3. 9. 1945 erließ die Provinzialverwaltung Sachsen als erste eine Verordnung über die Durchführung einer demokratischen Bodenreform. Danach wurde der Grundbesitz von Kriegsverbrechern, Kriegsschuldigen und Naziaktivisten sowie der gesamte junkerliche Großgrundbesitz über 100 ha entschädigungslos enteignet und aufgeteilt. In der Zeit vom 5.–11. 9. 1945 beschlossen die übrigen Länder und Provinzen ähnliche Verordnungen. Dadurch wurden über 3 Millionen ha Boden enteignet und an Landarbeiter, landarme Bauern und Umsiedler verteilt. Bis zum 1. 1. 1950 wurden über 200 000 Neubauernhöfe geschaffen.

20. 2. 47 *S. 478*

Diese Notierung folgt in dem Exemplar des »Arbeitsjournals«, das

Brecht hinterlassen hat, unmittelbar auf die Notierung vom 5. 1. 46 (Bertolt-Brecht-Archiv, Mappe 282, Blätter 29 und 30). Es gibt keinen Hinweis Brechts oder anderer auf den Grund der Unterbrechung.
Siehe über Brechts Beziehung zu Johannes R. Becher die Anmerkung zur Notierung vom 10. 11. 43.

S. 479
Bildtext: *Ruhrbergarbeiter bei der Arbeit* / Schwach und unwillig.

S. 480
Bildtext: Sie warten auf das Rote Kreuz (in Rumänien) / Nahrung für die Armen, Halt für die Verzweifelten.

Zeitungstext:
Führer sind wieder beunruhigt durch Ernteüberschuß
Eines der wichtigsten ökonomischen Probleme, denen die Vereinigten Staaten gegenwärtig gegenüberstehen, ist die Verwertung von überschüssigen Agrarprodukten, teilte der Chef der Nationalen Farmervereinigung Albert S. Goss den Mitgliedern der Handelskammer von Wilshire während des gestrigen Arbeitsessens im Chapman-Park-Hotel mit.
»Seit 1939 ist die Nahrungsmittelproduktion in diesem Land um 35% angestiegen, während der Verbrauch nur um 15% zugenommen hat«, sagte Goss. »Damit bleibt ein Überschuß vorhanden, den wir absetzen müssen, ohne die Wirtschaft der Farmer und der Nation als Ganzes aus dem Gleichgewicht zu bringen.«
Vorschlag von drei Plänen
Vier größere Pläne zur Lösung des Problems sind in Vorbereitung, sagte er. Drei davon werden von Vertretungen in Washington vorgeschlagen, doch hält er nicht viel davon. Sie sehen vor, was er künstliche Methoden der Festsetzung von Produktion, Preisen und Verteilung nennt.
»Das Gesetz von Angebot und Nachfrage ist immer noch in Kraft«, erklärte Goss. »Befolgen wir es nicht, dann werden wir uns ruinieren, genauso wie 1920 die Farmer ruiniert wurden.«
Der vierte Plan, der von der Farmervereinigung unterstützt wird, ist eine internationale Organisation der Landwirte, die vorigen Mai ihre erste Sitzung abhielt, um Bestimmungen festzusetzen, nach denen entschieden wird, welche Nahrungsmittel in der ganzen Welt produziert werden sollen. Innerhalb dieser Bestimmungen würde eine weltweite Organisation Höchst- und Mindestpreise festsetzen

und auf dem freien Markt kaufen und verkaufen, um diese innerhalb der vorgeschriebenen Grenzen zu halten.
Versand möglich
Überschüssige Produkte, die zu gestützten Preisen gekauft werden, würden in Büchsen oder anderweitig konserviert oder an die hungerleidende Bevölkerung verschiedener Länder auf Kredit verteilt werden, der dann durch sofortige oder spätere Lieferung von Austauschgütern abgedeckt werden müßte. Somit, sagte er, würden dann Überschüsse nicht mehr vernichtet, wie das in diesem Land in der Vergangenheit der Fall war.
»Vergessen Sie nicht«, sagte Goss seinem Publikum, »daß die Landwirte der Welt 80% der Kaufkraft darstellen. Wir müssen diese Kaufkraft aufrechterhalten, wenn das Geschäft florieren soll.«
Goss, der seinen Sitz in Washington hat, befindet sich auf einer kurzen Dienstreise in Los Angeles und wird heute in die Hauptstadt zurückkehren.

S. 481

Zeitungstext:
15 Millionen Gräber markieren den Weg der Nazis / Russen und Polen brachten die größten Opfer der neun überfallenen Nationen
Der 2. Weltkrieg forderte hohe Opfer an Menschenleben in den europäischen Ländern, die von 1939 bis 1945 von deutschen Armeen überfallen und besetzt wurden. Sterblichkeitsstatistiken aus offiziellen Quellen zeigen, daß annähernd 15 Millionen Staatsangehörige aus neun Ländern (Frankreich, Belgien, Niederlande, Norwegen, Polen, Tschechoslowakei, Jugoslawien, Griechenland und Sowjetrußland) Soldaten waren, die im Kampf fielen, oder Zivilisten, die von Bomben getötet oder hingerichtet wurden oder an Unterernährung oder kriegsbedingten Krankheiten starben.
Es gibt keine Zahlen über das Verhältnis der Toten aus der Zivilbevölkerung und der Armee in Rußland, aber 7 437 000 von den 7 859 000 Toten der anderen überfallenen Länder waren Zivilisten. Die Verluste in der russischen Zivilbevölkerung waren äußerst hoch.
Als Vergleichsgrundlage werden auch Großbritanniens und Deutschlands Verluste auf den Europa übersäenden Grabsteinen angegeben. Die Verluste Sowjetrußlands waren die höchsten, betrugen aber nur 3,7% der Vorkriegsbevölkerung. Polen litt am meisten mit einem Verlust von 13,6% seiner 35 400 000 Einwohner, während Jugoslawien 11,2% seiner 15 000 000 Einwohner verlor. Die Verluste

Großbritanniens, wo keine Invasion stattfand, betrugen weniger als 1 %, Deutschland verlor 5 %.

Beschriftung der Kreuze, die die Verluste anzeigen:

Großbritannien	397 591
Frankreich	820 000
Belgien	125 000
Niederlande	204 000
Deutschland	3 600 000
Norwegen	11 000
Tschechoslowakei	190 000
Polen	4 620 000
Jugoslawien	1 680 000
Griechenland	490 000
Rußland	7 000 000

Anmerkung dazu: Nach neueren Angaben sind die Verluste in den einzelnen Ländern erheblich höher, als das 1947 geschätzt werden konnte. Die Gesamtzahl der im 2. Weltkrieg Getöteten wird mit etwa 55 Millionen angenommen, davon 20 Mill. Sowjetbürger, 6,5 Millionen Deutsche, 6 Mill. Polen, 1,7 Millionen Jugoslawen (als die am schwersten betroffenen Nationen).

20. 3. 47 *S. 481*

Siehe »Der anachronistische Zug oder Freiheit und Democracy« in *GW*, 10, S. 943 ff. Shelleys »Maskenzug der Anarchie« hatte Brecht in seinem Aufsatz »Weite und Vielfalt der realistischen Schreibweise« als Beispiel revolutionärer realistischer Gestaltung angeführt und mit einer synoptischen Übersetzung zitiert, siehe *GW*, 19, S. 340 ff.

24. 3. 47 *S. 481*

Andrej Shdanow (1896–1948) nahm aktiv an der Vorbereitung und Durchführung der Oktoberrevolution im Ural teil; von 1934–1944 war er Sekretär des Gebiets-Stadtkomitees der KPdSU in Leningrad. Shdanow erwarb sich Verdienste bei der Verteidigung Leningrads im zweiten Weltkrieg. Er verfaßte zahlreiche theoretische Arbeiten zu Fragen der Philosophie und Kunst und bestimmte zeitweilig wesentlich die Kulturpolitik der Sowjetunion. – Eine Zusammenstellung ausgewählter Aufsätze Shdanows erschien 1951 in Berlin unter dem Titel »Über Kunst und Wissenschaft«; darin ist auch sein »Referat über die Zeitschriften ›Swesda‹ und ›Leningrad‹ (1946)« enthalten.

24. 3. 47 *S. 482*

Brecht schrieb den Filmentwurf zusammen mit Elisabeth Hauptmann, siehe »Texte für Filme«, II, S. 598 ff. Über »Die zwei Söhne« siehe die Notierung zum 12. 5. 45. Brechts Mitarbeiter an mehreren Stücken und am Film »Kuhle Wampe oder Wem gehört die Welt?«, Slatan Dudow, war nach Berlin zurückgekehrt und arbeitete bei der in Potsdam-Babelsberg im Mai 1946 gegründeten Deutschen Film-AG (DEFA). – Pudowkins großer historisch-revolutionärer Film »Sturm über Asien« entstand 1929. Über den Chaplin-Film »Monsieur Verdoux« (1947) siehe auch die Anmerkung zum 4. 3. 45.

27. 3. 47 *S. 483*

André Malraux drehte seinen Film »Man's Hope« (Hoffnung, Originaltitel: »L'Esproid«) während des spanischen Bürgerkriegs. Die Helden des Films sind Kämpfer der Internationalen Brigaden. – Sergej Eisenstein (1898–1948) fuhr 1930 nach Hollywood, wo er wegen Meinungsverschiedenheiten mit einer Filmfirma keinen seiner Pläne ausführen konnte. In den Jahren 1930–1931 machte er in Mexiko Aufnahmen für den Film »Que viva Mexico«, konnte ihn aber nicht fertigstellen. Aus den in den USA zurückgelassenen Negativen stellte Sol Lesser den Film »Thunder over Mexico« (Sturm über Mexiko) sowie einige Kurzfilme zusammen.

S. 486

Zeitungstext:
Weltstärke der Kommunisten
Alle Mitglieder der kommunistischen Parteien in der ganzen Welt wären nicht imstande, einen amerikanischen Präsidenten zu wählen. Zahlen, die in London auf einem Kongreß der Kommunistischen Partei Großbritanniens veröffentlicht wurden, zeigen, daß kommunistische und andere Parteien, die auf dem Marxismus basieren, 18 692 000 Mitglieder haben, die in 57 Ländern verstreut sind. Diese Gesamtzahl ist um 6 000 000 niedriger als die Anzahl der Stimmen, die bei den amerikanischen Präsidentschaftswahlen von 1944 für den Siegeskandidaten abgegeben wurden.
Die »Worldgraph« gibt diese Zahlen entsprechend den Angaben der

Kommunistischen Partei wieder. Eine zusätzliche Spalte zeigt den prozentualen Anteil an der Gesamtbevölkerung jedes Landes, den seine KP-Mitglieder darstellen.
Die Zahlen bringen einen grundlegenden Unterschied zwischen kommunistischen und demokratischen politischen Organisationen deutlich zum Ausdruck. Russische Kommunisten beschränken rigoros die Größe ihrer Partei, setzen ein jährliches Kontingent für die Aufnahme neuer Mitglieder fest. So umfaßt die eine und allmächtige politische Partei nur 3% der Bevölkerung des Landes.
Bei ähnlicher Organisation stellen die 7% Kommunisten in der Tschechoslowakei weit mehr als den für die Herrschaft des Landes notwendigen Anteil dar. Das gleiche oder ein höheres Verhältnis der Stärke der Partei wie in Rußland haben ein Dutzend andere Länder einschließlich Frankreich und Italien. Im allgemeinen ist diese Stärke am höchsten in den benachbarten Staaten Rußlands, sie fällt ab auf ein Zehntel von 1% in Großbritannien und auf ein Zwanzigstel von 1% in den USA.

15.9.47 *S. 488*

»Das deutsche Stanislawski-Buch« von Ottofritz Gaillard erschien 1947 in Berlin. Es stellte sich als »Lehrbuch der Schauspielkunst nach dem Stanislawski-System« vor. Maxim Vallentin hatte ein Geleitwort geschrieben und Otto Lang einen Anhang über Laienspiel hinzugefügt. In Vallentins Vorwort hieß es: »Dieses Buch will nicht dogmatisch verstanden sein, wohl aber will es der Durchsetzung einer naturgemäßen, d. h. vernünftigen Methode dienen, deren Inhalt die mit dem Fortschreiten der Gesellschaft fortschreitende Wahrheit bleibt. Die Wahrheit aber entwickelt die Methode weiter.« (A. a. O., S. 12)

S. 489

Transkription von Brechts Handschrift: N. Y. 124 E[ast] 57th Street
Zum Foto: Brecht und sein Sohn Stefan
Unterer Bildtext: Eine Nebelwand steigt auf aus der Zigarre des aus Deutschland gebürtigen Schriftstellers Berthold [sic] Brecht, eines Bekannten des Kommunisten Gerhard Eisler. Sein breiter Akzent verwirrte das Komitee, das ihn entließ, nachdem er verneint hatte, Mitglied der Partei zu sein.
Zur Abbildung: Brecht vor dem Kongreßausschuß zur Untersuchung unamerikanischer Betätigung. Siehe Notierung vom 30.10.47.

S. 490
Das obere Foto zeigt das Haus in Santa Monica, in dem Brecht und seine Familie 5 Jahre lang wohnten.
Transkription von Brechts Handschriften:
Santa Monica 1063 – 26th Street (1942–1947) F.: R[uth] B[erlau]
Unteres Foto:
Oktober 1947 Die Koffer sind gepackt. F.: R[uth] B[erlau]

30. 10. 47 *S. 491*
Im Oktober 1947 veranstaltete der »Kongreßausschuß zur Untersuchung unamerikanischer Betätigung« in Washington eine Überprüfung von Schriftstellern, Filmregisseuren und Schauspielern, um ausfindig zu machen, wodurch eine angeblich »kommunistische Infiltration« der amerikanischen Filmindustrie zustande gekommen sei. Die Leitung des Hearings lag in den Händen von Robert E. Stripling. Ein stenographischer Bericht des Verhörs wurde in den »Hearing Regarding / The Communist Infiltration of the Motion Picture Industry«, Washington 1947, S. 491–504, abgedruckt. Eine Schallplatte der Vernehmung erschien 1963 bei Folkway Records, herausgegeben von Eric Bentley (Folkway Records FD 5531). Brecht hatte für das Hearing eine Erklärung vorbereitet, die er aber nicht verlesen durfte. Sie ist abgedruckt in *GW*, 20, S. 303 ff. (»Anrede an den Kongreß für unamerikanische Betätigungen«).
Edward T. Humbleton war der Producer und Joseph Losey der Regisseur der Aufführung von »Galileo«, die am 30. 7. 1947 am Coronet Theatre herausgekommen war. Siehe dazu »Materialien zu Brechts ›Leben des Galilei‹«, Frankfurt/M. 1963, S. 176 f.

31. 10. 47 *S. 492*
Charles Laughton bereitete sich für die »Galileo«-Vorstellung vor, in der er unter der Regie von Joseph Losey die Titelrolle am Maxine Elliot's Theatre in New York spielen sollte (die Premiere fand am 7. 12. 1947 statt).

1. 11. 47 *S. 492*
Ella Winter ist die Frau des Filmautors Donald Ogden Stewart.

3. 11. 47 S. 492

Jean-Louis Barrault leitete das »Théâtre de Marigny« in Paris und inszenierte 1946 Kafkas »Prozeß«.

4. 11. 47 S. 492

Anna Seghers war 1947 von Mexiko nach Stockholm gekommen und bekam die Einreise nach Berlin durch die SMA. Wie andere progressive Schriftsteller erhielt sie in der erheblich zerstörten Stadt durch den Kulturbund zur demokratischen Erneuerung Deutschlands (als dessen Präsident Johannes R. Becher gewählt worden war) eine Wohnmöglichkeit in einem der vier Sektoren vermittelt. Berlin wurde von den vier Mächten gemeinsam regiert. Auf der Grundlage einer von der Alliierten Kommandantur erlassenen vorläufigen Verfassung von Groß-Berlin wurden gemeinsame Stadtverordnete gewählt, die unter einem Oberbürgermeister Maßnahmen für die weitere Entwicklung der Stadt einleiteten. Erst die Einführung einer Separatwährung in den drei Westsektoren im Juni 1948 löste den Berlin-Konflikt aus, der die Bewohner der Sektoren in zwei unterschiedliche Gesellschaftssysteme aufteilte. Anna Seghers zog in diesem Jahr in den sowjetischen Sektor und wohnte eine Zeitlang mit Brecht und Helene Weigel in einem Haus in Berlin-Weißensee. – Um die Verbreitung ihrer Bücher in allen Besatzungszonen Deutschlands und im Ausland brauchte die Dichterin nicht besorgt zu sein. Ihr berühmter Roman »Das siebte Kreuz«, der bereits 1942 in Mexiko, Boston und Stockholm herausgekommen war, fand nach dem Kriege große Verbreitung: Er erschien 1946, 1947, 1950 im Aufbau-Verlag Berlin, 1947 im Desch-Verlag München, im Verlag Mondadori Mailand, im Verlag Gyldendal Oslo und im Verlag Gallimard Paris, 1948 im Rowohlt Verlag Berlin und Hamburg sowie 1949 in Moskau. Verschiedene Erzählungen und Berichte von Anna Seghers wurden 1946 im Aurora-Verlag New York, 1947 im Kiepenheuer-Verlag Weimar, 1948 im Verlag Weller Konstanz, 1948 und 1950 im Aufbau-Verlag Berlin, 1950 in Moskau publiziert. Ihr Roman »Transit« kam 1944 in Mexiko heraus. 1947 erschien in Berlin die erste deutsche Ausgabe des Romans »Die Rettung«.

5. 11. 47 S. 493

Caspar Neher (1897–1962), von Brecht meist als »cas« bezeichnet, war der wichtigste Bühnenbildner vieler Brecht-Uraufführungen:

1922 »Trommeln in der Nacht« Figurinen und Dekorationsvorschläge zur Uraufführung in München (dann offiziell von Otto Reigbert übernommen), 1923 »Im Dickicht« Uraufführung in München, 1924 »Leben Eduards II. von England« Uraufführung in München, 1924 »Dickicht« Deutsches Theater Berlin, 1926 »Baal« Junge Bühne Berlin, 1926 »Mann ist Mann« Uraufführung Darmstadt, 1927 Songspiel »Mahagonny« Baden-Baden, 1928 »Mann ist Mann« Volksbühne Berlin, 1928 »Die Dreigroschenoper« Uraufführung Theater am Schiffbauerdamm Berlin, 1929 »Die Dreigroschenoper« München, 1929 »Happy End« Uraufführung Theater am Schiffbauerdamm, 1930 »Aufstieg und Fall der Stadt Mahagonny« Uraufführung Leipzig, 1930 »Die Dreigroschenoper« Köln, 1930 »Aufstieg und Fall der Stadt Mahagonny« Frankfurt/M., 1931 »Mann ist Mann« Staatstheater Berlin, 1931 »Dreigroschenoper«-Film, 1932 »Die Mutter« Uraufführung Komödienhaus Berlin, 1933 »Die Dreigroschenoper« Empire Theatre New York, 1933 »Die sieben Todsünden der Kleinbürger« Uraufführung Paris. – Caspar Neher schuf zahlreiche weitere Bühnenbilder für Theaterstücke nach Opern, vor allem in Berlin, Frankfurt/M., Wien und Zürich. Nach erfolgreicher Fortsetzung der produktiven Zusammenarbeit schrieb Brecht eine »Rede des Stückeschreibers über das Theater des Bühnenbauers Caspar Neher« (in *GW*, 16, S. 632 ff.), in der es u. a. heißt: »Seine Dekorationen sind bedeutende Aussagen über die Wirklichkeit. Er verfährt dabei groß, ohne durch unwesentliches Detail oder Zierat von der Aussage abzulenken, die eine künstlerische und denkerische Aussage ist. Dabei ist alles schön und das wesentliche Detail mit Liebe gemacht.«
In seinem Gedicht »Die Freunde« (*GW*, 10, S. 953) gedachte Brecht, vor seiner Rückkehr aus dem Exil, des Schulfreundes aus Augsburg:
»Mich, den Stückschreiber
Hat der Krieg getrennt von meinem Freund, dem Bühnenbauer.
Die Städte, in denen wir arbeiteten, sind nicht mehr.
Wenn ich durch die Städte gehe, die noch sind
Sage ich mitunter: dieses blaue Stück Wäsche dort
Hätte mein Freund besser plaziert.«
Siehe auch die Gedichte »An meinen Freund, den Maler« und »Caspar Neher, der Bühnenbauer, übergibt den Schauspielern der Stadt Chur die Geräte seines Antigone-Modells«. (a. a. O., S. 953 f.).

Anmerkungen zu Schweiz 1947 bis 1948

16. 12. 47 *S. 497*
Helene Weigel hatte, mit Ausnahme der wenigen Aufführungen in Kopenhagen und Paris, seit 1932 nicht mehr auf der Bühne gestanden. Sie war mit Brecht übereingekommen, vor der Rückkehr nach Berlin eine Probe ihrer verfügbaren Schauspielkunst an einem Ort ablegen zu können, an dem ein eventueller Mißerfolg nicht sogleich publik werden konnte. – Brecht kannte den Leiter des Stadttheaters Chur, Hans Curjel, aus Berlin. – Inzwischen war Brechts Familie nachgekommen und, nach einem Zwischenaufenthalt in Zürich, nach Feldmeilen gezogen.

20. 12. 47 *S. 498*
Das Foto zeigt Brecht mit Caspar Neher.

S. 499
Da die Bildunterschrift schwer zu lesen ist, wird sie hier nochmals gedruckt: George Grosz, famous Berlin painter who chose New York in 1932 when Hitler menance loomed, straddles chair on Fifth Avenue sidewalk and symbolizes world artists who find stimulation and peace to work in New York. Unaware passersby typify public oblivious that city is now world art center.
Übersetzung: George Grosz, berühmter Berliner Maler, der 1932 New York wählte, als Hitler drohend am Horizont auftauchte, sitzt rittlings auf einem Stuhl auf dem Gehweg der Fifth Avenue und symbolisiert die Künstler der Welt, die in New York Anregung und Ruhe zum Arbeiten finden. Ahnungslose Fußgänger repräsentieren die Öffentlichkeit, die sich nicht im klaren ist, daß die Stadt heute das Kunstzentrum der Welt darstellt.

26. 12. 47 *S. 502*
Zum Goethejahr publizierte Georg Lukács seine Arbeit »Goethe und seine Zeit«, Berlin 1949. Er geht auf den Seiten 76–110 besonders auf den Briefwechsel zwischen Schiller und Goethe ein.

1. 1. 48 *S. 502*
Durch Kontrollratsdirektiven wurden nach 1945 zur Sicherung der

antifaschistischen Ordnung Sühnemaßnahmen gegen die Mitglieder der Nationalsozialistischen Partei und deren Gliederungen, vor allem aber gegen die Verantwortlichen für Kriegs- und Naziverbrechen, eingeleitet. Es wurden Hauptschuldige, Belastete, Minderbelastete, Mitläufer und Entlastete unterschieden und differenziert bestraft.

1. 1. 48 *S. 503*

Zeitungstext:
Erschießt sich, um Glauben an Existentialismus zu beweisen
Bolzano, 29. Dezember (AP) – Armando Berasi, der 22-jährige Sohn des Direktors der hiesigen Zweigstelle der Bank von Italien, schloß sich heute hier in seinem Zimmer ein, berichtete die Polizei, und erschoß sich.
Später nahm die Polizei seinen engen Freund, Livio Zanetti, 24 Jahre, fest und legte ihm die Verantwortung für den Selbstmord zur Last. Der von der Polizei angegebene Grund: Existentialismus.
Die Polizei erklärte, sie habe in Berasis Tagebuch Eintragungen gefunden, aus denen hervorging, daß ihn Zanetti dazu gedrängt hatte, Selbstmord zu begehen, um seinen Glauben an die Theorie des Existentialismus zu beweisen, daß – wie Zanetti erklärte – nur der aus freien Stücken herbeigeführte Tod den Menschen von Qual befreit.
Zanetti begleitete Berasi zu seinem Zimmer, behauptete die Polizei, wartete draußen, bis er den Schuß hörte und ging weg, um anderen Existentialisten zu berichten, daß jener Selbstmord begangen habe.

4. 1. 48 *S. 504*

Siehe dazu die Abbildungen der Antigone-Skizzen von Caspar Neher in »Die Antigone des Sophokles / Materialien zur ›Antigone‹«, Frankfurt/M. 1965, bes. S. 81.

4. 1. 48 *S. 504*

Siehe dazu die Anmerkung zum 15. 9. 47

9. 1. 48 *S. 508*

Brecht arbeitete in dieser Zeit am »Kleinen Organon für das Theater« und verwertete dabei die Lektüre des Briefwechsels zwischen Goethe und Schiller, siehe *GW*, 16, S. 684.

1. 3. 48 *S. 509*

Die sechswöchige Pause im »Arbeitsjournal« wurde wahrscheinlich durch die Probenarbeit in Chur erzwungen. Am 15. 2. 1948 fand die Premiere der »Antigone des Sophokles« statt. Regie: Caspar Neher/Bertolt Brecht, Bühnenbild: Caspar Neher. Neben Helene Weigel als Antigone spielten Hans Gaugler (Kreon), Marita Glenck (Ismene), Jan Steinberg (Hämon) u. a. Eine Wiedergabe des Churer Programmheftes, Brechts Beschreibung der Aufführung im »Antigonemodell« sowie weiteres Material befinden sich in dem Band »Bertolt Brecht / Die Antigone des Sophokles / Materialien zur ›Antigone‹«, Frankfurt/M. 1965. Im Jahre 1949 erschien in Berlin der Band »Antigonemodell 1948«, mit zahlreichen Fotos von Ruth Berlau und Skizzen von Caspar Neher. – Die Churer Aufführung fand nur wenig Widerhall; insgesamt fanden 5 Aufführungen statt, eine davon (am 14. 3. 1948) im Züricher Schauspielhaus. Die Aufführung zeigte, daß Helene Weigels schauspielerische Leistungen durch die langen Unterbrechungen nicht beeinträchtigt waren.

2. 4. 48 *S. 511*

Eine der erfolgreichsten Theaterrollen von Hans Albers (1892–1960) war der Liliom in Ferenc Molnárs gleichnamiger Vorstadtlegende. – Für das Ulenspiegel-Projekt schrieb Brecht 1948 einige »Eulenspiegel-Geschichten«, die aber dann als Grundlage für einen Film dienen sollten, siehe *GW*, 11, S. 367 ff.

13. 4. 48 *S. 512*

Friedrich Meineckes Buch »Die deutsche Katastrophe« erschien in Wiesbaden 1965^6.

15. 4. 48 *S. 513*

Leonard Steckels Inszenierung von Büchners »Woyzeck« wurde am 29. 4. 1948 zum erstenmal in Zürich aufgeführt. Es spielten: Walter Richter (Woyzeck), Käthe Gold (Marie), Siegfried Schürenberg (Tambourmajor).

20. 4. 48 *S. 514*

Das Buch »Der SS-Staat / Das System der deutschen Konzentrationslager« von Eugen Kogon erschien 1946 in München. Mit Goebbels' Memoiren meint Brecht dessen Buch »Vom Kaiserhof zur Reichskanzlei«, München 1934.

10. 6. 48 *S. 516*

Am 5. 6. 1948 fand in Zürich die Uraufführung von »Herr Puntila und sein Knecht Matti« statt. Brecht und Kurt Hirschfeld führten Regie, das Bühnenbild entwarf Teo Otto (der bereits 1941 bei der Uraufführung von »Mutter Courage und ihre Kinder« mitgearbeitet hatte). Es spielten: Leonard Steckel (Puntila), Gustav Knuth (Matti) sowie Therese Giehse, Regine Lutz, Blandine Ebinger, Helen Vita, Wolf von Beneckendorff u. a. Brecht schrieb dazu »Notizen über die Züricher Erstaufführung«, siehe *GW*, 17, S. 1169 ff.

11. 6. 48 *S. 517*

Max Frisch schrieb über die Besichtigung in seinen »Erinnerungen an Brecht« u. a.: »Einmal besichtigten wir Siedlungen für die Arbeiterschaft, Krankenhäuser, Schulhäuser etc. Der Herr vom Bauamt, das ich um die offizielle Gefälligkeit gebeten hatte, ein Adjunkt, der uns mit einem amtlichen Wagen an alle Ränder der Stadt fuhr, verstand die Fragen des Gastes nicht, erläuterte von Siedlung zu Siedlung dasselbe, während Brecht, anfänglich sehr verwundert über soviel Komfort für die Arbeiterschaft, sich mehr und mehr belästigt fühlte durch eben diesen Komfort, der Grundfragen nicht zu lösen gedenkt; plötzlich, in einem properen Neubau, fand er sämtliche Zimmer zu klein, viel zu klein, menschenunwürdig, und in einer Küche, wo nichts fehlte und alles glänzte, brach er ungeduldig die Besichtigungsfahrt ab, wollte mit der nächsten Bahn an die Arbeit, zornig, daß man den Begriff ›Sozialismus‹ mißbraucht für solchen Unfug (also zornig auf mich) und daß eine Arbeiterschaft auf diesen fortschreitenden Schwindel hereinfällt; noch hoffte er, das sei nur in der Schweiz möglich, daß der Sozialismus zu ersticken ist durch Komfort für alle.« (A. a. O., S. 6 f.)

In Brechts Typoskript steht anstelle des offensichtlich gemeinten »schwimmbads« – »schwimmparks«.

Siehe das Gedicht »Vom Schwimmen in Seen und Flüssen«, *GW*, 8, S. 209 f.

18. 1. 48 *S. 518*

Brecht schrieb das »Kleine Organon für das Theater« auf Anregung von Helene Weigel, die eine Zusammenfassung der zahlreichen verstreuten theoretischen Notizen für wünschenswert hielt. Das Erproben der Schauspielkunst der Weigel, die Übernahme von zwei Regiearbeiten und das theoretische Programm dienten der Vorbereitung auf einen Neubeginn in Berlin.

19. 8. 48 *S. 519*

Das Foto zeigt Brechts Tochter aus erster Ehe, die Schauspielerin Hanne Hiob.

3. 9. 48 *S. 520*

1945/1946 fand der Strafprozeß vor dem Internationalen Militärgericht in Nürnberg statt. Danach wurden 12 weitere Strafprozesse durchgeführt, in denen ausschließlich amerikanische Richter amtierten (u. a. Ärzteprozeß, Juristenprozeß, Flick-Prozeß, Krupp-Prozeß, IG-Farben-Prozeß).

25. 9. 48 *S. 520*

Cézanne malte 1895 ein Bildnis des Schriftstellers und Kunstkritikers Gustave Geffroy, das unvollendet blieb. Über die Entstehung des Bildes berichtet dieser selbst in seinem Buch »Claude Monet, sa vie, son œuvre«, Paris 1924. Das Bildnis ist abgebildet in dem Buch »Cézanne« von Fritz Novotny, London 1948.

17. 10. 48 *S. 521*

Brecht erhielt keine Genehmigung, durch die amerikanische Besatzungszone Deutschlands zu reisen. Deshalb reiste er mit Helene Weigel über Salzburg und Prag. Die Tochter Barbara blieb noch in Zürich. – Gottfried von Einem (geb. 1918), der 1947 mit seiner Oper »Dantons Tod« in Salzburg sehr großen Erfolg hatte, zeigte Interesse an einer Zusammenarbeit mit Brecht.

19. 10. 48 *S. 522*

In der ČSR war die Bodenreform in drei Stadien durchgeführt worden. Am 21. 3. 1948 war in dem Gesetz über die neue Bodenreform beschlossen worden, Besitz über 50 ha vom Staat aufzukaufen und zu verteilen. – Der tschechoslowakische Regisseur E. F. Burian schuf mit seinem »Divadlo 48« in Prag ein interessantes realistisches Theater. Brecht engagierte ihn später als Regisseur für die Inszenierung der »Winterschlacht« von Becher, unterbrach aber die Arbeit wegen Meinungsdifferenzen in der Grundkonzeption.

Anmerkungen zu Berlin 1948 bis 1955

22. 10. 48 *S. 525*

Ludwig Renn war 1947 aus dem mexikanischen Exil zurückgekehrt. Er wurde in Dresden Direktor des Kulturwissenschaftlichen Instituts und lehrte als Professor der Anthropologie an der Technischen Hochschule. Von 1947–1951 war er Landesvorsitzender des Kulturbundes Sachsen. In dieser Funktion empfing er Brecht und Helene Weigel bei deren Durchreise in Dresden. – Alexander Abusch (geb. 1902) hatte in der Weimarer Republik als Redakteur und als Chefredakteur verschiedener kommunistischer Zeitungen gearbeitet. 1933 emigrierte er nach Frankreich und gab mehrere Exilzeitungen und -zeitschriften heraus; u. a. war er von 1935–1939 Chefredakteur der illegalen »Roten Fahne«. 1940 gelang ihm die Flucht aus einem französischen Internierungslager nach Südfrankreich, später nach Mexiko, wo er 1942–1946 als Chefredakteur die Zeitschrift »Freies Deutschland« betreute. Nach seiner Rückkehr nach Berlin wurde Alexander Abusch 1946 Bundessekretär und 1949 Vizepräsident des Kulturbunds zur Demokratischen Erneuerung Deutschlands. 1954 wurde er zum Stellvertreter des Ministers für Kultur, 1956 zum Staatssekretär, 1958 zum Minister für Kultur ernannt. Von 1961–1971 war Alexander Abusch Stellvertretender Vorsitzender des Ministerrats der DDR. Der Kulturpolitiker, Schriftsteller und Literaturtheoretiker schrieb in zahlreichen Werken über Brecht, den er Anfang der 20er Jahre in Augsburg kennengelernt hatte. Über Brechts Rückkehr, bei der ihn Abusch im Auftrag des Kulturbunds empfing, sagte er später: »Brecht kam, aus der Emigration zurückkehrend, in unser Land, das im Gange seiner zwei Revolutionen seit 1945 gerade mitten in der antifaschistisch-demokratischen Umwälzung stand. Wir mußten ungeheure Schwierigkeiten bei der Revolutionierung der Köpfe und bei der Überwindung der materiellen Not nach dem Hitlerkrieg meistern. Brecht kam zu uns, um mit uns die sozialistische Umwälzung vorzubereiten, wie sie die sozialökonomische geschichtliche Notwendigkeit unseres Jahrhunderts erfordert und wie sie von ihm selbst in genialen Dichtungen begründet wurde.« (In: »Brecht-Dialog 1968 / Politik auf dem Theater / Dokumentation«, Berlin 1968, München 1969, S. 17) – Johannes R. Becher war 1945 aus der Sowjetunion nach Berlin gekommen. Eines der großen Verdienste Bechers war es, daß er, als Präsident des Kulturbundes, sehr viele bedeutende Dichter und Künstler aus dem Exil nach Berlin holte und sie für die Mitarbeit an der demokrati-

schen Erneuerung gewann. Von 1954–1958 war er erster Minister für Kultur in der DDR. – Herbert Jhering war 1945 als Chefdramaturg an das Deutsche Theater Berlin (Intendant: Gustav von Wangenheim, ab 1946: Wolfgang Langhoff) gegangen. Er publizierte in den Zeitschriften »Aufbau« und »Sonntag« sowie in der »Berliner Zeitung« und der »Anderen Zeitung« (Hamburg) und gab durch seine Bücher dem antifaschistisch-progressiven Theater wesentliche Impulse. – Der Regisseur Slatan Dudow war aus dem Schweizer Exil zurückgekommen und bereitete zu diesem Zeitpunkt seinen Film »Unser täglich Brot« bei der DEFA vor.
Die Zonengrenze, von der Brecht schreibt, ist hier die Grenze zwischen der damaligen sowjetischen Besatzungszone und dem von einer Alliierten Kommandantur kontrollierten Groß-Berlin.

23. 10. 48 *S. 525*
Bertolt Brecht und Helene Weigel wohnten zuerst in dem ehemaligen Verwaltungsgebäude des zerstörten Hotels »Adlon« in der ehemaligen Wilhelmstraße. – Mit dem Verleger Weiß besprach Brecht mehrere Editionen (1949 kamen im Verlag der Gebrüder Weiß, Berlin, folgende Bücher heraus: »Kalendergeschichten«, »Songs aus der Dreigroschenoper«, »Antigonemodell 1948«). Der Regieassistent Kuckhahn wurde von Brecht insbesondere bei der Inszenierung von »Mutter Courage und ihre Kinder« herangezogen. – Gegen Julius Hays Stück »Haben« hatte Brecht bereits im Exil polemisiert (siehe *GW*, 15, S. 325 f., und Anmerkung zum 27. 7. 38). Die Aufführung am Deutschen Theater (Regie: Falk Harnack, mit Gerda Müller in der Rolle der alten Képes) war wenig geeignet, sein damaliges Urteil zu revidieren. – Wolfgang Langhoff (1901–1966) hatte als Schauspieler in Hamburg, Wiesbaden und Düsseldorf gearbeitet und war 1933, wegen seiner Zugehörigkeit zur KPD, von den Faschisten ins KZ gesperrt worden. Nach seiner Entlassung 1934 gelang ihm die Flucht in die Schweiz, wo er bis 1945 als Schauspieler und Regisseur am Züricher Schauspielhaus tätig war. Bei der Uraufführung von »Mutter Courage und ihre Kinder« 1941 spielte Langhoff die Rolle des Eilif. 1945 wurde er zum Generalintendanten der Städtischen Bühnen Düsseldorf berufen. Seit 1946 war er Intendant des Deutschen Theaters Berlin. – Alexander Dymschitz, Literaturhistoriker und jetzt Professor für Theaterwissenschaft am Institut für Weltliteratur in Moskau, war als Kulturoffizier von der SMA insbesondere für die Theater verantwortlich eingesetzt worden.

Dymschitz schrieb über diese Zeit: »Gut erinnere ich mich an unsere erste Begegnung kurz nach Brechts Rückkehr in die Heimat. Ich betrachtete ihn mit freudiger Erregung. Er war schon lange einer meiner Lieblingsautoren. Und er zeigte sich so, wie ich ihn mir vorgestellt hatte. Sehr bescheiden, schweigsam, zurückhaltend, betont alltäglich und mit ungewöhnlich klugen Augen, die auf besondere Weise glänzten. Später habe ich mich nicht nur einmal von der Richtigkeit dieses ersten Eindrucks überzeugt. Seine Arbeitermütze, seine Arbeiterjacke, sehr einfacher Haarschnitt, seine Verachtung alles Lauten und Prunkhaften, die Genauigkeit und Abgewogenheit seiner Äußerungen – alles charakterisierte den unermüdlich Arbeitenden.« (Dymschitz, »Ein gewöhnliches Genie«, in: »Theater der Zeit«, Berlin 1966, H. 14, S. 14)

24. 10. 48 *S. 526*

Brecht notierte über die Kundgebung an anderer Stelle: »Ich war erfreut, schon einen Tag nach meiner Rückkehr in Berlin, der Stadt, von der einer der furchtbarsten Kriege ausgegangen ist, einer Kundgebung der Intellektuellen für den Frieden beiwohnen zu können. Der Anblick der ungeheuerlichen Verwüstungen erfüllt mich nur mit einem Wunsch: auf meine Weise dazu beizutragen, daß die Welt endlich Frieden bekommt. Sie wird unbewohnbar ohne Frieden.« (Siehe »Schriften zum Theater«, 6, Frankfurt/M. 1964, S. 48). – Mit Jakob Walcher hatte Brecht bereits in den USA vielfältige Kontakte. Walcher war nach seiner Rückkehr nach Berlin in zahlreichen politischen Funktionen tätig. – Brechts Schulfreund Otto Müllereisert praktizierte als Arzt in Berlin.

Handschriftliche Notiz Brechts unter dem Zeitungsausschnitt: 26. 10. 48 Berliner Zeitung

26. 10. 48 *S. 528*

Siehe dazu Max Frischs Bericht in seinem »Tagebuch 1946–1949«, Frankfurt/M. 1950, S. 294 ff.

31. 10. 48 *S. 528*

Übersetzung:

»Deutsche Offiziere von Planung eines Aggressionskrieges freigesprochen ... / Zum dritten Mal hat ein Nürnberger Kriegsgericht

die Behauptung der Staatsanwaltschaft, führende deutsche Industrielle und Generäle hätten Hitlers Eroberung fast des gesamten europäischen Kontinents von 1939 bis 1945 aktiv mitgeplant und unterstützt, widerlegt. Nur das internationale Kriegsgericht der vier Großmächte sprach Angeklagte für diese Kriegsverbrechen schuldig, darunter Hitlers engste Helfer wie z. B. Göring, Heß, Ribbentrop, Keitel usw.« (*New York Herald Tribune*, Paris, 29. Oktober)
Zu diesem Zitat: In den 12 Nürnberger Strafprozessen, die ausschließlich mit amerikanischen Richtern besetzt waren, kam es in vielen Fällen zu Freisprüchen. Um die Interessen des amerikanischen Monopolkapitals in Westdeutschland mit den gewünschten Partnern realisieren zu können, wurden andere Verurteilte nach wenigen Jahren begnadigt oder nach Verkürzung der Haftzeit entlassen.

3. 11. 48 *S. 529*
Intendant Wolfgang Langhoff nahm sofort Brechts Angebot an, am Deutschen Theater Berlin mit Helene Weigel in der Titelrolle die »Courage« zu inszenieren.

5. 11. 48 *S. 529*
Von den Verwaltungsorganen wurden auf Initiative der SED sogenannte »Vorstudienanstalten« für die Kinder von Arbeitern und Bauern sowie für bewährte Produktionsarbeiter eröffnet, die Achtklassen-Schulen besucht hatten und sich auf ein Universitätsstudium vorbereiten wollten. Aus diesen Anstalten wurden später die »Arbeiter-und-Bauern-Fakultäten«. Siehe dazu Brechts Gedicht »An die Studenten der Arbeiter- und Bauernfakultät« in *GW*, 10, S. 1026 f.

6. 11. 48 *S. 530*
Durch die einseitige Einführung einer anderen Währung in den drei Westsektoren von Berlin kam es zu einer Währungsspaltung. Um die Wirtschaft der sowjetischen Besatzungszone nicht durch Einfuhr der entwerteten Banknoten aus Westdeutschland und aus West-Berlin zu gefährden, erließ die Sowjetische Militäradministration am 19. 6. 1948 Verordnungen über eine Verkehrsbeschränkung zwischen den Westzonen und den Westsektoren von Berlin.

8. 11. 48 *S. 530*

Erich Engel (1891–1966) kam mit Brecht Anfang der 20er Jahre in München zusammen. 1923 inszenierte er Brechts Stück »Im Dikkicht« am Münchner Residenztheater (Uraufführung), mit Erwin Faber (Garga), Otto Wernicke (Shlink), Maria Koppenhöfer (Maria). Das gleiche Stück wurde von ihm 1924 am Deutschen Theater in Berlin herausgebracht, mit Walter Franck (Garga), Fritz Kortner (Shlink), Gerda Müller (Maria). Nach einer Inszenierung von »Mann ist Mann« 1928 an der Berliner Volksbühne, mit Heinrich George (Galy Gay), Helene Weigel (Begbick), übernahm Engel im gleichen Jahr die Regie der »Dreigroschenoper« im Theater am Schiffbauerdamm, die Brecht und ihm Weltruhm brachte (mit Erich Ponto als Peachum, Rosa Valetti als Frau Peachum, Harald Paulsen als Macheath, Roma Bahn als Polly, Lotte Lenya als Jenny, Kurt Gerron als Brown, Ernst Busch als Smith). Brecht schätzte Engels Regiearbeit sehr hoch ein und gewann ihn als Mitarbeiter an seinen ersten beiden Inszenierungen nach dem Krieg in Berlin. Von 1945–1947 inszenierte Engel vorwiegend an den Münchner Kammerspielen, die er damals leitete, 1948 hatte er bei der DEFA den Film »Affaire Blum« gemacht. Brecht gab eine Beschreibung der Arbeitshaltung von Erich Engel in dem Text: »Wie Erich Engel das Modell benutzt« in *GW*, 16, S. 719 f.

25. 11. 48 *S. 531*

Hanns Eisler kehrte 1948 über die ČSR nach Wien zurück. Er schrieb Musiken zu verschiedenen Filmen, u. a. zu dem Film »Unser täglich Brot«, der 1949 herauskam (Regie Slatan Dudow). Eisler war in dieser Zeit mehrfach zu Besuch in Berlin. 1950 siedelte er in die DDR über.

25. 11. 48 *S. 532*

Die Änderungen, die für Berlin auf Grund der Züricher Erfahrungen gemacht wurden, sind wiedergegeben in »Versuche«, H. 9, S. 81 ff.

9. 12. 48 *S. 532*

Die Sowjetische Militäradministration in Deutschland übergab in der sowjetischen Besatzungszone die in Sequestration befindlichen Betriebe den deutschen Selbstverwaltungsorganen. Daraufhin

wurde durch einen Volksentscheid in Sachsen am 30. 6. 1946 ein Gesetz über die entschädigungslose Enteignung der Betriebe der Nazi- und Kriegsverbrecher in Kraft gesetzt. Auf der Grundlage dieses repräsentativen Volksentscheids erließen auch die anderen Landes- und Provinzialverwaltungen der sowjetischen Besatzungszone gleichartige Gesetze.
Die SMA förderte die Entwicklung künstlerischer Institute und der antifaschistisch-demokratischen Kultur in vielfältiger Weise. So wurden den beim Aufbau verdienten Künstlern besondere Lebensmittelrationen zugeteilt (russ. pajok = Ration, Verpflegungsrate). Walter Felsenstein leitete die 1947 neugeschaffene »Komische Oper«.

10. 12. 48 *S. 534*
In der »Theaterarbeit« wird ein Beispiel für derartige Episierung einer Szene gegeben, siehe a. a. O., S. 94 ff.

S. 535–537
Die sechs Fotos sind während der Proben zu »Mutter Courage und ihre Kinder« gemacht worden, mit Helene Weigel (Courage), Angelika Hurwicz (Kattrin), Werner Hinz (Feldprediger). Die Fotos stellen folgende Szenen dar: S. 535 oben: 6. Szene, unten: 9. Szene; S. 536 oben: 10. Szene, S. 536 unten sowie S. 537 unten: 11. Szene, S. 537 oben: 12. Szene.

11. 12. 48 *S. 538*
Siehe dazu die Aktivitäten, die Brecht entwickelte, in *GW*, 19, besonders im Kapitel »Die Künste in der Umwälzung«, S. 563 ff., und 20, im Kapitel »Vorschläge für den Frieden«, S. 307 ff.

12. 12. 48 *S. 538*
Brechts Vorschläge für Schauspielerausbildung siehe *GW*, 16, Abschnitt »Schauspielerausbildung«, S. 737 ff. Der Plan des Studiotheaters kam in dieser Form nicht zustande.

14. 12. 48 *S. 539*
Die dänische Schauspielerin und Kabarettistin Aase Ziegler hielt

sich damals aus Anlaß des 69. Geburtstags von Martin Andersen Nexö in Berlin auf. Sie war mit Brecht unmittelbar nach dessen Übersiedlung nach Dänemark bei ihrer Schwester Lulu Ziegler und deren Mann Per Knutzon zusammengetroffen. Aase Ziegler stand in enger Verbindung zum Kopenhagener Arbeitertheater.

20. 12. 48 *S. 541*

Der Schauspieler Paul Bildt (1885–1957) spielte in der ersten Inszenierung des Stückes mit dem Ensemble des Deutschen Theaters die Rolle des Feldkochs. Nach der Gründung des Berliner Ensembles wurde diese Rolle von Ernst Busch übernommen. Brecht beschrieb beide Schauspieler im »Couragemodell 1949«, siehe »Materialien zu Brechts ›Mutter Courage und ihre Kinder‹«, Frankfurt/M. 1964, S. 10 ff.

21. 12. 48 *S. 542*

Paul Dessau kehrte nach Stuttgart zurück und übersiedelte, nach einigen Besuchen, 1949 ganz nach Berlin. Für die Aufführung des Stückes »Mutter Courage und ihre Kinder« nahm er eine wesentliche Überarbeitung der in Amerika geschriebenen Komposition vor.

Siehe das »Aufbaulied«, *GW*, 10, S. 955 f., zusammen mit Dessaus Noten in: »Aufbaulied der FDJ« und »Das Zukunftslied«, Weimar 1949.

22. 12. 48 *S. 542*

»Zukunftslied« siehe *GW*, 10, S. 956 f. Das Lied wurde gleichfalls von Paul Dessau vertont (Publikationsnachweis siehe Anmerkung zum 21. 12. 48).

29. 12. 48 *S. 543*

Zu Brechts »Zukunftslied« gibt es kommentierende Bemerkungen von Hanns Eisler bei Bunge, »Fragen Sie mehr über Brecht«, München 1970, S. 54 f. Eisler hat keine Musik dazu geschrieben. – Das Gedicht »Gedanken beim Flug über die Große Mauer« siehe *GW*, 10, S. 1070 f.

Zeitungstext:
The Times Sonnabend, 18. Dezember 1948
Chinesisches Schicksal
Berichten zufolge ist selbst Peking jetzt isoliert, und die Stellung der Regierungstruppen im Norden schmilzt dahin wie eine Handvoll Schnee in der Sonne. Der Außenstehende fragt sich verwirrt, was er mit alldem anfangen soll. Man erinnert sich, daß, nach Beendigung der Feindseligkeiten mit Japan, die Amerikaner ganze chinesische Regierungstruppen ausgerüstet haben, und dies in einem Maße, daß es – gemessen an dem, was den chinesischen Truppen während des Weltkrieges oder in den früheren Jahren der Gegnerschaft zu Japan zur Verfügung stand – verschwenderisch scheint. Was ist aus dieser ganzen Ausrüstung geworden? Wenn sie dem Feind in die Hände gefallen ist – und es ist klar, daß ein großer Teil diesen Weg gegangen ist –, wie konnte es dann geschehen, daß die Kommunisten, die hauptsächlich mit Handfeuerwaffen, Minenwerfern und Granaten aus den Arsenalen der Mandschurei ausgerüstet waren, den Händen ihrer Gegner Panzer und Artillerie entreißen konnten?
Die Antwort ist vielleicht in der alten Behauptung von Clausewitz zu finden, daß der Krieg lediglich eine Fortführung der Politik darstellt. Das trifft auf alle Kriege zu, aber es trifft insbesondere auf chinesische Kriege zu. Das Verhalten der Kriegführenden und vor allem das Verhalten des Kriegführenden, mit dessen Aussichten es bergab geht, wird davon bestimmt, was er fühlt oder erwartet, daß es geschehen möge, und nicht davon, was er mit seinen physischen Möglichkeiten tatsächlich erreichen kann. Das Kämpfen ist nur eine Demonstration der Gefühle der Kämpfenden. Britische Soldaten lernen, »einen Schritt im voraus zu denken«. Die chinesischen Befehlshaber der Kriegsherren-Ära pflegten ein halbes Dutzend Schritte im voraus zu denken, und es scheint, daß diese Angewohnheit nicht aus der Mode gekommen ist. *Die Chinesen sind in gewissem Sinne von zu subtiler Intelligenz für das Geschäft des Krieges.* Wenn das, was sechs Schritte im voraus zu sehen ist, als unumgänglich – und entmutigend – erkannt wird, dann muß der logische Mensch seine Schritte entsprechend lenken. Es war nicht der Mangel an Waffen, sondern der Mangel an Kampfgeist, der die Niederlagen der Regierungstruppen verursacht hat. Das Versagen Nankings, mit Korruption und Inflation nicht fertig zu werden, hat Ernüchterung und Enttäuschung unter die Massen getragen, einschließlich der Mannschaft einer unglückseligen Armee, die neun Jahre lang gekämpft hat, ohne ein Ende der Kampfhandlungen abzusehen; das gleiche Gefühl scheint auch viele Hochgestellte der Zivilbevölkerung und

des Militärs ergriffen zu haben. Sie schlagen den Weg in Richtung einer – nach ihren Ansichten – vorherbestimmten Zukunft ein, und diese Zukunft ist für sie der Zusammenbruch des gegenwärtigen Regimes und eine Umgruppierung der Kräfte, die alle zusammen das Schicksal Chinas bestimmen.

1. 1. 49 *S. 544*
Das »Horenlied« wurde 1951 in die 3. Szene eingefügt, siehe *GW*, 4, S. 1384 f.

3. 1. 49 *S. 545*
Die Information Walchers war offensichtlich nicht korrekt: Wenige Monate nach der Befreiung vom Faschismus regte Wilhelm Pieck die Wiederherstellung des zerstörten Revolutionsdenkmals in Berlin-Friedrichsfelde an. 1946 wurde ein provisorisches Denkmal errichtet und 1951 die neugestaltete »Gedenkstätte der Sozialisten« eingeweiht. Den Mittelpunkt des Mahnmals bildet ein hoher Stein mit der Aufschrift »Die Toten mahnen uns«; davor befinden sich Grabsteine mit Tafeln für Rosa Luxemburg und Karl Liebknecht. Zur Einweihung sagte Pieck u. a.: »Wir ehren mit dieser Gedenkstätte die Toten aus fünf Jahrzehnten deutscher Arbeiterbewegung.«

6. 1. 49 *S. 545*
Brecht und Helene Weigel bemühten sich um den Aufbau eines selbständigen Ensembles. Die erhaltengebliebenen bzw. wiederaufgebauten Theatergebäude im sowjetischen Sektor von Groß-Berlin hatten feste Truppen. Im Theater am Schiffbauerdamm, das Brecht interessierte, spielte ein Ensemble unter Leitung des Regisseurs und Schauspielers Fritz Wisten (1890–1962). Das Theater brachte bemerkenswerte Klassikeraufführungen heraus und pflegte zugleich die zeitgenössische Dramatik. Wisten war 1941 von den Faschisten ins KZ gesperrt worden. Er beteiligte sich nach 1945 mit Engagement an der Entwicklung eines realistischen deutschen Theaters. – An der erwähnten Sitzung nahmen als Vertreter des ZK der SED Anton Ackermann und Hans Jendretzky teil. Auch an anderem Ort hatten Besprechungen stattgefunden; der sowjetische Kulturoffizier Alexander Dymschitz erinnert sich: »Auf der Sitzung, auf der die Frage der Theaterpläne Brechts behandelt wurde, hörte ich, wie er auf das ›Theater am Schiffbauerdamm‹ ent-

schlossen verzichtete, bis für Wisten ein neues Gebäude errichtet würde. Dann nahm er den Vorschlag des Intendanten des Deutschen Theaters, Wolfgang Langhoff, an, mit der Schaffung des künftigen ›Berliner Ensembles‹ in seinem Theater zu beginnen.« (Alexander Dymschitz, »Ein gewöhnliches Genie«, in »Theater der Zeit«, Berlin 1966, H. 14, S. 14.) – Fünf Tage nach dem Gespräch war die Premiere von »Mutter Courage und ihre Kinder«, mit der sich Brecht und Helene Weigel in Berlin vorstellten. Auf Veranlassung des Zentralsekretariats der SED wurden Maßnahmen in die Wege geleitet, die eine neue Ensemblebildung ermöglichten. Am 18. 5. 1949 teilte der damalige Leiter des Amts für Kultur, der heutige Stellvertreter des Ministers für Kultur, Kurt Bork, den Beschluß mit, in dem es u. a. heißt: »Frau Helene Weigel ist ab sofort mit dem Aufbau des Ensembles durch die Deutsche Verwaltung für Volksbildung beauftragt.« Der zugleich geplante Aufbau der zerstörten Berliner Volksbühne war 1954 beendet. Bis zu diesem Zeitpunkt spielte das Berliner Ensemble gastweise im Deutschen Theater.
Um für die Theater ein neues Publikum zu gewinnen und »das Theater zu einem bestimmenden Faktor der geistigen Erneuerung zu machen«, begann auf Initiative der Kulturschaffenden in vielen Städten die sogenannte Volksbühnenbewegung. Im Dezember 1946 wandten sich die Berliner Theaterschaffenden mit einem Aufruf an die Berliner Öffentlichkeit, der die Forderung enthielt: »Schafft neue Volksbühnen!« An dem Aufruf beteiligten sich prominente Theaterleute wie Boleslaw Barlog, Paul Bildt, Ernst Legal, Karl Heinz Martin, Wolfgang Staudte, Gustav von Wangenheim, Günther Weisenborn, Friedrich Wolf, Hedda Zinner u. a. Die neue Volksbühne, deren Mitgliederzahl sich in dieser Zeit erheblich vergrößerte, brachte neues Publikum.

11. 1. 49 *S. 546*
Die Premiere von »Mutter Courage und ihre Kinder« am 11. 1. 1949 wurde zu einem triumphalen Erfolg. Die Aufführung war unter der Regie von Bertolt Brecht und Erich Engel am Deutschen Theater herausgekommen. Die Musik hatte Paul Dessau, wie schon am 21. 12. 48 angemerkt, für die Berliner Aufführung überarbeitet. Teo Otto und Heinrich Kilger gestalteten das Bühnenbild. Neben Helene Weigel spielten folgende Schauspieler des Deutschen Theaters in den Hauptrollen: Ernst Kahler (Eilif), Joachim Teege (Schweizerkas), Angelika Hurwicz (Kattrin), Paul Bildt (Koch), Paul Esser (Feldhauptmann), Werner Hinz (Feldprediger), Renate

Keith (Yvette). – Nach dem Urteil der Kritiker begann mit dieser Aufführung eine neue Etappe der Theaterkunst in Deutschland.

S. 546/547

Die Fotografien zeigen Helene Weigel, sich vor dem Publikum verbeugend, nach der Premiere von »Mutter Courage und ihre Kinder« am 11. 1. 1949.

18. 1. 49 *S. 548*

Im Juli 1947 war die chinesische Volksbefreiungsarmee von der strategischen Defensive zur Offensive übergegangen und drang im Frühjahr 1949 in breiter Front nach Süden vor. Am 1. 10. 1949 wurde die Volksrepublik China proklamiert und Mao Tse-tung als Vorsitzender der Zentralen Volksregierung gewählt.

20. 1. 49 *S. 549*

Siehe dazu die Anmerkung zum 29. 12. 48.

26. 1. 49 *S. 549*

Der Literaturhistoriker Hans Mayer (geb. 1907) emigrierte 1933 nach Frankreich und dann in die Schweiz. Von 1948–1963 leitete er das Institut für deutsche Literaturgeschichte an der Karl-Marx-Universität Leipzig. Mayer schrieb zahlreiche Essays und Aufsätze über Brecht. 1965–1973 Professor für deutsche Literatur und Sprache an der Technischen Universität Hannover.

28. 1. 49 *S. 549*

Brecht publizierte den Disput mit dem Dramatiker Friedrich Wolf über »Formprobleme des Theaters aus neuem Inhalt« in der »Theaterarbeit« 1952, siehe auch *GW*, 17, S. 1142 ff. – Fritz Erpenbeck leitete die Zeitschrift »Theater der Zeit« als Chefredakteur und eröffnete gegen das Brechtsche Theater einen Systemstreit, indem er es undialektisch mit der Methode Stanislawskis konfrontierte. Siehe dazu Brechts gegen Erpenbeck gerichtete Polemik »Diskussion meiner Arbeiten am Theater«, in *GW*, 16, S. 729.

10. 2. 49 S. 550
Das Motto wurde in dem Gedicht »Wahrnehmung« benutzt, siehe *GW*, 10, S. 960.

12. 2. 49 S. 550
Erich Wendt (1902–1965) war damals Leiter des Aufbau-Verlags und besuchte mit Brecht in Potsdam die Druck-Offizin Eduard Stichnote. Elisabeth Hauptmann, die nach Berlin zurückgekehrt war, wurde von Brecht mit der Herausgabe der von der Offizin Stichnote gedruckten »Versuche«, später auch der anderen Publikationen, beauftragt.

pfingstmontag 49 S. 552
Brecht hatte an den Orten des Exils Bücher und Manuskripte bei Freunden zurücklassen müssen. Da nur wenig verlorengegangen ist, verfügt das jetzige Bertolt-Brecht-Archiv über einen ungewöhnlich großen Bestand an Manuskripten und Typoskripten.
Der Klub der Berliner Bühnenschaffenden, »Die Möwe«, gab einige Räume ab, in denen Helene Weigel die ersten Büros des Berliner Ensembles unterbrachte.

6. 5. 49 S. 552
Brecht hatte sich mit dem Material zur Historie der Commune von Paris beschäftigt, als er in Zürich mit der Niederschrift des Stückes »Die Tage der Commune« begann.

7. 5. 49 S. 553
Siehe das Gedicht »Ein neues Haus« in *GW*, 10, S. 962. Das Gedicht bezieht sich auf ein Haus in Weißensee, das Brecht und Helene Weigel bewohnten.

9. 6. 49 S. 554
Brecht stellte mit Elisabeth Hauptmann Pläne für Filme zusammen und schickte sie der DEFA.

18. 6. 49 S. 554
Seit Gründung der DDR am 7. 10. 1949 wurden, meist am

Vorabend des Gründungstags, Nationalpreise für hervorragende wissenschaftliche Arbeiten, für bedeutende technische Erfindungen und Einführung neuer Arbeits- und Produktionsweisen und für hervorragende Leistungen auf den Gebieten der Kunst und Literatur verliehen. 1949 erhielt ein Schauspielerkollektiv der Aufführung »Mutter Courage und ihre Kinder« den Nationalpreis (Helene Weigel, Paul Bildt, Werner Hinz, Angelika Hurwicz und Gerda Müller). Brecht bekam den Nationalpreis 1. Klasse im Oktober 1951 (»in Anerkennung seiner hervorragenden Mitwirkung an der Entwicklung der deutschen Kultur«).
Das Foto zeigt Helene Weigel in der letzten Szene von »Mutter Courage und ihre Kinder«.

28. 8. bis 4. 9. 49 *S. 556*
Das Projekt »Der Salzburger Totentanz« wurde nicht fertiggestellt. Im Nachlaß befinden sich Stückpläne, Entwürfe, eine Szenenfassung und zahlreiche Bruchstücke. – Brechts Bemühungen um das Engagement »großer emigrierter Schauspieler« gelang mit Gastspielen von Therese Giehse, Leonard Steckel, Curt Bois, Berthold Viertel u. a. – Der Regisseur Jacob Geis hatte 1926 in Darmstadt Brechts »Mann ist Mann« zur Uraufführung gebracht. – In den Münchner Kammerspielen bereitete Brecht seine Gastregie von »Mutter Courage« vor. – Brechts Schulfreund George Pfanzelt, von ihm »George« oder »Orge« genannt, hatte an der Entstehung des Stückes »Baal« großen Anteil.

10. 9. 49 *S. 556*
Am 28. 8. 1949 fand am Deutschen Theater die Premiere von Goethes »Faust I« statt (Regie: Wolfgang Langhoff, mit Ernst-Wilhelm Borchert als Faust, Werner Hinz als Mephisto und Käthe Braun als Margarete).

12. 10. 49 *S. 557*
Siehe dazu Brechts Beiträge zum Formalismusproblem in den *GW*, 19, S. 523 ff.

13. 11. 49 *S. 557*
Am 12. 11. 49 fand die Premiere von Brechts »Herr Puntila und sein

Knecht Matti« statt, aufgeführt vom nunmehr gebildeten Berliner Ensemble im Hause des Deutschen Theaters. Regie führten Bertolt Brecht und Erich Engel, das Bühnenbild gestaltete Caspar Neher; mit den Darstellern Leonard Steckel (Puntila), Erwin Geschonneck (Matti), Gisela Trowe (Eva), Therese Giehse (Schmuggler-Emma). – Über die Wahl der Picasso-Taube für den Vorhang schrieb Brecht: »Das Berliner Ensemble hat die streitbare Friedenstaube des Picasso zu seinem Wahrzeichen genommen: Stätte des Wissens um die menschliche Natur, der gesellschaftlichen Impulse und der Unterhaltung.« (In *GW*, 16, S. 710.)
Die neue Regierung der DDR wurde am 12. 10. 1949 durch die Provisorische Volkskammer bestätigt, die sich, nach der Gründung der DDR, aus dem Deutschen Volksrat konstituiert hatte. Wilhelm Pieck war als Präsident und Otto Grotewohl als Vorsitzender des Ministerrats gewählt worden. Beide Regierungschefs waren häufig Gäste in den Theatern. Wilhelm Pieck sah sich alle Inszenierungen des Berliner Ensembles an.

S. 558

Foto: Nach der »Puntila«-Premiere verbeugen sich Leonard Steckel, Bertolt Brecht, Erich Engel und Erwin Geschonneck vor dem Publikum.

14. 11. 49 *S. 559*

Die Arbeit an einem Film »Mutter Courage und ihre Kinder« zog sich über mehrere Jahre hin. Im Nachlaß Brechts befinden sich verschiedene Entwürfe und Drehbuchvorschläge. Für erste Arbeiten zog Brecht Emil Burri heran, seinen Mitarbeiter am Stück »Mann ist Mann« und Regisseur der »Mutter«-Aufführung 1932, später auch Erich Engel. Nach vielen Arbeitsstufen entstand 1955 ein Drehbuch, das in den »Texten für Filme«, I, S. 183 ff., publiziert wurde.

14. 11. 49 *S. 559*

Das »Kleine Organon für das Theater« wurde erstmals 1949 in der Zeitschrift »Sinn und Form« (herausgegeben von Johannes R. Becher und Paul Wiegler, Chefredakteur: Peter Huchel) publiziert. Außer dieser theoretischen Schrift war in dem Brecht gewidmeten Sonderheft das Stück »Der kaukasische Kreidekreis« abgedruckt sowie Teile des »Caesar«-Romans und Gedichte.

Brechts Bearbeitung des »Hofmeisters« von Lenz (Mitarbeiter: Ruth Berlau, Benno Besson, Egon Monk und Caspar Neher) ist in den *GW*, 6, S. 2331 ff., abgedruckt. Kommentierende Anmerkungen dazu findet man a. a. O., 17, S. 1221 ff., sowie in der »Theaterarbeit«.
Brecht hatte für die Spielzeit 1949/50 die Aufführung seines gerade abgeschlossenen Stücks »Die Tage der Commune« erwogen, siehe seinen Brief an Helene Weigel in »Helene Weigel zu ehren«, Frankfurt/M. 1970, S. 62.
Am Jahresende schrieb Brecht an seine Frau: »liebe helli, dank für ein gutes jahr, von dem du das größte warst. b 1949«

5. 3. 50 *S. 560*
Der Schauspieler Hans Gaugler hatte in der Churer »Antigone«-Aufführung die Rolle des Kreon gespielt.

6. 3. 50 *S. 560*
Das Buch »Militärische und politische Folgen der Atomenergie« von Patrick Maynard Stuart Blackett erschien 1949 in Berlin.

2. 4. 50 *S. 561*
Ruth Berlau hatte Brechts »Mutter« in den Kammerspielen Leipzig inszeniert (Premiere: 15. 1. 1950), das Bühnenbild war von Caspar Neher, mit Charlotte Küter (Wlassowa), Ernst Kahler (Pawel), Johannes Curth (Lehrer) u. a.

23. 4. 50 *S. 561*
Die Deutsche Akademie der Künste wurde am 24. 3. 1950 gegründet; als ihr erster Präsident war Heinrich Mann berufen worden, der aber vor der Übernahme des Amtes verstarb. Von 1950–1953 waren Arnold Zweig, 1953–1956 Johannes R. Becher Präsidenten der DAK. Brecht, der von Anfang an mitarbeitete, wurde 1954 zum Vizepräsidenten berufen.

28. 4. 50 *S. 562*
Eine Fassung der Oper »Der Darmwäscher« von Caspar Neher, Musik: Rudolf Wagner-Régeny, befindet sich in Brechts Nachlaß,

außerdem von ihm stammende Fabelentwürfe. Für die Oper, die dann »Persische Legende«, schließlich »Persische Späße« genannt wurde, ist Brechts Lied »Vom Glück des Gebens« verwendet worden, siehe *GW*, 10, S. 968 f.

30. 4. 50 *S. 562*

Die Premiere der »Hofmeister«-Bearbeitung war am 15. 4. 1950. Regie führten Bertolt Brecht und Caspar Neher, der auch die Ausstattung übernommen hatte. Es spielten: Hans Gaugler (Läuffer), Ernst Kahler (Pastor Läuffer), Erwin Geschonneck (Rat von Berg), Friedrich Gnaß (Major von Berg), Annemarie Hase (Majorin von Berg), Regine Lutz (Gustchen). – Die in Halle spielenden Szenen hatte Brecht hinzugefügt.

1. 5. 50 *S. 562*

Brecht schrieb darüber das Gedicht (*GW*, 10, S. 968):

»Das Theater des neuen Zeitalters
Ward eröffnet, als auf die Bühne
Des zerstörten Berlin
Der Planwagen der Courage rollte.
Ein und ein halbes Jahr später
Im Demonstrationszug des 1. Mai
Zeigten die Mütter ihren Kindern
Die Weigel und
Lobten den Frieden.«

25. 5. 50 *S. 563*

Zur Vorbereitung des Deutschlandtreffens der Jugend (siehe Notierung vom 26. 5. 50) waren Delegationen aus verschiedenen Ländern in Berlin eingetroffen.

26. 5. 50 *S. 564*

Zum I. Deutschlandtreffen der Jugend (27.–30. 5. 1950 in Berlin) trafen sich Jugendliche aus beiden deutschen Staaten. Zur Eröffnung fand ein »Kongreß der jungen Friedenskämpfer« statt, auf dem von 10 000 Delegierten aus der DDR, der BRD und aus Berlin (West) ein Manifest an die deutsche Jugend beschlossen wurde, in dem zum Kampf für Frieden, die demokratische Einheit Deutschlands und gegen imperialistische Kriegshetze aufgerufen wurde. Insgesamt nahmen 700 000 Jugendliche am Treffen teil.

10. 6. 50 *S. 565*
Siehe »Kinderlieder 1950« in *GW*, 10, S. 970 ff.

10. 6. 50 *S. 565/566*
Bildtext: *Zukünftiger Luftkrieg* am nördlichen Dach der Welt wird von Kriegern geführt, die wie dieser wie ein Marsmensch aussehende amerikanische Soldat gekleidet sind. Er trägt eine Uniform, die speziell für den Dienst in der Arktis entwickelt wurde.

anfang august 50 *S. 566*
Ahrenshoop ist ein Ostseebad im Landkreis Ribnitz-Damgarten.

4. 9. 50 *S. 566*
Brecht probierte »Mutter Courage und ihre Kinder« an den Münchner Kammerspielen vom 4. 9.–7. 10. 1950 (Premiere: 8. 10. 1950).

3. 10. 50 *S. 568*
Auf dem Theaterzettel der Aufführung waren als Regieassistenten angegeben: Egon Monk und Rainer Wolffhardt; für das Bühnenbild und die Kostüme zeichnete Teo Otto.

oktober 50 *S. 568*
Der Verlag Kurt Desch hatte 1949 den »Dreigroschenroman« und 1948 »Herr Puntila und sein Knecht Matti« herausgebracht. – Ernst Schumacher arbeitete an seinem Buch »Die dramatischen Versuche Bertolt Brechts von 1918–1933«; er hatte Brecht deshalb bereits in Berlin aufgesucht.

8. 10. 50 *S. 568*
Brecht inszenierte das Stück in München nach dem Modell der Berliner Aufführung. Die erwähnten Schauspieler traten in folgen-

den Rollen auf: Therese Giehse als Courage, Friedrich Domin als Koch, Hans Christian Blech als Eilif, Erni Wilhelmi als Kattrin, Peter Lühr als Feldprediger, Karl Lieffen als Schweizerkas (auf dem Programmzettel als »Fejos« angegeben). – Therese Giehse hatte bereits die Rolle der Courage bei der Uraufführung des Stückes am Schauspielhaus Zürich (19. 4. 1941, Regie: Leopold Lindtberg) und dann nochmals an der Scala Wien unter dem gleichen Regisseur gespielt (2. 12. 1948).

9. 10. 50 *S. 569*

Kurt Hirschfeld nahm an der weiteren Arbeit für »Biberpelz und Roter Hahn« nicht teil. Die Fassung des Berliner Ensembles, in der Hauptmanns Stücke »Biberpelz« und »Roter Hahn« in eines zusammengezogen wurden, schrieben Brecht, Wolfgang Böttcher, Claus Hubalek, Ernst Kahler, Egon Monk, Peter Palitzsch und Vera Skupin. Durch ein Veto der Hauptmann-Erben konnte die Stückbearbeitung nicht in die *GW* Brechts aufgenommen werden. – Die Filmerzählung »Der Mantel« hatte Brecht mit Elisabeth Hauptmann in Amerika geschrieben. Schon in der Notierung vom 24. 3. 47 hatte er bei der Besetzung der Hauptrolle an Peter Lorre gedacht.

29. 12. 50 *S. 569*

Zeitungstext:

Gestorben. Kurt Weill, 50, in Deutschland geborener Komponist hervorragender Musicals (»Lady in the Dark«, »One Touch of Venus«), der mit dem Dramatiker Maxwell Anderson bei dem zur Zeit laufenden Broadway-Erfolgsschlager »Lost in the Stars« zusammenarbeitete, starb an einem Herzleiden in Manhattan.

10. 1. 51 *S. 570*

Die offizielle Premiere der »Mutter« fand am 12. 1. 1951 statt. Regie: Bertolt Brecht, Bühnenbild und Kostüme: Caspar Neher, Foto-Projektionen: Brüder Heartfield-Herzfelde, gemalte Projektionen: Hainer Hill. Es spielten: Helene Weigel (Wlassowa), Ernst Kahler (Pawel), Ernst Busch (Semjon Lapkin), Carola Braunbock (Mascha), Friedrich Gnaß (Smilgin), Gerhard Bienert (Lehrer Lapkin), Erwin Geschonneck (Metzger), Angelika Hurwicz (Hausbesitzerin), Käthe Reichel (Dienstmädchen). Siehe dazu auch die kommentierenden Texte in »Materialien zu Bertolt Brechts ›Die Mutter«, Frankfurt/M. 1969. Zur Inszenierung des Stücks durch Ruth Berlau in Leipzig siehe die Anmerkung zum 2. 4. 50.

15. 1. 51 *S. 570*

Im August 1950 griffen USA-Truppen in den Koreakonflikt ein und gaben den südkoreanischen Truppen militärische Hilfe gegen die Koreanische Volksdemokratische Republik. In Europa beschlossen im September 1950 die Außenminister der Westmächte u. a. eine politische, wirtschaftliche und militärische Eingliederung der Bundesrepublik in das westliche System. Der Plevenplan sah die Schaffung einer Europaarmee unter Einbeziehung westdeutscher Einheiten vor.

10. 2. 51 *S. 571*

Egon Monk führte Regie bei »Biberpelz und Roter Hahn«. Die Premiere fand am 24. 3. 51 statt, mit Therese Giehse (Frau Wolff), Gerhard Bienert (Julius Wolff), Harry Gillmann (Polizeispion), Angelika Hurwicz (Leontine), Sabine Thalbach (Adelheid), Erwin Geschonneck (von Wehrhahn). – Zum Proben in hellen Räumen siehe auch den Text »Über die Probenarbeit« in *GW*, 15, S. 192 f.

25. 3. 51 *S. 571*

Die Uraufführung der Oper (unter dem Titel des Hörspiels) »Das Verhör des Lukullus« fand in einer Probeaufführung am 17. 3. 1951 in der Deutschen Staatsoper Berlin unter dem Dirigenten Hermann Scherchen statt (Regie: Wolfgang Völker, Bühnenbild: Caspar Neher, mit Alfred Hülgert in der Titelrolle). Nach der Überarbeitung, über die mit den Künstlern beraten worden war (siehe dazu *GW*, 17, S. 1152 ff.), wurde die Oper mit dem neuen Titel »Die Verurteilung des Lukullus« am 12. 10. 1951 in den Spielplan der Deutschen Staatsoper aufgenommen.

5. 5. 51 *S. 572*

Brecht plante eine Aufführung des »Coriolan« mit Ernst Busch. Die erste Szene seiner Bearbeitung publizierte er bereits als Vorbereitung auf das künftige Projekt in der »Theaterarbeit« 1952.

4. 6. 51 S. 575

In der Neueinstudierung von »Mutter Courage und ihre Kinder« wurden die Rollen mit Schauspielern besetzt, die Mitglieder des Berliner Ensembles waren. Neben Helene Weigel spielten: Eilif – Ernst Kahler, später Ekkehard Schall, Schweizerkas – Joseph Noerden, später Heinz Schubert, Kattrin – Angelika Hurwicz, Koch – Ernst Busch, Feldprediger – Erwin Geschonneck, später Wolf Kaiser, Yvette – Regine Lutz. Das Stück wurde bis zum 4. 4. 1961 insgesamt 405mal vom Berliner Ensemble aufgeführt. – Eine Dokumentation der Aufführung liefert das Modellbuch von Ruth Berlau, »Mutter Courage und ihre Kinder. Text / Aufführung / Anmerkungen«, Berlin 1956. Die »Anmerkungen« Brechts sind auch in den »Materialien zu Brechts ›Mutter Courage und ihre Kinder‹«, Frankfurt/M. 1964, veröffentlicht.

29. 6. 51 S. 575

Siehe dazu die Anmerkung zum 14. 11. 49

3. 7. 51 S. 577

Westdeutschen Jugendlichen, die vom Deutschlandtreffen im Mai 1950 aus Berlin zurückreisen wollten, wurde von der Polizei der Bundesrepublik gewaltsam der Grenzübertritt verwehrt. Diese Geschehnisse beim Grenzort Herrnburg legte Brecht der Kantate zugrunde. Der »Herrnburger Bericht« besteht aus 11 Stücken: Vorspruch; Das Treffen bei Herrnburg; Die Jugend weigert sich, der Bonner Polizei ihre Namen zu nennen; Der Polizist fragt die Jugend nach ihren Eindrücken in der DDR; Tanzlied; Bitten der Kinder; Lied zur Erfrischung; Einladung; Die Polizisten ermahnen die FDJ, beim Durchzug durch Lübeck nicht zu singen; Spottlied; Die FDJ antwortet den Bonner Polizisten. Zwischen den einzelnen musikalischen Teilen steht ein verbindender Sprecher-Text.

10. 7. 51 S. 577

Der Berliner Ofenbauer Hans Garbe hatte 1949 bei Siemens-Plania einen Ringofen umgebaut, ohne daß dieser stillgelegt werden mußte. Garbe verhinderte den Produktionsausfall etwa einer halben Million Mark und ermöglichte seinem Betrieb die Erfüllung der Aufgaben des Zweijahresplans. Der Ofenbauer hatte für diese Arbeit in seinem Betrieb eine Brigade gegründet und damit den sozialistischen Wettbewerb eröffnet. Brecht arbeitete an einem Stück, für das er den Titel »Büsching« vorgesehen hatte; im Nachlaß befinden sich Szenenentwürfe und Bruchstücke.

11. 7. 51 *S. 578*

Der Band von Anna Seghers »Die Linie« enthält drei Erzählungen mit Beispielen des Verhaltens von Arbeitern zur Partei in Frankreich, China und in der Sowjetunion (Berlin 1950).

4. 8. 51 *S. 578*

Das Buch »Theaterarbeit / 6 Aufführungen des Berliner Ensembles« erschien zuerst 1952 in Dresden, von der zweiten Auflage ab in Berlin, später auch in Frankfurt/M. Die in der Notierung genannten Mitarbeiter des Berliner Ensembles zeichneten zusammen mit Brecht im Buch als »Redaktion«. In der »Theaterarbeit« wurden Berichte, Kommentare und Analysen der ersten sechs Inszenierungen des Berliner Ensembles gegeben: »Herr Puntila und sein Knecht Matti«, »Wassa Schelesnowa«, »Der Hofmeister«, »Die Mutter«, »Biberpelz und Roter Hahn«, »Mutter Courage und ihre Kinder« (Reihenfolge in der Anordnung des Buches). Außerdem wird über die Arbeit mit Modellen berichtet.

17. 8. 51 *S. 579*

Der »Herrnburger Bericht« wurde anläßlich der III. Weltfestspiele der Jugend und Studenten im August 1951 in Berlin uraufgeführt. Hans Sandig war musikalischer Leiter der Aufführung, Egon Monk zeichnete für die Regie verantwortlich. Die Ausführenden waren der Jugendchor und der Kinderchor vom Leipziger Rundfunk.

22. 8. 51 *S. 580*

Bildtext:

Bei einer Wahlrede vor einer Menschenmenge in Deutschland

Dr. Kurt Schumacher von der Sozialdemokratischen Partei auf einer Wahlkampagne in Frankfurt vor der Wahl am nächsten Sonntag.

5. 1. 52 *S. 581*

Brecht hatte Therese Giehse für die Regie des »Zerbrochnen Krugs«

von Kleist gewonnen; zugleich spielte sie die Marthe Rull. Die Ausstattung hatte Hainer Hill übernommen. In der Premiere am 23. 1. 52 spielten: Erwin Geschonneck (Adam), Gerhard Bienert (Walter), Gert Schaefer (Ruprecht), Regine Lutz (Eve). – Curt Bois hatte in dieser Spielzeit die Rolle des Puntila am Berliner Ensemble übernommen.

1. 2. 52 *S. 581*

Die Deutsche Akademie der Künste veranstaltete vom Dezember 1951 bis zum Februar 1952 eine Ernst-Barlach-Ausstellung. Auf die kritischen Bemerkungen zur Ausstellung schrieb Brecht seine »Notizen zur Barlach-Ausstellung«, die in »Sinn und Form«, Berlin 1952, H. 1, erschienen. Siehe *GW*, 19, S. 511 ff.

2. 2. 52 *S. 582*

Kurt Palm schuf bemerkenswerte Kostüme für nahezu alle Aufführungen des Berliner Ensembles bis 1961. In einem Text über Palm schrieb Brecht: »Zu den Kunstwerken, die ich mir für ein Theatermuseum wünsche, gehören die Kostüme Kurt Palms. Keine Fotografie kann ihre Schönheit wiedergeben; sie teilen dieses Schicksal mit den Plastiken.« Siehe *GW*, 16, S. 768 ff.

3. 2. 52 *S. 582*

Brecht schrieb seinen Vorschlag für das Denkmal nochmals in dem Text »Gedächtnisstätte Buchenwald« auf, siehe *GW*, 20, S. 331. Die Mahn- und Gedenkstätte in Buchenwald wurde 1958 eingeweiht. Der Bildhauer Fritz Cremer hatte sich bei der Gestaltung einer Gruppenplastik von Brechts Vorschlag inspirieren lassen.

24. 2. 52 *S. 583*

Brecht und Helene Weigel bereiteten in Polen eine Tournee des Berliner Ensembles vor, die im Dezember 1952 stattfand.

26. 2. 52 *S. 584*

Der Regisseur Leon Schiller inszenierte Brechts »Dreigroschenoper« 1929 am Teatr Polski in Warschau (mit Marius Maszyński als Macheath, Maria Modzelewska als Polly und Bogusław Samborski als Peachum). Bruno Winawer hatte das Stück ins Polnische übersetzt, die Songs waren von Broniewski nachgedichtet worden. Die Aufführung wurde zu einem außerordentlichen Erfolg.

28. 3. 52 *S. 584*
Pogodins »Glockenspiel des Kreml« hatte an diesem Tage am Berliner Ensemble Premiere, Regie: Ernst Busch, Bühnenbild: Brüder Heartfield-Herzfelde; es spielten: Willi Kleinoschegg (Lenin), Ernst Kahler (Stalin), Peter Kalisch (Dsershynski), Wilhelm Koch-Hooge (Rybakow), Mathilde Danegger (Frau Sabelin), Carola Braunbock (Mascha).
Vier Wochen später kam Goethes »Urfaust« heraus. Paul Dessau hatte dazu die Musik komponiert, Regie führte Egon Monk, Bühnenbild: Hainer Hill, Kostüme: Caspar Neher/Kurt Palm; es spielten: Johannes Schmidt (Faust), Gert Schaefer/Norbert Christian (Mephistopheles), Käthe Reichel (Margarete), Carola Braunbock (Marthe).

22. 7. 52 *S. 586*
Die Komödie »Katzgraben« von Erwin Strittmatter nahm Brecht für das Berliner Ensemble an. Brecht widmete sich diesem Projekt mit großer Sorgfalt, da es den ersten Versuch darstellte, Probleme der gesellschaftlichen Veränderungen in der DDR auf die Bühne zu bringen. Siehe dazu seinen Bericht über das Stück in den *GW*, 16, S. 775 ff.

25. bis 30. 8. 52 *S. 586*
Hanns Eislers Operntext »Johann Faustus« erschien 1952 in Berlin. Über die Handhabung eines klassischen Stoffes kam es zu einer Auseinandersetzung, für die Brecht die »Thesen zur Faustus-Diskussion« schrieb, siehe *GW*, 19, S. 533 ff.

30. 8. 52 *S. 587*
Das Foto zeigt Käthe Reichel auf einer Probe zum Stück »Der Prozeß der Jeanne d'Arc zu Rouen 1431« von Anna Seghers.

november 52 *S. 589*
Das Lustspiel von Aschach Tokajew »Ein fremdes Kind« inszenierte

Wolfgang Böttcher. Es spielten Annemarie Schlaebitz (Manja), Friedrich Gnaß (Vater), Annemarie Hase (Mutter), Gert Beinemann (Fedor), Ekkehard Schall (Kostja), Barbara Berg (Sina), Willi Schwabe (Zahntechniker).
Zum Foto: Brecht sah sich mit Strittmatter Dörfer an, um Impulse für die Inszenierung von »Katzgraben« zu bekommen.

15. 11. 52 *S. 590*
Paul Dessaus Musikepos »Die Erziehung der Hirse« wurde am 29. 10. 1954 im Klubhaus der Gewerkschaften Halle uraufgeführt (musikalische Leitung: Herbert Kegel, es sang Arno Schellenberg, begleitet vom Rundfunk-Chor und Rundfunk-Sinfonieorchester Leipzig).

16. 11. 52 *S. 590*
An diesem Tage fand die Premiere des »Guten Menschen von Sezuan« an den Städtischen Bühnen in Frankfurt/M. statt. Regie führte Harry Buckwitz, Bühnenbild und Kostüme gestaltete Teo Otto, die Musik Paul Dessaus studierte Walther Knör ein. Es spielten: Solveig Thomas (Shen Te / Shui Ta), Arno Assmann (Sun), Otto Rouvel (Wang), Ernstwalter Mitulski (Shu Fu), Anita Mey (Mi Tzü).

17. 11. 52 *S. 590*
Brecht arbeitete an der Bühnenfassung des Hörspiels »Der Prozeß der Jeanne d'Arc zu Rouen 1431« mit Benno Besson, der auch, unter Brechts künstlerischer Leitung, Regie führte; in der Titelrolle Käthe Reichel. Die Premiere fand am 23. 11. 1952 statt.

28. 11. 52 *S. 592*
Hermann Henselmann (geb. 1905) hatte als Chefarchitekt großen Anteil an Planung und Wiederaufbau der Hauptstadt der DDR. Brecht hatte sich mehrfach über die Aufgaben der Architektur in einer sozialistischen Gesellschaft geäußert, siehe *GW*, 19, S. 516 ff.

6. 12. 52 *S. 592*
Siehe dazu die Anmerkung zum Oktober 50.

15. 12. 52 *S. 593*
Der DEFA-Film »Ernst Thälmann – Sohn seiner Klasse« befand sich zu diesem Zeitpunkt in Arbeit. Er wurde am 19. 3. 1954 zum erstenmal aufgeführt. Mitarbeiter des Films waren: Willi Bredel/Michael Tschesno-Hell (Drehbuch), Kurt Maetzig (Regie), Karl Plintzner (Kamera), Willi Schiller/Otto Erdmann (Szenenbilder). Günther Simon spielte die Titelrolle.

20. 1. 53 *S. 595*
Neue Publikationen von und über Stanislawski regten Brecht zu erneuter Beschäftigung mit diesem Regisseur und seinem Regie-System an. In der Zeit von 1951–1954 entstanden zahlreiche »Stanislawski-Studien«, siehe *GW*, 16, S. 842 ff.

4. 3. 53 *S. 596*
Brecht beklagte sich mehrfach über das Unverständnis einiger Kritiker seinen theatralischen Versuchen gegenüber, das insbesondere durch Erpenbecks Brecht-Polemik (siehe Anmerkung zum 28. 1. 49) gefördert worden war. Um eine Aufklärung der Mißverständnisse bemühte er sich noch 1955 in dem »kleinen Gespräch in der Dramaturgie«, das später unter dem Titel »Einige Irrtümer über die Spielweise des Berliner Ensembles« publiziert wurde, siehe *GW*, 16, S. 901 ff.

20. 8. 53 *S. 597*
Als Brecht von den politischen Ereignissen in Berlin hörte, kam er am Vorabend des 17. 6. 1953 aus Buckow nach Berlin und rief seine Mitarbeiter zusammen, um mit ihnen die Situation zu beraten und mit ihnen gemeinsam den Kampf gegen die, wie er schrieb, »organisierten faschistischen Elemente« zu unterstützen. Er schrieb an mehrere Persönlichkeiten Briefe, in denen er zu den Vorfällen Stellung nahm. An den Ersten Sekretär der SED, Walter Ulbricht, schrieb Brecht: »Die Geschichte wird der revolutionären Ungeduld der Sozialistischen Einheitspartei Deutschlands ihren Respekt zollen. – Die große Aussprache mit den Massen über das Tempo des sozialistischen Aufbaus wird zu einer Sichtung und zu einer Sicherung der sozialistischen Errungenschaften führen. – Es ist mir ein Bedürfnis, Ihnen in diesem Augenblick meine Verbundenheit mit der Sozialistischen Einheitspartei Deutschlands auszudrücken.« Dieses Schreiben

wurde gekürzt am 21. 6. 1953 im »Neuen Deutschland« abgedruckt. Siehe dazu auch die Textzusammenstellung »Zum 17. Juni 1953« in *GW*, 20, S. 326 ff.
Die »Buckower Elegien« siehe *GW*, 10, S. 1009 ff.
Zum Stück »Turandot oder Der Kongreß der Weißwäscher« schrieb Brecht: »Den Plan, ein Stück ›Turandot‹ zu schreiben, faßte ich schon in den dreißiger Jahren, und in der Exilzeit beschäftigte ich mich mit Vorarbeiten zu einem Roman ›Das goldene Zeitalter der Tuis‹. Besonders als ich das ›Leben des Galilei‹ geschrieben hatte, bekam ich Lust, ihren Abend zu schildern, den Abend eben jener Art von Vernunft, die gegen Ende des sechzehnten Jahrhunderts das kapitalistische Zeitalter eröffnet hatte.« (*GW*, 5, S. 3*)

15. bis 30. 10. 53 *S. 599*
Die Premiere der »Mutter« am Neuen Theater in der Scala Wien (Intendant: Wolfgang Heinz) fand am 31. 10. 1953 statt; Regie führte Manfred Wekwerth unter der künstlerischen Leitung von Bertolt Brecht. Bühnenbild und Kostüme waren dem Berliner Modell nachgestaltet. Es spielten: Helene Weigel (Wlassowa), Alfons Lipp (Pawel), Ernst Busch (Semjon Lapkin), Otto Tausig (Archip), Erika Pelikowsky (Mascha), Karl Bachmann (Fjodor Lapkin), Walter Sofka (Metzger). – Manfred Wekwerth (geb. 1929) hatte als Assistenzregisseur an Brechts Inszenierung von »Katzgraben« mitgearbeitet; in der gleichen Funktion war er später am »kaukasischen Kreidekreis« beteiligt. Mit Brecht zusammen führte er Regie bei Bechers »Winterschlacht«. Nach dessen Tod brachte Wekwerth am Berliner Ensemble, dem er bis 1969 (von 1964 bis 1969 als Chefregisseur) angehörte, einige bedeutende Inszenierungen von Brecht-Stücken und -Bearbeitungen heraus (»Der aufhaltsame Aufstieg des Arturo Ui« 1958, »Die Tage der Commune« 1962, »Coriolan« 1964).

7. 2. 54 *S. 600*
Siehe dazu Brechts Beschreibungen der Hurwicz als Stumme Katrin und Buschs als Semjon Lapkin (in *GW*, Band 17, S. 1139 ff., und Band 16, S. 764).
Brecht inszenierte, assistiert von Manfred Wekwerth, sein Stück am Berliner Ensemble. Die Proben erstreckten sich über einen längeren Zeitraum. Premiere war am 7. 10. 54. Paul Dessau hatte die Musik komponiert, Karl von Appen Dekoration und Kostüme gestaltet. Es

spielten: Angelika Hurwicz (Grusche), Ernst Busch (Azdak und Sänger der ersten Szene), Raimund Schelcher (Simon), Erwin Geschonneck (Gouverneur), Helene Weigel (seine Frau und Mütterchen Grusinien), Ekkehard Schall (Adjutant), Wolf Kaiser (Kazbeki) u. a.
Durch die spärlichen Eintragungen im »Arbeitsjournal« kann die Theaterarbeit Brechts im Berliner Ensemble nicht verfolgt werden. Siehe dazu seine an anderem Ort publizierten Schriften (*GW*, Bände 16 und 17). Eine Chronik der Aufführungen befindet sich in den neueren Ausgaben der »Theaterarbeit«.

8. 7. 54 *S. 602*
J. Robert Oppenheimer (1904–1967) war als Leiter des Atomzentrums Los Alamos wesentlich an der Herstellung der Atombombe beteiligt, trat dann, nach ihrer Anwendung im Krieg, von seinem Posten zurück und wandte sich öffentlich gegen die atomare Kriegsführung. Das Verhör Oppenheimers vor dem Sicherheitsausschuß der Atomenergiekommission, in dem seine Verteidigungsschrift verlesen wurde, ist publiziert in »Transcript of Hearing before Personnel Security Board / In the matter of J. Robert Oppenheimer«, Washington 1954.

mai 55 *S. 602*
Diese Eintragung befand sich nicht in den Mappen des »Arbeitsjournals«, sollte ihm aber wohl zugefügt werden; deshalb ist sie mit aufgenommen worden. Die Notierung bezieht sich auf Brechts Reise nach Moskau, wo er den Lenin-Friedenspreis entgegennahm, der ihm am 21. 12. 1954 verliehen worden war. Siehe dazu seine »Rede anläßlich der Verleihung des Lenin-Preises ›für Frieden und Verständigung zwischen den Völkern‹« in *GW*, 20, S. 343 ff.

18. 7. 55 *S. 603*
Siehe »Studium des ersten Auftritts in Shakespeares ›Coriolan‹« in GW, 16, S. 869 ff.

Hinweis zur Mappe 284 des Bertolt-Brecht-Archivs

In dieser Mappe befinden sich mehrere nicht eingeklebte Zeitungsausschnitte sowie ein handschriftlicher Wochenarbeitsplan. Der

Vollständigkeit halber werden im folgenden Angaben über die Blätter gemacht:
284/18 Alexander Dymschitz, »Der ›kleine Mann‹ kämpft gegen die Nazis / ›Schweyk‹ – Bert Brechts neues Schauspiel«, in: »Tägliche Rundschau«, Berlin, 12. 1. 1947
284/20 Slatan Dudow, »Der denkende Dichter / Zum 50. Geburtstag Bertolt Brechts«.
284/21 Adolf Frisé, »Vor allem: bestes Theater / Zu Bert Brechts ›Puntila und sein Knecht‹ und Max Frisch' ›Die chinesische Mauer‹«.
284/22 »Bert Brecht – der Dichter ohne Kompromiß / Der Mensch, sein Werk«, mit einem Foto des »Dreigroschenoper«-Films.
284/23 Ste-e, »Auf in den Brecht! / ›Herr Puntila und sein Knecht‹ Deutsche Erstaufführung im Schauspielhaus Hamburg.«
284/24 R. D., »Ereignisreiche Theater-Tage / Brechts Wiederkehr« sowie: Gerhard Sanden, »›Herr Puntila und sein Knecht‹ / Komödie von Bert Brecht – Deutsche Erstaufführung in Hamburg«, mit einem handschriftlichen Verweis von Brecht: »Die Welt«.
284/25 M., »Profil B. B.«, mit einem Foto Brechts.
284/26 -ow, »Erstaufführung: ›Herr Puntila und sein Knecht‹«, in: Hbg. Volkszeitung, 30. 11. 48.
284/27 Alistair Cooke, »U.S. Hesitation on China Policy / President's Delay Rouses Some Criticism«, mit Brechts handschriftlichem Vermerk: »The Manchester Guardian Weekly« Nr. 9.
284/28 Jürgen Petersen, »Der Zweifler und der Realist / Max Frisch und Bert Brecht in Hamburg«, in: »Hamburger Abendzeitung«, mit einer Karikatur von Willy A. Kleinau und Claus Hofer (den Darstellern des Puntila und des Matti).
284/29 Martin Gericke, »Herr Puntila und sein Knecht von Bertolt Brecht (Altonaer Stadttheater)«, in: »Die neue Woche«, 27. 11. 48.
284/30–31 Handschriftlicher Wochenarbeitsplan mit Eintragungen von Helene Weigel und Bertolt Brecht. Vermutlich handelt es sich um den Oktober 1948.

Transkription:

25 Montag			
26 Dienstag	12 Uhr DT	2h Weisenborn Möwe	
27 Mittwoch	Mittag: Hoppchen	1 h Möwe Defa	5½ Deutsches Theater Dudow
28 Donnerstag	Walcher		Busch?
29 Freitag	¾8 Betriebsversammlung 11 h Defa		
30 Samstag	11 h DT		
31 Sonntag		Theateroffiziere Sonntagnachmittag	
Montag	11 DT (Proben) 1–2 Dresdener Volksbühne abends Weisenborn?	3 h Scher	7.30 Langhoff?
Dienstag			
Mittwoch	Defa-Film		

284/32–33 Programmzettel des Stadttheaters Frankfurt/Oder, Spieljahr 1948, 7, »Die Gewehre der Frau Carrar«.

Register

Die Register weisen Namen und Titel nach, die Brecht in seinen Notierungen erwähnt hat, nicht aber solche aus den Zeitungsausschnitten.
Anmerkungen zu den Personen sind in diesem Band in der Regel bei ihrer erstmaligen Erwähnung zu finden.

Namenregister

Brecht-Titel-Register

Stücke

Stückbearbeitungen

Stückentwürfe und -fragmente

Texte für Filme und Filmpläne

Gedichte

Prosa

Schriften

Inhalt

Erster Band 1938 bis 1942

Zweiter Band 1942 bis 1955